度年华 著

心「甘」宝贝

XIN「GAN」
BAOBEI

百花洲文艺出版社
BAIHUAZHOU LITERATURE AND ART PRESS

图书在版编目（CIP）数据

心"甘"宝贝 / 度年华著 . -- 南昌 ： 百花洲文艺出版
社，2018.5
ISBN 978-7-5500-2807-4

Ⅰ．①心… Ⅱ．①度… Ⅲ．①长篇小说－中国－当代
Ⅳ．① I247.5

中国版本图书馆 CIP 数据核字（2018）第 086560 号

心"甘"宝贝

度年华 著

出 版 人	姚雪雪
责任编辑	郝玮刚　陈少伟
特约编辑	廖双双
装帧设计	李　娟
出版发行	百花洲文艺出版社
社　　址	南昌市红谷滩新区世贸路 898 号博能中心 A 座 20 楼
邮　　编	330038
经　　销	全国新华书店
印　　刷	湖南关山美印有限公司
开　　本	880mm×1230mm　　1/32
印　　张	10
版　　次	2018 年 6 月第 1 版第 1 次印刷
字　　数	243 千字
书　　号	ISBN 978-7-5500-2807-4
定　　价	32.00 元

赣版权登字　　05-2018-193
版权所有，侵权必究

网　　址　http：//www.bhzwy.com
图书若有印装错误，影响阅读，可向承印厂联系调换。

目录

目录

CONTENTS

第一章

这个夫子很傲娇

天很蓝，云很淡，风很轻，花很香。

我很烦。

我捂着肚子，弯着腰夹着腿，一溜烟往茅房冲。

难得今天手气好，小赢了两把，肚子居然在紧要关头闹腾起来了！

眼看着茅房越来越近，距离释放只有一步之遥，突然，一道人影从天而降，横斜着拦在我面前。

"死丫头，总算让爷逮着你了！"来人穿一身葱绿锦衫，脸色比锦衫还要绿，左眼上那一圈瘀青无比扎眼。

我定睛一看，顿时吓得站直了身子。

我的娘哎！

这货不是我前天在树下结的仇家吗？

前天，我拉着六十六叔去郊外打猎，见一只兔子贴着地皮窜过，我追出去老远，寻了个好角度，弯弓搭箭，只听得"嗖"的一声，一箭射中了……

马屁股。

准确地说，是眼前这个穿得跟棵大葱似的家伙的马屁股。马受了惊，一尥蹶子，将他重重地摔了个狗啃泥。

大葱狼狈地从地上爬起来，顾不得拍拍身上的灰土，厉声呵斥："死丫头！胆敢伤爷的爱驹，来人，给爷打！"

我眼一翻，脸一仰，嘴一撇："哼！分明是你的马碍着本小姐打猎，本小姐没追究你，你倒在这儿不依不饶起来了！"

大葱顿时炸毛了，跳着脚怒骂："好个牙尖嘴利的死丫头！爷今儿个就替你爹娘好好管教管教你！"

我乐了："呀呵！居然敢骂我？不打你个屁股开花，你小子还不知道花儿为什么这样红了！"

倘若他什么都不说，我该赔礼赔礼，该道歉道歉，若是人家有个好歹，我二话不说掏腰包给人治，可他居然要打架！

要论打架，我辛甘长这么大，还真没怵过谁。

我咧嘴一笑，朝着空气吩咐道："六十六叔，给我打！"

后面的事，怎一个"惨"字了得。

怎么结仇的不重要，重要的是我现在落单不说，还有点拉肚子，别说大葱把我怎么样，他就是不把我怎么样，单只把着茅房门，我就欲哭无泪了。

"那个……大葱……啊，不，大侠，好男不跟女斗，您老大人不记小人过，拜托让一让，小女子有要事要进那个屋子，谢谢合作！"我捂着肚子，龇牙咧嘴，拼命忍着即将喷涌而出的地黄金。

大葱闻言，双手一抄，翻了个傲娇的小白眼，闲闲道："本来呢，以大欺小，恃强凌弱，这种不光彩的事情爷不屑于干，正愁着该怎么收拾你，这下可好，为恶自有天收。啧啧，爷就在这儿等着看你的报应吧！"

这是要等着看我拉裤子啊！作为一个男人，他怎么有脸说得出这种话？我可还是个小姑娘哎！

我哭丧着脸，将腰弯得越发低，腿夹得越发紧，哀哀求饶："大侠，我错了！我千不该，万不该，不该冒犯您老人家！您老人家就高抬贵手，放我一马吧！我……我……我真的快……快憋不住了……"

大葱丝毫不为所动，嘴角勾着一抹阴笑，一副看好戏的模样，就差抓把瓜子嗑了。

我一咬牙，挤出两滴眼泪，泣道："大侠，凡事留一线，日后好相见，求您了！"

大葱这才气定神闲地侧了侧身，用一副天恩浩荡的语气说道："瞧你态度这样诚恳，爷就放你一马。不过嘛，凡事总有个先来后到，等爷上完，你再去吧！"

大葱不紧不慢地进了茅房，过了老大一会儿，他才优哉游哉地缓步踱了出来，一脸释放之后无比舒爽的表情。

我立刻冲进去，一阵噼里啪啦之后，爽得不行不行的，等到释放完毕，往小竹筐里拿手纸的时候，顿时傻眼了。

手纸呢？

低头一看，蹲坑里一大沓白花花的手纸，上面沾满了……

呕！

那个该死的大葱，他居然将所有的手纸都丢进坑里了！

此仇不报，我就不叫辛甘！

在茅房蹲了老半天，腿都麻了，我着实担心，要是再没有人来解救我，我估计会一屁股坐坑里去。

一想到掉进粪坑的情形，我就浑身起鸡皮疙瘩，胃里一阵翻腾，"哇"的一声吐了。

我正吐得上气不接下气，六十六叔的声音在茅房外响起："辛甘！辛甘！你在吗？"

"在的！六十六叔，我在这儿！"我顿时激动得涕泪横流，天哪！从来没觉得六十六叔的声音这般动听过！

六十六叔戏谑地说："辛甘，你不会是掉坑里了吧？怎么那么长时间还没出来？"

我哭丧着脸回道："没有手纸……"

六十六叔顿时爆发出一阵惊天地泣鬼神的大笑声，笑了老半天才说："辛甘哪，你可真是奇才啊！没有手纸，你不是有手帕吗？"

对哦！我怎么就没想到呢？

我立即扯出手帕，三两下完事，拼尽全力提好裤子，推开门就冲了出去。往外走了没几步，我顿时撑不住了，两腿酸麻，腿弯一软，直直地栽倒在六十六叔身上。

等我缓过劲来，六十六叔用商量的口吻说道："辛甘哪，你看你也累了，咱们回家吧！"

我现在需要的不是回家，而是消火！作为京城一霸，向来只有我捉弄别人的，没有别人捉弄我的，吃了这么大的亏，我怎么可能善罢甘休！

"去给我查！天黑之前，我要找到那个兔崽子！"

"好好好，查查查，咱先回家成不？"六十六叔一脸哀怨，"辛甘，再不回去，老爷子会弄死我的！"

我也斜一眼六十六叔，见他一脸尿样，皱了皱眉，天恩浩荡地准了。

一回到家，就被太爷爷叫了过去，老爷子一见到我，就捋着山羊胡子说："辛甘啊！你看你这也老大不小了，不能天天在外胡作非为是吧？这样吧，太爷爷给你招了个夫子，你就跟着夫子念念书吧！"

又来！我翻了个白眼，嘴一撇，不以为然："准是哪家土财主开了口吧，今年这价码出到几万两了？"

太爷爷老脸一红，尴尬道："呵呵……神威老将军家的嫡孙白术，出了十万两。"

神威将军？东黎国的政治什么时候清明到世袭罔替的神威将军家的嫡孙也要参加科举了？

"才十万两，也想进咱们辛家的大门吗？"我眉头一皱，这个价码也太低了吧！

太爷爷轻咳一声，不自然道："这个……神威老将军算是清廉的，这十万两可是将棺材本都搭进来了。"

我拧眉，有些不屑："人穷就该多读书，那个神威将军的嫡孙真不争气！"

真不怨我狂，我是谁？我可是大东黎第一传奇！举国皆知的文曲星转世！

事情是这样的，我太爷爷白手起家，不知道走了啥运，二十年间混到了东黎首富的地位，五世同堂，子贤孙孝。做人做到这个份儿上，可以说圆满了，但他却有个天大的遗憾——没闺女，没孙女，没重孙女。

直到我出生，辛家那么大的家族，才算是迎来了第一个，也是唯一一个小丫头。太爷爷将我视作掌上明珠，宠到了骨子里。

我四岁那年，五爷爷救了个屡试不第、上吊轻生的书生，带回家来教我读书，没想到，半年之后，新皇登基，开设恩科，我随口对夫子说："夫子，你去考恩科吧，准中！"夫子当真去了，中了个头名状元！

夫子当官去了，没人教我了，太爷爷调了个账房先生过来，教了我三年，先生中了个探花。紧接着，我爹弄来了个落魄剑客教我武功，我没学成一招半式，剑客却中了武状元。

"辛家千金是天上文曲星下凡，专门给东黎选官的"这个说法不胫而走，传遍大东黎，我理所当然地成了东黎第一传奇。

此后，想要进辛家当夫子的人几乎将辛家门槛踏破，慢慢地，演变成了价高者得，谁出的钱多，谁就能进辛府。

我甩着手臂晃荡出大院子的时候，瞧见一名青衣男子背着身对着我，微垂着头，似乎在欣赏朝阳下的花花草草。

　　"咦，有客？"我有些纳闷，这座院落如今专属于我与六十六叔居住，六十六叔这会儿应该在练武，这个人是谁呀？

　　那人闻声回头，眉眼含笑地向我打招呼："这位就是辛甘吧？"

　　我立时瞪圆了眼睛，心里一波又一波地直冒桃花。

　　旁人也长剑眉，却不如他的眉那般英中含秀，刚中带柔的潇洒；旁人也长星目，却没有他眼里那般敛尽世间风华，叫人忍不住沉沦的风情；旁人也长悬胆鼻，却不似他那般挺成一个令人说不出好在哪儿，却看一眼就舍不得移开目光的坡度；旁人也长莹润菱唇，却不见他那般微微勾起，不笑时也带了三分笑意的弧度。

　　皮白肉嫩的，我喜欢！

　　晨起时太爷爷派了人来传话，说是今日又来了一位夫子，是定边侯世子，叫作阮郎归。如此看来，这位看起来就很温润如玉的气质美男八成是阮郎归了。

　　"你昂新来的夫子，对不对？"我笑得既温婉又俏皮，一门心思想给夫子留下个好印象。

　　那人含笑望着我，嘴角微勾，淡淡点头："正是，在下……"

　　"那你一定是阮郎归阮夫子了！"我弯腰作了个揖，一副乖巧有礼的模样，"学生辛甘，给夫子见礼！"

　　那人笑容未变，眉眼弯弯："哦？你怎么知道我是阮夫子？"

　　我眨巴眨巴眼睛，乖巧地笑道："夫子你长得这样好看，气质这样出众，笑容这样温柔，声音这样迷人，衣衫这样干净，一看就是才高八斗学富五车的大才子。你若是不叫阮郎归，我敢打赌，天底下没人敢叫这个名字了，'阮郎归'这么有学问的名字，简直就是为夫子你量身定做的！"

　　一番话说下来，面不发红气不发喘，连个停顿都没打，马屁拍得顺溜无比。

　　那人笑得越发温柔："哦？想不到在辛甘眼里，在下竟是如此出色呢！"

　　"是呀！是呀！"我觍着一张灿烂得如同九月怒放的菊花一般的笑脸凑了上去，乖巧地讨好，"夫子，你打算教我什么呢？"

　　那人笑得比春水还要柔上三分："辛甘想学什么？"

　　"只要是夫子教的，我都学！"我有些受不了他那勾魂摄魄的笑，眼里桃花泛滥，红心一波一波地往外涌，就差没在脑门子上显现出"花痴"两个桃红大字了。

蓦地，一道低沉而张扬的声音传来，打断了我与新任美人夫子套近乎的兴致。

"哟，本夫子的第一位学生还蛮听话的嘛！"

我闻声望去，那人正巧望过来，两道视线一接触，顿时，天雷勾地火，我俩都炸了毛，不约而同地跳着脚大叫起来。

居然是那个跟我苦大仇深的大葱！

那货抖着一只抽风的手，指着我的鼻尖，郁闷道："你就是辛甘？"

我一巴掌拍开他的手，回以更郁闷的叫声："你就是夫子？"

那货闻言，立时得意起来，"哗啦"一声展开手中折扇，故作风流地扇了两下，傲然道："哼哼！没想到吧？死丫头，这回看你还能不能嚣张得起来！"

我顿时怒了，居然有人找上门来指着我的鼻子吆五喝六的！也不看看辛家是谁的地盘！

我冷哼一声，鄙夷地用鼻孔看他："你就是神威老将军家那个不争气的嫡孙是吧？你爹娘没教你人穷就要多读书吗？一把年纪了不学好，还要拿你爷爷的棺材本进我辛家大门沾仙气儿！啧啧，我要是你，老早就一头扎进夜壶里淹死自个儿得了！叫什么来着，白术是吧？难怪穿着一身寡妇白，你又不用嫁老公，穿着寡妇白给谁守丧啊！就你还想怎么着我？信不信姑奶奶随时把你扔出去！"

我这一通尖酸刻薄的痛骂下来，仍是面不发红气不发喘，连个停顿都没打，只是骂完却觉得有点不对劲了。

为什么这个穿着一身寡妇白的家伙愣头愣脑的一副中了邪的样子？而我的亲亲青衣美夫子的脸色却古怪得出奇？

谁料，那货折扇一合，一个白眼丢了过去："喂，死丫头，你骂骂咧咧的说什么呢，什么白术？爷叫阮郎归！"而后折扇一甩，故作风流地摇了两下，"欲将沉醉换悲凉，清歌莫断肠！"

我傻眼了，呆呆地看着他，这小子一脸鄙夷，不像是说谎的样子，那么……

我这下真是心肝齐颤了，抖着手指向那个讨厌的渣渣，挣扎着不肯相信："你是……阮、郎、归？"

那货冷冷地丢了个白眼过来，下巴一扬，打鼻孔里不屑地哼了一声。

我犹不死心，手指移向青衣美夫子，哆哆嗦嗦地问道："你是……白术？"

青衣美夫子脸色古怪地点点头，紧抿着嘴唇，目光含哀带怨，小刀子似的直往我脸上扎。

我怔了怔，猛地回过神来，"嗷"的一嗓子冲了出去。

真是瞎了我的狗眼了啊！居然把两个人给弄错了，指着那个茅坑里的石头阮渣渣，把美得冒泡泡的白术给臭骂了一顿！

之前的十三位夫子不是长得歪瓜裂枣，就是膀大腰圆像头熊，好不容易有个眉清目秀的，还是个年过半百的老头儿，难得苍天有眼，给我送来个剑眉星目、玉树临风的再世潘安，还让我给不开眼地得罪了！

不行不行，得赶紧想个招，让白夫子原谅我的无心冒犯，否则以后的日子岂不是太无趣了？

我磨着七爷爷讨了十万两银票，又开了库房倒腾半天，翻出来一套和田玉制作的夜光酒器，一把鸳鸯转心壶配四个鸳鸯海棠杯，这才心满意足地抱着走了。

我一回房，就寻了个小叶紫檀雕成龙凤呈祥样式的精致匣子，将银票装进去，吩咐丫鬟小螃蟹整一桌酒菜，往大院中亭子里一摆，恭恭敬敬地写了一张请帖，让贴身丫鬟小螃蟹替找送白术。

我哼着小曲四八的歌谣晃荡到人院子里的时候，第一眼就瞧见了阮渣渣。他又是一身寡妇白，手里照旧摇着那把洒金折扇。

暮春晌午的阳光已经很热烈了，蔷薇花开成了一片霞海，阮渣渣侧坐在秋千架下，单手托腮，阳光透过蔷薇花架，在他脸上洒下斑驳光影，有一种如梦一般不真实的美。

我歪着脑袋远远地瞧着，心里暗想倘若不是之前的不愉快，我大概会觉得他其实也没那么渣。

阮渣渣一瞧见我，立时白眼一翻，啧啧连声："哟，还知道回来？"

我心情正好，懒得跟他计较，甩了甩手，凉凉道："本姑娘邀请了夫子一同用午膳，你小子哪儿凉快哪儿待着去，别在这儿碍眼。"

阮渣渣从秋千架上站了起来，跟只大公鸡似的，雄赳赳气昂昂地走到我面前，白眼一翻，浑身上下都写满了"老子很生气"五个明晃晃的大字："呀呵！你请夫子用膳，却叫我上一边凉快？怎么，难道我不是夫子啊？"

我眉一拧，眼一瞪，嘴一撇，手一挥："就你那人渣样儿，还夫子？拉你八辈儿祖宗的倒吧！本姑娘这么天真无邪、纯洁可爱的好孩子，可不能让你给祸害了！去去去！滚一边儿凉快去！"

阮渣渣后槽牙磨得"咯吱咯吱"直响："死丫头，你之前那十三任夫子都没能教会你'尊师重道'四个字吗？"

我懒得搭理阮渣渣，不耐烦地撇撇嘴，甩着胳膊蹦跶到亭子里，往下首里一坐，托着腮帮子等白术。

阮渣渣怒气冲冲地紧跟着过来，见我在亭子里坐下了，往我对面一坐，托着腮帮子瞪着我。

"喂，姓阮的，你属狗皮膏药的啊？没见本姑娘不待见你吗？"我两眼一眯，极快地瞥了阮渣渣一眼，怕被他浑身上下肆虐的人渣气弄脏了我顾盼生辉的剪水秋瞳，一瞥之后就移开了。

阮渣渣斜着眼睛瞪着我，冷冷道："我说死丫头，你知不知道我是谁？"

我极度不耐烦，怒目而视："管你是谁，关我屁事！去去去，给我有多远死多远去，别碍着我跟夫子联络师生感情！"

阮渣渣一噎，眼睛都快瞪出眼眶子了，我连多看一眼都懒得，大马金刀地跷着二郎腿哼起了小调。

阮渣渣气得直哆嗦，指着我的鼻子，"你你你你"了半天，也没你出个所以然来。

山珍海味流水般送上来，摆了满满一桌子，金樽玉盏夜光杯，阮渣渣嘴巴越张越大，眼睛越瞪越突出，我猜他肯定在心里暗暗骂我土豪暴发户。

远远地，白术的身影出现在小径那头，我立刻收起吊儿郎当的熊样儿，正襟危坐，简直比初进学的蒙童还规矩。

白术刚踏上凉亭石级，我就扑通一声跪了，双手高举交于头顶，弯身就拜："学生辛甘拜见夫子！"

白术脚步一顿，半张脸猛地一抽："这个礼行得……也太大了吧？"

我咧嘴一笑："不大！不大！圣人云'天地君亲师'，圣人又云'一日为师，终身为父'，给爹行礼那可是再正常不过的了！"

白术的脸抽得越发厉害了，眼里极快地闪过一抹尴尬之色，抬手将我扶起来，强作淡定地道："辛甘不必多礼，日后见了我，也不必行如此大礼。"

我仰脸看他，满面期待："那夫子肯原谅我了？"

白术点点头，眸子清亮纯澈，目光温和慈祥。

我乐得眉开眼笑："我就知道夫子你人最好了！辛甘最喜欢夫子了！"

白术白皙的脸颊上蓦地浮起一层浅浅的红晕，以手掩唇，轻咳一声，在我对面落了座。

我连忙提壶斟酒，先给他倒满一杯，高举过头顶，毕恭毕敬地道："学生给夫子敬酒。"

白术淡定地接过，一饮而尽。

啧啧，美人夫子的脖颈好修长好润泽好白嫩好可口的样子啊！好想咬上一口哦！

我吸吸口水，斟了第二杯："学生给夫子敬酒！"

白术还是很淡定，姿态优雅地接过喝了。

很快，一壶酒见了底，我想象中的脸蛋儿红扑扑、眼瞳儿迷离离的醉美人始终没出现。

白术眸子清亮，面含浅笑："辛甘可敬完了？"

我干笑："敬完了，呵呵，敬完了。"

眼珠子一扫，正见阮渣渣一脸郁闷地坐在亭中栏杆上，两眼喷火地瞪着我。

我正要叫他赶紧滚，话到嘴边，脑中灵光一闪，立时换上一副笑脸："呀！阮渣……阮夫子何时来了？怎么也不吱一声？让阮夫子这么干等着，学生真是失礼了！阮夫子请坐，请上座！"

阮渣渣丢给我一个傲娇的小眼神，迈着高冷的小碎步走到白术边上坐下，然后又一脸嫌弃地将身子往外撇了撇。

我冲一边侍候的贴身丫鬟小螃蟹吩咐道："去将我埋在梅树下八年的那坛竹叶青取来。"

那是我的私人珍藏，二十年陈的竹叶青，加巴豆后又在梅树下埋了八年，阮渣渣就是狗鼻子也闻不出来。

很快，酒送上来了，我示意小螃蟹给阮渣渣满上，双手举起酒杯，带着满脸真诚的歉意："学生日前对阮夫子无礼，还请阮夫子念在学生年幼无知的分儿上，莫要与学生一般见识，这第一杯酒，是学生向夫子请罪的。"

阮渣渣挑着眉头上下打量我，良久，嘴角咧出一丝得意加嘲讽的笑："哟，知道错啦？觉悟还挺高！既然你这么有诚意，本夫子身为尊长，自然不会跟你这个小辈一般见识。得了，原谅你了！"

阮渣渣嘚瑟完，接过酒杯二话不说就喝了。

我端起第二杯："阮夫子贵为簪缨世家的少主，肯屈尊来商户人家教导学生，学生万分荣幸，这第二杯请夫子一定要赏脸！"

阮渣渣越发嘚瑟，那小眼神傲得，仿佛自己已经成神了。

很快，半壶酒见了底，阮渣渣意犹未尽，抹着嘴巴叹道："不愧是东黎首富，连个小丫头都有这等好东西。"

我谦虚地明笑，得意地阴笑，我敢肯定，阮渣渣一定会变成一天八百次郎，今天他别想从茅坑里出来了。

我说了几句客套话，便打个哈欠，告醉撤退，回房睡午觉，静等好戏开场。

醒来时，小螃蟹第一时间告诉我，阮郎归果然如我所料，一趟又一趟地往茅房里跑，就在我睡午觉的一个时辰里，他已经拉了七次了，腿都软了。

我笑得直抽抽，好半天才缓过劲来，浑身直发抖，声音都颤了："走，咱去……去看看……阮……阮夫子去！"

刚到阮渣渣的小院，就见他腰弯得跟虾米似的，双手捂着肚子，迈着又小又紧的步子，贴着地皮往茅房跑，簪缨世家的少主风范全丢进茅坑里去了。

我连忙快步追上去，一把拖住阮渣渣的胳膊，急切地问道："夫子，你怎么啦？刚才小螃蟹来叫我，说你生了病，怎么样了？严重吗？请大夫来看了吗？"

"松手！"阮渣渣从牙缝里挤出两个字，铁青着脸，五官都扭曲了，可见忍得很辛苦。

老话怎么说来着？不是不报，时候未到！这货当初在茅坑前头堵我的时候不是挺威风吗？

我抓着越发紧了，神色越发凝重，语气越发诚恳："夫子，身体不舒服一定要说！您千万别客气，把这儿当成自个儿家就好，有什么需要就直说，生了病也要趁早治，老话怎么说来着，讳疾忌医是吧，可千万不能那样！身体才是最重要的！夫子，您……"

"我说放手！"阮郎归咬牙切齿，额头青筋突突直跳。

"夫子！您不能这样！您一定要去看大夫！快，辛甘送您回房休息，小螃蟹，你快去请府里最好的刘大夫来！"我一本正经地吩咐，拉着阮郎归的胳膊就要往房里走。

阮郎归彻底怒了，咬着牙拼尽全力甩开我的手，闷着头往茅房跑。我被他甩得一个趔趄，心里却无比喝瑟。

憋着一泡屎的人最忌讳猛然发力，他刚才那猛力一甩，即便不会喷薄而出，滋味也不好受。

我得意地哼着小曲儿，眯着眼睛坐在花坛边等候。过了大约一刻钟，阮郎归才从茅房出来，我着意盯着他的腿，果然步履虚浮，双腿打战，跟在青楼里泡了十天八天似的。

我立刻迎上去，刚抓住他的手，忍不住皱起了鼻子——好臭！

我别过脸，透了口气，转回来时又是一副担心脸："夫子，你到底怎么了？没事吧？还是找大夫来瞧瞧吧！"

"不用！"阮郎归咬着牙，双拳握得死紧，脸皮一抽一抽的。

我摇摇他的手臂，像模像样地抽搭了两下："可是夫子你这样我很担心的，万一真有个三长两短，我……"

阮郎归阴沉着脸，一字一顿地说："我、没、事！"话音没落，那厮突然眉头一皱，双眸倏睐，一把甩开我的手，一溜烟钻进茅房了。

我那个嘚瑟啊！简直想仰天长笑，一口气干上三大杯，可我怕惊动了阮郎归，又不敢笑出声来，咬着帕子憋得直抽抽。

"辛甘，你在这儿呀！"蓦地，白术那温和清润的声音传来，惊得我一个激灵，心脏都快跳出来了。

我眼珠子一转，愁眉苦脸地说："我听说阮夫子一直拉肚子，大约是水土不服，我心里挂着，就来看看，不料阮夫子病得实在是太严重了，可他不肯看大人，夫子，你说阮夫子是怕吃药吗？"

白术摸摸我的后脑勺，目光一闪，意味深长地说："大约是吧！"

"小螃蟹，快去请大夫来，不能再让阮夫子这样拉下去了，会死人的！"我板着一副严肃脸，"再去多准备些蜜饯，阮夫子大约是怕苦。"

"辛甘倒是细致，到底是女孩儿。"白术淡淡地说，语气很平淡，不像是讽刺，但也绝不是赞许。

大夫很快就请来了，就在大夫给阮郎归把脉的时候，他还往茅房跑了一趟。

"如何？"白术脸上带着淡淡的关切。

开玩笑！刘大夫是谁？辛家首席专用大夫，我干的好事，他哪有拆穿的道理？

刘大夫拈着一把山羊胡子，摇头晃脑地说："世子爷原先是在南疆，那边气候湿热，金麟却是温暖干燥之地，水土不服，饮食不惯，加之舟车劳顿，神形皆伤，又喝了不少陈年烈酒，肠胃一时受不住，这才闹腾起来。"

"要紧吗？"我急得直绞帕子，眼泪汪汪，"都怪我，没事让夫子喝什么酒啊！我只说夫子出身将门，必然是豪爽男儿，要喝酒也该喝顶烈顶好的，我……都是我不好！"

"小姐千万别这么说，您也是一片好意，哪里知道夫子受不住呢？别担心了，夫子没什么大碍，老朽这就开方子，只要夫子按方子服药，很快就会好的。"

我这才破涕为笑："快！快去开！"

白术也不知是有意还是无心，摸了摸我的后脑勺，笑道："来辛府之前，就听说辛家千金人美心善，果然此言不虚。"

我心里顿时一阵发虚，强撑着笑脸，等刘大夫开了方子，我就跟着白术先走了，临走前还好生叮嘱了一番："夫子，你好好休息，我等会儿再来瞧你。"

阮郎归躺在床上，脸色煞白，有气无力地眯着眼睛，强撑着冲我们摆了摆手："去吧！"

出了屋子，白术就牵起了我的手，我心头猛地一阵小鹿乱撞，脸一下子热了，刚刚自动开启胡思乱想模式，却听白术含笑问道："同为将门子弟，怎的辛甘却藏着烈酒不肯给我尝尝？"

我脸一僵，好犀利的问题！

"莫不是辛甘觉得我喝不得烈酒吗？"白术回身，垂眸浅笑，目光灼灼地看着我。

他看出什么了？没道理啊！我那竹叶青可是连太医都分辨不出来的，况且白术连碰都没碰到。

我眼珠子一转，扬起一张天真无邪的笑脸："葡萄美酒夜光杯，我准备的是夜光酒器，自然是喝葡萄酒。"叹了口气，黯然道，"至于阮夫子，老实说，我是想看看阮夫子的酒量好不好，若是不好，我肯定要笑话他的。可是我没想到后果会那么严重，居然害他生病了。"

白术也不知是信了，还是没信，只淡淡地说了一句"以后别胡闹了"，就牵着我的手进了书房。

"辛甘从前读过什么书？"白术负着手，站在书桌前。

我嘿嘿一笑："我读的书可多了！《搜神记》啊，《神异经》啊，《博物志》啊，《列异传》啊，《神仙传》啊，还有好多好多呢！"

白术低声道："还是那么喜欢鬼神故事啊！"

"嗯？夫子说什么？"我一晃神，好像听清了，又好像没听清。

"没什么。"白术扬起嘴角一笑，"辛甘听过武王伐纣的故事吗？"

"听过！"我来了兴致，手舞足蹈，"城东有个茶馆，里头有个坏了一只眼睛的老先生，他说的武王伐纣的故事可好了。唉，可惜还没说完，他就去世了。"

"那今日咱们就来说武王伐纣的故事可好？"白术眉眼含笑，语声如珠。

我那叫一个心旌摇荡啊！怎么会有这么俊、这么柔、这么好的男人啊！

有美男不泡，大逆不道！

我心里摩拳擦掌着，脸上却撑着一副天真无邪好孩子的模样，认真地听白术讲故事。

这一讲，就讲到了傍晚，白术看看窗外，笑道："时候差不多了，今日便到此为止。辛甘若是还想听，那便明日辰时再来。"

我遗憾地说："啊？那么快啊！"

白术一笑，背负着手站起身。我这才跟着起身，乖巧地说道："那我去看看阮夫子吧，也不知道他怎么样了。"

说罢，我乖巧地告了退，没敢看白术的神色，径直去了阮郎归那儿。

阮郎归在床上躺着，休息了半日，脸色恢复得差不多了，见我过去，颇有些动容："关键时刻才能看透一个人，辛甘今日真是令为师刮目相看，前日是为师的不是，为师向辛甘赔礼道歉。"

阮郎归直起身子，双手抱拳，向我作了一个揖。

饶是脸皮厚，我还是禁不住闹了个面红耳赤，尴尬地偏过身子，道："夫子言重了！一日为师，终身为父，您是长辈，辛甘做的都是应该的。辛甘顽劣，若有得罪夫子的地方，还请夫子大人不记小人过，原谅一二。"

师生和睦，其乐融融，是吧？

啊呸！你以为我会就这么轻易放过阮渣渣吗？

别闹了！本姑娘的原则是：人不犯我，我看心情，人若犯我，姑奶奶弄死你！更何况，都已经下手了，现在再收，也收不住了。

侍女端了药进来，我连忙接过，恭恭敬敬地递过去："夫子请用药。"

阮渣渣毫不含糊，接过来一口闷了，淡淡一笑，温和地问："念了半日书，累了吧？这里没事了，你回去歇着吧！"

阮渣渣难得对我这般和气，我倒有些受宠若惊了。

其实他长得很英俊，不同于夫子的清朗温润，他是那种很凛冽很英气的长相，眉如刀削，目似寒星，也是个万里挑一的美男子。

我嚼瑟地晃荡进大院时，六十六叔正在亭中坐着，见到我立刻迎了上来，关切地问："那两个夫子怎么样？好相处吗？"

"唔……"我仰脸望天，皱眉思索，"挺好的，除了阮夫子身子弱些，其他的都好。"

六十六叔没好气地白了我一眼:"你呀!未免太贪玩!那个阮郎归可是定边侯世子,皇后娘娘的亲外甥,可别闹出格了!"

我不屑一顾,撇着嘴说:"切!我还是太子爷的拜把子哥们儿呢!"

六十六叔素来拿我没辙,见我一脸不耐烦,也没再说什么,带我出府逛了一圈,玩尽兴了才回来。

我一回来就冲进了阮渣渣屋里,嘘寒问暖,着实表现了一番身为学生,对夫子的恭顺敬服,顺便把刚才在街上买的热乎乎的桂花糕拿出来,看着阮郎归吃下去。

桂花糕香软甜糯,阮郎归吃得很香。

我相信,他蹲茅房的时候会十分精彩。

从阮郎归房里出来时,正瞧见白术在院子里散步,他看见我,笑问:"又来瞧阮夫子啊?"

"嗯,阮夫子一天都没怎么吃东西,我拿点心给他。"我乖巧地应声。

白术微微一笑,点了点头:"去吧,早些安歇,明日辰时书房见。"

次日,我一大早就去看阮渣渣,他已经起身了,正躺在床上揉肚子。如我所料,他不再拉肚子,却开始便秘了。

我视而不见,嘘寒问暖了一番,见丫鬟端药进来,忙接过来,毕恭毕敬地给他呈上。阮郎归半点疑心都没起,接过药就很干脆地喝了。

我服侍着他用罢早膳,好生叮嘱一番,这才去书房上学。

因为挂着阮渣渣,我一直心不在焉的,白术很敏锐地察觉到了,问道:"辛甘今日有心事?"

我叹口气,一本正经道:"今日晨起去看望阮夫子,见他躺在床上揉肚子,愁眉苦脸的,想来是病还没好。"

"辛甘倒是有孝心。"白术不冷不热地说一句,合上书卷,"既然心不在焉,那便提前准你下学,你去照顾阮夫子吧!"

我心里猛一松,白术让我去照顾阮郎归,定然是没看出我做的手脚。

阮郎归腹泻不止,刘大夫开的是收敛之药,药性猛烈,我又给他吃桂花糕,更加剧了便秘之势,虽然要不了命,但那滋味却也够他受的了。

阮渣渣的这一场便秘,一直持续了三天,到最后,肚子胀得像是塞了一块大石头,在床上躺也不是,睡也不是,丫鬟送了吃食他也吃不进去,被折腾得去了半条命。

天地良心，我这人虽坏，还是有点人性的，事情到了这个地步，也算是差不多报仇雪恨了，我就急火火地招了刘大夫来。

刘大夫一番诊治下来，说了一大堆高深莫测的话，又重新拟了方子，换了药，拍着胸脯保证这药吃下去一定能好。

于是，阮渣渣在吃了一服药之后，两个时辰里痛痛快快地拉了十三次。

天地良心！这次我真没指使刘大夫干啥坏事，完全是那厮会错了意。

阮郎归停止拉稀的时候，已经瘫软在床上不能动了，我去瞧他的时候，他正气若游丝地直哼哼。

我再次唤来刘大夫，私下里嘱咐他好生给阮郎归调理身子，鉴于阮郎归这几日对我都挺和颜悦色的，我也将他作弄得半死不活了，就单方面决定以后不再捉弄他了。

可我万万没想到，树欲静而风不停，我想停战却没那么容易。

第二章
我喜欢你

　　午睡刚醒，六十六叔带来个人，说是二十八婶娘家的远房侄女，家里遭了横祸，前来投奔亲眷。太爷爷见是个眉目清秀的小姑娘，就留下来给我做伴。

　　"小婢青梧，拜见小姐。"那姑娘穿着一身朴素的棉布青裙，屈膝一礼，十分恭谨。

　　我皱眉，有些不乐意了："二十八婶的侄女，说来也算是亲戚，远来是客，咱们辛家何时要客人做奴婢了？"

　　六十六叔一脸为难："青梧姑娘她……"

　　青梧又是屈身一礼："青梧家中遭难，承蒙老太爷抬爱，得以入府求生。青梧自愿为婢服侍小姐，只求小姐莫要嫌弃青梧手脚粗笨。"

　　六十六叔两手一拍，一脸无奈："青梧姑娘出身书香世家，傲骨铮然，绝不肯无故受人恩惠。"

　　倒是个有气节的！

　　我暗自赞许，冲小螃蟹吩咐："带青梧姑娘下去换身衣裳，以后就跟在我身边吧，先去休息两天，这几天不必伺候。"

　　我捂着嘴打了个哈欠，就要去书房，却见白术远远地走了过来，跟小螃蟹说了几句话。

　　我连忙快步跑过去，笑道："夫子怎么来了？"

　　"见你过了时辰还没来，以为你今日要逃学，就过来看看。"白术淡笑。

　　这才几天啊，夫子都知道我爱逃学了。

我抓抓脑袋，尴尬地说："夫子授课，我是不会逃学的！"

白术淡淡一笑，牵着我的手就往书房走。

"辛甘哪，你也不能天天听故事，总得学点正经东西。"白术一本正经地道。

我笑嘻嘻地问："夫子打算教我什么？"

"今天咱们来学《诗经》。"白术翻开书，目光落在书页上，那一脸沉醉，仿佛被书中内容迷得神魂颠倒似的。

"好！"我一口应下，坐得十分端正。

"关关雎鸠，在河之洲，窈窕淑女，君子好逑。"白术面含浅笑，一脸沉醉地念了四句诗，就跟品酒似的，还回味了好一会儿。

"这四句诗的意思呢，就是……"白术淡笑着解说，眉目温润，眼神柔和。

"我喜欢你！"我打断白术的话，托着下巴笑看着他。

白术脸一红，略有些不自然地虚握了拳，抵在唇边轻咳两声："你说什么？"

"我喜欢你！"我直勾勾地盯着白术的眼睛，字正腔圆地说，"你长得好看，我喜欢你！就是这个意思。"

白术一怔，像是才反应过来我是在说刚才那四句诗，目光尴尬地闪了闪，道："不是女子爱慕男子，而是男子爱慕女子。"

"所以，应该是你喜欢我喽？"我挑眉，故作天真无邪。

我发誓，我是存心的。

白术的脸越发红了，目光躲闪了几下，我坦然看着他，丝毫不回避。

"对，是我喜欢你，而不是你喜欢我。"白术努力做出一副淡定的模样，含笑的目光总有那么几分不自然。

我越发天真无邪，瞪圆眼睛，歪着脑袋看着白术，噘着嘴说："不对！我喜欢夫子的！"

白术又是一阵脸红。

我霍地起身，一拍桌子，一本正经地道："辛甘最喜欢夫子！"

白术又是一阵轻咳，半晌才缓过劲来，垂眸看着书，语气很不自然道："讲了这许久，辛甘大约累了吧？许你去院子里散散心。"

呀呵！这是受不了调戏了？

我乐颠颠地推开门，就见青梧捧着一个朱漆方盘，在门外垂首站着，见我开门，迎上两步问："小姐可要用些绿豆汤吗？"

午后很热，绿豆汤消暑解渴，是个好东西。我接过来一碗，青梧立刻乖乖地将另一碗端给白术。

"有劳姑娘了。"白术淡笑着冲青梧点头致意，素白的手握着青瓷的杯盏，格外好看。

青梧垂着头，很恭谨的样子。

我有些不忍，好歹是书香门第出来的闺秀，做这些端茶倒水的活儿，着实委屈了。

"青梧啊，你以后就随我一同念书吧。"我故作漫不经心，以免伤着她的自尊，"我一个人念书，学起来也没什么劲儿。"

青梧猛一抬头，眼中有掩饰不住的惊喜："可以吗？"

我点点头，看向白术："夫子想必不介意多教一个学生吧？"

白术温温一笑："你喜欢就好。"

我心里一阵乱跳，有些晃神。夫子学坏了啊，居然会反调戏了！

接下来的几天日子过得都很顺心，阮郎归在静养，我下了学时常去看望他，师生之间没了深仇大恨，相处起来倒也轻松得多。

这天辰时，我准时到了书房，却见阮郎归在书案前坐着，见我进来，笑道："昨日忘了告诉你，以后每日上午由我为你授课，下午再由白夫子教学。"

我挺失望的，毕竟温柔可亲的气质美夫子才是我的心头好，阮郎归在我心里总归是要轻得多的。

一堂课听得心不在焉，天知道阮郎归都说了些什么，他叫我站起来时，我还没反应过来，青梧都快把我的袖子扯破了，我才回过神来。

阮郎归拿起戒尺，扬了扬，作势要打我："坐端正了！趴在桌子上，像条死狗似的，成何体统！"

我不耐烦地瞪他一眼，越发烦躁，起身就走，懒得听他废话。

阮郎归怒了，扬起了戒尺，却又不敢往我身上落，压低了声音在我身后叫："辛甘！你给我站住！"

阮郎归的声音气急败坏，但我浑不在意。本就没人指望我当个学问家，招夫子入府教学，完全是为了巩固自家势力，我学得如何，没人在乎。

白术正在院子里练功，一柄短剑舞得虎虎生风，看得我瞪大了眼睛，张大了嘴巴，久久回不过神来。

"不是在上学吗？怎么出来了？"白术不知何时收了势，一边拿袖子擦汗一边问我。

我一晃神，下意识答道："不想念书，就出来了。"

白术微一皱眉，随即笑了："我一直在想，你能不能坚持半个月不逃学，看来还是坚持不了的。"

"不是的！"我连忙辩解，"我只是不喜欢听阮夫子的课而已。如果是你的课，我一定不逃学！"

白术微微眯眸，柔声哄道："乖，回去向阮夫子道歉，午后我再给你授课。"

"不想去。"我耷拉着脑袋，闷闷地拿脚尖蹭铺地的鹅卵石。

白术拍拍我的后脑勺，耐心地哄："辛甘不听夫子的话了吗？"

接触到白术温柔的眼神，我顿时服软："好吧，我去！"

就这样，我被白术三言两语打发了。

阮郎归在廊下练拳，一拳一脚有板有眼，气势很足。

我皱皱眉头，硬着腔儿说道："阮夫子，对不起，我不该没下学就离开书房。"

阮郎归拳脚一停，哼了一声，没看我，继续练拳。

我本就是看在白术的面子上才来道歉的，阮郎归这般无视，我自然受不了，怒冲冲地冲着青梧说，"哎，青梧，你也看见了，我已经道过歉了，等会儿夫子要是问起来，你可得给我做证！"

说罢，我就甩甩袖子，头也不回地走了。

下午白术手把手地教我如何练好字，时间过得很快，一眨眼就到了傍晚，我意犹未尽，白术却笑着说："今夜是祈安节，有灯会呢，辛甘不出去看看吗？"

"是哦！我居然给忘了！"我一拍额头，乐了，"那夫子也会去吗？"

白术笑笑，点了点头。

晚膳后，我和六十六叔、白术三人一起上了街。我素来爱热闹，只管闷头往人群里扎，六十六叔和白术怕我跑没影儿了，紧紧地跟着。

我停在一个规模很大的摊子前，那儿的花灯都是小动物造型的，格外好看。我正要去摘一盏兔子灯，就听见一个清脆悦耳的声音响起："老板，那盏兔子灯怎么卖？"

我偏头一看，只见一个眉目清秀的丫鬟笑吟吟地指着兔子灯，在她身边站着一位眉目如画，面含浅笑的少女。

"呀呵！京城竟有如此美人！我居然不知道！"我拿胳膊肘捅了捅六十六叔，"那姑娘你认识吗？"

"喂！你这人说话怎么这样不庄重？"小丫鬟恶声恶气地冲我皱了皱鼻子。

我眨眨眼睛，一副"人家好怕怕"的表情："好凶的丫鬟！"

小丫鬟恼怒地"你"了一声，委屈兮兮地一跺脚，转过脸冲她身边的少女说："小姐，咱们走，不理这些坏人！"

我讨了个大大的没趣，耸了耸肩，冲着那主仆二人的背影扮了个鬼脸，道："六十六叔，咱们也走！不跟凶丫头一般见识！"

六十六叔却没理我，我纳闷地回身去看，却见他两眼发直地盯着那小姐的背影，好像魂都跟着人家一起走了似的。

我一胳膊肘捅在他肋骨上，没好气地叫道："回魂啦！"

六十六叔这才醒过神来，脸唰地红了，尴尬地躲闪着我的目光。

那花灯老板突然插话了："辛小姐有所不知，刚才那位呀！可是付大学士的千金，闺名叫作付蓉，是个才貌双绝的女状元！"

我无所谓地笑笑，拉着六十六叔就要走，却好巧不巧地看见六十六叔支棱着耳朵，听得十分认真。

哟！六十六叔这是对付大美人儿上心了！

"这位付千金啊，什么都好，就是心气儿高，非状元郎不嫁！可接连两届的文武状元，那都是三十开外、有了家室的，一来二去，这付千金直到十八岁还没许人家，唉！"老板娘不知道什么时候挤过来了，摇头晃脑直叹气。

六十六叔的眼睛猛地亮了，又暗了一暗，倏地，变得更亮，就像被泼了水的炭火，火头一弱，立刻变得更强。

我跟六十六叔从小混到大，简直比他爹娘更了解他，只要一个眼神，我就知道六十六叔在想什么。

他想考状元，追求付蓉。

传说中的一见钟情，就是这么不可理喻！

六十六叔有了心事，对于猜灯谜等活动就不上心了，好在有白术陪着，帮着我猜对了好几个灯谜，赢了一大挑子花灯。

其乐融融，满载而归。

玩得累了，我睡了一个大大的好觉，次日醒来时，已经辰时过半了。我没顾上洗漱，趿拉着鞋子就冲到书房里，却见六十六叔在我的位子上坐着，阮郎归在书案前坐着，讲一些我听不明白的东西。

我这才想起来，从昨天开始，上午都是阮郎归授课，兴致顿时没了，耷拉着脑袋慢吞吞地晃荡出去了。

慢着，六十六叔为什么会在书房听讲？

我有一瞬间的愣神——哦！他想考状元！

我顿时来了兴致，作为跟六十六叔穿一条裤子的绝世侄女，帮助六十六叔追求付蓉，那是我义不容辞的责任。

我二话不说，写了一封信，差小螃蟹拿着东宫的腰牌进了一趟皇宫，亲自交给太子。

现今的太傅是我第一任夫子，我和太子黎昭算是同门师姐弟，一见如故，在逃学和作弄夫子这条不归路上一拍即合，如脱缰野狗一般撒丫子狂奔，这一奔，就奔了足足六年。

我正睡着午觉，听见有人踹门，我一时没缓过神来，等意识到门外那尊神是谁的时候，已经晚了。

就听"咣当"一声巨响，中看不中用的雕花木门，整个儿砸在地上，黎昭大步冲进来，一把将我拽了起来。

我还穿着寝衣，正揉着眼睛要撑起身子，冷不防被他猛一拽，本就松散的寝衣襟口崩开了俩扣子，露出一大片白花花的肌肤，吓得我毫不犹豫地一耳光甩了过去。

啪的一声，黎昭傻了，我也傻了。

娘哎！我居然把当朝太子爷给打了！

"啧！一马平川，还没爷的大！爷这巴掌挨得可真亏！"黎昭脸一红，死鸭子嘴硬地骂了一句，气哼哼地走到外间，往美人榻上一歪，"爷数到三，你自个儿看着办！"

············

我披头散发地被黎昭拉着上了马车，那厮总算是还残存了那么一丝丝人性，抓着我的头发胡乱绑了根绳子，不男不女的，还用一副天恩浩荡的眼神看着我："这可是爷头一回服侍人呢！"

马车停在付府门前，大学士付仲道已经接到消息，带着长子付恒站在阶前等候。

我眯起眼睛，上下打量一番付恒。

容貌清俊，五官柔和，给人的感觉很舒服，就像冬日的暖阳，明媚却不灼人。

我喜欢！

付家父子屈身请安："臣恭迎太子殿下！太子殿下千岁金安！"

"免了！"黎昭摆了摆手，拖着我往门里走，"今日原本不该付恒当值，只是本宫下了学，闲来无事，想寻付恒出去散散心，转而想到还没来过付大学士府上，索性来拜访拜访。"

黎昭端出太子的架子，八面威风，顿了顿，又道："这位辛小姐是本宫的至交好友，本宫希望，大学士能够像敬奉本宫一般敬奉辛小姐。"

付仲道一脸受宠若惊，连忙让付恒带我们去府里转转。

暮春时节花木深深，蝶舞翩翩。小小的半月形池塘上架了一座拱桥，桥尽头是一座八角凉亭。

付蓉就在亭子里侧身坐着，一只手支着栏杆，另一只手托着腮，仿若沉思。远远望去，美得像一幅仙女图画。

"爷，过了桥就是内眷住所了，咱们……还是不去了吧？"付恒有些为难，目光闪闪地看了一眼付蓉。

"好热啊！渴死了，咱们找个地儿歇息一会儿吧！"我冲黎昭眨了眨眼，黎昭立即很有眼力见儿地差遣付恒去端茶倒水拿点心了。

付恒一走，我立刻拉着黎昭找了块大石头坐下，密谋大计。

"怎么突然想到要来付学士府上游玩？"黎昭疑惑地问，眉头挑得老高，"你打什么算盘呢？"

"六十六叔中意付蓉姑娘，你若是帮我促成此事，我说动六十六叔亲自教你功夫。"我抛出了一个重量级诱饵。

六十六叔武功高强，黎昭刚好是个武痴。

听我这么说，黎昭果然动心了，给了我一个"看我的"眼神，冲我痞痞一笑："你就等着叫婶子吧！"

日头渐渐高了，我不乐意在外头晒着，便去了付恒的小院，以茶代酒，有说有笑一番，就散场了。

临走时特意去跟付大学士夫妇辞行，很客气地送上了礼物，哄得付夫人眉开眼笑，看我的眼神都不一样了。

黎昭是六十六叔的忠实崇拜者，见不到六十六叔不肯罢休，硬是跟着我回家，我没法子，只得带他去了书房。

可我万万没想到啊！

阮郎归是皇后娘娘的亲侄子，黎昭的亲表哥，我居然把那么大的事儿给忘了！

阮郎归一看见我和黎昭叽叽喳喳地出现，脸立时黑了，开门见山地指责黎昭拐带他的学生，带着我胡溜乱窜不学好。黎昭贵为太子，被阮郎归指责，顿时火了，扑上去就跟阮郎归打起来了。

六十六叔连忙把他们俩分开，黎昭趁势拽着六十六叔跑了。我反应慢，被阮渣渣的怒火烧了一把，气得我跟他吵了好几句，才摔门出去。

下午是白术的课，我听得很认真，下学之后，天色还早，黎昭还没回宫，非拉着我们去游护城河。

六十六叔心里挂着付蓉，特意绕道从付家门前走过，望着那高高的门楣出了好一会儿神。可奇怪的是，阮郎归居然也盯着付家门前那俩威武雄壮的石狮子发起了呆。

察觉到我的异样，白术轻轻扯了扯我的衣袖，压低声音问道："辛甘怎么了？"

我没答话，只是脑子里突然闪过一道白光。

进辛家大门当夫子的，都是为了考取功名。像白术、阮郎归这样的重臣、皇亲子弟，身上都有世袭的爵位，哪里还用得着巴巴地考科举？

除非他们想考状元，而考状元，就意味着可以娶付蓉。

白术和阮郎归，都是冲着付蓉来的！

我心里顿时凉了半截，再看白术的时候，总觉得他那温柔如水的笑容都有些扎眼了。

天气越来越热，窗外的蝉鸣吵得我只想把手里的笔掰了。

"怎么心不在焉的？"白术眼中有淡淡的关切。

我意兴阑珊，心里拧巴得慌，下意识问："夫子明年要去参加春闱吗？"

"辛甘以为，夫子能中状元？"白术淡笑着反问。

果然！才高八斗、貌比潘安的白夫子，心里已经有了这世上最完美的女人了！

再看白术，越看越觉得好，越看越觉得优秀，越看越觉得，倘若我是付蓉，不爱上白术那就是眼珠子和脑仁子一起让猪油给糊了。

六十六叔娶不到付蓉，我也留不住白术。

我恹恹地问："夫子，你是不是也像以前的夫子一样，考上状元就再也不回来了？"

"辛甘希望我留下吗？"白术不答反问，目光灼灼地看着我。

"如果我说是，夫子会留下吗？"这就是一句废话，傻子都知道答案。

白术淡淡一笑："旁人是为了考状元，我却是为了娶媳妇，媳妇娶到手了，就不必教书了。"

我越发失落，却听白术略带自嘲地说："我要娶的那个人，她家中长辈不肯做主将她许配给我，说是除非我能够使得她心甘情愿嫁给我，否则这门婚事是万万不能成的。"

"夫子那么好，你的心上人一定会心甘情愿嫁给你的。"我低声喃喃，沮丧得不行。

"我也是这样想的。"白术又是一笑，眼睛亮晶晶的，衬着唇边露出六颗莹润白牙的淡笑，显得越发斯人如玉，"等我大婚的时候，辛甘一定要来啊！"

"会的，我一定会备一份厚礼孝敬夫子和师娘的。"

天知道我的心在滴血啊！刚刚萌芽的春心，就那么被残忍地掐死在摇篮中。

白术的笑渐渐扩大，明媚如初阳："厚礼孝敬倒是不必了，但你一定要来。"

我没好气地瞪白术一眼，心里跟针扎似的疼。

晚间，我睡不着，拉着青梧陪我说话。那丫头在灯下坐着，专心致志地纳鞋底，细密的针脚看得我眼晕。

鞋底子很大，是男人的。

我不动声色地看在眼里，心里暗暗琢磨，有情况！

青梧是个好姑娘，若真有了意中人，能做的主，我一定会为她做的。

次日一早，我就去了付府，付夫人接待了我，笑呵呵地感谢我前次大手笔的礼物，带着我在后园逛了逛。不出意外地，瞧见了付蓉。付夫人见我一直盯着付蓉看，便笑眯眯地介绍我和付蓉认识。

祈安节上，灯下初遇，已经觉得付蓉很美了，今日一见，朝阳金红的光芒下，粉衫素裙的付蓉简直惊为天人，眉眼如画，肌肤如玉，我身为女子，都觉得自己差一点就要爱上她了。

付蓉见我一直盯着她看，脸唰的一下红了，垂下白皙如玉的颈子，柔声道："辛小姐好。"

"我叫辛甘，我见过你。"我冲她眨眨眼睛，"祈安节上的兔子灯，付小姐可还记得？"

付蓉抿唇一笑："是你呀！"

我弯腰一躬，如男子一般作了个揖："那日一见，惊为天人，不想言语冒失，唐突了付小姐，还请小姐恕罪。"

付蓉温温一笑："辛小姐说的哪里话？倒是敝府丫鬟出口不逊，惹辛小姐见笑了。"

我有意与付蓉套近乎，于是扬着笑脸说："我与太子殿下、尊兄付少爷都是好友，也算不得外人。这般一口一个'付小姐''辛小姐'的，未免太见外。姐姐梳的是少女发髻，已然及笄，我尚不足十五岁，便称你一声姐姐，还望姐姐莫要嫌弃。"

付蓉是出了名的大家闺秀，礼数很足，微笑着向我欠了欠身："妹妹。"

付夫人很识趣地离开了，亲自去给我们准备吃食，让付蓉好生陪我说话。

短短半天工夫，我摸清了付蓉的大致喜好——爱念小山词，喜欢柳体书法，顾恺之的《洛神赋图卷》她几乎可以以假乱真，弹得一手好筝，会做很多好吃的点心，女红针黹更是不在话下，简直就是大家闺秀的顶级配置。

在付府盘桓了大半天，午后回府，一进大院子，顶头碰见阮郎归。

邢厮不知是从哪儿回来的，身上带着淡淡的酒气，截住我，斜着白眼问道："你这几日往付府跑得很勤啊！是去做什么的？"

"你猜。"我心情好，说话也和气多了。

阮郎归对于我难得的好脸色却很不满意："你已经逃学很多天了！"

我横他一眼，没好气道："给根鸡毛，你还真当令箭啊？让你进辛家大门就已经很不错了，还真想骑在我脑门子上作威作福啊？"

不知道为什么，我跟阮郎归相看两相厌，如今知道他是觊觎我六十六婶的人，我就越发讨厌他了。

"这几日太子被皇后娘娘禁足了，付恒是太子的贴身护卫，一直留在宫里，你去付府到底是做什么的？"阮郎归眼里有了然一切的精明。

"就是你想的那样。"我斜勾嘴角，扯出一个不屑的笑，"公平竞争，各凭本事喽！"

"你那是公平竞争？"阮郎归不屑至极，一脸鄙夷，"你都送礼送进人家闺房了，还有脸说公平竞争？"

"谁让你没有一个好侄女？"我呵呵冷笑，耸耸肩，"老老实实的，我还允许你在我家多留几天。否则的话，你就给我马不停蹄地收拾铺盖滚蛋！"

晚膳罢，阮郎归又出府了，我长了个心眼，直接杀去付家，果不其然，阮郎归正在大厅里坐着，跟付仲道品着茶。

我打了个招呼，就在阮郎归刀子一般的目光中笑嘻嘻地去找付蓉了。

付蓉的所见所闻都是自书本上得来的，总归不如亲眼所见那般多姿多彩，我尽拣有趣的事儿跟她说，逗得她眉开眼笑，不胜向往。

这些或好或坏的事儿，都是跟六十六叔一起干的，我虽然不能马上让六十六叔跟付蓉培养感情，但能经常在付蓉耳边提起六十六叔，总算是聊胜于无。

回府的时候，不出意外地被阮渣渣拦住了，那厮两眼喷火地瞪着我，厉声道："你跟踪我？"

我耸耸肩，两手一摊，一脸无辜："我去见我的好朋友，不可以吗？"

"你！"阮渣渣抖着手指着我的鼻子，怒道，"辛甘，你欺人太甚！"

我乐颠颠地上了马车，放下帘子前，还冲着阮渣渣好一番挤眉弄眼。

不料，车身倏地一沉，阮渣渣跟着上来了，一把揪着我的脖领子将我半提了起来。车厢低矮，他半弯着身子俯视我，凶神恶煞的样子令我心里直打鼓。

我有些胆怯，却又不肯在他面前认怂，狠狠地一扬下巴，冷声道："阮郎归，追不到女人，就拿我出气，你可真长本事啊！"

阮郎归一僵，提着我襟口的大手握得死紧，额头的青筋突突直跳，仿佛遭受了莫大的屈辱。

我满不在乎地哂笑："阮郎归，你瞧瞧你自己那熊样儿！不就仗着自己是定边侯世子吗？若是没了家世荫蔽，你还有什么能拿得出手的？文不如白夫子，武不如六十六叔，我要是付蓉姐姐，我宁可剃了头发当姑子，也不会委屈自己嫁给你！"

阮郎归死死地盯着我，眼里的怒火几乎要将我烧成一把灰。突然，他一把将我摁在车厢的后板壁上，气势汹汹地扑了过来，堵住了我的嘴。

用他的嘴。

也许他还残存着那么几分理智，不肯动手打女人，又想不出别的让我住口的方法，情急之下，出了下下之策。

我毫不犹豫地一口咬下，咬得他下唇鲜血直流，在他吃痛退开的时候，正手一记，反手一记，狠狠两个耳光扇了过去。

"娘的！你个孬种！喜欢就去追啊！追不到就跑来跟我瞎哔哔，你还是不是男人？你还有没有一点血性？你还要不要脸？"

我狠狠地擦着嘴唇，袖口绣了细密的海棠花纹，蹭得柔软的唇部都快掉皮了，火辣辣地疼。

阮郎归也不知是不是被我气疯了，居然再一次把我抵在车厢上，狠狠地压了过来。

我毫不犹豫地又咬了他，咬得特别狠，他却不肯松开，要不是浓重的血腥味呛得我胃里直翻腾，我铁定把他的嘴唇咬下来。

我拼尽全身力气，狠命推开阮郎归，连把脑袋伸出窗口都来不及，"哇"的一声吐了。

这一下，我彻底激怒了阮郎归。

他就像暴怒的狮子，带着吃人的戾气，不由分说地抓起我，狠狠地冲着我的嘴巴啃了过来。

我越发恶心，可刚才那一阵吐，早就把胃吐干净了，酸水都吐完了。

暴怒中的男人力气大得惊人，我的反抗就如小猫一般软弱无力，抗议被他堵进嘴里，憋成一阵"呜呜"的泣声。

我一辈子都不会忘记他带给我的屈辱，这个仇，我辛甘必报！

他放我的时候，我脑子都已经晕了，眼前冒起了金星，他一松开手，我就两腿一软，跌倒在车厢的铁板上，后腰被坐凳狠狠一硌，又疼又气又委屈，我忍不住"哇"的一声号啕大哭起来。

阮郎归这时才渐渐冷静下来，见我哭得直抽抽，似乎有些急了，但声音仍旧是冷硬的："别哭了！"

我立刻收住了哭声，是啊，我在他面前哭什么？

眼泪，是要流给心疼自己的人看的，在仇人面前，只能换来屈辱。

我狠狠地擦去眼泪，一字一顿道："阮郎归，我记下了，今日的屈辱，辛甘来日必当百倍奉还！"

阮郎归垂眸看着我，突然摸出一块折叠整齐的帕子，默默地递了过来。

我冷然一笑，接过来狠狠擦了一把鼻涕，阴阳怪气道："多谢！"

"辛甘，我……"阮郎归脸上带了微微的惭愧之色，"刚才是我不好，你……"

"你不必愧疚，反正我是要报复你的。"我傲然一笑，冷然截口。

气氛一时尴尬起来，一路无言。

回到府里，我下了马车，像公主一样昂首挺胸地走，仿佛刚才的屈辱都是一场梦。

一早起来，后腰上还要命地疼，拿镜子照了，居然有巴掌大的一片瘀青，嘴唇已经不肿了，好歹能出去见人。

　　我简单地梳洗罢，强忍着疼痛去了付家。照例是付夫人接待我，手挽手将我送到付蓉屋里。

　　"蓉姐姐，你去我家做客好不好？你还没去过我家呢！"说了会儿话，我向付蓉发起了邀请。

　　付蓉抬头，淡淡地看我一眼，神色间有些心动，更多的却是无奈，"不了，我很少出府的。"

　　我垮着脸，不胜委屈："蓉姐姐，你就答应我吧！每次都是我来看你，你还没去看过我呢！"

　　付蓉有些着慌，搁下手里的活计，叹口气，道："辛甘，不是我不乐意去看你，而是我甚少出府。一来，爹娘不许，二来，我也不敢。"

　　我眼珠子一转，计上心来，故作委屈："姐姐知道为什么我会天天往付府跑吗？"

　　付蓉果然追问："为什么？"

　　我用一种很娇羞的语气说："姐姐一定会怪我的，因为我……我接近你的目的不单纯。"

　　付蓉皱起了眉头，难得地开起了玩笑："你接近我能有什么目的？总不能是骗财骗色吧？"

　　我这才抬头直视她，鼓起勇气说："对了一半，我是为了付少爷来的。"天地良心，这番话纯属胡扯！

　　"为了我哥哥？"付蓉瞪大了眼睛，愣了愣，问道，"你为了我哥哥，所以接近我？"

　　"我总不能直接去缠着付少爷吧？"我微垂眼帘，努力做出一副很难为情的样子，"再怎么说，我都是女孩儿家，总不能直接往男人身上贴吧！"

　　付蓉点头，深以为然。

　　"姐姐才貌双绝，温婉贤淑，是京中出了名的淑女。我想着，跟姐姐待久了，能学到不少东西，兴许还能熏陶出女儿家该有的气质，兴许付少爷就能看上我了。"我怯怯地看着她，踌躇道，"姐姐生我的气了吧？"

　　付蓉笑笑，微带惋惜："不会，我很佩服你，有这样大的勇气。"

　　"可是姐姐，你知道吗？京中都传开了，辛家姑娘爱慕付大学士的少爷，天天往付府跑，可惜付大少爷连看都懒得看辛家姑娘一眼。"我一脸黯然，无比消沉，"姐姐，你能不能去我家做客？这样别人就知道我是你的朋友，我是来找你玩的。"

我顿了顿，接着说道"虽然我的确是冲着付少爷来的，可是……可是女儿家的名声……我……"

我说着，就开始抽搭，像我这种撒娇当饭吃的，掉个眼泪简直比喘气还容易，眼睛一眨，雾气就上来了。

不得不说，付蓉真是温柔到家了，我这么一委屈一掉泪，她就心疼了，连忙起身走到我边上，拿帕子给我抹了抹眼泪，柔声道："傻丫头，别哭，别哭！"

"姐姐！求求你了！"我巴巴地看着她，笃定了她会依了我。

果然，付蓉在很短的犹豫之后，点了点头，但又立刻补充了一句："只是要娘亲允准才好。"

那好办，只要银子使到了，付夫人不会不答应。

"姐姐，求你件事，刚才我对你说的话你可千万别告诉任何人，尤其是付少爷！"我连声嘱咐，万一这傻丫头真当我迷上付恒，给我牵线搭桥，那就糟糕了。

付蓉诧异道："为什么？你虽然天天来付府，可我哥哥一直在宫里，你根本见不着他，他又如何知道你的心意？"

"我就想待在有他的地方，旁的没奢望什么。"我垂下头，强忍着满身鸡皮疙瘩，"我出身商贾，高攀不起学士府。"

"傻丫头！你心地纯良，天真可爱，为了喜欢的人不惧世俗眼光，简直就是书里的奇女子，怎么会配不上我哥哥？"付蓉一脸恨铁不成钢，"我哥哥若是囿于门户之见，那他才是配不上你！"

这么说，付蓉没有门户之见？那敢情好啊！六十六叔的出身便不成问题了！

"反正姐姐替我保密就是了！"我郑重地嘱咐，"我不想万一说破之后，连普通朋友都没得做。"

付蓉勉为其难地答应了，歇了会儿，我就告辞了，约好了明日请她去我家做客。

第三章
付恒哥哥

早晨醒来，第一眼就看见青梧在桌边坐着，认真地做着针线，我懒懒地瞥了一眼，只见针线篮里放着一只已经做好的鞋子，她手中正做着另一只。

看看青梧，再看看我自己，突然，一股莫名的自卑油然而生。

不说付蓉，只一个青梧，都够甩我十八条街了。我曾经说过阮郎归除了出身一无是处，我又何尝不是呢？

早膳刚罢，付蓉来了。

我带着付蓉在辛家转了一圈，东看看西看看，转悠了老半天。算着六十六叔该下学了，我就让小螃蟹去找六十六叔给我办事。

六十六叔来时顶着一脑门子汗，手里捏着一本破破烂烂的书，还没进门，就扯着嗓子叫："辛甘啊，你怎么突然想起来要念诗了？这书都这么破了，要不我给你买本新的去？"

付蓉一听见男人的声音，顿时慌了神，我连忙将她推进里间屏风后头，这才让六十六叔进来。

我接过书，翻了两页，叹道："说的也是，这卷《小山词》是孤本，我毛手毛脚的，怕是要毁得不成样子，要不六十六叔，你帮我抄一份吧！"

六十六叔没好气地瞪了我一眼："我说你怎么突然要认真念书了，敢情是又要折腾我来着！"

"左右你抄家规也抄了千百遍了，这一卷词也没多少，两个时辰就抄完了。"我抿嘴一笑，"六十六叔，你就帮帮我嘛！"

六十六叔无奈地揉了揉我脑袋上那两把丫髻，没好气道："行了！真是拿你没法子！但愿你能当真认真念两日书，也不枉我顶着大太阳给你抄书的辛劳了！"

打发走六十六叔，付蓉才重重地舒了一口气，拍着胸口从屏风后走出来。

"那位就是辛家六十六郎？"付蓉睁着一双水眸，望着门口。

我重重地点头："是啊，他就是我六十六叔。怎么样，没骗你吧？六十六叔对我那可是有求必应的！"

付蓉脸上现出淡淡的羡慕之色："真好！比哥哥还好呢！"

我淡淡一笑，不再多说什么。午膳罢，送走付蓉，我去上课。白术今日的神色淡淡的，与往常无异，我也就装作什么都没发生过。

傍晚时分，六十六叔将抄好的词送来，第二天一大早，我拿着六十六叔亲笔抄写的词去找了付蓉，让她一则一则地给我讲解。

"字迹苍劲有力，挥洒自如，显见六十六郎是个豁达开朗之人。"付蓉连声赞叹，"有如此笔力，想来文采也是极好的。"

常言道，字如其人，付蓉对六十六叔的字赞许有加，对六十六叔也会多儿分好印象吧？

与付蓉待了会儿，算着时辰差不多了，我就告辞了。不想，刚出后院，就碰上了付恒。

我打了个招呼就要走，付恒却径直向我走了过来。

"辛小姐不在敝府用午膳吗？"付恒的笑意很暖。

我淡笑道："不了，等会儿要上学呢。"

付恒微微一笑："在下送辛小姐出门！"

我礼貌地冲他笑笑，由着他送我出门，上了马车。

"舍妹久在闺中，难免寂寞，辛小姐肯屈尊前来，在下不胜欢迎。"付恒挑着马车的门帘淡笑，温润如玉。

很好！成功拿下付恒！

回到家，刚下马车，阮郎归就迎面走来，拽着我的胳膊，一言不发地将我拖到一个僻静的角落，拉长了脸沉声质问："昨日你将付姑娘请进府中了？"

"是啊！"我得意扬扬，"蓉姐姐是我的好朋友，我请她来做客，有什么不对吗？"

"那你让六十六郎过去是做什么？"阮郎归两眼喷火，咬牙切齿，一副恨不得撕了我的表情，"付姑娘可是大家闺秀，你如此败坏她的清誉，还有脸说是她的好朋友！"

我懒得搭理他，狠狠一把推开阮郎归，扭脸就走。

他以为人人都像他一样卑鄙啊？我承认我动了手脚，可不该干的事情我一样都没干！

阮郎归越发恼火，胳膊一伸，就将我扯了回去，狠狠地将我摁在墙上，恼怒地瞪着我，那手背上的青筋，跟蚯蚓似的。

我嫌恶地瞪他一眼，不耐烦地冷哼道："怎么？还想再来一次？阮世子，本事不行也就算了，别把人品也输了！"

阮郎归狠狠扬起一只右手，我毫不畏惧地瞪着他，冷嘲热讽："怎么着？想打我？"

若说前夜的事情让我厌恶阮郎归，今日之事，我是彻头彻尾地看不起他了。

"姓阮的，你就不是个男人！"我鄙夷地乜斜他一眼，甩开他的手，理了理皱巴巴的衣襟，昂首阔步地走了。

能将阮渣渣气成这样，我的心情自然是好的，下午上课的时候，我一改这几日的心不在焉，听得十分认真。

白术对我的表现十分满意，课间休息的时候，走到我身边，拍了拍我的后脑勺，不胜欣慰："东郊沉香塘的荷花开了，明日早些起，我带你去采荷花，可好？"

那还用问吗？自然是好的啊！

我正要答应，无意之间，却看见了白术脚上的鞋子。

青色的缎面，以银线绣了几枝竹叶暗纹，正与他那身青色绣竹纹的长衫相配。

是青梧做的。

原本欢喜的应承顿时卡在嗓子眼里，上不去下不来，憋得我心里一阵闷痛。

白术的心上人是付蓉，青梧的心上人是白术，无论如何，我都是最没希望的那个。

"不了，我明早有事。"我心情瞬间低落下来，怏怏地趴在桌子上，烦躁地揪着头发。

我比不上付蓉那般贤良淑德，才貌双绝，也比不上青梧那般娇柔可人，傲骨卓然。白术要是能看上我，那只能说明一点——他瞎。

白术的眉头瞬间皱起，像是没料到我会拒绝，关切地问道："怎么了？"

我越发烦躁，脱口冲道："说了有事，你没听见啊！"说罢，我就拍着桌子踹翻凳子，撒丫子撒了。

青梧连忙追出来，连声唤着"小姐"，我只管跑，不理她，回了房，"砰"的一声将门关得死紧，任谁叫都不开。

闷了一下午，睡了一觉，醒来时，心情平复多了，想想今天没来由地发了一通火，又觉得对不住青梧，便去找她赔礼道歉。

青梧就住在我这座小院的厢房里，我进去时，那丫头眼睛肿得跟个核桃似的，一看就知道哭了很久。

见我进去，青梧连忙起身，声音还没完全平复下来："小姐来了。"

我心里一软，歉然道："今日是我心情不好，无缘无故发了一通火，你别往心里去。"

青梧连连摇头："小姐说的哪里话？青梧是小姐的人，小姐怎么对青梧，都是应该的。况且小姐素来厚待青梧，青梧十分感激小姐。"

我也不知该怎么说了，劝了几句，交代了小螃蟹给青梧送晚膳，就离开了。

可我万万没想到，初更时分，青梧出事了，腹泻不止，短短半个时辰便跑了四趟茅房，头晕无力，站都站不住了。

我连忙招了刘大夫过来给青梧诊治，刘大夫居然来了一句"脾胃虚弱，水土不服"。

我顿时起了疑心，每每有人喝下加了巴豆的竹叶青，刘大夫都会以"脾胃虚弱，水土不服"来替我遮掩，这一次，难道……

"你晚膳吃的什么？"我连忙追问。

青梧有气无力地答道："苦瓜酿肉，黄花什锦，八宝鸭和鱼脑豆腐。"

我皱眉问道："喝酒了吗？"

青梧点点头："小半壶葡萄酒。"

我立刻吩咐下去，将青梧的晚餐端上来，那吃了一半的东西都还在，并没有被倒掉，端端正正地在朱漆方盘上摆着。

一样一样查过，菜都是没问题的，但是那葡萄酒里却下了巴豆。

我拎起酒壶，凑到鼻端闻了闻，果不其然，里头掺了竹叶青！

是谁要害我？

不论是谁，这个黑锅我都背定了，毕竟竹叶青是我的。

这事很快传到了太爷爷耳朵里，他老人家啥都不稀罕，就稀罕女娃儿，当即就拄着拐棍儿过来了，一见青梧半死不活的样子，当场就怒了，敲着拐棍下令彻查。

这明摆着是个套，那没喝完的酒就是证据。按照常理，没吃喝完的食物是要倒掉的，碗盘洗刷干净归置好。可那小半壶酒连带着剩菜都被保留了下来，陷害我的人根本就是将矛头直指向我。

顿时，我成为众矢之的，百口莫辩。

太爷爷皱着眉头斥了一句"胡闹"，又舍不得我，狠狠责罚了小螃蟹。我拦不住，眼睁睁看着小螃蟹被掌嘴二十下，打得鲜血直流，被丢进了柴房。

我反复强调不是我做的，可太爷爷不信，我越申辩，他越火大，居然罚我不许吃饭，跪祠堂抄家规。

六十六叔半夜里偷偷来给我送吃的，开口第一句话就是："你呀！真是胡闹！青梧是个姑娘家，你那酒她能受得住吗？真要是惹出人命了，那可如何是好？毕竟是亲戚呢！"

我一把将碗砸了，狠狠地质问："六十六叔，你也不信我？"

六十六叔皱眉，没好气地说："信你什么呀！你上次才刚坑过阮夫子，没想到，这一次居然用到弱女子身上了！都怪我太惯着你，将你惯得无法无天！"

"你！"我气得不行，身子都颤了，起身一脚踹开小方桌，狠狠地将砚台掼在地上，怒道，"好！是我做的！都是我做的！我喜欢白夫子，所以讨厌青梧！都是我的错！我最错的，不是给她下巴豆害她拉肚子，而是没给她下鹤顶红！我就该毒死她！"

"辛甘，你！"六十六叔也怒了，霍然起身，痛心疾首地斥骂，"你怎可如此恶毒？"

最疼我爱我的六十六叔居然说我恶毒！

我顿时七窍生烟，完全忘记"理智"俩字咋写的了，怒火中烧地叫道："对！我恶毒！都是我的错！是我指使小螃蟹干的，都是我干的！我不但要让青梧拉肚子，我还要弄死她！我还要弄死阮郎归，弄死所有惹了我的人！"

六十六叔越听越气，脸色青白交错，嘴唇打着哆嗦，抬手就是一巴掌，狠狠地甩在我右边脸上："辛甘，你太让我失望了！"

脸上一疼，脑子一蒙，嘴里很快就泛起一股血腥味。

六十六叔傻眼了，呆呆地看着还没完全落下的手，颤声道："辛甘，我……我……"

我面无表情地起身，推开祠堂的门走了出去，门外站着一条长影，廊下阴暗，那人的眉目笼在昏暗的夜色中。

错身而过的时候，我顿了一顿，淡淡地问："夫子也不信我吗？"

白术没说话，只长长地叹了一声。

他身上带着暮春初夏夜间的寒气，想来在门外站了有一会儿了。他没进去，想来，也是很失望了。

"辛甘有负夫子教导，向夫子请罪。"我冷然跪下，向白术磕了三个响头。

白术探手，手刚伸出来就停住了，没拉我起来，只叹息着说："知错能改，善莫大焉，以后万不可如此任性妄为了。"

果然，没有一个人信我。

当我是命根子的太爷爷罚我跪祠堂抄家规，最宠爱我的六十六叔甩了我一巴掌，初见面时都不肯受我跪拜大礼的白术，这时却任由我磕头磕得眼冒金星。

我闭了闭眼，缓过劲来，捂着胸口跑了。

耳边响起呼呼的风声，我心里升起了浓浓的绝望，众叛亲离的滋味如一把火，将我的幸福生活烧成了灰烬。

脑袋一疼，撞上了一堵温热的墙，强大的冲击力震得我一屁股跌坐在地上。我抬头一看，是阮郎归。

我强忍着到了嘴边的哭声，狠狠地咬着下嘴唇，口腔里血腥味弥漫，冲得我险些吐出来。

阮郎归伸手拉起我，温声道："他们都不信你吗？"

他这般和颜悦色，令我心里的委屈如荒原野草一般疯长，我"哇"的一声哭了出来："不是我干的，真的不是我干的！可是他们都不相信！太爷爷罚我，六十六叔打我，夫子也不信我！"

阮郎归轻柔地拍着我的后背，在我耳边低声安慰："好孩子，我相信你，不是你干的。"

"真的？"阮郎归的话如一束阳光，照进了我阴雨连绵的内心。

阮郎归冲我温柔一笑，他的眼睛亮晶晶的，如最亮的星，笑意很温柔，在如水的月光映衬下，显得越发和蔼可亲。

可是他说出的话，却令我心寒到了极点。

"我信，因为——"他抱住我，附在我耳边，一字一顿地说，"那酒，是我动的手脚。"

我整个人都僵住了，不敢相信刚才听到的话，缓了一缓，才呆呆地问："是你？"

"没错，是我。"阮郎归将我抱得很紧，语声越发温柔，"当初你用竹

035

叶青害我腹泻不止,又让府里的大夫给我开了猛烈的药,还给我买桂花糕,辛甘,你真当我是傻子吗?"

我脚下一软,身子一晃,鸡皮疙瘩顿时冒起来了——阮郎归的心机居然如此之深!

"久病不愈,我请了旁的大夫来,自然戳穿了你的伎俩。辛甘,你难道以为我当真蠢得任由你戏耍而毫无所觉吗?"阮郎归低柔耳语,温热的呼吸喷在我耳边,我顿时如被毒蛇缠上一般,从头发梢冷到了脚后跟。

阮郎归笑得既得意又张狂:"你既然喜欢白术,那便好生喜欢去吧!我不拦着你。"

刹那间,我心里转过无数个念头。

白术不信我,他认定我因爱生恨,迁怒青梧,对青梧下毒手,他怎么可能会喜欢我?

青梧病弱,此事与白术脱不了干系,白术怎么可能对她不闻不问?

六十六叔不信我,还打我,我怎么可能再尽心竭力地帮他追求付蓉?

如此一来,所有追求付蓉的阻力都消失了,就剩下阮郎归一个人,他成功的可能性大多了。

"是吗?你以为这样,你就能得偿所愿吗?"我勾起嘴角冷笑,傲然说道,"阮郎归,我们走着瞧!我保证你会后悔的!"

阮郎归眯着眼睛,月光下,他的眼睛熠熠生辉,散发着胜利者的光芒。

我踮起脚,贴着他的鼻尖,一字一顿道:"阮郎归,你信不信,我的报复手段,你绝对承受不了!"

阮郎归瞳孔一缩,下意识道:"你想做什么?"

我嘻嘻一笑,攀住他的脖子,低声道:"你猜。"

"你想告诉老太爷他们真相?"阮郎归轻蔑地问。

我怎么会那么傻?现在去说,谁会相信我?

我松开他,退后一步,冷声道:"阮夫子,但愿下次看见你的时候,你还能如现在这般春风得意。"

阮郎归怔怔地看着我,长舒了一口气,悠然道:"好,我等着!我倒要看看,你能翻出来什么花!"

我傲然转身,抬头挺胸地大步离去。

站在付府后院的时候,脑子还蒙着,脸上热辣辣的,我低头看了一眼自己,衣衫凌乱,沾满灰土,像个逃荒的难民。

我呸出一口带着血腥味的唾沫，伏低身子，从狗洞钻了进去。

一道清朗而略带严厉的声音响起："什么人！"紧接着，一道月白色人影出现在我面前。

我半边身子已经进来了，正趴在地上，腰部卡在狗洞下面，腿还在墙那头。

我抬起头，撑着身子看着付恒，憋着哭腔说："是我，我是辛甘。"

付恒讶异地瞪大眼睛，弯腰将我扶起来，关切地问道："辛小姐？你怎么会在这儿？"

他上下打量着我，满目惊诧，再看看狗洞，踌躇着问道："发生什么事了？"顿了顿，皱眉关切地说，"我先带你去洗个热水澡，换身衣裳，再弄些吃的给你，等收拾好了你再慢慢说。虽然未必帮得了你，但我一定会尽力的。"

我勉强压抑着的委屈与愤慨一下子炸了锅，压都压不住，心里绷紧的弦铮的一声断了，我一把抱住付恒，放声大哭。

付恒身子一僵，很快伸臂环住我，轻拍我的后背，语声有些不自然："别哭，有什么难处你就说，我一定会帮你的。"

"他们都不信我！都冤枉我！"我扯着嗓子哭号，一把鼻涕一把泪。

付恒连声哄道："我信！我信你！你别哭，我带你去收拾一下。"

我只管哭，抓着付恒后背的衣衫，揪得死紧，用尽全力号啕出心中所有的委屈。

付恒哄了好一会儿，可我越哭越委屈，身子都抖了，付恒见劝不住，索性打横抱起我，将我抱到一间装饰简单的屋子，放在里间的凳子上，吩咐下人送热水饭菜进来。

我洗了个热水澡，换上了付蓉的衣服，感觉整个人都清爽了不少。付恒给我倒了一杯水，含笑问道："是想先睡一觉，还是想说说话？"

我握着水杯，盯着折射出点点烛光的水面，叹口气，黯然道："恒哥哥既然是太子伴读，想来对于我，应该是听说过些的。"

付恒容色一僵，一眨眼的工夫，脸就红了，喃喃道："听、听说过。"

"太子口中的辛甘，必然是调皮捣蛋，喜欢恶作剧的吧！"我淡淡一笑，略带自嘲，"的确，我跟太子在一起，不是作弄夫子，就是打架斗殴，从没干过好事。"

"可你也没干过坏事，不是吗？"付恒弯着眼睛笑看着我，"你只是贪玩罢了。"

我的手猛地一抖，杯子里的水洒了不少。

付恒的话就如一根针，直直地戳在我心里最隐秘最柔软的角落，刹那间，百般滋味齐上心头，我禁不住热泪盈眶。

"他们说我害人，说我恶毒，太爷爷罚我跪祠堂抄家规，六十六叔甚至打了我一巴掌。"我说得很平静，脸上火辣辣的，心里却凉透了。

我原就是蓬头垢面地闯进来的，沐浴罢又没绾发，长长的头发垂下，将脸挡住了一大半，又是在灯下，付恒一时没注意到。我这么一说，他顿时急了，连忙拨开我的头发，看清我的脸时，忍不住倒抽了一口冷气。

"天！他居然下手如此之重！"付恒的脸色倏地沉下来了，转脸吩咐丫鬟去拿个煮鸡蛋来，回过头来，试探着用指腹触碰我肿胀的右脸，"伤得这样厉害，怕是要上些药了。"

我摇摇头，道："出血了，上药疼。"

付恒的眉头皱得越发紧了，义愤填膺地说："到底发生了什么事？他们居然如此待你！"

我平静地说了青梧被下巴豆的事情，包括我和阮郎归的恩怨，末了，淡声问道："你信我吗？"

"信！"付恒毫不犹豫。

我嘲讽地笑了："算上今夜，咱们是第三次见面，可是你却信我。宠我爱我十四年余的太爷爷与六十六叔却不信我，恒哥哥，你说我是该哭呢，还是该哭呢，还是该哭呢？"

付恒径自拨弄着我的头发，刚一拨开额发，又惊叫了起来："你的额头怎么伤得那样重？"

我拂开他的手，苦笑着摇头叹道："无所谓了，反正也没人在乎。"

"我在乎啊！"付恒脱口而出，话音刚落，脸越发红了，搭在我额头上的手有些抖，"我……抱歉，我冒犯你了。"

我叹口气，黯然道："我没有地方能去，唯一能想到的就只有蓉姐姐。恒哥哥，我在这里的事情，你不要告诉任何人，如果有人来找，你就说我不在府上。"

"可你的亲人会担心啊！"付恒皱眉，"我知道你现在很生气，可生气归生气，家还是要回的。"

我别开脑袋，气哼哼地说："不回去！回去做什么？反正他们都不信我，我还回去干吗？"

"你若是不回去，阮郎归岂不是得逞了？那你这个黑锅就得一直背下去了。"付恒笑看着我，柔声哄道，"你不想回去不要紧，尽管在这儿住着，但总得将真相揭露出来，还自己一个清白呀！"

"也就你一个人相信我是清白的。"我黯然垂头，"一个人信，又有什么用？阮郎归一箭三雕，现在可好，再也没有人跟他抢蓉姐姐了！"

"什么？抢蓉儿？"付恒一头雾水。

我叹口气，无奈地解释："事情是这样的，我六十六叔在祈安节上见到蓉姐姐，一见钟情，走火入魔，茶饭不思，我知道六十六叔的心事，就想帮他一把。可我万万没想到，阮郎归和白术夫子也爱慕蓉姐姐。因为我和蓉姐姐交好，阮郎归恨上我了，就下药害了青梧嫁祸给我，而青梧又爱慕白夫子，此事弯弯绕绕，扯到白夫子身上，他必然不会放着青梧不管，再来纠缠蓉姐姐，而我因为被六十六叔误会，心中生了嫌隙，必然不肯竭尽全力帮助六十六叔，如此一来，阮郎归就没有竞争对手了。"

付恒眉头深锁，凝目看着我，声音冷硬："你是为了帮助六十六郎追求蓉儿才接近付家的？"

我嘿嘿一笑，牵动了脸上的伤，疼得我"嘶"的一声倒抽一口冷气，矢口否认："起初是抱着这样的心思，可是后来……"

"后来如何？"付恒微微向前倾身，气势有些逼人。

我心头一颤，果然目的不单纯容易招人烦，这个节骨眼上，我可不能再树敌了。

"后来我发现，付家的每一个人都很好，付大人才学渊博，为人正直，是朝廷的栋梁；付夫人温柔贤惠，像娘亲一样。我爹娘都在外地，很难得见，所以，我……"我说着说着，语气就低沉了下来。

天地良心，我真不是故意博取同情的！

"还有呢？"付恒追问，目光灼灼地看着我。

"蓉姐姐温柔可人，才貌双全，简直就是天下女子的榜样。"我连说带比画，接触到付恒深沉的目光，不知为何，心里没来由一紧，喃喃道，"还有恒哥哥，虽然你我交情尚浅，可是你却肯相信我，我很感动，真的。"

付恒深深地看着我，许久才道："时候不早了，你睡吧，我去书房。"

我连忙叫住他，眼巴巴地问道："恒哥哥，你生气了？"

"没有。"付恒声音微冷，脸色在烛光下显得有些暗沉。

"真的？"

分明是骗鬼嘛！

付恒回头，颇为无奈地横我一眼："一点点啦！"

我"扑哧"一声笑了，右脸又是一阵闷疼，我一抽冷气，付恒连忙走回来，拨开我的头发，往我脸上吹了几口气，皱眉冲门外喊道："叫你们去煮个鸡蛋，怎么到这时还没好？"

"来了！来了！"门外适时响起丫鬟焦急的声音。

付恒拿过鸡蛋，剥了壳，温声道："肿得很厉害，会疼，你忍着点。"

他将鸡蛋贴上我的脸颊，一遍又一遍细心地滚动。

困境之中，突然有人向我伸出援手，并且无条件地信任我，这种感觉，就跟数九隆冬喝了一碗热腾腾的人参鸡汤似的，满心里都是温暖。

蓦地，付恒身子一僵，不自然地唤了一声"辛甘"，我这才惊觉，不知何时，我居然把他给抱住了！

我坐着，付恒站着，弯着腰给我折腾脸，我这么一抱，整个人都缩进他怀里，双手搂着他的后腰，脸贴着他的胸膛，姿势要多暧昧有多暧昧。

我慌乱地松手，一瞬间脸上热辣辣的，羞愤欲死。

投怀送抱啊！我还连做了两次！

付恒也别扭得不行，尴尬地轻斥了声："别乱动，仔细弄疼你！"说着，就将我的脑袋从他怀里掏出来，一只手捏住我的下巴，另一只手拿着鸡蛋滚动。

我心里没来由一热，甜丝丝的，说不上来是怎么回事，但情绪莫名其妙好了不少。

等到付恒折腾完，已经四更了，他好生叮嘱一番，就去了书房，将他的房间让给我。

躺在付恒床上，我心里有些别样的滋味。

这是我第一次夜不归宿，还睡了一个可以算得上半陌生男人的床。

可是就是这个半陌生的男人，给了我无条件的信任。

我是被一阵猛烈的踹门声惊醒的，不出意外，付恒的房门阵亡了。

敢在别人家这般放肆的，除了黎昭那厮，根本不做第二人想。我还困着，懒洋洋地蜷成一团不肯起来。

"辛甘，你被打了？"黎昭快步冲到床前，将我的脑袋从薄被中扒拉出来，拨开我那乱糟糟的头发，捧着我的脑袋来回拨弄。

我一把拍开他的手，含混不清地骂道："我的爷，男女有别你知道吗？你这样闯进来，会败坏我名声的！"

黎昭怒冲冲地骂道："你还知道男女有别？还知道要名声？付家那么多间客房，你睡哪儿不好，偏偏睡男人屋里！"

我懒得跟他纠缠，不耐烦地挥着手赶苍蝇："去去去，困着呢，别来烦我！"

黎昭顿时怒了，伸手就来掀我的眼皮子："爷这可是硬闯出来给你撑腰的，死丫头，你就这态度啊！"

我一个激灵，彻底吓醒了。

娘哎，黎昭还被皇后娘娘禁着足哇！

我连忙爬起来，拽过衣裳胡乱披上，张了张嘴，突然想到再问也晚了，又半死不活地倒了回去。

黎昭胳膊一横，接住我倒下去的身子，死拖活拽地将我弄起来，没好气地叫道："睡什么睡！瞧你那没出息样儿！走，爷给你出气去！"

黎昭一拽我，我顿时急了，挣扎着大叫："出什么气呀！了不起也就是将阮渣渣揍一顿，他本来就一副受害者的姿态，你这一去，我的罪过越发大了，不但下毒手害人，还仗势欺人呢！"

黎昭一听，心有不甘，怒道："难道就这么眼睁睁地看着他害你？辛甘，你忍得了，我可忍不了！"

我好一阵感动，拍了拍黎昭的肩膀，动容道："果然咱俩才是情比金坚，什么妖魔鬼怪都离间不了的！"

黎昭脸一红，没好气地瞪我一眼："你那夫子是怎么教你的，情比金坚是这么说的吗？"

我摆摆手，懒得听他跟我转文，拿起衣衫转到屏风后头换好，简单洗漱一番，这才注意到付恒一直在外间坐着。

"恒哥哥，早啊！"我笑着向他打招呼，"多谢你昨夜的照顾，我的脸已经不疼了。"

"昨夜的照顾？"黎昭顿时炸毛了，死死地瞪着付恒，怒声斥道，"她不醒事，你也糊涂了吗？三更半夜，孤男寡女，这要是传出去，辛甘的名声怎么办？"

"真要是嫁不出去，那我就赖上恒哥哥好了。"我随口笑道，"这样太子爷可不省了一大笔贺礼了？"

黎昭越发怒了，涨红了脸，气哼哼地瞪着我。那小眼神，跟刀子似的，嗖嗖嗖直往我的厚脸皮上扎。

我嘿嘿一笑，却见付恒的脸也红了，看着我的时候，目光有些躲闪。

说话间，小厮来报，说辛府来了人寻我，付恒想也没想就回了"不在"俩字。我赞许地冲他一笑，付恒回我一笑，那叫一个温柔如水，都快把我泡酥了。

黎昭午膳罢就回宫了，付恒是他的伴读，自然是形影不离的，白天得跟着，他们俩一走，我就去找付蓉。跟付蓉哭诉一番昨夜的事情，付蓉立即跟我统一战线，将阮郎归从头发梢骂到脚后跟。

我心里松了半口气，这下阮郎归算是没指望了。

现如今阮郎归遭了嫌恶，白术又被青梧绊住了，这是六十六叔的好机会，是时候加快动作了！

左思右想，我决定来一场偶遇。

在付蓉屋里躲了三天，正赶上六月初一，付夫人该去庙里进香了，付蓉是要一道去的，我闲着无事，也跟着去了。

寺庙在郊外，我们穿过一条小路，就到了后山，说是山，其实就是个大些的土丘，没什么大树，倒是开了不少野花。

我找棵歪脖子小树，往树荫下一躺，有一腔没一调地哼着茶馆子里学来的乱七八糟的小曲儿。

付蓉摘了一大把野花，笑吟吟地问我："辛甘，你瞧，这花好看吗？"

我凝目看去，仔细看看花，再看看付蓉，摇头："你背过身去。"

付蓉诧异地问道："为何？"

"你脸在那儿摆着，影响我的判断力。"我皱眉，"转过去，背对我，我再瞧瞧。"

付蓉"扑哧"一声笑了，小步跑到我身边，娇嗔地横我一眼："油嘴滑舌！不理你了！"

"不理我还跑到我身边来？口是心非的小妖精！"我挂着一脸流里流气的笑，挑起她的下巴，"美人儿，给爷乐一个！"

付蓉将花往我脸上一甩，娇笑着跑开，刚跑出去没多远，就听她惊讶地叫道："六十六郎？"

"付姑娘！好巧啊！"六十六叔的声音十分惊喜。

我懒洋洋地在树下躺着，他们看不见我。我翻了个身，往反方向爬去，花叶深深，我在地上爬，他们根本注意不到。

爬出去好一段距离，沾了一身花粉草汁，我算着距离差不多了，正要起身，面前却冷不防多了一双鞋子。

青色的缎面，银线的竹纹。

白术穿着青梧做的鞋子，负着手站在我面前，居高临下地看着我，淡声道："闹了这几日，气该消了吧？"

我心口猛地一疼，一疼过后，突然就没了感觉。

我翻身坐起，拍了拍被草梗硌得满是印子的手，抹了一把脸，淡漠道："害人的人，有资格生气？"

"我以为，这几日你应该想得很清楚了。"白术的语气有淡淡的遗憾，夹杂着恨铁不成钢的失望。

我耸耸肩，无所谓地说："是啊，想得很清楚了。"

我眼瞎脑残缺心眼，才会喜欢白术，他除了有一副好皮囊，还有什么？不信我，不护我，这样的人有什么好喜欢的？

我豁然开朗，冲白术扬起一个笑脸："劳动夫子大驾，学生着实有罪。孺子不可教，夫子就别白费精力了，还是请回吧！"

白术眉头一皱，冷冷地看着我："辛甘，你真的让我很失望。"

呵呵，白术又何尝没让我失望？

"记得夫子曾经说过，氺辛家是为了娶妻，你这般心疼青梧，要娶的大约就是她了吧？我便将青梧许你，你带她走吧！"我往地上一躺，抱着脑袋，跷着二郎腿，一副放荡不羁的模样。

白术冷冷地瞪着我，突然一把将我拽起来，不由分说地拖着我就走。

我有些愣怔，白术从来都是淡淡的，如一碗白开水，从来没像现在这般蛮横暴怒过。

我一把甩开白术的手，自嘲地笑道："少将军这又是何苦？你要的尽可以带走，没人阻拦你，你又何必要跟我过不去？"

"辛甘，你！"白术低声喝道，"你怎的如此冥顽不灵？做错了就是做错了，只要你肯认错，肯改正，我会原谅你的，你为何执意不肯认错？"

我冷笑一声，傲然道："没做过就是没做过，我为什么要认？难道就因为我拿不出证据来证明自己的清白，就要硬生生收下这个屎盆子吗？"

白术脸一沉，满眼失望。

我冷然转身："你不信我，自有人信我。你不护我，自有人护我。少将军，你与我终归不是同一路人。我不怨你，但从此，我再不愿与你有所牵连。"

错的人，终归是要划清界限的，白术于我，不过是年少无知时的一场芳春短梦。

我掐一根狗尾巴草，叼着长长的草秆子，吊儿郎当地往小路上晃荡。白术的脚步声不远不近，窸窸窣窣。我懒得回头，再没了初见他时的兴致盎然。

　　一念起，一念落，我成功地将自己从迷恋白术的泥淖中扒出来了。

　　小路尽头，月白色的人影长身玉立，枣红马高大健壮，一人一马，站成守望的姿态。

　　我欢笑着跑过去，离老远，付恒就伸出手，做好我刹不住冲过去的准备。我冲到马边上，翻身跨上马背，笑嘻嘻地问："恒哥哥，我骑马，你能追上吗？"

　　付恒眨眨眼睛，回我一个暖洋洋的笑："你猜。"

　　我提起缰绳，双腿一夹马腹，叱一声"驾"，骏马如离弦之箭，倏然冲了出去。

　　"来追我呀！追到了请你喝酒！"

　　暖风送来野花的甜香，付恒的笑声如风铃一般动听。

　　突然，马身一沉，付恒跃上马背，双手环住我的腰："辛甘，你是怕我追不上吗？好慢啊！"

　　"你怎么会出现在这里？"我有些疑惑，付恒不去跟着黎昭，怎么会好端端地出现在小路尽头？时间还那么巧！

　　付恒"嘿嘿"两声，就想糊弄过去。

　　我脑中灵光一闪："好哇！蓉姐姐设计我！"

　　付恒脸一红，默认了。

　　付恒停下马，下来之后，伸着双臂来抱我，我一阵晃神，既好气又好笑，这货不是脸皮很薄来着？不是动不动就脸红来着？今儿个是受了啥刺激，居然抱着我骑马！

　　就这么一晃神的工夫，我的双脚就已经落了地，一低头，就见付恒的双手正在我胳肢窝下架着，我下意识抬头，却不料距离太近，脑袋撞在了他下巴上。

　　我吃痛，下意识叫一声，捂住额头，付恒连忙松手，一只手托着我的下巴，另一只手拨开额发查看我的额头。

　　我顿时羞得满脸热辣辣的，跟挨了一巴掌似的，如被火烧似的退了一步。

　　付恒的手落了空，有些尴尬地举着，怔怔地问："辛甘，怎么了？"

　　"没，没什么。"我尴尬地垂着眼帘不敢看他，"在地上爬了老远，又跑了一身汗，脏死了。恒哥哥，你瞧，你的衣裳都脏了呢！"

　　付恒满不在乎地笑笑，抽出一方素白的帕子，无比自然地给我擦汗。

付恒朝着六十六叔和付蓉所在的方向望了一眼，笑道："咱们走吧，大热天的，瞧你的脸都晒红了。"

他话里完全没有要阻拦六十六叔和付蓉的意思，我顿时乐了，爽快地跟着付恒走了。

像我这种逮着机会就要嘚瑟，逮不着机会，创造机会也要嘚瑟的主儿，那是很明显要去炫耀一把的，我理所当然地带着付恒回了辛家。

太太爷一听说付恒把我送回来了，激动地拄着拐杖亲自跑到大门口接我。他出来的时候，我正委屈兮兮地抹着眼泪，蹲在大门口死活不肯进去。

太爷爷早就急得挠心挠肺了，一瞧见我这么哭哭啼啼的样子，丢下拐杖就冲出来了，一把将我抱在怀里，老泪纵横。

我委屈地窝在太爷爷怀里，抽抽搭搭地说："太爷爷罚我跪祠堂抄家规，六十六叔打我耳光，你们都不要我了，我不要回去！"

太爷爷一听六十六叔打我耳光，气得白胡子翘得老高，跺着脚骂道："去把那个小畜生给我找回来！真是吃了熊心豹子胆了，居然敢打辛甘！看我不打断他的狗腿！"

午膳罢，我想去看看青梧，小螃蟹悄悄拦住我，小声告诉我，今晨太爷爷已经将青梧送走了。

我微微一愣，黯然垂眸，送走也好，以后的日子不平静，她留在这儿，兴许会受到更大的伤害。

第四章
你还没对我负责呢

　　我百无聊赖地晃荡进大院子，就见白术弯着腰在侍弄花草，一如我初见他时那般青衫素净，一派风流。

　　"辛甘！"白术叫住我，身姿不变，依旧背对着我。

　　"早啊，少将军。"我淡笑着打招呼，"这院子里的花花草草可比月前茂盛多了，可见少将军花了不少心思。"

　　六十六叔快该回来了，我得在这儿拦着，好第一时间打探到最新消息。

　　突然，头顶一暗，一抬头，就见白术沉着脸站在我面前，高大的身形将日光挡了个严严实实。

　　"有事？"我勾起嘴角，淡然看着他。

　　白术皱眉，语声沉沉："辛甘，你当真要与我划清界限？"

　　我打了个哈哈，好笑地看着他："少将军难道以为我当真是一心向学的好孩子？别闹了！在你之前，辛家一共来过十三位夫子，可我连《三字经》都背不全！"

　　午后的阳光热辣辣的，晒得我满头大汗。白术探手抓住我的手，带着我往亭子里走。

　　我没挪动步子，抽回手，笑看着他："少将军，男女有别，请自重。"

　　"你说什么？"白术眉头紧锁，蓦地拔高音量。

　　我微带讽刺地笑笑："虽然人家还是个宝宝，可毕竟是女儿家，这光天化日的，跟男人拉拉扯扯不好。"

白术微微敛眸，眸中盛满怒气："辛甘不是说最喜欢夫子的吗？如今不喜欢了吗？"

"童言无忌，少将军难不成当真了？"我讽刺地看着他，微微一笑，"少将军此前不信，那此后更不必信了。"

我不再搭理白术，甩着手蹦跶到凉亭里，往石凳上一坐，背靠着亭柱，伸长腿架在栏杆上，摸着下巴哼歌。

白术长腿一迈，几个大步跨上凉亭，绷着脸拖着胳膊将我拽起来。

我挑眉看着他，闲闲问道："还有事吗？"

"站没站相，坐没坐相，你看看自己像什么样子？"白术铁青着脸，一副气急败坏的样子。

我无所谓地耸肩，两手一摊："我本来就是这个样子的，所有的乖巧柔顺，都是装出来的。"

"那你怎么不继续装下去了？"白术轻嗤一声。

"我装，是因为我喜欢你。"我淡淡地说，笑看着他。

"如今你不装，是因为不喜欢我了吗？"白术眉头紧锁，脸色铁青，声音僵冷。

"不能信我护我的人，我为什么要喜欢？"我越发觉得好笑，"少将军，从你不信我的那一刻起，我就不再喜欢你了。"

"你当真不认我做夫子了？"白术身子一僵，拽着我胳膊的手猛然一紧，我痛叫了一声，他却恍若未闻，仍旧死死地捏着。

"我说过了，你再不是我的夫子，我也再不是你的学生。"我嘿嘿一笑，讽刺地说，"少将军弱冠之年，就耳不聪目不明了吗？"

白术怔了怔，缓缓地松了手，半晌才道："不认便不认吧！我来辛府，本就不是为了当夫子的。"顿了顿，微扬语调，"辛甘，你就不想知道，为什么我要来辛家吗？"

我耸了耸肩，两手一摊，他爱干吗干吗，反正跟我没关系！我懒得搭理他，索性避开，去六十六叔房里等。

等了老半天，我都快睡着了，六十六叔才回来，一见到我就扑了过来，抓着我的手，哭丧着脸大叫："辛甘，我错了！我真的错了！"

付蓉必然替我解释过了，他不信我，但是一定会信付蓉。

我绷着脸不吭声，冲他翻了个大大的白眼。

六十六叔觍着脸凑上来，笑得可不要脸了："不枉我疼你那么多年，你可真是我的贴心好侄女啊！"

我一个白眼丢过去，冷然道："现在知道我好了？大耳巴子抽我的时候，怎么就不念着我的好了？"

"我错了！我真的知道错了！辛甘，你会原谅六十六叔的，对不对？"六十六叔瞪圆了漆黑的眼珠子，跟条被主人抛弃的小狗似的，可怜巴巴地看着我。

我往竹榻上一歪，托着脑袋，眯着眼睛上下打量六十六叔，故意用他能听到的声音念叨："哎呀，蓉姐姐人美心善有才华，真不知道要什么样的天之骄子才能配得上她呢！"

六十六叔脑袋一昂，胸脯拍得"砰砰"响："我呀！"随即又涎着脸凑了上来，求道："辛甘，六十六叔的终身幸福，可就全指着你啦！"

晚膳罢，我照例在大院子里晃荡消食，阮郎归负着手走过来，脸上带着志得意满的笑，眼里浮起一层满满的嘲弄。

我轻蔑地哼一声，转回身打算换条路走，阮郎归却突然叫住我："辛甘，怎么一见着本夫子就走？"

我头也不回，蹦跶着踩着不规则形状的青砖，甩着手臂哼着茶馆子里学来的俚俗小调，将他无视了。

"能将付姑娘诳出去与六十六郎相会，不得不说，你还真是挺有能耐的。"阮郎归冷冷地说。

我脚下一顿，挑眉一笑："你倒是消息灵通。"

阮郎归快步走到我面前，斜挑着嘴角，阴阳怪气地说："纵然你讨了付姑娘欢心，讨了付恒欢心，讨得了付家上下欢心，那又如何？你莫要忘了，普天之下，莫非王土！"

"什么意思？"我心里"咯噔"一下。

阮郎归上前一步，挨我很近，微微垂头，附在我耳边，低低地说："辛甘冰雪聪明，必然知道我是什么意思。"

话音未落，阮郎归放声大笑，头也不回地走了，留给我一个嚣张至极的背影。

该死的！卑鄙！

我两眼喷火地瞪着阮郎归，直到他的身影消失在拐角处，我才郁卒地回身，冷不防撞上一堵肉墙，气得我二话不说，一脚就踹出去了。

"哎哟"一声，白术弯腰，捂着小腿，皱着脸苦笑："辛甘，咱能别那么粗暴吗？"

"你来做什么？"我不耐烦地问。

白术直起身子，似笑非笑："阮世子是皇后娘娘的亲侄儿，求一道赐婚懿旨，简直比吃饭喝水还要容易。"

我翻着白眼，不耐烦地看着白术："你想说什么，就直说吧！"

白术摇了摇头："我没想说什么呀！我只是想提醒你，阮郎归后台硬着呢，你得早作打算。"

我火大地瞪他一眼，狠狠地斜着肩膀撞他一下，擦着身子走过，没吭声。

一夜迷迷糊糊地净做梦，关于阮郎归那句"普天之下，莫非王土"，我在梦里生发出无数种可能，早晨起来，眼睛下面两团大大的青黑，跟让人揍了似的。

一大早我就直奔东宫，黎昭身边的小太监狗蛋引着我进书房，边走边说："辛大小姐可算是来了，太子爷这几日一直闷在宫里，就盼着您来呀！"

我缩了缩脖子，干笑道："呵呵……太子勤学，那是好事，我怎好频频打扰？"

付恒在书房外的长廊下站着，倚着廊柱，目光呆滞地看着廊下阶前的花花草草出神。

我离老远就停住脚步，摆摆手让狗蛋退下，蹑手蹑脚地绕了个大圈子，绕到另一边花木丛中，躲在花叶背后偷觑付恒。

付恒穿着一身月华色长衫，外罩一件白纱薄衫，微风拂过，白纱轻飘，仿若花间漫步的仙人。

我迈着细小的步子，悄悄地靠过去，绕到付恒背后，踮起脚去捂他的眼睛。

不料，我还没够到付恒的眼睛，手就被抓住了，一拉一拽，一股大力涌来，我不由自主地腾空而起，一个倒栽葱，脸朝下冲着繁茂的花木栽了下去。

"啊！救命啊！"我吓得肝胆俱裂，不由自主地尖叫。

眼看着我就要栽进花木丛中，被枝枝丫丫戳个满脸开花，付恒突然往前一扑，同时手上一个翻转，将我翻了个身，抱了个满怀，他抱着我再次翻身，翻成他在下，我在上的姿势，屈起一条手臂护住我的脸，拿自己的身子给我当人肉垫子。

哗啦啦一阵响，阶前一大片花盆全碎了，残花败叶零落一地，瓦片泥土狼藉不堪。

付恒急声问道："辛甘没事吧？可摔着哪儿了？"

我闭着眼睛不敢看付恒，刚才摔下去的时候，我的嘴唇好巧不巧地磕在他嘴唇上，唇齿相击，差点没把我的门牙崩了。

付恒见我不作声，抬手捧起我的脑袋，声音越发惶急："辛甘？辛甘？你怎么样了？"

我害羞啊！

我连忙撑起身子，突然，一道暴怒的声音传来，吓得我猛一哆嗦，一下子栽在付恒身上，好死不死地再次来了个嘴对嘴。

"辛甘！付恒！你们俩在做什么？"黎昭气急败坏，大步上前，一把揪住我的脖领子，拎小鸡似的将我拎了起来。

我就着黎昭的手站起来，顺手拉了付恒一把，问道："恒哥哥，你怎么样？"

付恒笑笑，眉目间一片淡然："我没事，你呢？可有伤着？"

我摇摇头，歉然道："是我不好，不该捉弄你的。"

付恒摇头无奈地笑笑："的确是你不好，倘若我再晚半分认出是你，你怕是得在床上躺上三五个月了。"

黎昭黑着脸拉着我的胳膊，将我往书房拽，一边怒气冲冲地呵斥："跑到东宫来捣乱，辛甘，你胆子可真是越来越肥了！"顿了顿，瞪我一眼，"说吧，找我干啥来了？"

"我是想问问你，最近阮渣渣那个臭不要脸的有没有进宫？有没有提到付蓉？"

黎昭紧拧了眉，不悦道："那么多天没来瞧我，来一趟，先是调戏了我的伴读，这会儿又来打听别的男人的事情，我说辛甘，你脑子里装的是糨糊吗？"

黎昭气哼哼地往书案前一坐，大马金刀地跷着二郎腿，端起一盏茶啜个没完，还时不时借着茶水升腾起的热气偷眼打量我。

我将黎昭的小动作尽收眼底，心里忍不住想笑，这货虽然比我大些，可一旦幼稚起来，也是没谁了。

"阿昭！好阿昭！"我拉长了音调，软着腔儿，拿出对付家中长辈的撒娇好戏。

黎昭这才不情不愿地看我一眼，放下茶盏，慢条斯理地说："前日阮郎归进宫给母后请安，母后还催着他早日讨一房贤良淑德的媳妇，他倒是没提付姑娘，只是向母后请求，来日若是有心仪的女子，请母后一定为他做主。"

求皇后做主，却又绝口不提付蓉，这货明摆着要在最后关头才使出撒手锏！

卑鄙啊卑鄙！无耻啊无耻！

我心里烦躁，一个人跑到护城河边上散心。

我坐在桥栏上，晃荡着两条腿，心里一团乱麻，烦躁得简直想一头扎进河里，好好冷静一下。

突然，一股大力从侧前方袭来，我没防备，往后一仰，摔了下去，疼得我当场飙泪。

"辛甘！你干什么？"白术的声音惊恐交加，一个箭步冲上来，把我抱得死紧，"发生什么事了？好端端的怎么寻起死来了？"

寻死？

我愕然望着白术，这货一脸焦急，确定不是故意捉弄我？

我捂着屁股，龇牙咧嘴，满眼热泪："姓白的，你有病啊？我就是吹个风，谁要寻死了？"

白术顿时尴尬了，"啊"了一声："吓死我了！我还以为你要跳河！怕拦不住你，只能用掌力将你击下，你没事吧？"

我冲他喊道："有事！本姑娘的翘臀摔成八瓣了！"

白术越发尴尬了，小心翼翼地问："还能走吗？"

我挣扎着想起来，一动，臀部钻心地疼，我摆了摆手，龇牙咧嘴地说："你回去找人来抬我，我走不成了。"

他探手揉了揉我的后脑勺，背过身蹲下，语气温和又歉疚地道："上来吧。"

我疼得厉害，坐在冷硬的桥面上很不好受，也顾不得那么多，连忙爬上白术的背，抱牢他的脖子。

白术的背很宽厚，伏在他背上很有安全感，随着有节奏的脚步，我脑子里慢慢地迷糊起来，沉沉地入了梦。

醒来时夜已经深了，一睁眼，就见浓黑如墨的天幕上嵌着疏疏落落的几颗星子，月亮已经不见踪影了。

我迷迷糊糊地问："这是哪儿？"

"青山，望天石。"白术的声音在耳边响起，带着清清淡淡的薄荷香气。

我一回头，脸颊贴着白术的嘴唇擦过，痒痒的，脑子里一时还没反应过来，回过神来时，才发觉自己整个人都窝在白术怀里，顿时尴尬了。

"不是回家的吗？"好半天，我才找到自己的声音。

"八年不曾见着青山的日出，心里挂着，就来了。"白术掖了掖盖在我身上的外衫，垂眸一笑，"再睡会儿吧，时候到了我叫你。"

"你看日出，拉着我干什么？无聊！"我没好气地瞪他一眼，揉了揉扁扁的肚子，郁闷地说，"我饿了，我要回家。"

白术宠溺地揉了揉我的后脑勺："我去找吃的，你在这儿等着，乖乖的，别乱跑，仔细走丢了。"说罢，往火堆里添了把柴就走了。

我又饿又困，迷迷瞪瞪的，靠着大树睡着了。醒来时，天光大亮，火堆早灭了，白术却还没回来。

他该不会是迷路了吧？那我怎么办？

我顿时急了，顾不得多想，顺着白术去的路找了过去。

青翠欲滴的杂草，带着晶莹的晨露，脚踩过，留下点点泥痕，很容易辨认。

没走多远，我就瞧见一个白色的人影，我心里一喜，大声叫道："少将军！少将军！"叫了两声，觉得别扭，又改口叫道，"夫子！夫子！"

没人回应。

走近些，才发现那人影是倒着的，我吓了一跳，连忙快步跑过去。

那人面朝下倒在草丛里，一动不动，毫无声息。我连忙扶起他，叫道："夫子！白……阮渣渣？"

我大吃一惊，他怎么会在这儿？

阮郎归满脸泥土草屑，露出来的皮肤青黑一片，双眼紧闭，嘴唇发紫，一副没几天好活的样子。

这分明是中了剧毒啊！

我第一反应是他吃了有毒的东西，或者被毒蛇咬了，查看了附近，没有呕吐物，就开始扒他的衣裳。

外衫中衣全扒完，我都没找着哪儿有伤口，看着那条仅剩的亵裤，我……

扒！

人命关天，没商量！

我咬紧牙关，死死地闭上眼睛，"刺啦"一把将阮郎归的亵裤扯掉了。

看？

不看？

极短暂的天人交战之后，我咬牙骂道："该死的！阮渣渣，你最好祈求祖宗保佑，别让你那二祖宗被蛇咬废了！"

映入眼帘的，是一大团乌漆麻黑、乱草一样的卷曲毛发，乱草丛中藏着一条软趴趴的毛毛虫。

"切！才那么一点点大！鄙视你！"我嫌弃地撇撇嘴，见他正面没伤口，于是奋起吃奶的劲儿，把阮郎归翻了个身。

触目所见，让我直想戳瞎双眼。

阮郎归左边的屁股蛋子上面赫然四个尖尖的小洞，上头还带着黑血，肿得老高。

啧啧，能让毒蛇把屁股咬了，阮郎归是怎么办到的？

救？还是不救？

我心里正天人交战，阮郎归突然呻吟了两声，声音很微弱，听起来很痛苦。

罢了，人命关天，我若是见死不救，这辈子都不会心安的。

我眼一闭，牙一咬，心一横，脚一踩，照着阮郎归的屁股就俯下了身子。

腥咸苦涩的毒血吸入口中的时候，我心里突然咯噔一下，娘哎！我要是也中毒了，那可咋整啊？

不记得吸出多少口毒血，直到伤口处什么都吸不出来了，我才停手，感觉脑子晕乎乎的，胸闷气短，眼前一黑，软软地栽倒了。

醒来时，天都快黑了，一个虚弱无力的声音幽幽地响在耳边："辛甘……你要是……再不……起来……我就要……被你……压死了……"

我甩甩脑袋，顿时感到一阵眩晕，缓了好大一会儿，才看清自己正压着阮郎归，阮郎归的脸埋在草丛间，真不知道他是如何认出我的。

我撑着虚软的身子，勉强挪了挪地方，阮郎归奋力翻身，等到他的脸转向上面，脖子勉强能抬起来的时候，一道凄厉的惨叫划破天际，那尖锐的声音，险些把我震得再次晕过去。

"啊……你……你……辛甘你……你居然……你对我做了什么？"阮郎归一副"清白被毁，无颜存活世间"的羞恼郁卒，抖着嘴唇质问，"你这个……你这个……流氓！禽兽！变态！浑蛋！"

我强撑着坐起身，努力睁大无力的眼睛，冷声道："要不是姑奶奶，你早就上阎王爷那儿报到去了！有那个力气叫，还不如想想办法怎么撑过今夜。天都快黑了，不想死的话，就爬起来找些解毒的药材去！"

阮郎归勉强捞起一件外衫挡在身前，悲愤欲绝地瞪着我："你说！你趁我昏倒对我做了什么？"

"吃干抹净，什么都做了！"我不耐烦地白他一眼，"怎么？想不开？要死了？成呀！不拦你，你去死吧！"

阮郎归一脸委屈，看看外衫下光溜溜的身子，再看看嘴角、脸上、手上还带着黑血的我，别别扭扭地说："你……你转过去！"

"软趴趴的毛毛虫，谁稀罕看！切！"我极度鄙夷，白眼一个接一个地翻。

"你！浑蛋！你占了我的便宜，还……还羞辱我！"阮郎归那小眼神悲愤得啊，简直比哭倒长城的孟姜女还要惨烈。

窸窸窣窣的声音响了老半天，阮郎归才穿好衣衫，我嫌弃地皱着眉头蔑视他："啧啧，白瞎这么好一副身段，二祖宗居然那么大一点点，我看哪，你这辈子多半是废了！"

很久以后，我才知道男人的那玩意儿是可大可小的，阮郎归那二祖宗看着不起眼，其实还真不是一般人能吃得消的！

阮郎归半死不活，我有气无力，眼看着天色渐渐黑下来了，我俩都没了斗气的心思，相互搀扶着找路。

跌跌撞撞地找了许久，阮郎归终于找到几株长得奇奇怪怪的草，开着紫色的小花，闻起来非常刺鼻。

阮郎归把草塞进嘴里嚼烂了，吐在手心里，红着脸撩开衣衫下摆，伸进裤子里，把草药敷在屁股上。

我瞪着眼睛看着他的一举一动，丝毫没有回避的意思。

天地良心，我对阮渣渣的屁股真没兴趣，只是难得见他这么狼狈，不舒舒坦坦地看一场好戏，怎么对得起自己？

"不要脸！"阮郎归耷拉着脑袋，暗暗拿白眼翻我。

我朗声大笑，却因为中毒，笑声虚软无力。阮郎归朝我翻了好几个白眼，才把一棵草递给我："喏，把这个吃了！"

"不要！"那味道光是闻着我都脑仁子疼，吃下去还不要了亲命啊！

阮郎归脸一板："不吃了它，你别想活着走出青山。"

我看看阮郎归，再看看那株草，挣扎了一会儿，垮着脸说："阮渣渣，你可给我记住了，我这可都是为了救你啊！"

阮郎归闻言，脸一红，狠狠地梗了梗脖子，想说什么，喉头动了动，又憋回去了。

我满意地乜斜他一眼，将草塞进了嘴里，强忍着不适嚼了两下，顿时，整个口腔苦涩辛辣，刺疼的感觉跟拿刀子刮肉似的。

"呕！"我张大了嘴巴把草药吐出去，伸长了舌头，跟狗似的直喘粗气。

阮郎归剑眉一皱，眼睛眯起，不耐烦地瞪我一眼，劈手夺过药草，二话不说塞进了自己嘴里。

我愕然望着他，但见他嚼了几下之后，突然就凑了过来，抱住我的脑袋，嘴唇猛然贴上来。

"你干吗……唔……"我惊得瞪大眼睛，阮渣渣的脸近在眼前，鼻尖都碰到我的鼻尖了。

苦涩辛辣再次充盈着口腔，随之而来的还有一条柔软滑腻的舌头，比蛇还灵活，直直地冲向我喉底，重重地压着我的舌根，强迫我吞下苦涩的药草汁液。

我整个人都不好了，死命挣扎，可那厮不知道哪儿来的力气，两条手臂死死地箍着我的上半身，手固定着我的后脑勺，我完全处于动弹不得的窘境。

我毫不犹豫地一口咬了下去，阮郎归闷哼一声，却没松口，直到我被迫连汁带草吞咽下去，他才松了口，伸手抹一把嘴唇，恨声道："辛甘！你属狗啊！又咬我！"

我火大地呸他一脸药汁，怒骂道："你个白眼狼！恩将仇报！我拼命救你，你却拼命坑我！"

按理说，阮渣渣那小暴脾气，肯定是要跟我针锋相对的，没想到，他只不过翻了个白眼，就不再搭理我了。

我这人大多数时候贱兮兮的，别人不来撩拨我，我一准儿去撩拨别人。

我凑过去，拿胳膊肘子捅了捅他，挑眉问道："喂！你怎么啦？"

阮郎归没吱声。

我眼珠子一转，找到了新话题，漾着一脸贱笑，问道："啧啧，被蛇咬的人多了去了，但是被蛇咬了屁股蛋子的可就没几个了。我说，蛇毒没往不该去的地方跑吧？"

阮郎归霍然回头，怒目瞪着我。

我咧着嘴笑嘻嘻地凑近他："你说，万一余毒没清除干净，再影响你……"我一边说，一边往他二祖宗那儿瞄，满脸"你完了，你废了，你彻底不行了"的表情。

阮郎归狠狠地一咬嘴唇，咬牙切齿地吼："辛甘！你闭嘴！"

我禁不住打了个小小的哆嗦，却见他飞给我一个高傲的眼神，鄙夷道："偷亲男人的女人多了去了，可偷亲男人屁股蛋子的女人，怕是也没几个吧？"

"你！"我怒了，却又无话可说。

我豁出去老脸救他，他却拿这个来损我？良心真是让狗吃了！

我愤愤地一甩袖子，冷哼一声，闷着头不管不顾地往前就走。

漫山遍野都是树木杂草，根本没路，齐腰深的野草割得双手生疼，很快就布满了血痕。

又渴，又饿，又累，又疼，蛇毒还没完全清除，前头茫茫一片，天色又快黑了，我心里一急，眼泪就掉下来了。

阮渣渣见我哭，板着脸拿胳膊肘子捅了捅我，颇有些不耐烦地问道："喂，你生气啦？"

我冷哼一声，抹了一把眼泪，别开了脑袋。

"好啦，别哭了，我不说你了。"阮郎归的语声有些别扭。

我再哼一声，甩开了他的手。

阮郎归深深地吸了一口气，语气越发别扭："是我不对，不该故意气你，你救了我，我其实是很感激你的。"

我狠狠瞪他一眼，恹恹地说："今晚多半是走不出去了，还是赶紧找个安全的地方吧，否则夜里也不知会出什么岔子。"

我越发忧心，皱着眉"啧"了一声："阿弥陀佛，但愿青山没什么猛兽！"

阮郎归闻言，容色倏地沉了下来，叹口气："走吧！找个山洞凑合一夜吧！"

找了很久，我们也没找到山洞，筋疲力尽之际，勉强寻着一块陡峭的岩壁，约莫半丈高的地方横伸出来一块巨石，恰好处于背风处，勉强能栖身。

阮郎归生了火，我俩靠着岩壁坐着，围着火堆取暖。一阵冷风卷过，暴雨噼里啪啦砸下，火堆顷刻间熄灭了，四下里一片漆黑。

闷雷轰隆隆的，闪电一道接一道，天空黑白交错，格外吓人。

冷风一吹，恐惧感油然而生，我心里直打鼓，抱着双肩打哆嗦。

"辛甘，你没事吧？"黑暗中伸过来一只手臂，搭上了我的肩膀。

我连忙抓住那只手，努力壮着胆子："没事，没事。"却下意识将那只手抓得死紧。

山风凛冽，裹挟着冷雨一个劲儿往身上浇，头顶上那块石头根本挡不住，很快我就浑身湿透了。

阮郎归焦急地说："雨这么大，怕是一时半会儿停不住了，辛甘，你撑得住吗？"

我上下牙关直打架，发出"嗒嗒嗒嗒"的清脆的声音，努力拉直了声线，道："我我我……我尽量。"

雨越下越大，风越刮越猛，我越来越冷，浑身抖得跟筛糠似的，头昏脑涨，坐都坐不稳了。

我撑着有些模糊的神志，往阮郎归身边凑了凑，颤声问道："我们会不会死在这里？"

阮郎归横我一眼，没好气道："乌鸦嘴！什么死不死的？你就不能说句好听的？"

眼皮子越来越重，渐渐地，脑袋都抬不动了，我感觉到有个冰凉的怀抱拥住我，一道发颤的声音在我耳边聒噪："辛甘！你醒醒！不许睡！听到没有？不许睡！把眼睛睁开！"

再次睁开眼睛的时候，天灰蒙蒙的，雨还没停，阮郎归光着上身抱着我，我身上只穿了一件兜肚。

我叫了两声，阮郎归却没回应，大约也是晕过去了，可他的双臂却仍旧紧紧地抱着我，脑袋搭在我肩头，脸颊贴着我的脸颊。

我心里突然升起一阵暖流，这个阮渣渣，好像也没有那么渣呢！

我没有多余的精力自救，勉强清醒了一会儿，又晕过去了。

不知何时，耳边传来急促嘶哑的呼唤声，一声声"辛甘"叫得凄惨无比，催人泪下。

我勉强睁开眼睛，只见阮郎归放大的脸近在眼前，那小眉毛皱得，都快成两个黑疙瘩了。

"我还没死呢，你就开始叫魂了！"我嘟哝了一句，声音嘶哑无力，仿佛喉咙里堵了一团破棉花。

口干舌燥，头昏脑涨，我下意识伸舌头舔了舔嘴唇，不料只舔了一下，嘴唇就裂了，鲜血溢出，腥味熏得我一阵反胃，想吐，肚子里却空空如也，什么也吐不出。

阮郎归担忧地说："不能再在这里等下去了，再不看大夫，你会没命的！"

阮郎归折身在我面前蹲下，将我背起来，一只手托住我，另一只手拄着树枝往前走。

一路上，阮郎归时不时地跟我说几句话，尽可能不让我睡过去。不知过了多久，我隐隐约约听见水声，感觉到阮郎归将我放在地上，过了一会儿，有个凉凉的东西覆在我额头上了。

定睛一看，阮郎归一只手拿着一块白布给我擦脸，另一只手握着一块扁平的鹅卵石，擦完脸，就将那块鹅卵石放在我额头上，回身去溪边将白布搓洗几下，拿回来给我擦手。

"辛甘，你烧得厉害，我们不知要过多久才能走出去，我只能先拿冷水给你擦擦身子，让你别烧得那么厉害。"阮郎归这几句话说得还算流畅，可接下来他突然红了脸颊，迟疑道，"你……我要脱你的衣服了，你……我也是没办法，救人要紧，不是故意要占你便宜的！"

夜里他不都已经脱过我的衣服了？这会儿又开始装正人君子了，我呸！

我没力气说调侃他的话了，大约是我的眼神中流露出了戏谑，阮渣渣忽然正气凛然地说：“反正你昨天也把我看光光了，我现在看回来，就当扯平了！”

有这么扯平的吗？

阮郎归脱了我的外衫和中衣，拿白布浸了水给我擦身，手臂、肩背、双腿——擦过。

昏昏沉沉中，我感到有什么清清凉凉的东西滴进嘴里，透过无力的眼缝看了看，见阮郎归手中提着一个白布小包，有红红的水从小包中滴落，正落在我唇间。

“这里没什么吃的，我找了些果子来，挤点汁水给你解解渴，虽然不能挡饿，总好过溪水。辛甘，你撑着点，千万别睡，我这就带你下山。”

休息了一会儿，阮郎归就背着我下山了，他的脚步很急，好几次差点跌倒。

日头越来越高，我被晒得半死不活，阮郎归突然将我放下，扯下自己的外衫，在溪中浸湿了，兜头兜脸地将我盖住，再次背了起来。

“辛甘，你给我撑住了！你要是就这样死了，我一辈子鄙视你！你个没用的东西！”

“辛甘，别睡，睡了就再也醒不过来了！”

“辛甘，你要是敢死，我立刻去求皇后娘娘赐婚，让你所有的谋划全部泡汤！”

“辛甘！”

“辛甘！”

“辛甘！你个混账玩意儿！你把我看光光了，还亲了我的屁股，你还没给我赔偿呢！你要是死了，我不是白吃了一个哑巴亏？我找谁说理去？”

“辛甘！不准死！你还没对我负责呢！”

…………

我想，我大概是真的要死了，不然怎么会听见阮渣渣说要我对他负责这种鬼话？

“看在我……救了你的分上……别……别跟六十六叔抢……抢……”遗言没交代完，我就两眼一闭，晕了。

我在黑暗中摸索了好久，我隐隐约约看见前面有一片白茫茫的，心知那大约就是传说中的阴曹地府了，于是哀叹一声，认命地踏上黄泉路。

别了，六十六叔！

别了，恒哥哥！

别了，人世间不计其数的美男子！

第五章

看你下次还敢乱叫

"喷，我就说嘛！祸害遗千年，她怎么可能那么爽快就死了！"阮郎归的声音一如既往充满了鄙夷与不屑。

我那个气啊！我都死了，还躲不开他啊！这货跟我到底有多大仇？

"怎么？还装死啊？"伴随着鄙夷不屑的声音，一只大手攀上我的脸，扒着我的眼皮子往上翻。

睁眼一看，果不其然——阮渣渣！

"怎么到哪儿都能见到你，这到底什么仇什么怨？"我怒了，狠狠一巴掌拍开阮郎归的手，腾的一下坐起来，这才发现太爷爷、七爷爷、七奶奶、六十六叔、白术、黎昭、付恒都在房里，乌泱泱一堆人头。

"嚯！我没死？"我呆了呆，反手狠狠拧一把自己的脸蛋，疼得我"嘶"的一声倒抽了一口冷气，"太好了！我还活着！我居然还活着！"

阮郎归嫌弃地撇嘴："切！神经病！"

太爷爷抹着眼泪，泣不成声："我的辛甘哪！你可算是醒了！你要是有个三长两短，那不是要我老头子的命吗？"

六十六叔接道："辛甘，你可吓死我们了！你昏迷了整整三天，要不是太子殿下去向皇上求了救命圣药，你这条小命就算是报销了！"

不得不说，黎昭的药真是好得没话说，我都昏迷三天了，醒来居然能活蹦乱跳跟没事儿人似的。

白天睡多了，晚上没啥睡意。天还没亮，我就醒了，略一思索，便让小螃蟹去叫六十六叔过来，就说我突然上吐下泻，高烧不退，梦中惊悸，睡不安稳，奄奄一息，快不行了。

六十六叔穿着寝衣，蓬头散发，光着脚丫子就冲进来了。

"辛甘，你怎么啦？怎么又……"六十六叔的鬼吼鬼叫在看到我之后戛然而止，顿了一顿，破口大骂，"死丫头！大晚上的不睡觉，这般作弄人，你皮痒了啊？"

我嘻嘻一笑，招手示意他过来："六十六叔别生气呀！你要是不过来照顾我，怎么能第一时间看见你的心上人呢？"

六十六叔一怔，抓了抓乱糟糟的鸡窝头，拖了一张凳子在床边坐下，呆呆地问道："这样骗付姑娘，不太好吧？"

我撇撇嘴，不以为意："不然的话，你以为知书达理的名门闺秀会轻易见陌生男子？"

六十六叔"哦"了一声，默默地低下头思考人生。

我有些倦了，躺着躺着，就睡着了。醒来时，听到有人小声说话，还有微微的脚步声。

"怎么回事？昨儿个不都醒了吗？怎么又昏过去了？"声音温柔而焦急，是付恒。

一只手探了过来，轻柔地摸了摸我的脸颊，那手触感柔滑，必然是付蓉无疑。

"才几日不见，居然病得这样沉，到底发生了什么事情？"付蓉的声音满含怜惜。

"白夫子带辛甘去了青山，不知怎的，辛甘落单，遇上阮夫子。阮夫子被毒蛇咬了，辛甘为了救阮夫子，自己中了蛇毒，又被雨淋了，发起了高烧。"六十六叔的声音十分沉痛，仿佛我分分钟撒手人寰似的。

付蓉愤然道："太过分了！私自带辛甘出城，却又没能照顾好她，害她受了这么大的罪，这个白夫子，可真是称职！"

"要不是为了救阮夫子，辛甘也不至于中毒，否则不过是淋了一场雨而已，哪里就这般奄奄一息了？要不是太子去向皇上求了外邦进贡的灵药，辛甘怕是……"付恒同样义愤填膺，"可怜的辛甘，这一番无妄之灾，真是白受了！"

我有些绷不住，再装昏迷怕是要破功，于是动动手指，掀掀眼皮子，闷闷地咳了两声，无比虚弱地叫道："水……水……"

一双手迅速将我扶起来，一只水杯第一时间凑到我唇边，喝了几口之后，一块带着淡淡馨香的帕子凑上了我的嘴角。

我缓缓睁开眼睛，看着面前的人，茫然地发了一会儿呆，才惊喜地笑道："呀！蓉姐姐来看我啦！真好！"

付蓉的眼泪"吧嗒"一下就掉了下来，无比怜惜地说："好妹妹，你受苦了！"

我瞧见付蓉因为心疼我而落泪，心头一暖，鼻头一酸，眼眶一热，泪水不由自主地涌了出来，拉着付蓉的手，边哭边笑："蓉姐姐别哭，我没事的，就是身体里的蛇毒没有排干净，还有些不舒服罢了，没什么大碍的。"

付蓉擦擦眼泪，回握着我的手，带着哭腔说："没事就好，没事就好！昨夜哥哥告诉我你出事了，我担心得一夜没睡着。"

我凝目去瞧付蓉的脸，果然，她眼睛下有一圈淡淡的暗影，透过脂粉都能看见。

付恒拍拍付蓉的肩膀，温声道："蓉儿别哭了，你瞧，你一哭，辛甘也跟着哭了。"

付蓉点头，哽咽道："我做了点心给你，你现在能吃吗？"

我刚要点头，一转脸看到六十六叔一脸垂涎的样子，于是垂下眼帘，苦恼地叹道："大夫说我现在身子虚弱，只能喝些米粥。"

刚才喂我喝水的时候，六十六叔将我扶起来，坐在我身后，让我靠在他怀里，这会儿，他突然在我后腰戳了戳。

"蓉姐姐，你来，我对你说一句话。"我低声将付蓉叫过来，附在她耳边，小声说道，"我想跟恒哥哥说说话。"

付蓉会心一笑，调皮地冲我眨了眨眼，递给我一个"我懂的"的暧昧眼神。

付蓉温声问道："六十六郎，你能带我去厨房吗？我想熬些粥给辛甘喝。"

六十六叔连声应好，他俩一走，房间里就剩下我和付恒，气氛顿时有些尴尬了。

"辛甘脸色很不好，是不是又不舒服了？"付恒凑到床边坐下，焦急的目光一直往我脸上黏。

我突然想到，如果付蓉嫁给六十六叔，那付恒就是我的长辈了，于是哀怨地叹口气，道："唉！能叫你恒哥哥的日子不多了，想想就心痛得无法呼吸。"

"为什么？"付恒蓦地提高了音调，"你要跟我绝交吗？"

付恒脑子里装的是什么？小笼包吗？

我越发哀怨，长长地叹口气："以后我就要叫你大叔了。"

付恒皱眉："什么意思？"

"我六十六叔跟你妹妹两情相悦，一旦结了良缘，你就是我六十六叔的大舅哥，那不就是我的叔叔吗？"

付恒嘴角一抽，眼皮子直跳，沉沉道："辛甘，你是故意的吗？"

我嘻嘻一笑："被你看出来啦？开个玩笑嘛！别生气呀！"

付恒冷哼一声，别开头，许久才低低地说："我才不要做劳什子大叔！"

我顺口接道："是，不做大叔，那就做大爷好了，我可以单方面认同你年纪比我爹大。"

付恒顿时怒了，黑着脸皱着眉眯着眼咬着牙，冷冷道："谁是你大爷？别给我乱攀亲戚！"

我从不知向来温柔如水的付恒居然有这般严厉的时候，小心肝一颤，打了个小小的哆嗦，有些委屈，扁着嘴埋怨："都说了是开玩笑嘛！还凶人家！"

付恒却没理会我，径自抄着手臂倚着床尾雕花木栏，仰脸望天，一脸"生人勿近，死人勿扰"的冷漠。

我越发委屈了，用他可以听清楚的声音小声嘀咕："人家还病着呢！不知道病人要保持愉悦的心情吗？这样凶人家，让人家怎么安心养病啊！"

付恒顿时软了，无奈地瞪我一眼，没好气道："还病人呢！欺负人的时候可连一点儿虚弱都没看出来！"

我嘻嘻一笑，爬过去拽住付恒的胳膊晃了晃，讨好地说："那不是因为我知道恒哥哥一定会让着我吗！"

付恒这才转回笑脸，将我摁回床上，做出一副横眉怒目的样子："你好生休息，我先出去一趟，一会儿就回来。"

我万万没想到，他这一走，就出事儿了。

我都快饿成狗了，付蓉的粥还没影儿，我估摸着，六十六叔和付蓉光顾着谈情说爱，将我给忘了，于是怒气冲冲地趿拉着鞋子去厨房找他们。

刚走出小院，就见外边的小花坛跟遭雷劈了似的，满地残花败叶，一个小丫鬟正慢吞吞地清理着。

"出什么事了？"我连忙上前询问。

小丫头起身向我行了礼，怯怯地说："回小姐的话，刚才付少爷和白夫子打起来了。"

原来付恒说出去一趟，是去找白术打架了！

"谁赢了？不是，后来怎么样了？"

"白夫子没还手，挨了好几拳，被打得口鼻冒血，然后付少爷就怒气冲冲地走了。"小丫头战战兢兢的，顺手一指阮郎归的房间，"付少爷去阮夫子的房间了。"

我拔腿就往阮郎归房间跑，小丫头连声喊道："小姐！小姐！阮夫子不在房里，付少爷没找着，已经走了。"

我长长地舒了一口气，幸好没找着，否则非出大事不可！转念一想，付恒到现在都没回来，弄不好上别处去找阮郎归了，连忙折身往厨房跑，想让六十六叔去把付恒找回来。

跑进大院子，我再次傻眼——付蓉居然和阮郎归在一起！

我还没来得及纳闷这两个人怎么凑到了一块，就见付蓉狠狠地扇了阮郎归一记耳光。

我的天！温柔如水的付蓉居然扇人耳光！

我怕事情往不可控制的地步发展，连忙快步跑过去，却见付蓉端起搁置在一边石台上的粥，头也不回地走了。

我见她过来，下意识蹲下了身子，小心翼翼地贴着墙根撤，好在付蓉一直低着头走路，连眼皮子都没抬，我溜进小院，倚着院门翘首而望。

付蓉走近了，见我靠着门口站着，连忙问道："辛甘，你怎么出来了？我哥哥呢？"

"恒哥哥说出去一趟，一会儿就回来，可是他到现在都没回来。"

付蓉没多想，淡淡地说："外头日光毒辣，你莫要晒着了，咱们回屋吧。"

我往外望了望，问道："六十六叔呢？没跟你一起？"

付蓉脸一红，道："他……他似乎有事，先走了一步。"

说话间，六十六叔就来了，远远地冲我们打招呼。

我顿时哭笑不得，六十六叔大约是去茅房了，就这么一会儿的工夫，付蓉就把阮郎归给打了。

傍晚时分，狗蛋过来传话，说付恒进了东宫，被黎昭留下了，让他来接付蓉回府。

得，黎昭又掺和进来了！

送走付蓉，我顾不得跟六十六叔商量，第一时间去找白术。

白术正在廊卜的台阶上坐着，一只手托腮，目光定格在一盆开得很盛的一串红上。

我在台阶下站着，静静地看着他。白术没抬头，淡淡地说："你来了。"

我默默地走过去，在他下面一级台阶上坐了，与他错开一些，耷拉着脑袋不说话。

"怎么不说话？"白术淡淡地问，目光终于从一串红上移开了。

我十分沮丧："不知道该说什么。"

"那你来做什么？"白术的语气有些冷。

我折了一根花枝，拿在手里把玩，黯然道："只是觉得应该来而已。"

"是吗？"白术再次别开了目光。

我的心顿时提起来了，这般冷淡的语气，这是万事没商量的节奏啊！

我沉默片刻，小心翼翼地试探："今天的事情，我听说了。"

白术没作声。

"我……很抱歉。"我低声说，"付恒他误以为是你把我丢在山上，才会害我受伤生病，所以……抱歉。"

白术继续沉默。

我有些局促不安，下意识将花枝折成一小段一小段，将鲜艳的红花在指间揉捻成一团烂糟糟的汁液。

"付恒对你很好。"白术语气很淡，意味不明。

"他是我的朋友。"我故作镇定，"他很讲义气，所以……我很抱歉。"

白术的声音蓦地提高了，带着很明显的怒气："你来，就是为了跟我说抱歉的吗？"

我吓了一跳，下意识道："我是来向你道歉的，我希望你能别计较这件事。"

白术冷笑一声，不置可否。

"付恒已经知道自己闯祸了，去东宫向太子认罪，太子一定会惩罚他，这件事就到此为止，成吗？"我小心翼翼地打量白术的神色。

白术冷然道："你是想提醒我，付恒有太子撑腰，所以让我识趣点，别惹他，对吗？"

我顿时蒙了，来不及思考自己是不是说错话了，连忙分辩："不是的！夫子，我不是这个意思！你不是喜欢付蓉姑娘吗？付恒是付蓉的亲哥哥，你要是真把付恒怎么样了，付蓉还不得恼死你啊？"

白术沉默了，绷着脸不说话，一副有苦说不出的样子。半晌，他突然折身下了两个台阶，蹲在我面前的台阶上，与我平视。

我没防备，被他吓得往后一仰，白术适时地伸出双臂环住我，大约是用力过猛，我一下子往他怀里栽了过去。

白术顺势将我抱住，紧紧地抱了一下，立刻松开了，在我还没来得及发火的当儿，黯然问道："辛甘，你难道当真没想过我为什么会来辛家吗？"

"为了考状元，娶付蓉啊！"我呆呆地回答，"不然呢？"

白术仿佛很生气，勉强压抑着怒火，冷声道："我说过，我不是为了付蓉来的！"

"那是为了什么？"

白术突然抓起我一只手，咬牙切齿地说："我是为猪来的！"

"猪？"我蒙了，"可是我家没猪啊！"

白术气不打一处来，怒道："为一头蠢猪！坐在我面前的蠢猪！"

蠢猪？还坐在他面前？

我这才会意，狠狠一脚踹过去，怒道："你骂我？"

白术没躲闪，被我一脚正踹在小腿上，重重地甩开我的手，呵呵冷笑道："你还知道自己是蠢猪？不错，总算没蠢到家！"

"嘶——"我的手指重重地撞在台阶的棱子上，顿时皮开肉绽，鲜血直流，痛得我倒抽一口冷气，眼泪唰地下来了。

白术顿时慌了，连忙将我的手指塞进嘴里，用舌头压住，一把将我拉起来，推着我往房里走。

进了屋，白术翻出一个小小的药箱，拿干净的白绸布擦掉我手上的血迹，撒了金疮药，用布条细细地裹好。

"对不起，我不是故意的，你要是想骂就骂吧，打我也成，我不还手。"

我是真想痛揍他一顿，可我心里记挂着付恒，于是说道："喏，付恒打了你，你打了我，这事就算扯平了！"

我单方面愉快地做了决定，起身要走，白术突然拉我一把，将我摁在凳子上，满眼期待地看着我："你就没有什么要问的吗？"

我摇摇头："问什么？"

白术容色一僵，摁着我肩膀的手蓦地一沉，黯然道："你走吧，我要休息了。"

我捧着重伤残废的爪子，耷拉着脑袋，闷闷地一路晃荡进大院子，心不在焉的，差点一头栽进花园里，吓了一跳，突然就想明白哪儿不对劲了。

白术说他是冲着我来的，什么意思？他最后那句"你就没有什么要问的吗"，多半就是关于冲我来这回事儿了吧！

没必要了，如今我已经不喜欢白术了，他为谁而来，我都无所谓。只要他的所作所为不会危害到辛家上下，我一律视而不见。

一抬眼，就见阮郎归在广玉兰树下站着，夕阳的余晖透过茂密的枝叶漏下来，给他身上打上斑驳的光影，十分瘆人。

"你终于来了。"阮郎归板着脸，冷淡地道。

我呵呵干笑："好巧啊，你也散步啊！"

阮郎归冷冷地横我一眼，语气比目光更加阴冷："辛甘，我真是小看你了！想不到你的手段居然如此高超，将付家上下哄得团团乱转不说，居然连温柔贤淑的付姑娘都被你煽动得对我恶语相向、拳脚相加！"

我挠挠脑袋，尴尬地说："我冤枉啊！我病得都快死了，哪还有力气煽动蓉姐姐？再说了，蓉姐姐那么聪明，怎么可能被我煽动？你是在说她没脑子，没主见吗？"

阮郎归顿时怒了，目光锐利如箭，落在我脸上，如两把锥子，恨不得将我的厚脸皮戳穿，"你还有脸反咬一口！辛甘，你能要点儿脸吗？"

看见阮郎归气急败坏的样子，我心里腾腾地升起一股快意，叹口气，装模作样地说："这事儿真不怨我，我发誓我真的什么都没干，是恒哥哥怕我太无聊，把蓉姐姐带来陪我解闷。大约是她见到我半死不活地躺在床上，以为是你害我吧！"

我缓了一口气，似笑非笑地看着阮郎归，缓声道："毕竟上次你给青梧下巴豆，嫁祸给我，害得我被太爷爷责罚，还被六十六叔打了。你可是有前科的，怨不得别人怀疑你。"

"你！"阮郎归越发怒了，咬牙切齿地指着我，"你强词夺理！"

我咧着嘴笑得十分得意："我说阮郎归啊，自己人品不好呢，就别怨旁人！"

阮郎归气得手直抖，眼睛里像是要喷出火来。

我万分高冷地冲他挥挥手："不是早就跟你说了吗？我会报复的，让你等着接招。你瞧瞧，我这还没干吗呢，你就受不住了，多没意思呀！"

阮郎归彻底愤怒了，大踏步向我走来，那脚步声沉得恨不得把我踩成肉饼子。

我快步跑进小院，得意扬扬地朝阮郎归喊道："下次要揍我的时候，记得跑快点，否则我跑进院子里，你就别想得逞了！毕竟六十六叔的拳头不好吃，那滋味，想必你还没忘记吧？"

阮郎归厉声喝道："辛甘！你等着！我阮郎归若是不报这一掌之仇，我跟你姓！"

"别这样！我可没那么重的口味，什么样的废料都下得去口。你要做我辛家的上门女婿，没门儿！"我得意得简直忘记自己姓啥了，"阮郎归，你嘴巴好臭啊！以后跟我说话别离那么近，听见了没！"

"老子的屁股更臭，你不还是照样舔了？"阮郎归大声吼。

我顿时怒了，一个箭步冲出去，指着那厮的鼻子，用比他更大的声音反击："你大爷的！要不是你个废物被毒蛇咬了，老娘至于吗！老娘豁出去清白救你，你不感恩也就算了，居然还拿这事来当作辱骂我的资本！"

阮郎归掀了掀嘴皮子，呵呵冷笑两声，突然快如闪电地一伸手，扣住我的右手腕，反手一拉一拧，得意扬扬道："怎么主动出来了？你以为躲进院子里，我就拿你没办法了吗？我倒要看看，六十六郎能不能寸步不离地护着你！"

我的手臂被他拧着，痛得吱哇乱叫，用另一只手拍打他，他不耐烦了，索性将我两只手腕都扣住，抓在一只手中，拖着我顺着墙根往外走。

"放手！放开我！"我奋力挣扎，但一挣扎肩关节和手腕就是一阵钻心的疼，眼泪不由自主地汹涌而出。

阮郎归看我掉眼泪，眉头一皱，不耐烦地撇了撇嘴。

我眼珠子一转，杀千刀的！死没人性，别怪姑奶奶不客气！

我扯着嗓子大喊："非礼啊！耍流氓啊！救命啊！"

阮郎归顿时如被雷击，迅速放开我的手，横眉怒目地瞪着我："你瞎嚷嚷什么？谁非礼了？谁耍流氓了？"

我嘻嘻一笑，转着手腕，得意扬扬地说："当然是你非礼我呀！难不成我还会去非礼你？"我翻了个白眼，语气鄙夷，"我还不至于饥不择食，连你这种重口味的都能吃得下去！"

阮郎归暴跳如雷，索性一把将我推到墙上，一只手掐住我的脖子，恶声恶气地说："是吗？你既然说我非礼耍流氓，那我索性坐实这个罪名好了！"

话音未落，就见他扬起嘴角一笑，笑意森冷，眸光阴寒，我心里刚刚敲起警钟，还没来得及呼救，阮郎归就低头覆了上来。

我眼睁睁地看着他的脸压下来，一个眨眼的工夫，他的唇就贴了上来，狠狠地碾压我的唇。

我想也不想张嘴就咬，嘴唇一动，他就察觉了我的意图，从嗓子眼里挤出一记冰冷的轻哼，掀开嘴唇，用牙关叩击我的牙齿。

牙齿一麻，我不由自主地张开嘴，阮郎归的舌头顺势闯进来，卡住我脖子的手上移，不松不紧地捎住我的两颊。

他横冲直撞，攻城略地，勇猛无比。

我誓死抵抗，节节败退，溃不成军。

阮郎归放开我的时候，我脑子都晕了，身子一晃，差点栽倒。他连忙紧了紧手臂扶住我，我这才惊觉，那混账玩意儿不知何时将胳膊环在我腰上了，还挺紧。

他脸色红扑扑的，眼神有些困惑，接触到我的目光，又有些尴尬，微微躲闪，讪讪道："看你下次还敢乱吼乱叫！"

我原本是很愤怒的，这会儿却奇异地冷静下来了。

这是他第三次强吻我，这样的奇耻大辱令我的愤怒值成功地爆表了。

我抹了一把嘴唇，狠狠地"呸"了一声，随即展出一张笑脸，用我自己都觉得无比真诚的语气，说："光天化日的，夫子即便是情难自禁，也不该如此轻狂孟浪。这要是传出去了，私相授受的名声总归是不好听的。"

阮郎归怔了怔，愕然低喃："你……不揍我？"

揍？有这么便宜？

我微微垂头，不胜娇羞："按理来说，的确该打，可……只望夫子日后能够谨记'发乎情，止乎礼'，辛甘就心满意足了。"

"辛甘，你没病吧？"阮郎归呆呆地看着我，一脸蒙圈。

我长舒一口气，故作哀怨地望着他，幽幽道："我只是不知道该怎么说而已。"

"你想说什么？"阮郎归满眼谨慎。

我顺着墙根坐下，托着脑袋，做出一副苦恼的模样："就像你说的那样，我跟你……青山上……肌肤之亲都有了，我除了你，还能念着谁？可是你喜欢付蓉，满心满眼都是付蓉，我心里难受，可是我不知道该怎么说。我知道你讨厌我，一直都讨厌我……"

我越说，声音越低沉，说到最后，捂着脸低声呜咽，抽抽搭搭地说："这是你第三次亲我，你每一次亲我，都不是因为喜欢我。"

要玩，就玩大的！

阮郎归怔了许久，才收住惊愕的表情，尴尬地说："对不起，我不该这样。不论是什么原因，轻薄你都是不对的，我向你道歉。"

我叹口气，站起身，背对着阮郎归，黯然道："我不需要道歉，我……你……算了，我不强求什么，你也不必对我负责，我不需要同情。"

话音未落，我就落寞地走了。

接下来的几天都很平静，每天一大早，付恒就把付蓉送过来陪我，然后付恒去东宫，付蓉跟六十六叔在一边谈情说爱。

没人陪我瞎胡闹，日子一下子清闲起来。这天一早，我耐不住寂寞要出府，顶头碰见阮郎归一身酒气地从外面进来。

按照惯例，我应该对他报以不屑的冷哼，外带一个超级无敌大白眼，可我哼声和白眼都酝酿得差不多了，突然想起我现在处于对阮郎归"求之不得，寤寐思服"的状态，于是硬生生憋住酝酿好的情绪，捂着心口脉脉地看着他，哀怨地问："夫子，你去哪儿了？怎么三天都没见过你？"

阮郎归脚步一顿，微微偏着头，深深地看着我，许久，才垂落眼帘，匆匆地回了一句"没什么"，就大步流星地走了。

身形不稳，步履微虚。

这货怯了，面对我的时候，他整个人满满的都是不自在。

我百无聊赖地在大街上晃荡了大半天，不知不觉到了付家后院。

墙根下的狗洞大了好一圈，边缘上的痕迹很新。

付恒这是特意为我将狗洞扩大的吗？难道他以为我还会再来钻狗洞？

我绷不住笑了，付恒特意为我挖大了狗洞，我不钻一次，怎么对得起他？

进了墙里，穿廊过院，熟练地找到付蓉的闺房，我扒着窗户瞧见她正在外间的桌边坐着绣花，于是猫着身子，将手卷成喇叭状围在嘴边，学了几声猫叫。

"哪儿来的猫？"付蓉的声音饶有兴致，接着脚步声响起，往门口的方向走来。

我突然蹿过去，大叫着扑向付蓉，付蓉吓得不轻，下意识往后退了一步，我连忙拉住她，得意扬扬地看着她花容失色的样子。

"好啊！做坏事都做到家门口来了！"

冷不丁一道好气又好笑的声音突然在耳边响起，吓得我"嗷"的一嗓子扑进了付蓉怀里。

付蓉捂着嘴直乐，也不知是真心的，还是装样子的，皱眉嘟嘴地瞪着付恒："你呀！好端端的，搞什么恶作剧？看把人小姑娘吓得！"

付蓉看看我，再看看付恒，一把将我推了出去，笑骂道："去去去！别在这儿碍我的事儿，我忙着呢！"

付恒立即拉起我的手，温声笑道："瞧你这一身灰土，八成是钻狗洞进来的，走，我带你去整理一下。"

我挣扎着嘟囔："要整理也该在蓉姐姐那儿……哎！你走慢点！"

付恒把我拉到他的院子，让下人打了水来给我擦手擦脸，而后拿帕子浸了水擦拭我身上的灰土。

"你倒是不嫌麻烦，在蓉姐姐那儿换一件衣裳不就得了？"

付恒抬手戳了戳我的脑门子，语气宠溺："你呀！好好的大门不走，偏要走狗洞，真是拿你没办法。"

我笑嘻嘻地说："那不是看你把狗洞扩大了，给你个面子吗？"

付恒无奈地笑着摇头，目光温柔如水，简直想把我淹死在他的柔情蜜意里。

我咂了咂嘴，贱兮兮地说："怎么着你现今也算得我半个叔叔了，这点面子还是得给的。"

付恒顿时变了脸，一把将帕子丢进盆里，溅了我一脸水花："死丫头！净会胡说八道！"

跟付恒笑闹了一阵子，我脑子一抽，不假思索地问道："恒哥哥，如果有人欺负我，你会保护我吗？"

这根本就是一句屁话，可付恒很有耐心地笑着回答："当然会，不论是谁，只要敢欺负你，我一定替你讨回公道。"

"那如果有人要杀我，你怎么办？"我继续追问，眼睛眨也不眨地看着付恒。

付恒沉思片刻，满眼认真："救得了就救，拼了命也要救。"

"救不了呢？"

付恒郑重地握住我的手："救不了就为你报仇，不惜一切代价！再替你做所有你想要做，却没能来得及做的事情，完成你所有的心愿，然后去陪你。"

我喜欢这个答案。

眼睛有些热，我别开脸，强笑道："开个玩笑啦！"

付恒扳过我的肩膀，神情认真而固执："我对你说的每一句话，都是认真的！"

他拍拍我的后脑勺，换了一副哄小孩子的宠溺语气："乖，不论发生什么事情，我总是与你一道的。就算全世界的人都不信你，不护你，我也会站在你身前，尽我所能为你挡住一切风雨。"

如果我说想以身相许，他会不会笑我脑袋被驴踢了？

我热泪盈眶，却又不想叫付恒看到我这么狼狈的样子，索性一脑袋扎进付恒怀里，故作娇嗔地捶他一拳，娇声道："好端端的玩什么煽情的把戏？哄骗小女娃呢！谁信你！"

付恒但笑不语，轻柔地拍着我的后背，就跟当爹的安抚淘气的小女儿似的，就差没哼个摇篮曲了。

在付家吃了一顿午饭，赖在付蓉屋里睡个午觉，磨磨蹭蹭一直到天将傍晚，我还不想走，这时，前院来人传话，说六十六叔找我来了。

付蓉听说六十六叔来了，明显振奋了一下，那双乌溜溜的大眼睛，满满的都是渴望，可六十六叔是外男，她是内眷，不好出去相见，急得咬着嘴唇团团乱转。

我暗暗好笑，拍了拍她的肩膀，邀请她明天去我家做客，她这才展开了笑颜。

第六章

君子动口不动手

一大早，付恒就带着付蓉来了，刚好在大院子撞见六十六叔和阮郎归。

付恒一看，顿时夯毛了，冲上去二话不说抢着拳头就揍，他原本就因为青山之事对阮郎归有怨念，下手分毫没留情。六十六叔还没来得及拦，阮郎归就被揍得一脸血了。

小螃蟹来向我报告战况的时候，我正呼呼地睡着大头觉，听说那边打起来了，衣裳都顾不得穿好，趿拉着鞋子就冲出去了。

到大院子的时候，那边还在打着，六十六叔拦得住这个，拦不住那个，场面一团糟。

我风风火火地冲过去，离老远就扯着嗓子叫："六十六叔！你拉偏架！你居然抱住恒哥哥让阮渣渣打！"

六十六叔"呸"我一声，怒道："还不快来劝着点儿？煽风点火，你是怕打不出人命？"

人命是出不了的，了不起伤筋动骨胳膊断腿，反正付恒武功高，吃不了亏，至于阮郎归，关我屁事？

我慢悠悠地走过去，嘻嘻笑道："六十六叔，这般少儿不宜的场面怎么好叫蓉姐姐看见？你还不赶紧带她避避？"

六十六叔瞪我一眼，压低声音喝道："再打下去真要出大事了，你还不快拦住付大哥？"

六十六叔武功虽然高强，可付恒拼了命打，阮郎归拼了命还，六十六叔

072

倘若硬来，多半会伤着他们，嘴上劝说又没人肯听，他只能干着急。

我搓了搓手掌，往凉亭里蹦跶过去，扬声唤道："恒哥哥，阮渣渣，你们慢慢打，我去亭子里凉快凉快，顺便给你们准备好茶水……啊……"

最后那一声叫唤，是我在上台阶的时候，故意装出一脚踩空，往前扑倒时发出的。

亭子离他们动手的地方不近，可付恒却如离弦之箭一般，我的呼声还没落下，他就赶到了，扑到我身前横臂一拦，我正好扑进他怀里。

奇怪的是，武功高强的付恒居然没接住我，而是抱着我重重地跌倒在台阶上，再一次当了人肉垫子。

我痛叫一声，双手在他背后环着，被台阶棱子硌得差一点断成一节一节的。付恒连忙抬起身子，想要将我的手抽出来，可他上半身刚刚抬起一点儿，就"噗"的一声，一口血喷了我满头满脸。

我彻底傻了，直到付蓉的哭叫声传来，我才醒过神来，慌乱地捧着付恒的脸，嘶声道："恒哥哥，你怎么了？你伤在哪儿了？"

付恒强笑着伸出右手，用袖子抹了一把我脸上的血，想说话却咳了好几声，大口大口地往外吐血沫子。

六十六叔立刻拉起我，抓过付恒的手腕探了探脉，付蓉泪眼蒙眬地问："我哥哥怎么样了？"

六十六叔微微皱眉，舒了一口气："性命无碍，内伤不轻，需得卧床静养半个月。"

"怎么会？怎么会摔了一跤就受了内伤？"我呆呆地问，眼泪"吧嗒""吧嗒"地直往下滴。

六十六叔皱着眉头看向阮郎归，不悦道："阮夫子，付大哥已经收了手，你又何必如此？"

我呆了一呆，就见付蓉大步流星地往阮郎归那儿冲。我立刻赶上，抢在付蓉前头，狠狠一巴掌甩在阮郎归脸上，咬牙切齿地骂道："姓阮的！今日之仇，辛甘必报！"

先是青梧，再是付恒，阮郎归伤的都是对我好的人，我如何能忍？

我手上全是血，一巴掌扇下去，阮郎归的半边脸上留下一个血手印，看起来十分吓人。他动了动嘴唇，却没说话，满眼都是失望与愤怒。

付蓉冷眉冷眼地看着阮郎归，冷声冷气地说："阮世子天潢贵胄，人中龙凤，岂是庸脂俗粉所能攀附？小女子无才无德，当不起世子爷青眼，唯愿世子爷高抬贵手，莫要折了小女子微薄的福分。"

阮郎归双手握拳，额头青筋直跳，怒道："我并不知他要收手，虽则他先动手，我也不是他的对手，可我从来没想过要他的命！"

我顿时悔恨不已，原想着假装自己要摔倒，付恒肯定会舍了阮郎归来救我，可我万万没想到，他居然分毫没防备！就那样凭着血肉之躯生受了阮郎归一记重击！

六十六叔打断我们，呛声道："什么都别说了，先把付大哥抬进厢房再说，快去请大夫！"

我和付蓉连忙跑过去帮助六十六叔，他却瞪了我一眼，怒道："找个小厮来，你抬不动的！"

我缩着脖子应下了，正要吩咐下去，却见阮郎归大步走了过来，扶起付恒一条手臂就往脖子上架。

我连忙拦住，警惕地瞪着他，厉声道"你走开！就是你下黑手，你还嫌不够吗？还想害恒哥哥！"

阮郎归轻蔑地瞥我一眼，冷然道："你以为人人都跟你一样龌龊吗？"

我气息一滞，六十六叔已经和阮郎归合力将付恒架起，往厢房走去。我和付蓉连忙跟上，打起十二万分精神盯着他，生怕他下黑手。

刘大夫很快了，诊断之后，说了一大堆杂七杂八的话，大意是死不了，要静养，三汤六药，不可间断。

我和付蓉这才敢松一口气，付恒强笑着拉住我俩的手，柔声安慰："傻丫头，别哭，我没事，只是内息乱了一下，打坐调息就好。"

我泪眼蒙眬地看着他，不知该说什么好，用力回握着他的手，重重地点头："那你好好休息，好好养伤，我不打扰你。"

六十六叔亲自将付恒和付蓉送回付家，他们前脚刚走，我后脚就出了院子。

这个仇我一定要报！

我马不停蹄地进了东宫，黎昭一见到我就炸毛了，一个箭步冲上来，揪着我的衣襟将我提起来，狠狠地摁在椅子里，怒道："你个没心肝的东西！还知道来爷这儿？爷还当你将东宫大门朝哪儿开都忘了呢！说，这些天都在干吗？爷的伴读都让你拐跑了！"

我抹一把脸，皱眉嫌弃地瞪着黎昭，连声啧啧："你这一通吐沫星子喷的，我又得洗脸了！芸香斋的脂粉贵着呢！"

黎昭狠狠一个栗暴砸在我脑门子上，挑眉睨着我："别给爷打马虎眼！说！这些天干吗去了？为什么不来东宫？还有付恒，你把他怎么了？"

我推开黎昭，起身倒了一杯水，小口小口地啜完，才缓声道："恒哥哥受伤了，需要卧床静养半月余。"

黎昭顿时怒了，重重一拍桌子，吹胡子瞪眼地骂道："放肆！哪个王八羔子活腻歪了？居然连爷的人都敢动！"

我耸耸肩，一脸无奈地说："还能是谁？不就是阮郎归吗？"

黎昭一怔，皱眉问道："阮郎归不是喜欢付姑娘吗？又怎么会伤付恒？再说了，就他那点三脚猫功夫，能打伤付恒？"

阮郎归是常年征战沙场的悍将，练的是马上功夫，而付恒是贴身保护黎昭的，练的是拳脚刀剑功夫，走的路子不同。如果在战场上，三个付恒未必抵得上一个阮郎归，可是在平地上单打独斗，阮郎归万万不是付恒的对手。

我叹口气，懊恼道："都是我不好！恒哥哥跟阮渣渣打起来了，我假装跌倒，吸引恒哥哥来救我，原意是想让他俩停手来着，谁知道恒哥哥停了，阮渣渣却没停。"

黎昭很显然没抓到我话里的重点，皱着眉乜斜我，冷声道"能别一口一个'恒哥哥'吗？叫那么亲热做什么？早晚是你叔！"

我叹口气，无比哀怨："所以才要抓紧时间多叫几声啊！不然以后六十六叔娶了付蓉，我就只能叫他们六叔了。"

黎昭"啧"了一声，皱眉道："怎么听着你好像很不乐意的样子？"

"能乐意吗？从平辈变成长辈，搁谁谁乐意啊！"我呛了一声，一推黎昭肩膀，"我来找你可不是争执乐不乐意的！来，咱们合计合计，该怎么修理阮郎归，给我好好出一口恶气！"

黎昭托着下巴沉吟许久，突然阴森森地笑了，露出一口亮闪闪的白牙。

"辛甘，咱们有多久没打赌了？"

"怎么？你要跟我打赌？"

黎昭饶有兴致："一月为期，看谁能将阮郎归整得更惨，如何？"

我回给黎昭一个"你好坏"的眼神："老话说得好，宁得罪小人，莫得罪女人，你这个小人可比我这个女人还不能得罪啊！"

黎昭伸出一只手："各自为战，输的人要为赢的人做一件事。"顿了顿，换了一副很郑重的神色，"不论什么事！"

我皱眉，迟疑地问道："不论什么事？违法乱纪、违背伦常，这样的也要做吗？"

黎昭点头："既然要玩，那就玩一把大的！"

我略一思索，点头应下，笑道："正合我意！"

击掌为誓之后，瞧着黎昭那成竹在胸的样子，我特别好奇，可不论我怎么问，他就是不肯透露半点口风，问得紧了，他就将我轰出了东宫。

我不想直接回府，转悠一圈，鬼使神差地绕到了付家后墙，奇异地看到了一个人——阮郎归。

他来干什么？不论是探病还是道歉，都该从正门走，跑到人家后墙，总不能是钻狗洞吧？

阮郎归大约是在出神，我看了他好一会儿，他都没反应，许久，他才长长地叹口气，转过身耷拉着脑袋走了。

我袖着手歪着脑袋，冷眼看着他一步步走近。他一直走到离我不到两尺的地方才抬头，看到我的第一眼，满眼都是惊诧，随即很快燃起一层怒火。

我耸耸肩，无所谓地笑笑，反正阮郎归从没给过我好脸，对于他的敌意，我一点儿都不在乎。

"现在你满意了？"阮郎归阴沉着脸，两眼喷火地瞪着我。

我两手一摊，无辜道："什么叫我满意了？恒哥哥受了重伤，卧床不起，我担心还来不及，怎么会满意？"

阮郎归冷笑道："如今付姑娘越发厌恶我，你的目的达到了！"

我垂下头，叹口气，忧伤地说："你打伤恒哥哥，蓉姐姐当然怨你，这跟我有什么关系？不过话说回来，虽然后果是我想要的，但我宁可没有这回事发生，恒哥哥对我那么好，我宁可蓉姐姐不讨厌你，也不要恒哥哥受伤。"

阮郎归微微眯了眼睛，斜挑着嘴角似笑非笑地说："辛甘，我真是越来越看不懂你了。"

我淡然一笑："老话说，女人如书。要是一眼就让人看透了，那还有什么意思？你说是吗？"

阮郎归眉目一凝，顿时哑然了。

我踏上一步，悠然道："我记得世子爷曾经说过，普天之下，莫非王土，依着眼下的情形，即便皇后娘娘肯做主赐婚，怕是世子爷也没有当初的心境了吧？"

阮郎归瞳孔一缩，紧皱着眉头瞪着我，怒道："我输了！"

他是聪明人，决计不会娶一个憎恶自己的女人回家，白占了正妻的名分。

我朗声大笑，阮郎归这个对手，算是真正铲除了！

阮郎归静静地看着我，等我笑完了，他蓦地扯出一丝森寒而又意味深长的笑意，淡声道："我输了，可你也未必能赢！"

我一怔，随即意识到他说的是白术，于是眯着眼睛轻舒一口气，无比欣慰地说："你放心，蓉姐姐不喜欢白术，他不是六十六叔的对手，而且他没有能够做主赐

076

婚的强硬后台。"

阮郎归撇撇嘴，不屑道："卑鄙！"

"我又怎么卑鄙了？"我无奈地叹气，"又是卑鄙，又是龌龊，我说世子爷，你还真能往我身上泼脏水！"

阮郎归逼近一步，森然道："那日你说与我有了肌肤之亲，只能念着我，我还觉得挺愧疚的，可我没想到，你居然是骗我的！"

"没有啊！"我无辜地看着他，扯起谎来不费吹灰之力，"我没骗你啊！"

"是吗？"阮郎归一脸不屑，"我伤了付恒，你那般急怒，掌掴我也就罢了，还口口声声说我下黑手暗害付恒。你心里念着的人，是付恒才对吧！"

我定定地看着他，只见他满眼不屑，细细看来，那层不屑下掩藏着点点失望与愤怒。

我叹口气，垂头丧气地说："我念着谁已经不重要了，重要的是我的清白被你毁了，我都被你扒光光了，难道还有资格去念着恒哥哥吗？"

"所以说，你是退而求其次？"阮郎归眼眸微眯，目光森寒。

我再叹口气，略作苦恼："也不是退而求其次，怎么说呢？女人嘛！不都是那样？身子给了谁，心就给了谁。青山一夜，该发生的不该发生的都发生了，我又能怎么办？"

阮郎归瞪着我，分毫不信，冷声道："你的心给了我？"

天知道我拼了多大的力，才克制住到了喉咙口的那一句"去你大爷的"，不胜委屈地看着他，没吭声。

阮郎归突然烦躁地抓了抓脑袋，不解地问道："可你连日的所作所为，分明处处针对我，尤其是今日！"

"煽风点火咯！"我嘻嘻一笑，"不让你断了对蓉姐姐的念想，难道我要等着你们成亲之后，去给你做妾啊？"

阮郎归闻言，倏地瞪大了眼睛，惊愕地看着我，语声都有些颤了："做妾？你、你这是要……"

我截断他的话，好笑地看着他："不然呢？好歹本姑娘也是堂堂辛家大小姐，全东黎最有钱的女人，屈尊为妾这种事情，怎么可能发生在我身上？"

"你想嫁给我做正妻？"阮郎归那一脸震惊，都快淌出来了。

我重重地点头："既然要嫁，当然是要做正妻啦！总不能当个唯唯诺诺的小妾，给正妻端茶倒水铺床叠被，处处受人欺负吧！"

"辛甘，你是开玩笑的吧？"阮郎归的眼睛越瞪越大，嗫嚅道，"你一向喜欢恶作剧，这一定是恶作剧，对吧？"

我长长地叹口气，无比忧伤地道："这是真的，比真金还真！"

这个玩笑的确比真金还真。

阮郎归怔了怔，低着头快步走开了，我依稀能听见他嘴里念念有词，至于念叨的什么，我就听不清楚了。

心乱了是吗？乱了，那就好了！

我不紧不慢地跟着阮郎归，转入大街，他去了第一楼，我想了想，也跟着进去了，要了他隔壁的厢房。

三年前的夏天第一楼来了个酿酒好手，专门给我酿了一坛百花百果甜酒，说是要陈足三年才能起。今日我一去第一楼，酿酒师就将酒起出来了。

那酒清洌甘甜，回味无穷，我喝了不少，晕晕乎乎的，走路都不成直线了，倒在床上就睡起了大头觉。

我是被一阵嘈杂的声音吵醒的，有人一边用力摇我的肩膀，一边扯着嗓子在我耳朵边号叫："辛甘！辛甘！你怎么了？醒醒！快醒醒！"

我费力地睁开眼睛，努力撑起眼皮子看清面前的人，是六十六叔，他正满面焦急地看着我："辛甘，怎么在这儿睡着呢？为什么不回家？"

我揉着眼睛坐起身，含含糊糊地说："喝了些酒，就睡了，现在什么时辰了？"

六十六叔皱眉，微带埋怨："都快子时了，喝多了也不知道让人给家里带个话，家里都快急疯了！"

我缩了缩脖子，没敢吭声，六十六叔看我这么一副蔫头耷脑的样子，忙让人抬了软轿将我送回去。

月色下背光站着一个人，月光如水，照在衣衫上，灰蒙蒙一片，瞧不出原本的颜色。

我捂着嘴巴打了个哈欠，大着舌头含糊地打招呼："夫子早啊！啊，不是，夫子晚啊！"

"你喝酒了？"声音清清冷冷，微带漠然。

我惊奇地"咦"了一声，晃晃荡荡地紧走几步，凑到他面前，用力看了好几眼，才呵呵笑道："阮郎归，是你呀！你在这里干什么？"

阮郎归一脸嫌弃地伸出右手，在我肩膀边上虚虚地伸着，鄙视的眼神犀利如刀："醉成狗了都！还有没有一点姑娘家的矜持与自重？"

我呵呵直笑，看了看阮郎归的手，半疑问半调侃："你这是怕我摔倒吗？"

阮郎归横我一眼，冷声道："摔死你才好呢！浑蛋！"

我抿了抿嘴，无奈地说："阮郎归，你就不能好好跟我说话吗？"

阮郎归咬牙切齿地瞪着我，恶声恶气质问："你又何时跟我好好说话了？"

"谁让你第一次见面就要打我来着？"我也委屈啊！这能怪我吗？

"那最后挨打的人不还是我吗？"阮郎归咬着牙指控。

我咂了咂嘴，不胜委屈："那你不是也把我堵在茅房外头了？还把手纸全丢进坑里了，我蹲了半个多时辰！差一点就掉进去了！"

阮郎归别开脸，冷哼一声："那你不是也下巴豆害我，还给我吃桂花糕，下猛药！"

"那你不也害了青梧嫁祸给我了吗？"我越发委屈，"你说你一个大男人，跟我一个小姑娘计较什么？"

阮郎归更愤怒了，咬牙切齿，额头青筋直跳，横伸在我肩侧的手都握了拳："那你不也害得付姑娘讨厌我吗？我好端端的媳妇儿就这样让你给搅和没了！我才亏大发了好吗？"

又提付蓉！这货还没死心呢！

我撇撇嘴，"哇"的一声哭了，边哭边叫："谁让你扒我衣裳来着？我都让你看光光了，要是你娶了蓉姐姐，我怎么办？"

阮郎归连忙捂住我的嘴，贼眉鼠眼地四下里一打量，一脸懊恼："喂喂喂！你乱说什么？这大晚上的，你想嚷得全世界都知道吗？"

我耸耸肩，无所谓地说道："反正我又不要嫁别人，就算全世界知道又如何？"

阮郎归一阵气闷，无语地瞪我一眼，弱弱道："怕了你了！"

我嘻嘻一笑："那你是不是不娶蓉姐姐了？"

"我倒是想！可人家得愿意嫁给我呢！"阮郎归一个接一个地冲我翻白眼，"浑蛋！看你干的好事！"

我嘿嘿直笑，揽着阮郎归的脖子，踮起脚，在他还没反应过来的当儿，"吧唧"一声在他脸上留下一个大大的口水印子："那就好！不许骗我啊！要是敢骗我，姑奶奶分分钟弄死你！"

阮郎归一脸嫌弃地推开我，抹了一把脸，五官皱成一团："呸！你属狗啊！那么多口水！"

我本就头重脚轻，站都站不稳，他一推，我就打着趔趄往边上栽。阮郎归连忙扶住我，皱着眉头一脸嫌弃："狗都没你讨厌！"

∙∙∙∙∙∙∙∙∙∙∙∙∙

这一笔我记下了！来日非整得你比狗还惨不可！

"好了好了！送你回去啦！"阮郎归那两条眉毛皱得跟两条毛毛虫似的，"下次再喝成这副鬼样子，就醉死在外面好了！"

这话听着，怎么那么像哀怨的小媳妇对酒鬼夫君的埋怨？

一路笑笑闹闹地到了我的小院子，小螃蟹迎上来扶我，阮郎归就像丢垃圾似的，迫不及待地将我交给小螃蟹。

我难得借酒装疯一次，哪能就那么轻易放过他？于是"哎哟"一声，直挺挺地往前就栽。

阮郎归连忙扶起我，整张脸都黑了，"呸"了一声："没用！"

我只管笑，全当听不懂他的话，阮郎归没法子，只得再次接过我整个身体的重量，半扶半抱地往房里走。

进了屋，将我扶到内室床上，阮郎归就要走，仿佛在我屋里多待一会儿会玷污了他的仙身似的。

我心里一万个"你大爷"，开口说的却是我自己都想起鸡皮疙瘩的话："喂！大晚上的，你到我房间里来干吗？"

阮郎归翻了个白眼："送死狗回屋。"

…………

很好！这笔账有得算了！

"半夜三更擅闯少女闺房，非奸即盗！"我摇头晃脑，挣扎着站起来去拉阮郎归。

他连忙将我摁下去，不耐烦道："老子稀罕你的东西？"

"不是盗，那就是奸咯？"我呵呵傻笑，"哎哟！你好不正经啊！"

阮郎归彻底无语，猛翻几个白眼，脱口冲道："小螃蟹，好生照看你家主子，爷不伺候了！"话音未落，他就风风火火地走了。

珠帘被撞得叮咚作响，久久不能平静，我瞧着晃荡的珠帘，靠坐在床头，暗暗琢磨今日之事。

对于我那番说辞，我拿不准阮郎归信不信，又信了几成。可照着目前的情形来看，我还有接近他的机会。

睡了一觉，醒来时已经日上三竿，我想了想，径直去了书房。

上午是阮郎归的课，他是个很敬业的夫子，除却六十六叔请假，他都是要上课的。可是今天阮郎归却不在书房里。

我又去找六十六叔，不料找遍整个大院子，都没见着人影儿。问了门房，才知道一大早六十六叔就和阮郎归骑马出去了。

我抓着脑袋闷闷地往回走,一边走一边暗自嘀咕,该不会去决斗了吧?

这个想法一冒出来,我就被自己逗乐了。就阮郎归那点子功夫,不够六十六叔塞牙缝的!

我心不在焉地耷拉着脑袋踱小碎步,冷不防眼前出现一双淡青色的鞋子,抬眼一看,正是白术。

"夫子似乎很喜欢这双鞋子呢。"

白术微微一笑:"是很喜欢。"

我不置可否,绕过白术就要走,白术却接着淡淡地说道:"它可以提醒我,我曾经如何不信你,如何亲手将你从我身边推开。"

我淡淡一笑:"你开心就好。"

这种煽情的鬼话,留着哄十二三岁的小女娃去吧!本姑娘都快十五了!

白术拉着我走到树荫下,温声问道:"昨夜喝酒了?"

"嗯,第一楼新酿的,味道不错,就是后劲有点大。"我抬头看了看天,"天气这般热,在外头简直就是受刑,我回屋了,夫子自便吧!"

白术一把拉住我的手,深深地看着我,我疑惑地看向他,以眼神示意他有什么事。

白术却不说话,长长地叹了一口气,半响,才黯然道:"辛甘,你心里喜欢的到底是谁?"

我呆了一呆,脑中蓦地浮现出付恒那张清朗俊秀的脸,不自觉地绽出了一丝笑意。

"笑得这般甜,那人一定比我好,是吗?"白术怅然若失,微微偏着头,固执地看着我。

"我还差四个月才及笄,如今还是个孩子呢!夫子拿这样的问题来为难一个小孩子,这样真的好吗?"我避而不答,不看白术的眼睛。

白术叹口气,接道:"付恒对你有意,这是确定无疑的,太子我见过几次,他看你的眼神不一样,辛甘,他心里对你必然是有所肖想的。至于阮郎归,如果你再这么玩下去,怕是很难收场了。"

"夫子多虑了!太子与我一同长大,自然情意深重,他处处护我,就如至亲手足一样。阮郎归一心爱慕蓉姐姐,我不是他的菜。至于恒哥哥嘛!"我顿了顿,温温一笑,"有何不可?"

白术踏上一步,神色间明显慌乱:"辛甘,你……"

我一抬手,打断了白术,略有些失落:"我曾经真的很喜欢你,可是你并不如我喜欢你那般喜欢我。我出身商户人家，倘若付出与得到严重不对等，我又如何肯一直亏本下去？"

白术默了默，又道："不论我怎么做，你都不会回心转意了吗？"

我摇摇头："心意这种事情，不是说回转就能回转的。夫子学富五车，难道没听过'覆水难收'这个词儿吗？"

白术神色一黯，片刻，突然绽出一个意味深长的笑容："我更愿意相信'心诚则灵'，辛甘，总有一天你会看到我的心意。"

"我已经看到了，可是……"我顿了顿，颇有些遗憾，"时过境迁，如今我已经不需要了。"

白术不置可否，只是看着我笑，深邃如潭的眼眸中满是笃定，好像下一刻我就会不顾一切扑进他怀里，哭着喊着要跟他在一起似的。

我既觉得好笑，又感到无聊，摆摆手撤了。

第七章
储君的狠辣与手段

傍晚，六十六叔和阮郎归还没回来。我差人去找，过了足足一个时辰，才有小厮来回话，说六十六叔和阮郎归一大早就出城，往青山方向去了。

我的心突然揪起来了，青山有毒蛇，夜里尤其危险，连忙点了一众家丁，亲自跟着他们去青山寻人。

刚到山脚，就见有个猎人拎着好几只野鸡野兔子，牵着狗哼着歌，优哉游哉地往下走。

"大晚上的居然还有人上青山打猎，啧啧，果然大户人家的少爷小姐们的爱好都很别致！"猎人扫视我们一圈，嘟嘟哝哝地自言自语，静夜里，他沉浑有力的声音跟大狼狗似的。

我听着不对劲，连忙上前问道："大叔，你刚才说还有人上青山打猎，怎么，今天还有别人来？"

猎人白眼一翻："青山又不是你家的，你能来，别人就不能来？"

我不以为意，对猎人说："大叔，你带我们去找那几个来打猎的人，我买下你所有的猎物。"

"真的？"猎人将信将疑。

我二话不说，示意小螃蟹掏银子，猎人顿时欢喜起来，二话不说，带着我们上了山。

上到半山，到了一块比较平坦的地方，猎人一指前方空旷处："喏，我最后一次看见他们就是在这儿，你们去找吧！"

我立即让人散开，以这里为中心，向四面散开搜索，同时大声呼喊，尽可能在空旷的地方多点些火堆，希望他们能够看见。

找了约莫一炷香工夫，就听见"啊"的一声尖叫，我拔腿冲过去，只见平整的地面上赫然多了一个大洞！

查看之后，才发现那是一个又大又深的陷阱，陷阱的洞口盖了一层高粱秆子，秆子上头铺着薄薄一层半干半湿的土，伪装得完美无瑕，根本看不出一丝痕迹。

"喂！谁在上面？救人哪！"呼救声闷闷的，像是被什么东西狠狠地压住似的。

拿火把一照，才发现原来那陷阱里有机关，中间横着一层隔板，一个家丁倒在隔板上，正抱着脚嗷嗷叫着呻吟。

下面的呼救声又响了："快救人哪！快救人哪！"声音被隔板挡着，听不清到底是谁。

我的心一瞬间提到了嗓子眼，连忙让人将家丁拉上来，再派人将陷阱的边缘挖开，挖出一个倾斜的坡度，把隔板弄上来，拿火把一照，发现下面的人竟然是六十六叔！

我连忙叫人放绳子下去，将六十六叔拉上来。六十六叔满身泥巴，灰头土脸，嘴角还泛着油光，要多狼狈有多狼狈。

"辛甘！你怎么找到这儿的？"六十六叔不胜惊喜，一把抱住我，狠狠地摇了好几把，"好侄女，要不是你，我还不知道要被憋到啥时候呢！"

我嫌弃地推开六十六叔，问道："出了什么事？"

六十六叔叹口气，踢了一脚隔板，一脸郁恼："不知道哪个孙子坑我，挖了这么大的陷阱，还拿隔板挡起来，隔板底下铺了油纸，涂了老厚一层猪油，油纸上面垫了厚厚的棉花，根本使不上力，我推不开，只能被困在下面。"

"你看清盖隔板的人了没？"我皱着眉问，百思不得其解。

"我刚掉进去，那隔板就从天而降，根本没给我冲出去的机会！"六十六叔好气又好笑，"那个挖坑给我跳的杂碎居然还在陷阱底下摆了一张八仙桌一把太师椅，准备了一大桌酒菜，还怕我被蚊子咬，贴心地放置了一大把艾草！"

"你是跟阮郎归一起出门的，他呢？去哪儿了？"

六十六叔闻言，一拍后脑勺，叫道："呀！我怎么把这么大的事儿给忘了？阮夫子还被夹子夹着呢！"

我不解地问："夹子？什么夹子？"

"捕兽夹呀！夹了起码四个时辰，那只脚也不知成什么样子了！"六十六叔火急火燎地搓手，"快，快去救他！"

找到阮郎归并没有费多大力，可找到之后，那才是真麻烦。

阮郎归瘫倒在地上，脚踝被一只沉重的捕兽夹夹住，血流了一地，捕兽夹锈迹斑斑，牙口却无比锋利，根本没法子下手掰。更要命的是，捕兽夹被一条铁链连住，拴在一棵合抱粗的大树根部。

"这是捕熊的夹子，只能撬，不能掰，我就是为了找止血的药草和撬夹子的铁棒才会掉进陷阱里的。"六十六叔一脸担忧，却又束手无策，垮着脸问我，"辛甘，你们带铁棒了吗？"。

"我们出来找人，怎么会带铁棒？"

我也急得不行，想着火把是枣木棍缠上布浸了桐油做成的，连忙让人用枣木棍试试。

夹子锈得太厉害，根本撬不动，又花了好大的工夫，拿桐油一点一点浸润夹子的卡口处，试了好几次才撬开。

阮郎归脸色铁青，豆大的汗珠滚滚而落，额头与脖颈的青筋暴突，仿佛随时会爆炸一般，但他全程都绷着脸没吭声。

我暗赞一声，不愧是死人堆里打过滚的，就是硬气！

把阮郎归抬到家已经是后半夜了，召了刘大夫来治伤，那厮捋着山羊胡子直摇头，连声叹道："唉！可惜！真是可惜了！伤在脚踝，耽搁的时间又长，这只脚算是废了！"

我顿时怒了，正要开骂，刘大夫小心翼翼地说："听说宫里的李太医是骨科圣手，小姐不如去请李太医来瞧瞧，兴许还有法子。"

天一亮，我就让小螃蟹拿着东宫的腰牌进宫，让黎昭指派李太医前来治伤。

李太医诊治了半天，叹口气，黯然道："阮世子伤口太深，又在关节处，流血过多，拖的时间太长，这只脚……唉！"

我心口一紧，连声问道："有救吗？"

李太医微微闭了闭眼，满目悲悯："阮世子十三岁跟着宁国侯驰骋沙场，身经大小二十余战，英勇剽悍，锐不可当，只是以后……"

"以后打不了仗了吗？"我呆呆地问，战场之于将军，就如水之于鱼，那是生命中不可或缺的东西。

李太医摇头长叹："纵然华佗在世，也不过能使阮世子的脚正常走路，能够不瘸不拐已经是万幸，若要疆场厮杀，只有等着来世了！"

我心里顿时拔凉拔凉的，身子一晃，后腰撞到桌角上，却没感觉到疼，满心里都是惋惜和同情，先前与阮郎归的深仇大恨，在他遭遇天大的不幸面前，一下子就冰消瓦解了。

送走李太医，六十六叔抱着头坐在台阶上，愧疚地说："都怪我！我要是先回府喊人，阮夫子的脚一定有救的！"

我拍拍六十六叔的肩膀，安慰道："不怪你，你也不知道自己会掉进陷阱里。"

六十六叔抱着脑袋，痛苦地说："我听说青山上有几种草药治内伤效果奇妙无比，就想去找找看，去跟阮夫子告假，他说要与我一同去，于是……"

"草药？辛家药铺什么草药没有？"我警觉地皱眉，"你听谁说的？"

六十六叔叹口气，道："我也是无意间听说的，青山上有很多罕见的灵药，许多世外名医都喜欢到青山采药，我……"

我烦躁地打断六十六叔的话："你是在哪里听说的？"

六十六叔脸上闪过一丝尴尬之色："在大街上，碰见一个游方郎中，背着个药筐，正在跟一个老妇人说话。"

我顿时气笑了："既然是世外名医，又如何会让人知道行踪？再说了，青山上若真是有宝贝，还轮得到世外名医去采？金麟城没有大夫吗？"

六十六叔怔了怔，喃喃道："难道我被骗了？可那游方郎中一句话没跟我说，更没赚我的钱，他骗我做什么？"

"做什么？掉坑里吃酒啰！"我恼怒地低斥一句，"这根本就是冲着你们去的！"

从设计六十六叔和阮郎归上青山，到捕兽夹、陷阱，都是事先策划好的，是谁有这么好使的脑子？又有这么大的能耐？

"那个捕兽夹和陷阱，到底是针对谁的呢？设计的人究竟是想伤我？还是想伤阮夫子？"六十六叔眉头紧锁，径自喃喃低语。

我脑子"嗡"的一声，豁然开朗。

当今皇上勉强算得一位守成之主，没什么大的才能，朝中各方势力错综复杂，而皇上并不能很好地平衡。黎昭如果想顺利登上帝位，坐稳江山，不得不自行筹谋许多事。

比如说，倚仗舅舅宁国侯的军权，巩固自己的势力，同时削弱阮氏的实力，以防日后生变。

宁国侯只有阮郎归一个儿子，废了阮郎归一只脚，不影响阮氏一族帮他争夺帝位，可来日一旦阮氏生出悖逆之心，这一只脚就派上了用场，毕竟一个上不了战场的军侯世子，是不太可能放着安安稳稳的世袭爵位不坐，而去造反的。

傍晚下了一阵雨，这会儿雨收住了，夜风清凉，空气里都是湿漉漉的泥土和草木混合的清新气味。

我踱到亭子里，托着下巴思考人生。

君权至高无上，不容任何侵犯与威胁。阮郎归如今什么错都没犯，就已经被上位者猜忌，辛家富甲天下，焉知上位者对我们没有忌惮之心？

是时候跟黎昭保持距离了，从前年纪小，两人交个朋友闹着玩不打紧。可他如今已经长大了，有了一国储君的必备素质，再不是我这等商户人家出身的乡野贱民所能攀附得起的。

我叹口气，揣着满肚子的郁闷去探望阮郎归。阮郎归正醒着，瞪大了眼睛盯着床顶的帐幔，一脸漠然，仿佛事不关己似的。

我犹豫了一下，轻声开口："太子，你醒了。"

阮郎归没回答，也没看我，兀自往上看，目光空洞，一点儿灵气也没有。

我心口一阵抽痛，不论先前如何苦大仇深，看到一个生龙活虎的年轻人突然像条死狗似的躺在床上，总归是令人倍感低落的。

"吃药了吗？"

仍旧是毫无回应。

我无声地叹口气，缓步上前，侧身在床沿坐下，温言劝慰："你这样不吃不喝，伤怎么能好得了？"

阮郎归照旧死气沉沉，眼珠子都没转动一下。

"天底下又不是只有宫里有好大夫，真正的名医才不会热衷名利场呢。夫子，你先把外伤养好，总能寻到真正的良医圣手，你的伤肯定能治好！"我信誓旦旦，心里却很清楚，希望十分渺茫。

阮郎归蓦地笑了，目光淡淡地落在我脸上："辛甘真的希望我的伤能治好？"

我强笑："自然是真的了。"

平心而论，我宁愿阮郎归的脚彻底废了。黎昭既然要他的脚，他就必须给。就算没有赌约，黎昭也会对阮郎归下手，不过是时间问题罢了。

阮郎归笑了笑，语带寒凉："以后尽可能离权力中心远些，你不适合卷进那样的事情中去。"

我呆了呆，缓缓点了点头。

阮郎归的话带给我一种深切的震撼，他知道一切，可是他却选择沉默，并且给我一个善意的提醒。

"你去吧！我没事，不必担心。"阮郎归的目光淡淡的，仿佛什么事情都没发生过。

我从来没见过这样的阮郎归，淡定，从容，处变不惊，受了莫大的屈辱却能够平静地接受，没有做无谓的挣扎，理智到了极点。

"对不起。"我喃喃道歉，低着头快步走出去。空气太凝滞，我实在是待不下去了。

"你不必道歉，与你无关。"阮郎归的语声依旧淡淡的，仿佛看尽世事沧桑的老者，豁达却又无可奈何。

我轻叹一声，默默地退出他的房间。

心好累，想要躲进深山老林里，逃避世间一切纷扰。

可有一句话，叫作"天不从人愿"。

一大早，我迷迷糊糊地睁开眼，就看见狗蛋在我床边蹲着，两手交叠，搭在床沿上，下巴搁在手背上，目不转睛地看着我。

"奴才奉太子之名接您去东宫商议要事。"

黎昭那厮能有什么要事跟我商议？

我连连翻白眼，脱口道："不去！"

"别呀！太子殿下千叮咛万嘱咐，一定要让辛小姐醒来之后立刻去东宫，事态紧急，延误不得啊！"

还事态紧急，延误不得！去他大爷的！这个时候，除了跟我嘚瑟他伤了阮郎归，赢了赌约，还能有什么事？

我翻了个身，抱着被子故意打呼噜。

狗蛋的声音突然阴森森的，不怀好意地道："辛小姐既然不配合，那就莫怪奴才冒犯了！"

我刚想说一句"你冒犯一个我看看"，突然感觉到身子一轻，狗蛋那厮拽着一条胳膊将我拖了起来，往肩膀上一扛，噔噔噔地走到门口，将我塞进轿子里，一刻不停地抬走了。

我有些蒙，发生什么事了？

到东宫的时候，黎昭已经在书房坐着了，见我进去，哑然失笑："虽说事态紧急，可你也不必急成这副鬼样子吧？就算我不嫌弃你不梳妆打扮，可你好歹也该将衣裳先穿戴整齐吧！"

我低头看了看自己的光脚丫和月白寝衣，咬了咬牙，狠狠地骂了一句："死太监，回头再收拾你！"

我气冲冲地找了把椅子坐下，不满道："一大早叫我进宫，到底有什么十万火急的事情？"

"黎江决堤，沿岸三州十一县受灾严重。"黎昭长长地叹了口气，英气勃发的眉宇紧蹙，笼着一层浓浓的忧愁。

"什么？"我霍地站起身，震惊万分，"黎江决堤？怎么会？不是去年才修整过堤坝吗？"

黎江是东黎国境内最大的河流，年年决堤年年修，直到三年前皇上铁了心一次性治理好，一口气拨了一千万两白银，花费了整整三年时间才修好，可没想到，今年还没正式进入雨季，不过是下了两场暴雨，一千万两的工事就这么毁了。

黎昭不胜忧愁，叹道："下头贪污受贿成风，一千万两白银拨下去，真正用于修筑堤坝的钱怕是连两成都不到，又岂能修出牢固的堤坝？"

我张了张嘴，却不知道该说什么。

"那年我才十二岁，贪玩捣蛋，从没考虑过军国大事，如今真是悔之晚矣！"黎昭一只手握拳，狠狠地捶了一记桌面，"辛甘，我打算重修堤坝，亲自监工，你觉得怎么样？"

我想了想，认真地说："我不懂修建之事，可是只要你有需要，我竭尽全力支持。"

"三年前修建堤坝的一千万两，就有八百万两是你们辛家出的，再要辛家出钱，我实在是过意不去。"黎昭的语气十分诚恳，"辛甘，这些年你们家真的帮了朝廷太多太多！"

我笑笑，慷慨激昂地陈词："国家兴亡，匹夫有责！辛家出不了能为皇上分忧的股肱重臣，唯一能为国家出力的，也就只有钱财方面了。"

黎昭缓缓点了点头："辛家忠心耿耿，数次为朝廷解决燃眉之急，实乃我大东黎仁商典范。辛甘，本宫今日在此给你一个承诺，今生今世，誓不相负！"

黎昭在我面前从不自称"本宫"，他既然以"本宫"的身份给我承诺，那便不是黎昭答应的，而是当朝太子答应的，他说"誓不相负"，便是当朝太子承诺今生今世保护辛家到底。

我连忙跪地，恭恭敬敬地磕了三个响头，正色道："辛甘代辛家一门谢太子殿下恩典！"

黎昭拉起我，郑重地说："辛甘，我虽贵为太子，可是真正知心的，也就你一个人了！不论发生什么事，你我都要莫忘初心，善始善终。"

我迟疑地看着他，他是太子，未来的一国之君，他跟我说"莫忘初心，善始善终"，也许他在这一刻是真心的，可是以后呢？

"辛甘，想什么呢？"黎昭久久没等到我的回应，抬手在我脑门子上砸了个栗暴。

我捂着脑袋，垮着脸瞪着他，委屈道："我在想，回家之后立刻请太爷爷调集一批现银米粮，以你的名义送到灾区。"

黎昭这才舒缓了不满的神色，问道："为何要以我的名义？"

往年辛家赈灾施粥，修桥造路等等，都是以自家名义做的，我们需要树立起"仁商"的形象，这样才能得民心，生意才好做。

可是以后，我们做的所有善事都必须以黎昭的名义进行，我要竭尽全力帮助他收服民心，为他能够顺利登上帝位添砖加瓦。

不为他誓不相负的承诺，只是一旦黎昭败了，按着我和黎昭的关系，辛家肯定要倒大霉，因为在世人眼里，我跟太子是穿一条裤子的。

以前我是从来不去考虑这些利益关系的，黎昭是我的朋友，我尽心待他，那就够了。可是今时不同往日，我不得不将目光放得长远些。

我淡淡一笑，满不在乎地答道："谁让你以前坏事做尽，我这不是替你积攒人品吗！免得皇上不信任你，不许你去监工。"

"监工修筑堤坝之事，我已经向父皇奏请了，父皇倒是赞许，只是银钱方面有些为难。辛家肯替朝廷分担重压，父皇必然应允。只是我从没负起过如此重责大任，真怕自己做不好，辜负父皇的期待，也害了无辜的老百姓。"

"你放心大胆地去吧！放开手脚，只管去做，我相信你能办好！"我顿了顿，接道，"你以后可是要治理江山的，若是区区修筑堤坝就能难住你，以后怎么办？"

黎昭苦笑一声："以后的事，以后再说吧！先把眼前这一关过了再说！辛甘，你与我一同去吧！"

"去哪儿？"我呆呆地问，一时有些回不过神。

"去修堤坝啊！"黎昭皱眉，"你到底在想什么？怎么老走神？"

我有些急了："你去修筑堤坝，我去干吗？"

黎昭好笑地瞪我一眼："你去帮我与贪官污吏斗争啊！即便我亲自监工，依然会有不怕死的贪污克扣，咱们一道将那些蛀虫捉出来！"

黎昭说到"蛀虫"两个字的时候，下意识眯了眯眼，目光一瞬间阴冷含怒，令人胆战心惊。

我心里不自觉地怯了，这样的黎昭好遥远，好陌生，与我素日相识的调皮捣蛋的二世祖判若两人。

我耷拉下脑袋，不敢让他看清我眼里的怯意与拒绝："我不去，修建堤坝太辛苦，我才不要去吃苦呢！"

"又不让你干活，有什么好辛苦的？"黎昭"呸"了一声，"还好朋友呢！为了好朋友吃苦，难道不值得吗？"

我翻个白眼，苦笑道："朋友就是拿来坑的啊？"

黎昭瞪我一眼，蛮不讲理："反正我不管！反正你要陪我一起去！反正我去受苦，你也别想待在家里睡大头觉！"

"不去！说不去就不去！"我的驴脾气上来了，脸一板，气哼哼地扭过脸不搭理他。

黎昭森然一笑，龇着一口亮闪闪的白牙，笑得无比阴险："辛甘没忘了与我的赌局吧？"

黎昭要钱我可以给，要多少都行，反正辛家不缺钱。可他要我去陪着他与贪官污吏斗争，触动各方势力，我是一千个一万个不愿意。

我想了想，试探道："那不是一个月还没到吗？你怎么就知道我输了？"

黎昭冷笑，一脸笃定："除非你把他另一只脚也废了，才能与我打成平手。要想赢我，除非你弄死他！"

我以为阮郎归是黎昭的表哥，废阮郎归一只脚，黎昭多少会有些回避，可我万万没想到，黎昭居然亲口说出来了，还是用那种不屑一顾的语气。

定下了后日启程，黎昭就放我回去了。我换了衣衫，立即去找了太爷爷，说明黎江水患的事情，请他拨款出来。

朝廷一有事就问黎家要钱，这一点已成惯例，太爷爷也没说什么，痛痛快快地下令先调集一百万两银子、二十万石大米送往灾区。

我没敢跟太爷爷说黎昭要我与他一同去灾区的事情，悄悄找了六十六叔。

六十六叔这人，说好听点，忠厚老实，心思单纯，为人直爽；说难听点，就是个榆木脑袋，凡事懒得动心思。我说要跟黎昭一起去灾区，他居然啥话没问，只淡淡地说了一句："你去哪儿我就去哪儿，我要保护你。"

也好，他不问，我就不必费心扯谎安抚他了。

梳洗罢，去看阮郎归，他今日的精神好多了，已经能靠着床头坐起来了。

"我要离开家一段时间，等我回来，你的脚大概就能走路了。"我倒了一杯水递给他，"我不在家，没人惹你嫌，你肯定很开心。"

阮郎归眼帘低垂，默不作声。

"等你伤好了，就离开辛家吧！反正你来是为了蓉姐姐，如今蓉姐姐是万万不可能嫁给你的，你再留在辛家，也没什么意思了。"我叹口气，有些无奈，"要是你没有来过，那该多好啊！"

"该来的总是会来的，躲得了吗？"阮郎归轻嗤一声，"其实我知道，对我怀有恶意最深的人，绝不是你。"

我又是一惊，阮郎归好生通透！我原本以为他是一个狂妄自大、目中无人、嚣张得没人样的纨绔少爷，没想到他心里什么都明白！

"这世道，真正的恶人永远不会将恶意挂在脸上。辛甘，你虽处处与我作对，可你心地不坏，再怎么报复，也不过是一些无伤大雅的恶作剧，打一顿，下个巴豆什么的，过几天就没事了。"阮郎归淡淡地看我一眼，"你记住，那些将讨厌写在脸上的，往往是好人，真正的恶人，都是笑里藏刀，在你不经意间捅刀子的，而且每一刀都能扎在你最致命的地方！"

阮郎归的话令我的心顿时揪紧了，空气里弥漫着一种沉重而血腥的味道，仿佛一场暴风雨正在悄悄接近。

第八章

至交好友，有难同当

　　一行人乘着马车，一刻不停地往荆州赶。

　　我以为坐马车会很轻松，只要躺在车厢里头睡大觉就好，可事实上完全不是那样的。宫道荒凉，路面也不平整，车子时不时地颠簸一阵，躺在车厢里，五脏六腑都错位了。

　　一连赶了两天路，我实在是受不了了，吐得厉害，身体十分虚弱。黎昭没法子，只能天恩浩荡，允许我跟六十六叔慢慢走，他带着大队人马先行一步。

　　他们一走，六十六叔就拉着我进山打猎，改善伙食。

　　六十六叔打猎的技术十分好，没多大会儿工夫，就猎到了一只野兔子，寻到一处小溪，正给兔子开膛破肚，我突然瞧见一条火红色的毛茸茸的大尾巴。

　　"六十六叔！你看！是狐狸！"

　　六十六叔顺着我的手指看过去，顿时来了劲："走！打来给你做围脖！"

　　那是一只带崽的母狐狸，跑不快，六十六叔带着我一路狂奔，紧追不舍。追着追着，突然追到一处泥潭边，六十六叔见那狐狸无路可逃了，抬手扔出去一枚小石子儿，就听见母狐狸"叽"的一声惨叫，猛然纵身一跃，直挺挺地栽进泥潭里，蹬直四肢，一动不动。

　　两只小狐狸被六十六叔一手一只，拎住脖子后面那块软皮，塞进了我怀里。母狐狸凄厉地尖叫起来，却仍旧没动。

　　"咦！宁愿自杀也不肯被抓啊？这狐狸倒是个有气节的！"我有些唏嘘，

没想到动物中居然也有这么宁死不屈的。

说也奇怪，那狐狸居然没沉底，慢慢地漂了起来。

我惊叫一声："六十六叔！你看！那狐狸在漂！它好像在往泥潭中间漂！"

六十六叔皱着眉头，一脸凝重，许久，他长舒一口气，对我说："辛甘，阮夫子的脚，兴许有救了！"

"什么？"我精神一振，"六十六叔，你说什么？"

"我曾经在一本杂书上看过，说是有些沼泽因为有大量草药和动物的尸身在里头腐烂，长年累月，药性积淀下来，对于许多不治之症有奇效。"六十六叔一边说，一边点头，"这狐狸被我打断了腿，却仍旧舍下崽子跳进泥潭，我猜，这个泥潭多半能治它的断腿之伤！"

我兴奋地搓着手："快！快让人去把阮郎归弄过来，丢进泥潭里，不管成不成，先试试，死马当作活马医啊！"

我拉着六十六叔就走，走了两步，想到了黎昭，心里打了个突："六十六叔，这事儿你别跟任何人说，我来安排就好。"

六十六叔一脸疑惑，没等他发问，我摇了摇头："总之，你别管了。"

六十六叔点了点头："好，你安排也好，但是不准再淘气了！"

这事儿不能操之过急，只能等到了下一处城镇，找到辛家的铺子，派人传信回去，并且得做得隐秘些，瞒过所有人。

赶到荆州的时候，我浑身的骨头都快散架了。

马车驶进荆州衙门，黎昭站在衙门的院子里迎接我。狗蛋撩开帘子，我刚探出头，黎昭就迎上来扶我，分毫不在意他高高在上的太子身份。

我头昏脑涨，浑身酸痛，胃里一阵翻江倒海，张嘴就吐。黎昭就在车边，我这一吐，就如在他头顶下了一场暴雨似的，他见机不妙，立刻后退，却还是没能躲开，只保住了一个脑袋。

黎昭顿时疯了，跳着脚大叫："辛甘！你故意的！"

我撑着车厢板壁，踩着小板凳走下去，不料腿脚一软，朝前一扑，栽了出去。

付恒一个闪身，快准稳地接住了我，我还没吐完，受了这一惊，又"哇"的一声吐了付恒一身。

付恒浑不在意，扶着我走到花坛边坐下，轻轻拍着我的后背，温声问道："好些了吗？"又转过头大声吩咐道，"拿水来！快去传太医！"

付恒把我抱进屋里，放到床上，太医诊治一番，开了方子，这一通折腾才算是消停下来。

黎昭已经换过衣衫了，正黑着脸坐在床边瞪着我，付恒的身上还脏着，直挺挺地站在黎昭背后，满目担忧，一脸惶急。

该死的黎昭！这次我是真被他坑惨了！我狠狠瞪了黎昭一眼，却对上了黎昭十分愁闷的目光。

"辛甘，我遇见难题了！"黎昭双手撑着脑袋，烦闷地说，"赈灾不顺，修筑河堤更不顺。我料到了会有很多困难，可我万万没想到，居然会如此艰难，简直就是寸步难行！"

"现在情势如何了？"我的心也跟着揪起来了。

黎昭叹口气，不胜烦扰："洪水虽退，可是田地被淹得太厉害，已经到了极限，田间的水下不去，照目前的形势来看，即便水能下去，秋麦也难种，来年的收成必然大受影响。"

"眼下呢？明年的事情可以缓缓，眼前的形势如何了？"

黎昭摇头："百姓死伤无数，田地房屋大量受损，三州十一县百姓完全没有生活保障，人心不稳，周边州县哄抬粮价，趁机谋取暴利，这是其一。

"其二，死伤实在太多，尸首都在水里泡烂了，如今水一退去，有些地方便爆发了瘟疫，太医虽然竭尽全力控制住了荆州的疫情，可别的地方渐渐又有新的状况，太医根本无力兼顾。

"其三，如今这时节，正是暴雨多发，眼下这一阵雨是过了，可谁知今年还会不会有大暴雨，若是有，黎江必定泛滥。"

黎昭连连叹气，越说越烦躁，突然猛地捶了自己的脑袋一拳，闷声道："都怪我！我没用！我太没用了！"

我连忙拉住他的手，黎昭叹口气，无奈道："我这个太子，让天下百姓失望了！"

我连声安慰："别这样说，你还小，没有经历过磨砺，一时施展不开手脚也是有的。你别灰心，总会有办法的。"

黎昭默默地看着我，没作声。

"关于粮食的问题，辛家可以尽量提供，只是从外地调粮太过费时费力，总归不如从周边州县募集来得快。"

黎昭亦是一筹莫展："粮食是一方面，疫情也不容乐观，太医才三五人，即便分派到各个州县，也远远不够。"

"这一点好办，我可以就近调集辛家的大夫，全力供应药材。只是瘟疫几乎是绝症，指望着他们研究出药方，不知道要死多少人。但若是让他们跟着太医学习研究，想来会好很多。"

黎昭眼前一亮，赞道："这倒是个好法子！"随即又愁上眉梢，"只是治理瘟疫，风险实在太大，这些大夫去了，兴许就回不来了，他们肯吗？"

"重赏之下，必有勇夫。不如张贴皇榜，号召天下名医前来治理瘟疫，只要解除疫情，论功行赏，量才任用，你看可好？"

黎昭想了想，点头应下了。

前两个问题暂时有了应对之策，接下来便是第三个，也是最为严重的。万一黎江再次泛滥，前面做的所有努力就都白费了。

"修筑河堤的工程开始了吗？"

黎昭叹口气："洪水三日前才勉强退下，如今修筑工事勉强可以开工，只是在如何修筑上，却起了分歧。这样吧，明日我召集相关官吏，你可以听听他们的说法。"

"好。"

其实我根本不懂修筑河堤的事情，只是黎昭既然问我，那我便尽一把人事，至于结果，只能听天命了。

没想到，当天傍晚就下起了大暴雨，半夜传来消息，好不容易堵上的缺口又被冲开了，黎江再次泛滥，荆州首当其冲。

这一场水来得凶猛，我在二楼的房里正睡着，半夜突然惊醒，出门一看，水已经淹到了一楼的窗台，并且还在上涨。

底下尽是惊惶的叫声，那些官员们想跑，却被困住了，全都凑到黎昭身边，一口一个"殿下，快跑吧"、"殿下，再不跑就晚了"。

黎昭这时表现出了他身为一国储君该有的冷静沉着，横眉怒目道："治不了洪水，本宫宁愿为三州十一县百姓殉葬！谁若是再敢提跑，本宫立即宰了他！"

周围的人顿时噤声，哭丧着脸缓缓往后退。

黎昭浑身湿淋淋地上了二楼，付恒在他身边跟着，黎昭走向我，说道："辛甘，你走吧！我让人送你出去。"

我心头一暖，却板了脸，做出一副很鄙视的样子："呀呵！太子殿下，您老待我可真好！外头这么大的水，我这小身板，一出去就得被冲走！到时候可是连尸首都找不着啊！"

黎昭叹口气，歉然道："我不该叫你来的，这下怕是真要拉着你一起死了。"

"呸呸呸！姑奶奶吉人天相，洪福齐天，要死你自己去，我才不要！"我故作轻松地跟黎昭斗嘴，转脸对六十六叔说，"咱们这边的粮食能撑多少天？"

六十六叔苦笑道："这么大的水，粮食多半被冲走了。辛甘，咱们要饿肚子了。"

"我来的路上，还听说南方大旱，唉！这场雨要是下到南方该多好啊！"我朝着天空"呸"了一口，"不长眼！"

一抬眼，正好对上付恒的目光，他正目不转睛地看着我，满眼怜惜。

我后退一步，与黎昭错开身，在他目光不能触及的地方，以口型问了一句："恒哥哥，你伤好了吗？"

一直想问付恒的伤怎么样了，可是当着黎昭的面，我不敢问。白术提醒过我，太子对我的心思不单纯，不管是真是假，情况不明，谨慎为佳。

付恒冲我轻缓地点了点头，递给我一个安心的眼神。

我舒了一口气，他没事就好！

天将亮的时候，雨总算是停了，涨水的速度慢下来，等到水不再上涨的时候，黎昭差人去仓库里找粮食。士兵们摸索着找出几大袋粮食，抬上二楼，在阳台上摊开晾干。

余粮不多，如果算上所有士兵，连两天都撑不过去。

六十六叔看着一片汪洋，转脸看了看院子里的几棵大树，低声道："辛甘，咱们走吧！"

我一千个一万个想走，可我不敢。

"我不走，我答应了要陪着太子一起赈灾修筑堤坝的。"我没敢看任何人，微微垂落眼帘，"六十六叔，你一个人的话，一定能走出去。趁现在水停了，你赶紧去周边州县调集粮食药品，我们需要大量物资渡过难关。"

六十六叔眉头一皱："不行！我不能丢下你一个人！"

我有些急了，推了他一把："没有粮食，大家都会饿死！你一个人出去，还能为我们争取一条活路，你要是带上我，我只会连累得你也活不成！"

六十六叔不为所动："不行！我决不能将你一个人丢在这种地方！"

"有太子在，你还怕我会有什么损伤吗？我保证要是这里只有两个人能活下去，我一定会是其中之一！六十六叔，你自己逃出去调集粮食，远比带着我一起更安全可靠。相信我，我不会有事的！"我一把拉住黎昭的手，急声道，"阿昭，你会保护我的，对不对？"

黎昭义不容辞地点头："六十六郎，你放心去吧！只要有我黎昭一口气在，辛甘绝不会有半分闪失！"

六十六叔斟酌许久，才沉声道："太子殿下既然这样说了，草民自然是信的，辛甘就拜托太子殿下了！"

六十六叔让人将院子里那几棵大树砍了，用牛筋绳索捆成一个简单的筏子，撑着筏子离开了。

尽管所有人都勒紧裤腰带，粮食还是以令人绝望的速度消耗下去。黎昭已经下了命令，自今日起，所有士兵的口粮再次缩减一半。

天还没亮，我就饿醒了。黎昭虽然不至于不让我吃饱，可我从没吃过这般粗糙的食物，食不下咽，吃不了几口就不行了，两天下来，积累的饥饿感快把我逼疯了。

我垂头丧气地开了门，搬张凳子往门口一坐，撑着脑袋看着外面茫茫一片的水面发愁。

"辛甘！怎么这么早就起来了？"付恒的声音在背后响起，温柔而充满担忧。

我回头一看，只见付恒端着一个碗，碗里还冒着热气："这几日看你都没怎么吃东西，一定饿坏了吧！我做了一碗面条，你吃了吧！"

付恒的笑容明媚如初春暖阳，带着点儿害羞："我第一次做，味道不太好，你忍着点，先把肚子填饱再说。"

我呆呆地看着他，碗里腾起的袅袅热气熏得我眼睛发酸。

付恒扶着我坐在桌边，把碗推过来，满含怜惜地说道："这些天真是苦了你了！快吃吧，等会儿就该坨了。"

我哽咽着抓起筷子，大口大口地往嘴里扒，将到了喉咙口的号啕压回去。

"慢点，慢点，别噎着。"付恒温柔看着我，抬手理了理我乱糟糟的头发，"吃完了就走吧！这两日水小了些，天也晴了，我让人送你回去。"

"我不走，恒哥哥，我不要走！我要跟你在一起！"我嘴里塞满面条，语声含混不清。

我发誓，从来没有一个人带给我这么大的感动！

这几天我刻意疏远付恒，他从一开始就察觉了，也顺从我的心意，与我保持距离。我常常能从他眼睛里看到受伤和失落，可他什么都没问，不打扰，不纠缠，只是远远地看着我，守着我。

付恒拍了拍我的后脑勺，温声道："好孩子，听话，这里太危险，你还是走吧！"

"可是你在这里，你也很危险啊！"我努力咽下面条，"你不怕，我就不怕！"

"我怕，可是我不能走。辛甘，我是太子的人，他不走，我就不能走，可是你不一样。"付恒用大拇指给我拭泪，柔声劝道，"听话！你走了，我就安心了。"

"可是我走了，我就不安心了。"我摇头，将碗推到付恒面前，"恒哥哥这些天也没吃过一顿饱饭，你也吃些吧！"

付恒摇头，神色一片真诚："我吃过了，你吃吧！"

骗鬼！

我不由分说地夹起一筷子面条，递到付恒嘴边，付恒脸一红，犹豫了一下，还是张开了嘴。

一大碗面条就这样你一口我一口的，很快就见了底，连面汤都喝了个一干二净。

我和付恒难得有独处的机会，自然格外珍惜。我情不自禁地靠近他，握着他的手，想说些煽情的话，可又不好意思。付恒脉脉地看着我，四目相对，久久无言。突然，他横臂一伸，将我抱进了怀里。

我还来不及荡漾一下，就听见一声怒吼："你们在干什么？"

黎昭黑着脸站在门口，两眼喷火地死盯着我们。

我顿时跟被蝎子蜇了似的弹起来，慌乱地离开付恒的怀抱，一不小心，手撞到碗，青花瓷碗滚落在地，"咣当"一声摔了个稀巴烂。

"太子殿下，我来送些吃的给辛甘，她一直都没好好吃过东西。"付恒恭顺地解释。

黎昭黑着脸走过来，怒声道："她没有好好吃过东西，难道别人就好好吃过了吗？这里的人哪一个不是勒紧了裤腰带过日子的？"

我心里一寒，黎昭真怒了。

我强撑出一副愤怒脸，指手画脚地叫道："喂！阿昭，你这可就太没人性了啊！我好歹是为了你来的，真要是把我饿出个三长两短来，你好意思吗？"

黎昭愤怒地瞪着我，眼里结了一层霜。

我心头一颤，气势软了下来，两手一摊，故作无奈："好吧！你是太子，你说了算，我以后不开小灶了。"

　　黎昭白眼一翻，冷声道："你去收拾收拾，与我一道出去看看。付恒，你带人再去打捞，看能不能找到一些粮食。"

　　"什么？出去看看？现在？"我不可置信地尖叫，"你疯啦？外头的水还齐腰深呢！现在出去，那不是找死吗？"

　　"就是死，你也得跟我一起死！"黎昭不由分说地拉住我的手腕，"看样子你是准备好了，那就走吧！"

　　"不要！我不要去！"我拼命挣扎，"娘哎！会出人命的！我不要去！"

　　黎昭完全不顾我的挣扎，跟拖死狗似的拽着我就走。付恒想拦，我连忙递给他一个"不要"的眼神，制止了。

　　还算黎昭有良心，找了一个大木桶，让我蹲在里面，狗蛋在后头推着，他在一边跟着，带着几个士兵，一道出去视察。

　　外头已经不成样子了，田地被淹，民宅被毁，老百姓们纷纷躲到了高地上、山坡上、大树上。

　　一个孩子从树上掉下来，"扑通"一声掉进水里，溅起一大片水花，连头都没露出来，就没影了。

　　到处都是哭声，满鼻子腐臭的味道，苍蝇成群结队，目之所及，无一不让人揪心扯肺。

　　"真该将荆州的地方官千刀万剐，剁吧剁吧喂野狗！"我又心痛又愤怒，"还有从前修筑堤坝的，一千万两白银，就修出了这么个破烂玩意儿！"

　　黎昭咬牙道："回头就宰了他们！一群贪污受贿的蛀虫！祸国殃民！"

　　"阿昭，你以后当了皇帝，一定要好生治理国家，关心国计民生！"我握住黎昭的手，恳求道，"你一定要当一个好皇帝！"

　　黎昭重重地点头，发誓一般庄重："我一定竭尽全力，保护好我的江山子民！"

　　外头饿殍遍地，我们也是捉襟见肘，如今唯一的期待就是六十六叔能够早点调集粮食回来解救我们的燃眉之急了。

　　可我万万没想到，回到衙门的时候，我居然奇异地看到了一个不可能的人——阮郎归。

　　"启禀太子殿下，臣受辛老太爷所托，押送十万石粮食前来赈灾，另送二十车作为辛小姐的口粮。"阮郎归低头拱手，一副公事公办的语气。

黎昭看到阮郎归的那一刻，瞳孔不自觉地缩了起来，等到他禀报完，才淡淡地说道："辛老太爷有心了，阮世子远道而来，辛苦了。"

阮郎归站直了身子，一瘸一拐地朝我走来，从怀里掏出个油纸包，面无表情地递给我："喏，你太爷爷让我带给你的。"

我打开一看，是一包桂花糕，顿时无比感动，真诚地道谢："谢谢你，阮渣……阮夫子。"

阮郎归白眼一翻，无比傲慢："我是感念辛老太爷忧急国难，一片赤诚，与你无关，你也不必谢我。"

…………

一低头，正看见阮郎归的右脚微微踮着，于是问道："阮夫子，你的脚伤好了吗？"

阮郎归冷声道："太医都说好不了了，你又何必再多此一问？"

我顿时急了，默默一算，这么点儿时间，就算阮郎归去了沼泽，也待不了多长时间，兴许，他根本就没去。我有心要问，可黎昭就在边上，只能把到了嘴边的担忧吞回去。

接连几个大晴天，水终于退下去了，赈灾、治理瘟疫、修筑河堤刻不容缓，一时间，所有人都变得忙碌起来了。

黎昭带领着水利部门的官员，沿着黎江实地考察，然后让大家谈谈自己的看法。绝大部分官吏赞同先赈灾、治理瘟疫，只有我坚持先解决水患。

黎昭看看我，再看看呈压倒性优势的官员，为难道："辛甘，堤坝是一定要修的，可是咱们这里一没有钱财物资，二没有人力，如今怕是很难动工了。"

我不屑地笑笑，冷声道："咱们最缺的既不是钱财物资，也不是人力，而是能顶得住事的水利官员！"

此言一出，满座皆怒，立即有人拍着桌子怒吼："黄毛丫头信口开河，你懂什么？"

"我什么都不懂，我只知道三年前辛家出资一千万两，捐献给朝廷修筑堤坝，但是修出来的却是豆腐渣工程！真要是水利官员能顶事，今日我等也就不会千里迢迢赶来这里挨饿了！"我毫不畏惧，瞪着那群炸了毛的官员。

"放肆！区区商户之女，卑微低贱，居然如此侮辱朝廷命官，该当何罪！"有人翘着胡子厉声斥责。

我毫不退缩，针锋相对："朝廷命官就该尽心尽力为朝廷办事！区区商户人家，都知道国难当头，义不容辞，更何况是饱读圣贤书的朝廷命官？办事不尽心，却只会伸手问国家要银子，书都读到狗身上了吗？"

"大胆！你骂谁呢？"

"放肆！"

…………

各种嘈杂的声音中，我冷笑道："谁心虚我骂谁！谁干了亏心事我骂谁！谁没尽心尽力为国家出力，白吃朝廷的米粮，我就骂谁！"

底下的声音越发嘈杂纷乱，黎昭不动声色地看着，一言不发。

我重重地一拍桌子，冷声道："各位大人还是消停点吧！在座谁都不是傻子，这里头有什么猫儿腻，各位心知肚明，太子殿下也不糊涂。眼下国难当头，正是戴罪立功的好机会，有才能的尽管施展，要是没两把刷子，嘿嘿，对不起！太子殿下不养闲人，我辛家的银钱米粮，也不养废物！"

话一挑明，顿时起到了敲山震虎的作用，大部分人都不敢吭声了。

黎昭赞许地看我一眼："辛甘这么大火气做什么？来，喝杯水消消气。你既然主张先解决水患，可有什么好的法子？"

我摇头，干脆利落地答道："我不懂这些，但是我知道，如果不解决水患，再来一场大雨，咱们就全完了！什么赈灾，什么瘟疫，都不必理会了。"

黎昭点头，长声叹道："本宫又何尝不知道其中的厉害？只是兴修水利、重筑堤坝，工程量实在太大，三年都未必能修建得好，一时之间想要达到防御洪水的目的，实在是难于上青天！"

这时，一直默不作声的阮郎归突然开了口："谁说治理水患一定要修筑堤坝？"

我下意识脱口反驳："不修堤坝怎么挡住洪水啊？总不能拦住老天爷，不让下雨吧？"

阮郎归嗤笑一声："洪水泛滥，不是因为堤坝不够高，不够牢固，而是因为河道窄而浅，无法及时排水，这才造成洪水泛滥。可笑堂堂黎江水利官员，居然只想着堵水，却不想着泄洪，也难怪一千万两修出了个豆腐渣工程！"

州官顿时老脸通红，梗着脖子犟道："黎江常年多水，如何能拓宽加深河道？难道要让河工潜到水底去挖淤泥吗？况且沿岸都是良田，挖河道会造成多大的损失，世子爷可曾想过？"

阮郎归的笑意越发嘲讽："我只知道，南方前州、通州、文州大旱，颗粒无收，若是能够开挖水渠，将黎江水引到南方的沅河，那么黎江水患和南方大旱就都解决了。"

黎昭眼前一亮，皱眉陷入沉思，许久才沉声问道："开挖沟渠，将黎江水引入沅河，工程量比修筑堤坝还大，三年之内万难完成，又如何能解决眼前的祸患？"

阮郎归正色道："朝廷养了那么多士兵官吏，此时不用，更待何时？"

黎昭的眉头顿时舒展了，一拍双手，叫道："好主意！调集军队，沿途再征用河工，时间可以大大缩短！"

有了黎昭的首肯，事情进展得顺利多了，黎昭当即下了令，设计出沟渠的走向路线，一面派人先堵住黎江河堤的缺口，一面征调地方军队与河工开挖沟渠。

应召前来的大夫越来越多，瘟疫得到了很好的控制。泄洪工程进展顺利，一切都在往好的方向发展。

皇上下了一道圣旨，嘉奖赈灾顺利，说等我们回了京要论功行赏。

我一听见"论功行赏"四个字，兴奋得简直要跳起来了。六十六叔的婚事，这下算是万无一失了！

第九章
我不气你了

　　黎昭与付恒都去监工了，整个衙门就剩下我们叔侄与阮郎归三个人。趁着没人，我正好去看看他。

　　阮郎归倒是自在，斜倚在窗下的榻上翻一卷书，朝阳柔和的光芒从雕花窗棂照进来，柔柔地打在他身上，笼了一层淡淡的金光。

　　素日里的阮郎归，容貌清俊英气，轮廓明朗硬挺，仿佛边地凛冽风沙中的一株白杨，昂扬挺拔，带着一种独特的桀骜狂恣。

　　可是他安安静静翻着书卷的样子，却仿佛水软山柔的江南，蒙蒙烟雨里的一株梅树，素雅淡然，安静美好。

　　这样的安静美好很快就被打破了，那厮一开口，我就恨不得扑上去撕了他的嘴。

　　"人都说'男儿本色'，可见是片面的，女子要是色起来，那可是比男儿有过之而无不及呀！"阮郎归放下书，淡笑着拈起小几边的茶盏，轻轻啜了一口，含笑望着我，"辛甘，你说是吗？"

　　他的双脚架在一张圆凳上，十分扎眼，我本想问一句"你的脚还疼吗"，可他却笑得越发戏谑，"快把哈喇子擦擦，都快滴到裤腰带上了。"

　　我顿时炸毛了，跳着脚冲上去，怒道："就你？姑奶奶流哈喇子也是被你恶心的！"

　　…………

　　一番唇枪舌剑，针锋相对。

"辛甘，你一大早跑到我房里来，就是为了给我添堵的？"阮郎归手扶额头，一脸无可奈何，"我招你惹你了？欠你钱了？还是挖你家祖坟了？"

我索性拖了一张圆凳过来，粗鲁地将右脚踩在凳子上，一只手叉腰，气势汹汹地反唇相讥："我才是上辈子挖了你家祖坟！这辈子你来讨债了是吧？都追到我家来坑我了！阮郎归，你还是不是男人啊？怎么老是跟小姑娘过不去？"

阮郎归狠狠地"呸"了一声，翻了个极度鄙视的白眼："往左十步，门口在那儿，慢走不送！"

我索性整个人站到凳子上，居高临下地叉着腰瞪着他，怒冲冲道："老娘今儿个还就不走了！我气死你个五行缺德的混账玩意儿！"

阮郎归皱眉不耐烦道："你不走是吧？好，你不走，我走！"

"走呀！你能耐啊！有本事你就走得远远的！永远别回来！"我得意扬扬地扮了个大大的鬼脸。

阮郎归大约是被我嚣张的气焰气坏了，咬牙切齿地飞起一脚，重重地踹在我脚下的凳子上。

凳子一歪，我不由自主地向前扑了下去，"嗷"的一嗓子尖叫，紧紧地闭上眼睛。

我猜，我要是摔个血肉模糊，阮渣渣一定会烟花爆竹庆贺一场。

不料，阮郎归居然抓住了我的后脖领子。我正往前倒，脖子被衣领一卡，差点当场翻白眼。

我心里一慌，喉咙口一疼，下意识双手挥舞着胡乱抓，抓到一个硬实的东西，不假思索地整个人都攀了上去。刚站稳，就听见头顶上传来一道戏谑而鄙夷的声音："啧啧，看见长得好看的男人就往人家怀里钻，辛甘，你也太豪放不羁了吧？"

我要宰了他！宰了他！宰了他！

我磨着后槽牙，想从阮郎归怀里挣脱出来，不料刚一直起身子，右脚踝一阵钻心的疼，不由自主地再次倒回阮郎归怀里。

"差不多得了啊！占我一次便宜还不够，还要再来一次吗？"阮郎归黑着脸，一把将我推了出去。

我不由自主地冲向桌子，重重地撞上去，整个上半身不由自主地栽在桌面上，"哇"的一声号啕大哭，眼泪跟开了闸的洪水似的奔腾而下。

阮郎归见状，立即几个大步冲过来，一把扶起我，连声问道："怎么回事？我根本没有用力推你啊！怎么会摔了？来，让我看看，撞哪儿了？"

我疼得只管哭，说不出话来，阮郎归焦急地问了几遍，皱着眉头将我抱到一边的榻上坐着："磕到哪儿了？你指给我看，太医和大夫都分派到了各地，只能我帮你处理伤势了。"

我抽泣着，双手捂着肚子，痛得直不起腰，右脚痛得直抖。

阮郎归深吸一口气，犹豫了片刻，抬起我的右脚，小心翼翼地将鞋子脱了。

我泪眼蒙眬地瞄了一眼，就这么一会儿工夫，右脚踝肿得老高，像个发面馒头。

阮郎归没料到我会伤得那么重，倒抽一口冷气，懊恼地低喃："怎么会这样？都怪我！"说着，突然放下我的脚，快步跑了出去。

大爷的！居然丢下我，一个人跑路！别让我抓到他，否则非让六十六叔揍他个屁股开花不可！

我愤愤地骂着，恼怒地瞪着他的背影。瞪着瞪着，我突然就怔住了——他跑起来一点儿也不瘸！

好家伙，贼着呢！闷不吭声地治好脚，却故意装瘸来糊弄黎昭！

我心里一松，就见阮郎归双手端着一个大盆水，又回来了。

他抓起我的右脚，捋高裤腿，把我整只脚都摁进盆里，语气充满自责："你先冷敷一下，缓解些疼痛，等会儿我拿跌打损伤膏帮你揉揉，会有些疼，你忍着点。"

我冷笑一声，阴阳怪气地说："猫哭耗子假慈悲！要不是你踢凳子，我至于摔下来吗？你害我崴了脚也就罢了，还嫌不够，还推我！我告诉你阮郎归，老娘跟你没完！"

"小丫头片子的，一口一个'老娘'，成何体统！"阮郎归低斥一声，"还有哪儿伤着了？"

我低头瞥了瞥捂在肚子上的双手，横眉冷目，万分鄙夷："你瞎啊！没看我捂着肚子呢！"

阮郎归头也不抬，调侃道："我瞧你吼得比我还响亮，中气十足，壮得跟头牛犊子似的，一点儿事都没有，好得很呢！"

我顿时炸毛了，火气上冲，理智一下子灰飞烟灭，想也不想，"哗啦"一下将右脚从水盆里拔了出来，又狠狠往盆上踹了一脚。水盆翻到，水洒了一地，溅起的水花泼了阮郎归一身。

我强忍着钻心剧痛，起身就走，一瘸一拐地往门口挪，死死地咬着嘴唇，克制着到了嗓子眼的号啕。

阮郎归又气又急，快步上前，一把抓住我的手臂，将我一举一扔，我身子一轻，就到了他肩膀上，那厮扛着我噔噔噔地往楼下跑。

我死命挣扎，又踢又打又咬，他倒抽一口冷气，重重地一巴掌拍在我屁股上，恶狠狠道："浑蛋！你属狗啊！动不动就咬人！"

我死不松口，那货就一巴掌接一巴掌地揍，一记比一记重，我终于受不住疼，哭得嗷嗷的，他这才黑着脸收了手。

阮郎归将我扛到后院池塘边，把我往塘边一放，摆成坐着的姿势，把右脚放进池塘，咬着牙威胁："再不听话，我就把你丢进池塘喂鱼虾！"

我的驴脾气一上来，连杀人放火都敢干，还怕阮郎归一句威胁？

我二话不说，牙一咬眼一闭心一横，拽住阮郎归的脚脖子就滚进了池塘。

我不会游泳，到里头就死命扑腾，可越扑腾，人就沉得越快。

水从四面八方漫进来，往眼耳口鼻中钻，火辣辣地疼，死亡的恐惧刹那间笼上心头。

意识很快就模糊了，这时，一只有力的大手抓住我的手臂，用力一拉，一个坚实的怀抱贴了上来，抱着我往上浮。

我下意识抱紧阮郎归，直到上了岸，我都没敢松开。

窒息的滋味太难受，死亡更是令人心胆俱裂，刚从阴曹地府转了一圈，我没胆子再跟阮郎归作对。

看我老实了，阮郎归长长地叹了一口气，默不作声地抱着我回房，重新打了一盆水，把我的右脚放在冷水里泡着，起身出去了。

房间里就剩下我一个人，委屈汹涌而来，铺天盖地，奔腾万里，瞬间将我湮没。我却没了号啕大哭的力气，默默地掉眼泪，一声一声细细地抽搭。

阮郎归回来时，我正趴在榻上咬着衣袖上的布料抽泣，他上前扶起我，我这才看见，在我手边搁着一套淡黄色的干净衣裳。

"把衣裳换了，否则要生病的。"阮郎归叹口气，放柔语气，"好了，别哭了，我不气你了。"

他出去之后，我平复了好久，才开始脱湿淋淋的衣衫。

外衫好脱，裤子却十分为难，右脚动弹一下都钻心地疼，我不得不双手抱着脚，一点一点挪动，好容易把衣衫全除下，我的目光又被胯骨上的两大片瘀青吸引了。

我双手轻轻揉着那两片瘀青，龇牙咧嘴地低声痛叫，不住口地咒骂阮郎归。

"辛甘，我来帮你……"阮郎归的声音蓦地响起，起先带着急切与自责，但刚出口几个字就停住了，顿了顿，伴随着一声长叹，阮郎归呆滞地说，"揉……脚……"

我一抬头，就见阮郎归两眼发直，目光呆滞地看着我，我愣了愣，"啊"的一声尖叫，一把抓起手边的衣裳挡在身前，尖声骂道："不要脸！滚出去！"

阮郎归脸一红，落荒而逃。

我又羞又急又气，抖得越发厉害，深呼吸好几口，才勉强没让自己晕过去，连忙抓起干净的衣裳套上，连脚伤都顾不得了。

"辛甘，你好了吗？"阮郎归的声音小心翼翼的。

我简直要气炸了，忍着揪心的疼痛，扶着墙壁一瘸一拐地往门口走，满脑子里只想着赶紧离开这个鬼地方。

费了九牛二虎之力，好不容易蹦跶到门口，阮郎归眉头一皱，沉声道："你去哪儿？"

"要你管！臭流氓！"我想也不想，挥手就去推他。

"你的脚还想不想要了？"阮郎归一把抓住我的手，黑着脸，不由分说地打横抱起我就往屋里走。

我死命挣扎，那厮脸一板，压低声音严厉地斥责："再乱动！再乱动还打你！"

我顿时怂了，闷不吭声地由着他抱着我进屋，将我放在床上。

"会疼，你忍着点。"阮郎归抬起我的脚，眉头皱得越发紧了，"我尽量轻点。"

他挖了一大块跌打损伤膏抹在手心里，双掌交互搓几下，握住我的脚踝。我猛然一疼，狠狠一咬下唇，强忍着没叫出声。阮郎归揉了几下，手越来越重，我也越来越疼，根本忍不住，于是开始了新一轮鬼哭狼嚎。

"要死！轻点啊！你想痛死我啊！"我边掉眼泪边大声叫骂，"阮郎归你不是人！你没人性！你就是想弄死我！"

阮郎归眉头一皱，脸一板，语气里带上几分鄙视："我八岁的时候骑马摔断了腿，一滴眼泪都没掉；十二岁第一次上战场，被乱箭射穿肩膀，我都没吭声。辛甘，你不是挺嚣张的吗？怎么这点儿疼就叫得跟杀猪似的？"

我的自尊心受到了一万点伤害，驴脾气一上来，坚决不能在他面前认输，于是狠狠地咬住下唇，努力吞下所有的痛呼。

嘴里瞬间弥漫起浓重的血腥气。

"这才像回事嘛！你叫，或是不叫，痛就在那里，不轻，不重。"阮郎归抬头冲我咧嘴一笑，眼里的戏谑还没消散，眉头就再次紧蹙成两团黑疙瘩。

"谁让你咬着嘴唇了？傻瓜！快松口！"阮郎归的语气十分焦急，下意识伸手来掰，可满手的药膏，又不敢碰到我，只好连声催促。

我倔强地瞪着他，憋了满眼的泪水，死命克制着不让自己示弱。阮郎归突然低下头，我眼前一花，一双柔润的唇猝不及防地贴了上来。

我悚然一惊，猛然瞪大眼睛。

距离太近，我看不清他的脸，只能感受到他鼻端呼出的气息，热热的，喷在我脸上，我顿时起了一身鸡皮疙瘩。

没等阮郎归有什么后续动作，我就炸毛了，猛地往后一撤身子，上半身直挺挺地栽倒在床上。

"臭流氓！你又占我便宜！大爷的！姑奶奶跟你拼了！"

我不顾一切地抬脚就踹，阮郎归急忙托住我的小腿，惶急无措地告饶："姑奶奶，咱能消停会儿吗？你的脚要是再不处理，怕是只有去淤泥里躺上半个月了！"

我顿时老实了，不敢再挣扎。阮郎归侧身坐在床边，将我整条右腿搬到他腿上，把右脚架空，调整到他顺手的角度，开始重新按揉。

"我尽量轻点，你要是疼得厉害，就叫出来吧，我不笑你了。"阮郎归叹口气，状似妥协，"怕了你了！"

"能麻烦你一件事吗？"我语气冰冷，闭着眼睛不看阮郎归。

"你说。"

"叫我六十六叔过来。"

阮郎归手一顿，垂落眼帘，低声道："我的舒筋活血正骨手法是家族秘传，六十六郎不懂。"

我瞪着阮郎归，铿锵有力地说："多谢！但是我要我六十六叔！"

阮郎归微微避开我的目光，语气里依稀带着一丝淡淡的哀求意味："是我不好，不该这般气你，我向你道歉。可是辛甘，你的脚伤得厉害，真的不能再耽搁了。你听话，让我帮你按摩推拿，等你的脚好了，我让你打一顿出气行吗？"

我绷着脸转向一边，如砧板上的鱼肉，随他怎么拿捏。

阮郎归默了默，耷拉着脑袋，闷不吭声地继续给我按揉。

我依然痛，却不肯叫出声，痛到极致的时候，就把手塞进嘴里咬着。阮郎归越发急了，却对我的驴脾气无可奈何，好言好语地道歉，我根本不接受。

他突然将我抱进怀里，一条手臂横在我面前，把我的腿弯过来，继续为我揉脚。

"你要是真想咬，就咬我吧！"

我张大嘴巴，一口下去，血腥味很快就弥漫开来，我明显感觉到阮郎归半边身子都抖了。

他瞪我一眼，强撑着调笑："你还真咬啊！"

我心里的憋屈总算是稍稍淡去了些，又听他说："辛甘，你说咱们这到底是在干吗？互相置气，互相伤害，结果谁也没讨得了好，白白结了那么深的梁子。"

这货居然还有脸说！

我一张嘴，松开他的手臂，正要反驳，突然听见一声类似于骨头断裂的"咔嚓"声，一阵撕心裂肺的尖锐剧痛袭来，我顿时两眼一黑，彻底晕菜。

醒来时天都快黑了，我还在阮郎归床上躺着，那厮在榻上坐着，听见我哼哼唧唧地叫痛，连忙快步走过来，急声问道："醒了？饿了吗？要吃什么，我去做。"

"我怎么还在这儿？"

阮郎归低眉顺眼地回道："你的脚踝脱臼了，我帮你正骨的时候，你晕过去了。"

我撑着床榻坐起身子，肚子里顿时传来一阵"叽里咕噜"的饥鸣，阮郎归温声道："你躺着歇一会儿，我去给你弄些吃的来。"

"不必了，我福薄，受不起。"我冷声回道，"我要回房，我要六十六叔！"

吃阮郎归做的饭？别闹！我还不想幼年夭折！

阮郎归的脸色倏地青了，尴尬地笑笑，自嘲道："我的手艺虽然不好，但也不至于吃出人命。等你填饱了肚子，我就送你去见六十六郎。"

不料，阮郎归刚出去就回来了，黑着脸，一言不发地抱起我就走。他走得很快，也很小心，似乎怕被人发现。将我送回房，放在床上之后，阮郎归就闷着头走了。

我瞧见阮郎归那一瘸一拐的姿势，心里有了底，必然是黎昭回来了。

没多大会儿，黎昭来了。狗蛋在他身后跟着，手里提着个朱漆食盒，摆出几样小菜一壶酒，笑呵呵道："辛小姐还睡着呀！快起吧，太子殿下来瞧

110

您了！"

我指了指肿得老高的右脚，苦笑道："起不来，脚丫子废了。"

"怎么回事？"黎昭快步上前，只看了一眼，眉头就皱起来了。

我叹口气，无比哀怨："闲着没事干，就在外头溜达了一圈，也不知哪根筋搭错了，走到花坛边，一个不当心，踩了一块小石子儿，就把脚给崴了。"

黎昭横我一眼，小心翼翼地扶起我，我右脚完全不能落地，他将我抱到桌边，让狗蛋拿垫子放在地上，轻轻地把我的脚架在垫上。

"工程进展得很顺利，速度也很快，除了主干，又加了三道支流，惠及南北大大小小十余州县。辛甘，这次黎江的水患终于能顺利解决了！"黎昭喜上眉梢，喝了一口酒，叹道，"辛甘，咱们成了！"

我和黎昭碰了一杯，不料，酒杯举到唇边，却被他夺了过来，一扬脖子喝干了。

"干吗？"我不满地问。

黎昭指了指我的脚："受了伤还喝酒，我看你是想当铁拐李了！狗蛋，换茶来！"

我转转眼珠子，对黎昭说："阿昭，我求你一件事。"

黎昭一挑眉，半开玩笑地说："呀呵，挺客气啊！说吧，我看看是什么天大的事情！"

"来日回京，皇上论功行赏，我会提出请求皇上为六十六叔和蓉姐姐赐婚。阿昭，你一定要帮我说话，让皇上答应，好不好？"

黎昭微微皱眉，摆出一副郑重沉思的模样。我有些急了，一把抓住他的手臂，急切地看着他："好不好？"

黎昭看我急了，这才"扑哧"一笑，大手一挥："好啦！我能不帮你吗？一早就知道你有多么坚决地要帮助六十六郎娶付蓉，我怎么可能不助你一臂之力！"

我顿时乐了，一拍黎昭的肩膀，朗声笑道："那是！咱俩谁跟谁啊？穿一条裤子长大的，你不帮我帮谁啊！"

"天色不早了，你早点睡吧。明日一早我就要走了，就不来向你道别了。"黎昭拍拍我的肩，"辛甘，明天一早，你就回金麟吧！这里的衣食住行各方面都不如金麟，你的脚又伤着，再在这里待下去，我着实不放心。"

黎昭刚要走，门口传来一道清朗的声音："辛甘，你睡了吗？我来帮你敷药。"

我心里"咯噔"一下，暗暗道一声"不好"，就见阮郎归已经一瘸一拐地进来了，与黎昭四目相对，他淡淡地一点头："太子殿下也在啊！"

黎昭眉头一蹙："这个时辰，未经允许闯入少女房中，阮世子是不是有点失礼了？"

阮郎归扬了扬手里的药膏："辛甘的脚受伤了，我来帮她敷药。"

"辛甘有六十六郎伺候，哪里敢劳动阮世子大驾？"黎昭嗤之以鼻，"只求阮世子莫要背地里耍手段，害得辛甘众叛亲离，半夜钻别人家狗洞逃难就好！"

阮郎归面不改色，淡定从容："太子殿下教训的是，臣正是来向辛甘道歉的。"他顿了顿，微微眯了眼眸，似笑非笑地问道，"人非圣贤，孰能无过？过而能改，善莫大焉。太子殿下，您说是吗？"

我看他俩一言不合就要掐起来，连忙堆起满脸笑意："阿昭，你不是明日还要早起吗？快回去休息吧！"

黎昭凝眉，眼神微冷，深深地看我一眼，转向阮郎归的时候，目光中的寒意一瞬间深浓如冰，冷哼一声，一甩袖子，大步流星地走了。

阮郎归淡淡地瞥了一眼，一瘸一拐地走过来，将我的右脚抱过去，用药膏按摩。

我叹口气，有些无奈："你何苦与他争执？他是太子，是你以后的主子，你这般强硬，讨不了好的。"

阮郎归头也没抬，语气淡淡的："我的态度不是已经软了许多吗？"

"反正你还是避着他的好。"我抓了抓脑袋，语重心长地道，"即便你是打仗的，也不能光顾着打仗，人情世故总是要懂些的，否则万一再冲撞了他……"

后面的话，阮郎归心知肚明，我也不便说出口，便打住了。沉默片刻，阮郎归突然抬起头，淡淡地看着我："辛甘是在担心我吗？"

我心口一震，担心吗？不是吧？我跟这货苦大仇深，我巴不得将他剁吧剁吧喂旺财！

可是不知为何，只要阮郎归跟黎昭一起冲突，我心里就怕得紧。黎昭的手段太毒辣，一出手就是狠的，阮郎归已经吃了一个大亏，我真怕他承接不住黎昭的后招。

阮郎归蓦地一笑，略带自嘲："你怎么可能担心我？我猜，你要是能打得过我，我现在多半已经是废人了。"

"算你有自知之明！"我冷哼一声，高傲地一扭头，拿后脑勺对着他。

就是！我怎么可能会担心阮郎归！我和他就跟猫和狗一样，那是累世的冤家对头，一见面就要掐的！

上了药，阮郎归就走了，我犹豫一下，还是问了一声："喂！阮渣……那啥，明天一早，我们就要回金麟了，你要不要跟我们一起走？"

阮郎归淡笑一声："你如果想继续叫我阮渣渣，就随意吧！起码比阮夫子听着要安全得多！"

阮郎归没说要，也没说不要，一瘸一拐地离开了。看着他怪异的姿势，我心里免不了一阵唏嘘。

黎昭毕竟是太子，顺他者昌，逆他者亡，即便阮郎归再如何狂妄自大、目中无人，也不得不低头。

次日用过早膳，我们启程回金麟。

阮郎归一个瘸子，六十六叔自然不放心让他一个人留在荆州，可这货傲娇啊，非不肯跟我们一起走。六十六叔倒是坚决，直接把人抓起来塞进马车，打包带走。

背过身，我瞧见那厮流露出一抹得意的神情，心里越发鄙视了。

嘴上说着不要，身体却很诚实，还真当自己是磨人的小妖精了！

车上有两个瘸子，行程不得不一慢再慢，到金麟时，已经十一月初了。

今年的冬天来得格外早，我撩开帘子探了探脑袋，触目一片雪白，冷风卷着雪花，劈头盖脸地乱扑。

"什么鬼天气！冻死个人！早知道就不回来了！"我垮着脸抱怨，被冷风激得打了个寒战。

六十六叔小声嘟哝："看来今年是穿不上了！"

我没听明白："什么穿不上了？"

六十六叔脸一红，讪讪道："没，没什么。"

我翻个白眼，一转脸，看到阮郎归满眼鄙视，顿时怒火冲上心头，抬脚就踹："喂！你那什么眼神？"

阮郎归侧身一躲，顺手照着我的后脑勺不轻不重地扇了一巴掌，"你管我什么眼神？"

六十六叔眉头一皱，无奈地瞪了我俩一眼："你们俩够了！一路从荆州吵到金麟，大打三六九，小打天天有，你们不烦，我还烦呢！"

话音未落，他居然掀开车帘跳了下去，还烦躁地踹了一脚车厢。

车厢一震，我差点栽卜去，莫名其妙地骂了一声"有病"，冲阮郎归问道："他咋啦？"

阮郎归白眼一翻："那是你叔，又不是我叔！你问我做什么？"

我又是一脚踹过去："好好说话会死啊！"

阮郎归毫不犹豫地又一巴掌扇过来："你不动手会死啊！"

我跷了跷脚，嘻嘻一笑："我没动手哦！狗才动手了！"

"辛甘，你能不动手动脚吗？能不骂骂咧咧吗？能像个女孩子那样安安静静的吗？"阮郎归咬牙切齿，"辛老太爷上辈子是造了多大的孽？苦苦盼了六十多年，才盼来你这么个混账玩意儿！"

我眯着眼睛冷哼一声："不动手也不动脚是吧？成啊！姑奶奶咬死你！"我鬼吼鬼叫着扑了上去，一口咬住阮郎归的胳膊，甩着脑袋撕扯。

"嘶！你属狗啊！"阮郎归连忙掰我的牙，我手脚并用地挣扎推拒，他没法子了，突然一低头，一口咬在我脸蛋上，合拢牙关呜呜地说，"该死的！你松不松开！"

"不松！"我加了几分力气。

阮郎归也加大咬合的力度："松不松？"

"嗷嗷嗷……不松！嗷嗷嗷……好痛！"我呜呜地叫，越发用力。

阮郎归"嘶嘶"地直抽冷气："不松是吧？我也不松！破相了别怨我！"

"破相了我就嫁给你幺叔，让你叫我婶娘！"我含混不清地说，毫不退缩，牙关咬得更紧。

阮郎归冷声一笑，从牙缝里挤道："我幺叔会看得上你？"话音未落，他突然将双手伸向我腋下，一阵猛挠。

我往后猛地一缩，他没张嘴，我也没张嘴，这么一扯，俩人都疼得受不住了，不由自主地松了牙关，嗷嗷叫着捂住了伤处。

触手一片湿黏，我顿时急了，嗷嗷叫骂："血！流血了！阮渣渣我跟你拼了！"

阮郎归伸了手臂，撑住我的额头，冷眉冷眼地嘲笑："你看了没？瞎嚷嚷什么？那哪是血？那是口水！"

口水？

我将手伸到眼前一看，亮晶晶的，无色透明。

呕！

阮郎归掀开衣袖，皱眉瞪着自己手臂上惨不忍睹的伤口，恼怒地骂："这才是血好吗？睁大你的狗眼看清楚！辛甘，你上辈子一定是狗！恶狗！很恶很恶的狗！"

这一回合，我大获全胜。

我坐在车厢里扭来扭去，嘴里哼着不着四六的调子。阮郎归黑着脸，将胳膊举到唇边，呼呼地吹气。

我越发觉得这一幕赏心悦目，忍不住朗声大笑："还说断胳膊断腿都不带吭一声的呢！不过是轻轻咬你一口，就叫得跟杀猪似的。阮渣渣，老黄牛都能让你吹炸了！"

"你这是轻轻咬一口？姑奶奶，你都快把肉给我咬下来了！"阮郎归猛一握拳，横眉怒目地瞪着我，恨不得一拳将我砸成肉饼子。

"哎！孙子！真乖！"我觍着笑脸，嗫嚅得没人样。

阮郎归暴怒，双拳握得死紧，死死地瞪着我，拼命克制着一巴掌拍死我的冲动。我得意扬扬，口中"浪里个浪，浪里个浪"地哼个没完。

突然，眼前一花，一张大脸倏地贴了过来，唇上先是一凉，很快就热了起来。

阮郎归的呼吸近在眼前，他含混不清的话语从我口中逸出："不是喜欢咬人吗？你咬啊！用力咬！别客气！"

我顿时慌了，不知所措，冷静下来之后，立刻用力推他，他顺势双臂一坏，将我扣进怀里。

我拼命挣扎，可他的胳膊就像铁打的，根本挣不开，一只手在我后脑勺上托着，我脖子以上的部位动弹不得。

我彻底怒了，既然后退不了，那就勇往直前！

那厮的嘴巴比我大，将我整个唇舌都含住了，一番交锋，我始终没能咬到他。我垂头丧气，拼命呜呜叫着抗议。

那货突然松开了，"扑哧"一声笑了，像个泄了气的皮球："此时此刻，寻常女子都是闭紧双眼，不胜娇羞。辛甘，你还真是与众不同！"

我顿时乍毛了，尖叫道："那你去亲寻常女子啊！"

"你还知道我在亲你啊？有你这么回应亲吻的吗？"阮郎归笑着刮了刮我的脸皮，抵着我的额头，温声道，"喏，给你个机会再来一次，你可要好好表现啊！"

"我去你……唔……"我猛地瞪大眼睛，这货一定是脑抽了！一定！

阮郎归陶醉在他的亲吻里，温柔细致地辗转。我愕然看着他，这货到底是怎么了？

阮郎归蓦地一睁眼，瞬间黑了脸，无奈地放开我，长声叹道："不解风情！白瞎你看的那些话本子了！"

这厮脑袋坏了吗？

我困惑地看着他，闷声问道："阮渣渣，你知不知道？亲吻这种事情，是要跟自己喜欢的人做的！"

阮郎归脸一红，别开头，没说话。

"就算你不知道，我也跟你说过。阮郎归，玩笑不是这样开的，打闹也不是这样闹的，你不可以这样对我的！"我叹口气，十分苦恼，"这样会出事的！"

"出什么事？"阮郎归好笑地看着我。

我托着下巴，皱着眉头说道："你这样我会胡思乱想的，想的多了，心就乱了，很麻烦。"

阮郎归目光灼灼地问道："那你现在心乱了吗？"

我认真想了片刻，摇摇头，诚实道："还没有，但是我会想你到底为什么要这么做。只是为了气我？还是你人品太渣，逮着机会就要占我便宜？"

"没有吗？"阮郎归自动忽略我后面的话，垂落眼帘，喃喃地念了一句，"那要怎样才会有？这样吗？"

我还没反应过来他话里的意思，就见他那张硬朗的脸倏地靠近，在我猝不及防的当儿贴上来："是不是多亲几次，你的心就会乱了？"

他的动作很温柔，一点一点，小心翼翼，像是刻意诱惑我一般，辗转反侧，进退有度。我被他迷惑得没了主张，只能顺着他的动作，由着他引领我走进他刻意编织的旖旎里。

"现在乱了吗？"

他的气息吹拂在我耳边，我顿时起了一身鸡皮疙瘩，晃晃神，强作镇定地问道："为什么要这样？是为了报复我先前对你的误导吗？"

没等他答话，我就接着说道："先前我说要你对我负责的话，都是骗你的。我只是希望能够勾起你的歉疚之心，好逮着空子坑你。你那么聪明，一定看出来了，如果你要报复我，我无话可说。现在你亲也亲了，抱也抱了，该占的不该占的便宜也都占了。阮郎归，我们一笔勾销。"

话音一落，我就掀开车帘跳了下去。冷风一吹，心思便清明了，我手拍胸口，暗道一声"好险"，刚才差一点就被那厮迷惑了！

第十章

说好的负责呢？

六十六叔回来时满脸欢喜，眼睛亮晶晶的，好像发生天大的喜事。我问他，他却绷着脸不说话。我瞧着有些不对劲，绕着他仔细打量了好几遍，却没看出端倪。

六十六叔突然贼眉鼠眼地四下里打量，见没有什么人，这才神神秘秘地翻开冬衣的袖子。

我一看，顿时乐了——宝蓝色的底子，袖口绣了一圈柳叶纹样，这不是我拿去让付蓉教我裁衣裳的料子吗？

"我还纳闷，什么今年穿不上了，原来是蓉姐姐给你做了衣裳！"我好笑地白六十六叔一眼，"把单衫穿在袄子里头，六十六叔，你也是够了哦！"

六十六叔脸一红，既欢喜又羞涩："蓉儿做的衣衫，自然是要立时穿的。"顿了顿，又一脸鄙视地说，"辛甘，你不懂！"

…………

"哟！蓉儿都叫上了，发展还真是神速！"我心里酸溜溜的，撇了撇嘴，"没娶媳妇儿呢，就快忘了我了，真要是娶了蓉姐姐，一准儿要将我丢在脑袋外面了！"

我不胜哀怨，六十六叔却是满腹欣喜，抚摸着他的新衣裳，咧着一脸傻乎乎的笑容走了。

我看着六十六叔的背影，越发哀怨了。

"怎么？不是你一心一意撮合六十六郎和付姑娘的吗？这会儿失落

了？"一道嘲讽的声音落在耳边。

我一回头，就见阮郎归袖着手，在我侧后方站着，目光里带着淡淡的责备。

"关你屁事！"我闷闷地反击，耷拉着脑袋擦着他的身子走过，被他这么一说，我心里越发酸了。

胳膊一紧，回眸一看，阮郎归的手强势地握在我前臂上，皱眉道："连句话都不让人说吗？这般小气！"

我冲他龇了龇牙，烦躁无比："放手！"

阮郎归咧嘴一笑，一脸无赖："你挣得开我就放手。"

呀呵！仗着力气大，欺负人是不？

我想也不想，低头就咬。阮郎归无奈道："又来这招啊！"

他手上一用力，拉我不由自主转了半个圈，跌进他怀里。

我恼怒抬头瞪他，正要开骂，他的脸已经毫无预兆地压了下来，快准狠稳地捕捉到我的唇，轻柔辗转，细细碾压。

我愕然瞪着他，谁能告诉我，这货究竟发的哪门子疯？一言不合就动嘴，这叫个什么事啊！

"你说过，我这样对你，你的心就会乱。"阮郎归附在我耳边，声音低沉温柔，仿佛下了魔咒一般，带着一种奇异的蛊惑力。

我呆呆地看着他的眼睛，漆黑如点星，深邃如幽潭，望不到底，让人沉溺其中，不可自拔。

"告诉我，你的心乱了没有？"低沉悦耳的声音在耳边蛊惑，阮郎归的眼里缓缓漾起一圈涟漪，细细的，层层叠叠，像是无数个圈套，叫嚣着要把我牢牢套住。

我心里没来由一慌，不由自主地顺着他的诱惑沉了下去。他却嫌不够，打鼻孔里"嗯"了一声以作催促。我彻底招架不住了，傻乎乎地点了点头，呆呆地问："阮郎归，你到底想干吗？"

阮郎归闻言，顿时绷不住诱惑的模样了，"扑哧"一声笑了，随即板了脸，轻嗔薄怒："我在努力扰乱你的心啊！"

我心头一颤，不由自主抖了抖："为什么？"

阮郎归双臂一紧，笑得十分魅惑："诱惑你啊！"

我顿时清醒了，暗道一声"好险"，骂道："你这人也未免太恶毒了吧！我就知道，你又在挖坑给我跳！我才不会上你的当！"

"是吗？那你有没有发现，你的双手放在哪儿了？"阮郎归的语气里带着满满的笃定。

我低头一看，只见我的双手正环着他的腰，顿时吓了一大跳，连忙松开，用力甩了好几下。

"辛甘，你把我媳妇儿弄没了，那就得赔我一个。你自己说了要让我对你负责的，我堂堂侯府世子，岂能欺负一个小姑娘？这个责，爷负了！"阮郎归大言不惭，面不改色气不喘，一副理所当然的样子。

"我呸！"我跳着脚挣扎，"放开我！臭流氓！不要脸！浑蛋！"

"是谁说的，我亲也亲了，抱也抱了，还把你看光光了，你除了我，还能嫁给谁？我可记得，有人说要嫁给我当正妻呢！"阮郎归抱得越发紧了，根本不管我的挣扎。

我那个气啊！火气嗖的一下顶到了脑门子，看着那两片翕动的薄唇，不假思索地一踮脚，张口就咬。

他比我高太多，一踮脚一抬头，正好一口咬上他的下巴，还没来得及修剪的胡茬儿狠狠地扎进我唇舌上细嫩的皮肤，痛得我惨叫一声，眼泪唰的一下就出来了。

阮郎归连忙松开我，摆出一脸心疼，可我分明瞧见他眼底满满的都是掩藏不住的笑意。

"你呀！真不知该说你什么好！你先回房，我去叫刘大夫来瞧瞧。"

我一把拉住他，恼怒道："不要！"

这货根本就是想看我出丑！

阮郎归凝眉敛目，一脸严肃："有伤就要治，否则伤势会恶化。既然你不肯找刘大夫，那就……"

话到此处，他突然停住了，给了我一个意味深长的眼神，然后一脸荡漾地压了下来。

"你们在干什么？"白术的声音突兀地横插进来。

三个人，六只眼睛，目光交会的一刹那，我只希望能够天降神雷，劈死他俩。

我红着脸耷拉着脑袋就想跑，阮郎归拉住我的手臂，皱眉道："往哪儿去？你的房间在东面！"

神哪！让我去死一死，好吗？

我闷着头就朝东走，白术突然大步流星地走上前，挥拳狠狠地冲着阮郎归的鼻子揍了过去。

这货一天欺负我无数次，我早就恨得牙痒痒了，白术这一出手，我情不自禁地叫了一声"好"，白术仿佛受到鼓舞，拳头舞得虎虎生风。

阮郎归见白术不依不饶，也动了火气，与他你来我往地打了起来。

我在一边看得津津有味，鼓掌叫好："白夫子加油！揍！狠揍！使劲揍！照死里揍！揍死那个五行缺德的王八蛋！"

阮郎归眉头一皱，怒道："把我揍死了，谁对你负责？别忘了你除了我，已经没人可嫁了！"

这句话奇异地将白术的怒火顶到极点，他就像疯了似的，每一拳每一脚都是照着要害打下去，铁了心要阮郎归一命呜呼。

我心里有些怯了，再这样打下去，万一打出个好歹来，倒霉的还是辛家，于是大声喊道："别打了！快住手！"

白术闷不吭声，阮郎归拼命抵挡，可他还要维持着右脚一瘸一拐的样子，绝对不能露出破绽，无形之中吃了大亏，很快就被白术逼到假山的角落里，连后退的余地都没有。

外头正下着大雪，一个人都没有，我又不敢跑开去喊人，急忙跟了过去，却见白术一拳将阮郎归逼得后背撞上山石，飞起一脚，正冲着他的胸口踢过去。

我心知这一脚要是踢实了，阮郎归没个十天半月绝对下不了床，于是不顾一切地冲了过去，从后面一把搂住白术的腰。

白术正全力对付阮郎归，满身都是戒备，我刚一碰到他，就被一股大力弹了出去，一屁股跌坐在雪地上，得亏雪厚，要不我非屁股开花不可。

白术急忙黑着脸跑过来，一把扶起我，焦急而愤怒地责问："你不要命啦！伤得怎么样？"

我就着他的手站起来，吐出一口闷气，揉着屁股，垮着脸说："白夫子，你糊涂啦！阮渣渣可是皇亲，你真要是将他打出个好歹来，皇后娘娘一追究，你兴许能仗着白家累世的军功躲过一劫，可我们辛家只是平头百姓，非成为出气筒不可！"

白术寒着脸，不置可否，狠狠地瞪着我，怒冲冲道："你倒是想得长远！要不是我中途收力，你刚才那一冲，非得在床上躺两三个月不可！"

我心有余悸，抹了一把冷汗，按了按胸口，哭丧着脸哀叫："我胸口闷疼，是不是受内伤了？"

白术横我一眼，冷声道："伤了才好！伤了安生！"话虽如此，他还是抱起我，快步回房。

我对上阮郎归复杂的目光，心里突然涌上一种难以言喻的滋味，下意识一挣扎，白术脚步一顿，怒道："再乱动我就让你动不了！"

我这才老实了，任由白术将我抱回房里，招刘大夫来瞧了，又被他狠训一顿。

白术走后，我回想起阮郎归刚才的目光，满满的都是担忧，其中似乎糅合了愤怒、不甘，还有几分若有似无的欣慰，很复杂，又有些莫名其妙。

小螃蟹端来药，我喝完药，她收了碗，笑嘻嘻地说："后天就是小姐的生辰了，小姐今年及笄，及笄礼一定很热闹！"

"嗯？后天是我的生辰？"我蒙了蒙，顿时乐了，"是哦！我居然忘得一干二净！后天我就是大姑娘了呢！"

只可惜，我的及笄礼付恒不能来。

我伸个懒腰，缩回被窝里，朝小螃蟹吩咐："再给我加两个汤婆子来，这鬼天气，冻死人了！"

小螃蟹应声出去，不一会儿，脚步声就响起来了。

"这么快啊！"我撑起身子一看，见是阮郎归，又懒洋洋地倒了回去，"你怎么来了？"

但愿这货不是来欺负我的！我没种，我怂，我最不想见的人就是他，这货太危险了！

阮郎归一瘸一拐地走到床边，居高临下地看着我，拉长了脸，拧着眉头质问："你知不知道，你今天扑过去抱住白术有多危险？"

我摇了摇头，老实答道："不知道。"

"如果白术没有收住大部分劲道，你的五脏六腑都会被震伤，不但要在床上躺至少两个月，还会落下一身病根。"

"有那么严重？"我惊得瞪大了眼睛，咋舌不已，"他有那么厉害？"

阮郎归的脸色黑得堪比锅底，眉头紧蹙："辛甘，你太莽撞了！"

我瞧见他这么一副板着脸说教的样子就来气，怒道："我冒了那么大的险，还不是怕他一脚把你踹死！你还怪我！"

他顿时不吭声了，目光幽深地看着我，许久，才从袖管里掏出一个小瓷瓶，倒出两粒药丸，递到我面前："吃了它。"

"不吃！"我脸一扭，冷声拒绝，"黄鼠狼给鸡拜年，没安好心！"

他也不多跟我废话，只淡淡地说："自己吃，还是我帮你？"

我瞧着他那横眉冷目的模样，顿时虿了，讪讪地接过药丸，塞进嘴里之前，还不放心地问了一句："我刚刚吃了刘大夫开的药，你确定这药吃下去不会出事？"

"死不了！"阮渣渣的声音很冷硬，就像冰雪下的石头，不带一丝温度。

我撇撇嘴，生怕他一言不合就动口，讪讪地将药丸塞进嘴里。阮郎归递过来一杯水，我接过来喝了两口，闷闷地转向一边，不再跟他废话。

预想中的脚步声迟迟没响，我诧异地回头，就见他悄无声息地侧身在床边坐下了，默默地看着我。

我顿时感到头皮发麻，浑身的汗毛都竖起来了，颤声问道："你你你……你怎么还不走？"

他眉头一皱，声音微冷："你那么急着赶我走？"

"这大晚上的，你不回去睡觉？"我哪敢说"是啊"，脑子一拐弯，找了个借口。

他眉眼间的不屑简直要流出来了，淡淡地一瞥窗外："还不到申时，就大晚上了吗？辛甘，你在逃避什么？"

我越发紧张，眼珠子四处乱转，支支吾吾道："才申时啊！呵呵，下大雪，看不出时辰，呵呵……"

阮渣渣却不肯放过我，目光锐利如鹰隼，直勾勾地盯着我的脸："你怕我？"

"没有！"我顿时竖了毛，笑话！我辛甘是谁？堂堂辛家大小姐，从来只有别人怕我的，哪有我怕别人的！

"你在躲着我。"阮郎归的语气很笃定，"为什么？"

为什么？不躲着，难道要送上门让他占便宜？

我郁卒地瞪他一眼，气哼哼地翻了个身，懒得搭理他。

一阵难熬的寂静。

脚步声终于响起，我的手拍着胸口，长舒一口气，低声叹道："谢天谢地！那煞神终于走了！"

"小姐，你说什么呢？"小螃蟹疑惑的声音响起，"阮夫子，你也在啊！"

我顿时如遭雷击，整个人都僵了，硬挺挺地翻了个身，就见阮郎归纹丝不动地坐在床沿上，黑着脸瞪着眼，眼神跟刀子似的，嗖嗖嗖地直往我脸上扎。

"你……那个……呵呵……"我尴尬地直想找个地缝钻进去。

小螃蟹小步上前，将汤婆子递过来："小姐这么还冷，我再去生个火盆

122

吧！"话音未落，就退出去了。

"小螃蟹，别……"我一句话还没说完，小螃蟹就跑没影儿了。

我往被窝里一缩，只露出半个脑袋，谨慎地看着阮郎归，讪讪道："那个……阮渣……阮夫子，您老请回吧，我要休息了。"

阮郎归定定地看着我，没吭声。

我心里七上八下的，生怕他一言不合就动嘴，死死地将被子拽到鼻子下边，把下半张脸全挡住。

阮郎归凝目看着我，许久，突然毫无预兆地笑了，语气轻松："辛甘，你的心乱了。"

废话！能不乱吗！要是这样都无动于衷，那我还是活人吗？

他伸出手，扯了扯被子，皱眉道："盖得这样严实，你就不怕把自己活活闷死吗？"

我翻个白眼，暗暗嘀咕："闷死也比被占便宜好啊！"

"至于这么防贼似的防着我吗？我又不会将你怎样！"他一边笑一边拽我的被子。

我拉高被子，将整个脑袋都藏进去，闷声叫道："该死的！你再占我便宜，我叫六十六叔揍你个爹妈都认不出来！"

阮郎归朗声大笑："你舍得吗？"

我咬牙切齿："我舍不得弄死你！"

阮郎归的笑声越发爽朗，半晌，轻轻拍了拍被子："好啦！你出来吧，我不逗你了！"信他有鬼！

阮郎归叹口气，略有些无奈："看样子我是真吓坏你了。好吧！我走，你好好休息吧！"

话音落了有一会儿，脚步声才响起来，一轻一重，正符合阮郎归一瘸一拐的走路姿势。脚步声越来越轻，渐渐地听不见了。

我这才掀开被子，长长地吸了一口气，嘟囔道："该死的！终于走了，再不走，老娘就闷死了！"

"说了女孩子家不许那么粗鲁，一口一个'老娘'，成何体统！"阮郎归的声音蓦地响起，一只大手快如闪电地伸过来，一把抓住被子，一下子扯到我腰间。

我浑身一颤，吓了一大跳，一口气没上来，呛得咳了好几声，抖着手指着阮郎归，哆哆嗦嗦地质问："你你你……你不是走了吗？你你你……你怎么还在啊？"

阮郎归展颜一笑："走了，又回来了。"

我条件反射地捂住嘴，警惕地看着他，见他又露出了不怀好意的微笑，立刻反手拔下一支束发金簪，紧紧地捏在手里，含混不清地警告："你你你……你别过来啊！不然我可对你不客气啊！"

阮郎归白眼一翻："你什么时候对我客气过？"

正对峙着，小螃蟹适时端着火盆走进来，边走边说："阮夫子还在啊？外头雪下得越发紧了，阮夫子要不早点回去吧？"

"对对对，快回去吧！不然等会儿风雪大了，会着凉的！着凉了会生病，生病了会死的！"我磨着后槽牙，恨不得阮郎归一出门就被埋在雪地里，冻成人干，永远都不能再碍我的眼。

阮郎归自动忽略了我话里的恶意，绽出一张人畜无害的笑脸："辛甘这般体贴，为师当真是受宠若惊。小螃蟹，你帮我取一把伞来。"

小螃蟹应声道："阮夫子请稍候片刻，奴婢这就去。"话音未落，那丫头再次一溜烟跑没影儿了。

我那个恨啊！咬牙切齿地瞪着他，死死地攥着金簪，手心里都出汗了："你别乱来啊！不然我真对你不客气啊！"

阮郎归咧嘴一笑，一张俊脸倏地凑近，半调侃半认真："辛甘便是对我不客气，我也是要来的。"

老虎不发威，真当我是病猫啊！

我牙一咬，眼一闭，心一横，手一扬，狠狠地冲着他的脸捅了过去。

"扑哧"一声，金簪入肉的声音顿时激得我起了一身鸡皮疙瘩，我睁眼一看，金簪将他的掌心刺了个对穿，鲜血直流。

我顿时傻眼了，愣了片刻，才颤声道："你傻呀！怎么不躲啊？"

阮郎归不胜委屈，满目哀怨："你还真扎啊！辛甘，你好狠啊！"

"我呸！"我恶狠狠地呸他一脸，干脆利落地将金簪拔了出来。顿时，鲜血如同一口小小的泉眼，汩汩直流。

"嘶！"阮郎归倒抽一口冷气，吱哇乱叫，"黄蜂尾后针，最毒妇人心！古人诚不欺我！"

我狠狠瞪他一眼，摸出一块洁白的帕子，折了两下，狠狠缠住他的手，扎得紧紧的。

阮郎归大约没想到我会替他包扎，眼里闪过一丝错愕："辛甘，你……"

124

我用尽吃奶的力气，狠狠地捏一把他的伤口，他"嗷"地叫了出来，咬牙怒道："辛甘！你有病啊！"

"你有药啊！"我毫不客气地顶回去，示威地龇了龇牙，"下次再敢乱来，非叫你吃不了兜着走！"

阮郎归脸上的表情突然之间僵住了，一眨眼，竟换上了一种似乎叫作深情款款的东西，缓声道："只要能乱来，兜着走就兜着走吧！"

我脑子一蒙，一时间没反应过来他话里的含义，突然感到唇上一凉，一痛，一阵温热绵软。

这货难道是越王转世？够贱啊够贱！

我张嘴就咬，他这次学乖了，及时撤退，一脸恶作剧得逞的笑意："你打也打了，骂也骂了，总该给点甜头不是？"

他一边说一边拿缠着帕子的手去摸嘴唇，那满眼的暧昧，羞得我只想一头撞死在被子上。

我顺手抄起枕头砸了过去，阮郎归轻而易举地躲过，笑意越发欠揍："等到太子回朝，皇上必定论功行赏，到时候我就请求皇上让我对你负责。辛甘，我等着你嫁给我做正妻！"说完，他就一瘸一拐地走了。

"喂！你回来！"我顾不得占便宜不占便宜的，扯着嗓子大叫，"阮郎归，你给我滚回来！"

他刚才赖着死活不肯走，突然之间却跑得比兔子还快。

我一头雾水，呆愣愣地看着被撞得叮当作响的珠帘，撑着脑袋暗暗琢磨，到底发生了什么事？

要么跟我作对，一见面就掐，要么突然缠上我，动不动就占我便宜。这货到底怎么了？

做了一夜梦，梦里全是阮郎归的反常。清晨六十六叔来叫我时，我眼睛下面那两团青黑着实将他吓了一大跳。

到付府时，风雪正盛，我俩浑身都被雪盖住了，满脸的水珠。付夫人亲自出来迎接我们，六十六叔跟着付夫人去了前厅，述说荆州的状况，我则径直去后院找付蓉。

付蓉越发消瘦了，倚着窗子痴痴地盯着茫茫风雪，我都到了她身后，她还没察觉到。我心里酸溜溜的，不忍心捉弄她，便放轻缓了声音道："蓉姐姐，我回来了！"

付蓉闻声回头，瞧见我的那一刻，狠狠眨了眨眼睛，定了定神，眼泪唰的一下滚滚而落。

"辛甘！你可算是回来了！"付蓉抱住我，哽咽道，"我听说荆州发大水，你们被困了好多天，没吃没喝，疫病横行，我担心死了！"

我见她哭，忍不住逗趣道："好啦！笑一个！都快做新娘子的人了，愁眉苦脸的，也不怕变丑。"

付蓉脸一红，"呸"了一声："死丫头！惯会胡说八道！"

我耸耸肩，两手一摊，一脸无辜："我没有胡说八道啊！皇上说过论功行赏，辛家出钱出粮出力，功劳那么大，我求皇上为六十六叔赐婚，有太子帮衬着，皇上岂有不允之理？"

我斜着肩膀撞了付蓉一下，挤眉弄眼："你可不是要当新娘子了？"

付蓉脸一红，娇羞无限："你坏死了，惯会拿人家取笑。"

我举起双手，故作无辜地叫道："哎呀呀！冤枉啊！我哪敢拿你取笑啊！六十六叔那个有异性没人性的，如今满心里只想着你，根本不管我的死活。我要是取笑你，他还不活剥了我！"

付蓉的脸越发红了，那一脸娇羞的模样，瞧得我心旌摇荡，差点把持不住。

毫无来由地，我突然想起了阮郎归。

他是冲着付蓉进辛家当夫子的，为了考状元娶付蓉，几次三番被我作弄，他都强忍下来了，可见他对付蓉的迷恋有多深。

论容貌，我并不优于付蓉，论性情，更是相差十万八千里，论才气，呃……我有那玩意儿吗？

在付蓉面前，我根本一无是处。

阮郎归即便是明知迎娶付蓉无望，想要退而求其次，也不至于一下子退那么多吧！

我顿时低落下来，虽则笃定了他是在作弄我，可现实这么残酷，还是令人无比颓丧的。

"怎么了？"付蓉疑惑地问，"有心事啊？"

我深吸一口气，强笑道："一想到与我相亲相爱十五年的六十六叔要被人抢走了，我就难受，我就想哭，我就觉得人生晦暗无光。"

付蓉脸一红，露齿一笑，亦娇亦嗔："放心！六十六郎还是你六十六叔，没人跟你抢！"

"如今都已经不把我放在心上了，更何况以后？"我叹口气，无比哀怨。

付蓉横我一眼，知道我在逗她，索性不理我了。

"蓉姐姐，明日是我及笄的日子，你能来吗？"我期待地看着她，真诚地邀请，"我只有你和恒哥哥还有太子三个朋友，恒哥哥和太子都不在，要是你不来，我会很伤心。"

付蓉即便是不为着我，为着六十六叔也不可能不答应，连声道："我自然是要去贺你的。"

约定了明早辛家派马车来接，我就告辞了，去前厅陪着付夫人说了会儿话，拉着六十六叔一道回府。进了屋门，刚解下斗篷，白术就来了。

"这么大的风雪，怎么还出去了？"白术无比自然地替我擦了擦额发上融化的雪水，皱眉问道，"胸口还闷吗？"

我捂着胸口，皱着眉头龇牙咧嘴地干号："疼！生疼！疼死了！哎哟喂，疼死我了！"

白术连忙扶着我到桌边坐下："可要招刘大夫来瞧瞧？明日就是你的及笄礼，要从早忙到晚的，你身上不舒服，那可如何是好？"

我绷着脸不吭声，六十六叔这才一脸震惊地问："明日就是你的生辰？"像是怕我不够生气似的，还小声嘀咕道，"怎么那么快？"

六十六叔居然把我的生辰忘得一干二净！

我狠狠瞪他一眼，气冲冲地大步走到床边，扯开被子钻了进去。六十六叔立刻跟过来，扯着一张讨好的笑脸跟我道歉。

白术索性坐在桌边笑着看我俩闹，既不劝两句，也不肯走。

"明天你的蓉儿就要来了，看我不狠狠告你一状！"我气得都快哭了。

六十六叔自动忽略后面半句话，神情蓦地从愧疚转为欢喜，强压着耐心哄我几句，见我还是闷闷地不肯理他，干脆找个借口撤了。

我气得狠狠踹了一脚床柱，白术绷不住笑了，缓步走来，安慰道："辛甘别气了，六十六郎与付姑娘数月未见，相思入骨，你要理解。"

我理解什么呀！我又没有心心念念几个月的心上人！

我翻了个白眼，翻身向里，谁都不想搭理。

"辛甘，明日你就是大姑娘了。"白术坐在床沿上，隔着被子轻轻拍了拍我的肩膀。

我闷闷地再翻一个身，脸朝下趴着，不接白术的话。

"大姑娘就要考虑终身大事了。"白术手一僵，缓缓收了回去，"你还记得我曾经跟你说过的话吗？我来辛家，就是为了你。"

我淡淡地说："我说过，我已经不喜欢你了。"

一阵沉默。

许久，白术才艰难地开口："真的不能给我一个机会吗？"

"夫子，我累了，想睡了，你回吧。"我垂落眼帘，语气淡漠。

白术默了默，站起身，却没走，静静地看着我。我并不想探究他的目光，也不想知道他的内心，自顾自地掖被角。

蓦地，一重暗影笼罩下来，白术温热的气息扑在我脸上。我惊愕地抬眼，就见他正闭着眼睛，缓慢地往下压。

他要亲我！

这个认知让我瞬间慌了，惊惧油然而生，我猛地往后一撤身子，后脑勺"咚"的一声，实打实地撞上了墙壁，疼得我直抽冷气。

白术猛然睁开眼睛，眼神锐利如刀，阴寒如冰："你就这么讨厌我？"

对上白术阴寒锐利的眼神，我心里凭空生出一股怒气，冷冷地嘁道："夫子学富五车，难道没听过'男女有别，授受不亲'吗？"

白术死死地盯着我，许久，长舒一口气，黯然道："对不起，是我唐突了。"

"夫子若是闲来无事，不妨多看看书，侍弄侍弄花草。这些杂七杂八的事情，还是少做为妙。"我是真恼了，没给白术留面子。

白术默默地看着我，我毫不畏惧地与他对视，他站了片刻，轻叹一声，丢下一句"抱歉"，黯然转身离去。

睡了个午觉起来，神清气爽，外头又下起了雪，我独自撑着伞，优哉游哉地漫步。

我喜欢雪，洁白无瑕，能遮住世间所有的污秽。

然而，我还是在满眼的美好中看到了一丝很扎眼的不美好。

阮郎归撑着伞，脸上挂着淡淡的笑，安安静静地站在大院子的花圃前。

我当机立断，扭头就走。

"辛甘！"阮郎归的声音被风雪吹散，千丝万缕地蔓延过来，激得我冷不丁打个寒战，鸡皮疙瘩噌的一下冒出来了。

我拔腿就跑，风雪太大，一跑起来，伞就撑不住了，我索性丢掉伞，双手提着裙摆，跟中了箭的兔子似的，跟跟跄跄地在没过脚踝的雪中蹒跚前行。

"你跑什么？"阮郎归快步追过来，好在他顾及着那一只"瘸了"的右脚，一时没能追上我。

我跑得呼呼直喘，却不敢停下来，生怕被他逮到之后，又要被占便宜。

跑出去老远，我实在累得慌，腰都快直不起来了，回头一看，整个人都不好了。

阮郎归那厮居然将伞撑开，倒着放在雪地上，他左脚踩在伞柄上，也不知用了什么法子，整个人随着伞一路向前滑行。

他一个帅气地纵身，左脚稳稳落地，支撑起整个身体的重量，右脚随后落下，反手一抄，将伞提起来，震两下，抖落积雪，撑在我头顶。

"好厉害！"我深深地吐一口气，不得不说，这功夫着实震到我了。

"想学吗？"他笑眯眯地看着我，满眼诱惑。

我不假思索地答道："不想！一点儿也不想！"

阮郎归逼近一步，微微向前倾身，形成一种压迫的姿势："真不想？"

我身上的鸡皮疙瘩越发多了，伸出左手抵在他胸膛上，右手拔下一支金簪捏在手里，色厉内荏地叫道："离我远点啊！不然我对你不客气！"

他对我手里亮闪闪的金簪视而不见，一点一点逼近。他进，我退，这么进进退退的，他成功地把我逼到了墙根下。

我彻底怒了，想也不想，抬手就刺。阮郎归勾起嘴角，摇了摇头，一脸无奈地说："又来！真是想不通，你怎么那么喜欢玩这种小孩子的游戏！"

"谁跟你玩啊！"我瞪着眼睛叫嚣，"混蛋！离我远一点！"

阮郎归又是一笑，那一口亮闪闪的白牙，差点晃花我的眼。我只见到有个影子一闪而过，还没看清，金簪就到了他手里。

那货笑得无比勾魂，眼神温柔，语气宠溺："丫头，簪子是用来束发的，不是用来行凶的。"说着，他就将簪子插回了我头发上。

我一个闪神，冷不防他的笑脸已经到了眼前，我吓了一跳，退无可退，避无可避，下意识闭上眼睛。

预想中的温热双唇却迟迟没有落下，我心惊肉跳，却又按捺不住惊诧之心，悄悄地将眼睛睁开一条缝，就见阮郎归的脸落在我上方不足两寸之处，满眼含笑地看着我。

见我偷看他，他笑得越发灿烂，特欠揍地道："唔，不错！有进步！都知道害羞了！"

"我羞你奶奶个腿儿啊！"我破口大骂，猛一低头，狠狠地拿头顶朝上撞了过去。

不料，头顶却什么都没触到，反倒是唇上一凉，我顿时瞪大了眼睛，就见阮郎归那厮不知何时到了我的脸下面，仰着脸将嘴唇贴了上来。

我条件反射地张嘴就咬，他嘻嘻一笑，却不躲开，一只手撑着墙壁，形成一个禁锢的姿势，将我牢牢困在有限的空间里，另一只手不轻不重地捏住我耳根下两颊侧面，我合不拢嘴，没办法咬到他，急得呜呜直叫，连连摇头，却根本甩不开。

他长驱直入，攻城略地。

我拼死抵抗，一败涂地。

阮郎归放开我时，我脑子都晕了，感觉自己随时会窒息。他笑看着我，眼神宠溺："傻瓜，鼻子白长了吗？喘气呀！"

我脑中一片空白，当真顺着他的话呼呼地大口喘气。他顿时笑得见牙不见眼，微微倾侧身子，抵着我的额头，柔声道："辛甘，你真可爱！"

我心口一阵乱跳，毫无节奏，就像夏夜的暴雨击打在平静的湖面，漾起层层叠叠的涟漪，水花四溅，惊涛倏起，久久不能平静。

阮郎归双臂一环，将我搂进怀里，下巴搁在我肩头，附在我耳边，柔声说道："辛甘，我才发现，你是我生平所见最美好的女孩儿。"

这一碗迷魂汤给我灌得，当场就晕乎了，脑子里满是糨糊，心里一团乱麻，什么都思考不了了。

阮郎归侧头，轻轻亲了一下我的脸颊，抵着我的额头，语声温柔如水："辛甘，我们不闹了，好不好？不作对了，好不好？"

我本就不高的智商在他这几句无比温柔宠溺的话语下，哧溜溜降到最低点，傻乎乎地点了点头。

阮郎归又是一笑，那笑容愉快而明朗，是我从没在他脸上见过的。

他是不是真的有点喜欢我？

我呆呆地看着他，心里蓦地一酸。

不可能。

什么人都可能喜欢我，唯独付蓉的追求者不可能！

山珍海味与清粥小菜毕竟不是一个档次的。

我黯然垂头，满心里都是失落，默默地推开阮郎归，一言不发地低着头就走。

不料，脚步还没迈开，手臂就被抓住了，阮郎归皱眉问道："又怎么了？怎么老是像个小孩子似的，说变脸就变脸，也不说为什么，你就是让我猜，好歹也给个提示啊！"

我故作高傲地一扬脑袋，冷哼一声："姑奶奶懒得理你！"

阮郎归眉眼一寒，语带威胁："嗯？"

我一巴掌拍开他的手，白眼一翻，下巴一扬，不屑道："好狗不挡路！"

"但是会咬人！"阮郎归磨着后槽牙，额头青筋暴起，回了我一句莫名其妙的话。

我一怔，还没反应过来他话里的含义，但一瞧见他那不怀好意的目光，顿时怯了，下意识捂住嘴转身就跑，只恨爹娘少给我生了两条腿。

跟阮郎归赛跑，那就是找虐，不出意外地，我刚迈出一步，他就抓住了我的手臂，用力一带，我不由自主地转着圈朝他栽了过去。

那厮阴着脸，咬着牙道："辛甘，我瞧着，你是又长不了记性吧？"

我心肝一颤，避无可避，索性将脸埋进他怀里，来个眼不见心不烦。

谁知，歪打正着，对于我主动"投怀送抱"，阮郎归显得十分高兴，阴沉的语气有了温度："以后不许那么粗鲁，不许见到我就跑，不许不理我！"

我顿时炸毛了，凭什么呀！这货算哪瓣子大头蒜？居然这样欺负我！我长那么大，还没人敢这样对我呢！

我没敢将脑袋露出来，脸埋在阮郎归胸口，闷声闷气地叫嚣："去你大爷的！你算老几啊！"

阮郎归阴森森地打鼻孔里"嗯"一声，一把揪住我的耳朵。

我死命将脸往阮郎归怀里扎，那厮却阴阴冷笑着将我的耳朵往上揪，动作虽然缓慢，力度却不轻，我吃不住疼，不由自主地将整个脑袋顺着他用力的方向往上抬。

阮郎归成功地将我从他怀里揪出来，得意扬扬地嘲笑："你躲得了？"

我绷着嘴不吭声，他便手上加劲，我吃痛，却倔强地瞪着他不肯认输。那厮皮笑肉不笑地看着我，满眼"老子看你能撑多久"的玩味笑意，手上却分毫不客气。

我委屈得跟窦娥似的，眼泪扑簌扑簌，断线珠子一般掉个不停，却死死咬着嘴唇不肯哭出声音。

阮郎归见我掉泪，顿时慌了，连忙松了手，捧着我的脸，一边给我擦眼泪，一边柔声哄道："怎么又哭了？别哭，别哭！我不气你了，你别哭呀！"

我狠狠一脚踹过去，他没躲，被我踹在小腿上，龇了龇牙，似乎很疼的样子。我一把推开他，拔腿就跑。他从后面抱住我的腰，用力将我扣在怀里，埋头在我颈间，无比自责地说："对不起，我不该惹你生气的。"他长长地叹了口气，无比郁闷，"可是我也不知道怎么回事，我忍不住。辛甘，瞧见你这么讨厌我，这么倔强的样子，我就忍不住要惹你生气。"

变态！这个死变态！

我咬牙克制哭声，狠狠地掰他的手。他不肯松，我就掐，用最尖利的指甲，最大的力气，狠狠地掐，掐得满手湿黏，他却似乎感觉不到痛，越抱越紧，仿佛要将我那一把小蛮腰勒断。

突然，阮郎归将我转了个身，紧紧地搂进怀中，抵着我的额头，声音沉闷而又坚决："你生气也好，讨厌也好，反正我就是要惹你。你就是打死我，我也要缠着你！"

"有病！"我从牙缝中挤出两个字，这货脑子一定是让驴踢了！

"我就是有病！从我第一眼见到你，我就恨得牙痒痒，满心里都是怎样才能找到你，狠狠地揍你一顿出气。第二眼见到你，我整个人都要乐疯了！你捂着肚子冲向茅房的样子，令我三天前被痛揍的阴郁一扫而空，我终于可以报仇了！"阮郎归低声嘶吼，"我在茅房外守了整整半个时辰，要不是六十六郎出现，我想我一定会忍不住把你带回家去，天天变着法子捉弄你。"

神经病！

"辛甘，我们从第一次遇见就一路掐到现在，几乎都是你占上风，你知道我有多愤怒多不甘吗？我甚至每天晚上做梦，梦里都是绞尽脑汁地想着怎样讨回公道！"

这是有多苦大仇深？

"我不知道原来念着一个人是会上瘾的，即便是讨厌，即便是心心念念想要报复，可毕竟是念着了。我从来没有这般在意过一个女孩子，我跟踪你，打探你的行踪消息，我绞尽脑汁应对你所有的恶作剧，我把所有的精力都花在和你斗智斗勇上。"

好荣幸啊！呵呵！

"青山解毒，黉夜搭救。我都放弃自己的脚了，你却仍旧坚持要救，我越发觉得其实你也没那么可恶，还是很善良的。可是每一次我对你刚一改观，你就会做出些让我咬牙切齿的事情，让我忍不住对你态度恶劣。辛甘，如果不是你刻意挑衅，我早就清楚自己的心意了。"阮郎归说着说着，语气就变了味，好像一切都是我的错。

我顿时怒了，尖声叫道："臭不要脸的！你还有脸怪我！分明就是你主动挑衅！"

"挑衅不挑衅的暂且不提，毕竟咱俩这深仇大恨也不是一天两天积累起来的。"阮郎归大手一挥，接道，"黎昭把你弄去荆州治理水患，我知道你不想去，可你不得不妥协。那时候我就想，这死丫头只有我能欺负，旁人谁都不能欺负！哪怕是太子也不行！那时候我才清楚地意识到，原来，你早就走进了我心里。"

我呸！

我一边听一边暗暗反驳，十分不屑，却忍不住继续往下听。

"接触越多，我越发觉你聪明得过了头，也暴躁得过了头，更偏强得过了头。但凡是女子该有的，你一点儿都没有。可是辛甘，我就这样莫名其妙地动心了。"

什么叫但凡是女子该有的，我一点儿都没有？

我不假思索地抬头，"呸"了他一脸。

阮郎归一怔，苦笑道："看吧，就说你暴躁，你还不承认！寻常女子哪有冲着男人脸上吐口水的？"

我冷哼一声，重重地别开头。阮郎归眉头一皱，一把将我的脑袋转回去，正色道："别闹，我还没说完呢！好不容易这会儿酝酿出情绪，想着来一场深情告白，你可别给我泼冷水啊！"

这叫深情告白？欺负我读书少是吧？

"辛甘，我爱上你了，不想再跟你斗了，只想好好对你，宠你护你。"阮郎归努力调整出深情款款的目光，将语声放到最柔，"辛甘，我们好好的，好不好？"

"不好！"我拒绝得铿锵有力，"你当我是三岁小孩啊？想用这种招数报复我？阮渣渣，你想也别想！姑奶奶没那么蠢！"

"你不信？"阮郎归的目光刹那间冷了下来。

我丢给他一个不屑的眼神："那么快就不喜欢蓉姐姐了？移情别恋到我身上了？切！你骗鬼啊！"

阮郎归眉头一皱，缓了缓，淡淡地说："只是迷恋罢了！年少轻狂，不懂情之一字，听说付大学士之女才貌双绝，四德俱佳，是誉满金麟的女状元，大名鼎鼎的金麟一枝花，自然是心向往之。"

"如今不向往了？"我嗤之以鼻，"既然是迷恋，又岂有轻易抛开之理？"

阮郎归脸一板，目光中满满的都是控诉："你不也迷恋过白术吗？"

呃……关白术什么事？

"我迷恋付姑娘，就如你迷恋白术一般，并不是当真有多么喜欢，只是一时沉进去罢了。没有相处，没有升华，这样的感情最是不堪一击。白术不信任你，你就不喜欢他了；而我遇见了真正的好姑娘，自然也就走出了对心中幻影的迷恋。"

阮郎归轻声一叹，无限怅惘："有时候我也想不明白，你说，付姑娘那么美那么好那么温柔，我怎么就瞎了眼，看上你了呢？"

这叫不闹了？这叫好好的？这叫不气我了？

我绷着脸掉头就走，心里嚎天喝地地怒骂，将阮郎归祖宗十八代都扒出来骂了个狗血淋头。

阮郎归一把抓住我的手臂，侧着身子一探头，一张大脸倏地出现在我面前，炯炯有神的大眼睛扑闪扑闪的，满怀期冀地看着我，语气略有些忐忑："喏，你问什么我答什么，我都这么配合了，你总该相信了吧？"

"信你个大头鬼！"我嗤之以鼻，鄙视地横他一眼，"你以为我没脑子吗？就你还想糊弄我？"

阮郎归顿时黑了脸。

我一把拍开他的手，存了几分刻意激怒他的心思，懒懒道："这话要是换了恒哥哥说，我肯定是信的，至于你嘛！"

我嘿嘿一笑，上下扫他一眼，"切"了一声，无比高冷道："姑奶奶一个字都不信！"

我是真不信，这么苦大仇深的，他要是当真爱上我，那不跟猫爱上狗一样？

阮郎归黑着脸站直身子，严肃地问："那要怎样你才肯信？"

我翻个白眼，摸着下巴故作沉思，片刻，咧着嘴鄙夷一笑，脆生生道："我怎样都不信！"

阮郎归眼一眯，龇着一口亮闪闪的白牙，阴森森道："我看你是嘴巴寂寞了吧！"

我一个冷眼丢过去，不屑道："这招要是换成恒哥哥来使，我分分钟沦陷没商量。至于你嘛，还是洗洗睡吧。"

果不其然，阮郎归被我一句话打击得整个人都不好了，挺拔的身姿仿佛在刹那间矮了三分。

"辛甘，你是认真的吗？"

我毫不犹豫地点头："当然！我一直讨厌你，你知道的。"

"当真如此讨厌？讨厌到我的心意你连一句话都不信？"阮郎归垂眸看着我，眸底流转着深深的哀，浅浅的怨。

我心里倏地升起一阵强烈的快意，小样！你也有今天啊！

我嘻嘻一笑："别说一句话，就连你两句话中喘的那口气我都不信！"

阮郎归眼里的哀怨顿时浓烈到极致，默了默，才最后确认似的问道："当真？"

我连答话都懒得答，漫不经心地点了点头。

阮郎归双眸一眯，寒着脸看着我，目光刹那间寒如风雪。

我身上蓦地一冷，也不知是风雪吹的，还是被他的目光激的，裹了裹斗篷，往冻得通红的手心里哈了一口气，哆哆嗦嗦地说："这鬼天气！冻死个人！那啥，阮渣渣，你自己看雪看月亮吧，我就不陪你从诗词歌赋聊到人生哲学了！"

话一说完，我就掉头走了。

身后迟迟没有动静，阮郎归并没有追上来。

我心里有些疑惑，凝神细听，耳边只有呼呼的风声以及脚踩在积雪上发出的嘎吱声。

我没回头，心里却有那么些许不是滋味，还说爱上我了呢！果然是骗我的！幸好没中计！

第十一章
要命的赐婚

一觉醒来，天已大亮，阳光隔着明纸透进来，温暖柔和，十分舒服。

我一推开门，就见一道挺拔的白影在门外站着。

我吓了一跳，后退一步，哆嗦着手指着那道白影，惶然道："阮渣渣，你你你一大早的扮鬼吓人啊！"

那人缓缓转身，却是黎昭。

我呆了一呆，突然扑了上去，重重一拳擂在黎昭胸膛上，眉开眼笑地叫道："阿昭，你回来啦！"

黎昭黑着脸，隐忍着怒气道："你刚才叫我什么？"

我的脸一僵，呵呵一笑："昨天我把阮郎归整了，料到他今天会报复我，因此格外紧张，这叫什么来着？风声鹤唳，草木皆兵，是吧？"

黎昭白眼一翻，一巴掌扇在我后脑勺上，不悦道："爷千里迢迢快马加鞭赶来，就为了不错过你的及笄礼，你个没良心的居然认错人！"

我连忙堆出一副讨好的笑意，小心翼翼地朝黎昭身后张望几下，却没见着付恒。

黎昭见我心神不宁的，撇着嘴问道："看什么呢？"

"没，没什么。"

黎昭乜斜我一眼："走吧，跟我进宫去。"

"啥？进宫？"我怔了怔，"今天不是我的及笄礼吗？进宫做什么？"

黎昭龇牙一笑："近年下了，工程一切顺利，父皇下旨召我回来，近期不必再去工地了。"

我顿时雀跃起来："这会儿进宫，可是皇上要论功行赏？"

黎昭戳了戳我的脑袋，笑骂道："就你机灵！鬼灵精！"

我捂着脑袋直乐，皇上论功行赏，那六十六叔兴许年前就能迎娶付蓉进门啦！

我拽着黎昭的手就往六十六叔那儿跑，黎昭手一缩，把我拽回来，无奈道："六十六郎早就准备好了，要不是你这懒猪，我们早就进宫了！"

我顿时急了，连声问道："那你怎么不叫我？皇上召见，耽误了时辰那可不得了！"

到了太极殿，我才知道原来六十六叔、付恒、阮郎归都已经在殿外等候了，等我和黎昭到了，太监立刻宣我们进去。

跪拜罢，皇上好一番感慨，感慨完毕，开始论功行赏。

黎昭已经是太子，没什么好赏的，皇上好言嘉奖一番，赐了些财帛之类的也就罢了。

对于阮郎归，皇上显得很有重用之心，先是好言嘉奖，继而温声笑道："郎儿立此不世奇功，朕该好生嘉奖，赐你王位，封为王爷，如何？"顿了顿，接道，"叫什么封号好呢？治理黎江水患，保护一方百姓安居乐业，就封为乐安王如何？"

皇上对这个封号非常满意，捋着胡子朗声道："宁国侯世子阮郎归，治理黎江水患有功，封乐安王以示嘉奖！"

阮郎归应声下拜，恭恭敬敬地谢了恩，还没站起身，皇上又道："常言道'修身、齐家、治国、平天下'。郎儿，你如今已是王爷之尊，年岁也不小了，朕今日索性连你的终身大事一并办了吧！"

阮郎归的眼瞳倏地缩紧，扭头看看我，俯身拜倒，毕恭毕敬道："臣叩谢皇上圣恩！承蒙皇上厚爱，臣感激涕零。臣有一个苦求不得的心上人，既然皇上开恩，臣斗胆请求皇上为臣赐婚！"

皇上一脸兴味地问："哟！郎儿有心上人也就罢了，居然还苦求不得？说说看，是哪家的千金小姐，这般拂咱们郎儿的面子！看朕不罚她！"

阮郎归示威一般瞥我一眼，满眼得意，他要是长尾巴，这会儿必定是直挺挺地朝着天空的。

"臣的心上人便是……"阮郎归含笑开口，不料，话到中途，却被一道很不和谐的声音打断了。

"付蓉！"黎昭突兀地截口，意味深长地瞥我一眼，"启禀父皇，表哥的心上人便是太傅付仲道的千金，金麟城大名鼎鼎的女状元，金麟一枝花——付蓉姑娘！"

我心里顿时拔凉拔凉的，惊怒交加，狠狠地瞪着黎昭。

该死的！这货答应了帮我说话的，怎么不但不帮我，反倒给我使绊子？

阮郎归比我更惊更怒，一脸错愕，等他回过神来，皇上已经捋着灰扑扑的胡须，欣慰地笑道："郎儿倒是好眼光！付家姑娘的美名朕也曾听说过，那时曾想着待到太子立妃之时，将此女召入东宫。既然郎儿先开了口，朕又有言在先，只好忍痛成全你啦！"

阮郎归连忙俯身磕头："皇上明鉴！臣与付姑娘素不相识，不敢与太子夺爱。臣的心上人另有其人，求皇上明鉴！"

皇上的脸色顿时变了，黎昭掩唇一笑，半开玩笑道："表哥还不好意思呢！男大当婚，女大当嫁，这是人伦大德，没什么好害羞的。你为了求娶付姑娘而进入辛家当夫子，这可是大家都知道的。再说了，不是做表弟的看不起你，我东黎泱泱大国，人才济济，真要去考状元，表哥未必万无一失。既然父皇开了天恩，走个捷径岂不是更好？"

皇上闻言，一拍龙案，朗声大笑："昭儿言之有理！郎儿，既然你有意，朕便将付家姑娘许你为乐安王妃，择日完婚！"

六十六叔急得几次想要插话，都被我拦下了。我们毕竟只是商户人家，皇上与太子王爷说话，我们没资格插嘴，更不能求皇上收回成命。

阮郎归狠狠瞪黎昭一眼，艰难地垂死挣扎："实在是太子误会了，臣的心上人另有其人。付姑娘的确貌美才高，芳名远扬，只是臣心中早有挚爱，若是迎娶了付姑娘，一则负了心中挚爱，二则耽误付姑娘一生的幸福，万望皇上明鉴！"

"表哥也说了，你那心上人苦求不得，你贵为乐安王，何必在一个苦求不得的女人身上浪费心力？堂堂乐安王，想要什么样的女人没有？付姑娘人美心善，不比你那个一不知情二不识趣的心上人好？父皇，您说是吧？"黎昭扬眉一笑，将话锋转向皇上。

皇上不明所以，顺着黎昭的话说道："昭儿说得对！能做王妃的，必然得是知书达理的大家闺秀，付姑娘最合适不过。郎儿若是放不下那位苦求不得的心上人，朕便将她一并赏给你为侧妃就是。"

此言一出，阮郎归还没来得及反应，黎昭倒先急了，连忙说道："王府侧妃岂是人人能当的？好歹也是咱们东黎的脸面不是？表哥的那个心上人如此不知进退，任性刁蛮，想来也不是什么温婉贤淑的女子。表哥若是实在割舍不下，收作侍婢也就是了。"

阮郎归彻底怒了，我清清楚楚地瞧见他满眼怒火，可在太极殿上，圣驾面前，他不得不压抑着怒火，谦恭地说："太子殿下此言臣不敢苟同，臣既然真心喜欢她，自然要八抬大轿，迎娶她为正妻，岂能让她居于人下，受尽委屈？"

皇上不耐烦听他们争执，大手一挥，豪爽地笑道："郎儿重情重义，朕十分欣慰，至于你那个心上人，既然出身不佳，不堪为正妃，待到付家姑娘过门之后，朕特许你纳入王府为侧妃，如此，你可满意？"

我心头一颤，阮郎归虽然没有直接指名道姓，可皇上此言无异于给了他一道圣旨，只要他愿意，随时可以打着"奉旨纳妾"的名号将我纳为侧妃。

我恼怒地瞪黎昭一眼，该死的！不论这货是为了什么，他这个坑挖得着实太大，不但将阮郎归搂进去了，连带着付蓉、六十六叔和我，一个都跑不了！

接触到我愤怒的目光，黎昭微微皱眉，朗声道："父皇明鉴，表哥先前曾有言，'苦求不得'的心上人，可见此女并无意于表哥，表哥所谓的情意深重，不过是单相思罢了。但凡美满姻缘，终归离不开郎情妾意，两相欢悦，表哥一意强求，难为了自己，也耽误了别人。依儿臣愚见，付家姑娘才貌双绝，四德俱佳，实在是良配。表哥倒不如早日迎娶付家姑娘过门，夫妻相敬如宾，举案齐眉，岂不好过苦恋一枝凡花？"

阮郎归没理会黎昭，折身下跪，不卑不亢："臣心中另有所爱，不论对方是否接受臣的心意，臣此心不渝！万望皇上明鉴，收回成命，成全微臣，也免得耽误付姑娘终身。"

皇上脸一沉，满眼都是"老子已经开口，你敢让老子收回去"的不悦，语气森沉："朕圣命已下，阮卿是要朕朝令夕改吗？"

阮郎归磕了一个头，没作声。

"表哥，这可就是你的不是了！父皇是为你好，你可别不识好歹呀！"黎昭满脸堆笑，状似好言相劝，可那话里的威胁意味就连我都能听出来。

"皇上明鉴，臣与付家姑娘无缘，但求皇上收回成命！"阮郎归分毫不让，冷冷地瞥了黎昭一眼。

作为商户小民，什么身份都没有，我和六十六叔没有任何插话的余地。

我死死地握住他的手，掐得全是指甲印子，生怕他一个把持不住，说出些什么触怒龙颜的话，会给整个辛家带来横祸。

黎昭设计废掉阮郎归的脚，让我深切地认识到一个现实——对于上位者来说，我们用以安定江山、维护自身统治地位的工具，一旦工具有危险性，那就必须毁掉。

辛家富可敌国，皇上未必不忌惮，兴许他早就存了拔除辛家的心思，只是没有合适的契机罢了。

皇上脸上浮起一层明显的怒意，一拍龙案，沉声道："乐安王，今日是你封王之日，朕并不想扰了这份喜庆，你好自为之！"

"臣蒙受皇恩多年，对皇上忠心耿耿，毫无任何违逆不臣之心。皇上隆恩浩荡，赐婚于臣，臣感激之至。只是太子殿下与臣虽为至亲，却是多年未见，并不了解臣的心意。臣与付姑娘素不相识，谈何情意深重、相敬如宾？臣不敢挟圣恩强求心爱之人下嫁，万望皇上收回成命，允准臣凭心意打动那人。倘若那人执意拒绝臣，那也是臣命里无福，臣甘愿接受。"阮郎归的语气里透露出一丝隐忍的倔强。

我的心瞬间提起来了。

原本我以为阮郎归昨日的告白十有八九是设计整我的，可今日他殿前抗旨拒婚，甚至就连皇上都做了让步，允许他纳心上人为侧妃，他却执意触怒龙颜，倒叫我不知如何是好了。

黎昭的声音倏地冷了："表哥封了王，这气势立马就不一样了，当殿顶撞皇上，抗旨拒婚，这可是死罪！"

我浑身一颤，腿都软了。

黎昭的话成功激起了皇上最炽烈的怒火，皇上拂袖起身，怒道："乐安王阮郎归，抗旨不遵，藐视君上，立刻打入天牢好生反省！"

我心里一安，长舒一口气，不论如何，总算是没有更进一步的惩罚。

阮郎归当场就被御林军带下去了，皇上龙兴被拂，拉长了脸，没心思应付我们，随意赏了些财帛，赐了一块"仁商典范，当世楷模"的牌匾，得知我今日及笄，又赐了一套公主规制的宫装头面。

谢了恩，御前的太监亲自送我们出宫。太监一走，六十六叔就憋不住了，惶急无措地问道："辛甘，怎么办？这可如何是好？"

我叹口气，闷声道："事已至此，六十六叔，你……节哀吧！"

六十六叔蓦地怔住了，整个人呆愣愣的，双眼无神，抿着嘴看着我，可目光却分明没落在我脸上。

我心口生疼生疼的，不明白怎么好端端的就变成这样了，黎昭分明答应过要帮我的，怎么突然就变卦了呢？

风雪虽停，我却觉得越发冷了，寒意从骨子里往外蔓延，血液都凝结了。

身后突然传来付恒的喊声，被风吹过来，带着一种莫名的冷意："辛甘！六十六郎！留步！"

我停下脚步，转身看过去，只见付恒在雪地里跑得飞快，如一道蓝色的闪电，倏忽而至。

付恒额上沁了一层细细的汗珠，在阳光下闪耀着点点光芒。我摸出一块帕子，踮起脚凑上去，可手还没碰到付恒的额头，心里没来由一慌，默默地垂下了。

"辛甘？"付恒疑问，眼里为数不多的淡淡喜悦瞬间碎了。

我退后一步，淡声问道："付大哥有事？"

付恒眉头一皱，眼中闪过一丝受伤："辛甘，你……"

"付大哥聪敏灵慧，该知道谨言慎行。"我淡淡一笑，"有事吗？"

付恒从怀里摸出一个小小的荷包，递到我面前，温声道："送给你的。"

"多谢。"我客气地点头，推了回去，"无功不受禄。"

付恒眼里的受伤越发浓烈："生辰礼物也不收吗？"

我心口猛地一疼，针扎一般。

可我不敢收，也不敢再如从前那般肆无忌惮地叫他"恒哥哥"，缠着他玩，逗他闹，我怕我的猜想是真的。

如果黎昭的用意当真在我，那么，下一个就轮到付恒了。

付恒却不理会我的拒绝，头一次采取了强硬的态度，打开荷包，从里面摸出一串珍珠项链，亲手挂在我脖子上。

那珍珠并不如何圆润硕大，珠光也略有些暗淡，品质低劣，一两银子一串还有得找，大街上要多少能买多少。

"这串项链里的每一颗珍珠都是我亲自从黎江底的蚌中摸出来的，不大，不圆，也不好，你见惯了奇珍异宝，想来是看不上的。若是不喜欢，就扔了吧！"付恒语气里有掩饰不住的哀伤。

我心里一暖，又一疼，感于付恒的深情厚谊，却什么也不敢说。

我叹口气，默默地将项链塞进衣领，笑了笑："谢谢付大哥，蓉姐姐正在我家中做客，付大哥，你也来吧！顺便将蓉姐姐接回去，也省得我再派人送了。"

付恒点头，目光真切地看着我。我微微垂头，瞥了六十六叔一眼，不胜担忧："唉！今日殿上，原本是打算为六十六叔请旨赐婚，可……"

付恒满目哀伤，叹道："可怜蓉儿了！太子他……唉！"

一路走回辛家，靴子在雪水里泡透了，脚都冻麻了，在热水里一烫，生疼生疼的。我正收拾着，付蓉进来了，欢喜地看着我，满面娇羞，一副欲言又止的样子。

我心口一抽，不知该如何面对她。

付蓉咬着嘴唇，不住地拿眼神暗示我，我正琢磨着该如何开口，六十六叔进来了，一看见付蓉，他整个人都呆了。

我顿时头大如斗，不知该如何圆场，却见付蓉迈着小碎步挪到六十六叔面前，回头瞟我一眼，红着脸拉着六十六叔的手就跑。

我顿时泄了气，瘫倒在床上。罢了，随她去吧，也就剩下这片刻欢喜了！

收拾妥当，我强打精神去前厅行及笄礼，惊喜地发现爹娘和爷爷都在，瞧那一脸风尘倦色，想是连夜赶路，刚到不久。

行罢及笄礼，门房来报，说太子差人送礼来了，令我们全家出迎。

来的是狗蛋，送了一大堆绫罗绸缎、金银珠玉等等不值钱的东西。我还在生黎昭的气，看都懒得看一眼。

狗蛋觍着笑脸上前，讨好地捧着一个朱漆檀木匣子，点头哈腰："辛小姐，这份礼物劳驾您亲自打开。"

我冷冷地别过头："回去告诉你主子，礼物太贵重，我受不起，怕折了福分！"

狗蛋一怔，一脸惶恐："辛小姐此话可不能乱讲！太子的礼物岂有拒收之理？"

我冷眉冷眼地顶回去："我说不收就不收！你听不懂人话吗？"

狗蛋一脸为难，劝道："奴才知道辛小姐心里不痛快，可若是拂了太子的心意，只怕您会更不痛快！"

我顿时怒了，压抑了半天的怒火噌噌噌猛涨，一下子顶了半天高，冷声道："这是你主子的意思，还是你的意思？"

狗蛋身子一缩，耷拉着脑袋，软着声儿道："奴才该死！辛小姐息怒！"

我冷然转身，一言不发地折身回去。

我那么信任黎昭，可他毫不犹豫地出卖我，当面捅刀子，我要如何云淡风轻，当作什么都没发生过？

142

我躲入房中，不许任何人打扰我。然而很快，我的房门就被敲响了，那人压根儿没等我同意，象征性地敲两下就推门进来了。

进来的是付恒。

"为什么不接太子的礼物？"付恒阴沉着脸，眉头紧蹙，一副忧心忡忡的样子。

我不想听到任何有关黎昭的话，歪在榻上翻个身，拿枕头盖住脸，没吭声。

付恒叹口气，走过来挨我坐下，拉开枕头，语重心长地道："我知道你心里有气，我又何尝不怨？蓉儿毕竟是我一母同胞的亲妹妹啊！可是怨了又如何？太子是我的主子，是我要效忠一生的人。"

"那是你与他的情分，与我无关。"我语气冰冷，付恒倒是个明白人！

付恒摸了摸我的脑门子，温声道："辛甘，你生我气了？"

我没有理由生付恒的气。

他原本就是太子的人，整个付家的前程都押在太子身上，他维护太子，就是在维护付家的利益。

付恒深深地看着我，欲言又止，良久，才长叹一声，道："你若要生我的气，我无话可说。只是辛甘，千万莫要与太子作对，他毕竟是太子，是主子，是不能违拗的人。"

这就是我与付恒最大的不同。

他拿黎昭当主子，主子的安排，无论是好是坏，为人奴仆，都只有认命这一条路。可是我拿黎昭当朋友，被朋友出卖，正常人都会愤怒。

然而，矛盾就在于黎昭并没有拿我当朋友，在他眼里，我与付恒一样，只不过是比较亲近的奴仆而已。

我捂住脸，心里酸涩难受。付恒轻轻拍着我的后背，无声地安慰。

我能感受到付恒心里的悲哀，可他不得不接受，就连怨气都不能发。我越发难受，也越发愤怒，死死地拽着付恒的手，可情绪却越来越激烈，愤怒越来越压制不住。

"想哭就哭出来吧！"付恒摸摸我的脸颊，满眼怜惜，"我知道你懂，可是我不希望你说出来，最好是根本就不要表现出来。"

本来我只是愤怒，可付恒一说，我突然觉得特别委屈，眼泪顿时涌出来了，如决堤的洪水，奔腾恣肆，疯狂激荡。

付恒抱着我，一下一下轻柔地拍着我的背部，我伏在他怀里，心里越发悲哀。

"蓉姐姐多半还不知道，我开不了口。我想，六十六叔大约也不会说，还是你说吧！"我从付恒怀里抬起头，泪眼蒙眬地看着他。

付恒给我擦擦眼泪，点了点头："好，我说。"

"乖孩子，别哭了，今天是你长成大姑娘的第一天，哭哭啼啼的，不好。"付恒强笑道，"哭得都像丑八怪了呢！"

我实在笑不出来，抹抹眼泪，直起身子，狠狠地抱了抱他，脑袋埋在他胸前，闷声道："对不起。"

付恒摩挲我后脑勺的手一僵，半晌，轻轻拍了拍，叹道："你不用说对不起，我都懂。"

去荆州前，阮郎归对我说过，如果不能离太子远一点，那就离付恒远一点。

我与付恒已经很久没这么亲近地说过话了，我总是和他刻意保持着距离。

"六十六郎那边，你要多多留心，我怕他一时想不开，会做出傻事。"付恒忧心忡忡的声音打断了我的思绪。

"真是可怜他们俩了！好好的一对有情人，就这么硬生生被拆散了！"我的眼眶又开始热了，连忙转了话题，"恒哥哥，时候不早了，你去寻蓉姐姐吧！我就不留你们了。"

付恒垂眸，深深地看着我，许久，才郑重道："你好自珍重。"

我点点头，心照不宣地冲他笑笑："放心，我有分寸。"

付恒这才轻轻拍了拍我头顶，叹口气，默默地出去了。

我慵懒地歪在榻上，目送付恒出去，心里想着，等会儿见到黎昭，我到底能不能克制住一拳将他的脸打成烂番茄的冲动。

黎昭没过多久就来了，一只手拿着那个檀木匣子，阴沉着脸，怒发冲冠，两眼喷火，一副要将我生吞活剥的样子。

我听见脚步声，抬头看了一眼，见是黎昭，噌地跳了起来，不假思索地一拳瞄准他的鼻子就揍了过去。

黎昭皱着眉头，轻轻松松地握住我的拳头，斜着眼睛看我，冷然道："你这是做什么？"

"做什么？你居然有脸问我做什么？你答应过我什么来着？"我气笑了，这货还有脸质问我！

黎昭一把甩开我的手，重重地将匣子拍在桌子上，怒道："为什么不收我的礼物？"

"收不起，怕折寿！"

"就因为我没有帮你向六十六郎请旨求娶付蓉？"黎昭咬着牙，目光如刀，嗖嗖嗖地直往我脸上砍。

我呵呵冷笑，咬牙切齿地回道："你哪是没帮我请旨？你直接把我六十六婶推出去给阮郎归当王妃了！黎昭啊黎昭！枉我当你是生平第一挚友，你却坑我！你可真是我的好兄弟！好哥儿们啊！"

黎昭冷眉冷眼地瞥我，冷声道："你跟阮郎归什么时候这般要好了？"

"嗯？"我疑问，"我什么时候跟阮郎归要好了？"

黎昭冷笑："你以为我什么都不知道吗？我怎么听说，某人说过要嫁给阮郎归当正妻来着？"

我怔了一怔，却听黎昭又道："阮郎归既然向皇上开口求亲，所谓'苦求不得'的心上人，要么是付蓉，要么是你。既然如此，我何不顺水推舟，成全了他？"

"可付蓉是我六十六叔的心上人啊！你答应过要帮我的！"我气得直跳脚。

虽然我知道阮郎归开口求赐婚，十有八九是冲着我来的，如果不是黎昭横插一脚，我这会儿就是皇上钦点的乐安王妃了，可拿付蓉换我，这叫什么事儿啊！

黎昭上前一步，逼近我，寒声道："你这般气急败坏，是怨我坏了你的好事吗？"

"废话！你把我六十六婶送去给别人当媳妇，我难道不该怨吗？"我狠狠地瞪他，脑子都快气晕了。

"不拿付蓉出去顶替，难道要让阮郎归顺利求到圣旨，让你嫁给他当王妃吗？"黎昭再走近一步，下巴都快戳到我脑门子上了。

我往后撤了撤身，冷哼一声，翻了个白眼："那你就不能随便指个别家小姐吗？干吗非拿付蓉说事儿？你这样一搅和，我六十六叔怎么办？"

"阮郎归是为了什么进的辛家，你不知道？旁人不知道？推付蓉出去，是最有说服力的，阮郎归就是浑身长嘴也说不清。若是推别人出去，此事还能成得了？"黎昭递给我一个不屑的白眼，"还是说，你根本就是自己想要嫁给阮郎归？"

我顿时炸毛了，怒道："胡说八道什么！我跟他苦大仇深，我讨厌他还来不及，怎么可能想要嫁给他！我只是气不过你答应我又出卖我，跟他有什么关系！"

黎昭闻言，将信将疑地打量我好一阵："当真？"

"爱信不信！"我推了他一把，"你走！不想看见你！"

黎昭斜着眼睛看我，突然毫无预兆地笑了："那就好，也不枉我……算了，我不跟你一般见识。"

我不假思索地抬脚就踹，黎昭没躲，被我重重一脚踹在小腿上，闷哼一声，板着脸将檀木匣子递了过来："喏，拿去！"

"不要！"我看也不看，头一扭，懒得搭理他。

黎昭倒是好脾气，也不恼，打开匣子，从里头取出一个墨玉镯子，闷不吭声地抓起我的手就套了进去。

"什么玩意儿？一个破镯子就想打发我了？"我皱眉，扯着嗓子吼，"我不管！你给我想办法搅了阮郎归和付蓉的婚事，把我六十六婶还给我六十六叔，要不然我跟你绝交！"

黎昭森然一笑，龇着一口亮闪闪的白牙，嘴角斜勾，无比邪肆："搅了婚事吗？那好办得紧，只要阮郎归坚决不肯接受赐婚，这事不就解决了？"

我心头突地一跳，下意识惊叫一声："坚决抗旨，那可是死罪啊！"

黎昭露齿一笑："人死如灯灭，他死了，不就娶不了付蓉了吗？"

我顿时起了一身鸡皮疙瘩，颤声道："他他他……不是！这一票玩得太大了，还是换个法子吧！"

"怎么？你舍不得？"黎昭笑容森冷，带着满满的试探。

我心里猛地一惊，黎昭绕了这么大的圈子，根本就是在试探我的态度！

我不动声色地叫道："开玩笑！他是死是活，关我屁事？我只不过不想跟人命扯上关系而已，毕竟不是啥积功德的善事，一个弄不好，要折寿的！"

黎昭不置可否，高深莫测地冷笑。我头皮发麻，强自镇定地转移话题："不管怎么说，都是你毁了我六十六叔的大好姻缘。我不管，反正你要对这件事负全责！我六十六叔的媳妇，你怎么推出去的，就给我怎么拽回来！"

黎昭仍旧没吭声，冷眼看着我。我对上他的目光，总觉得有种看透一切的犀利在里面。

"我可丑话说在前头，你要是解决不了这件事，我跟你没完！哦，不对，我跟你完了！"我气势汹汹地瞪着黎昭，"趁着现在阮郎归在天牢里，你赶紧给我想办法！"

黎昭目光灼灼地看着我："如果我说，阮郎归死，付蓉嫁，只能二选一的话，你会怎么做？"

黎昭这是打定主意要弄死阮郎归了？这货疯了吗？

如果我选付蓉嫁，那黎昭肯定不会再设法改变现状，六十六叔的媳妇就彻底泡汤了。

如果我选阮郎归死，十有八九，黎昭会打着如我所愿的旗号，收拾掉他的眼中钉肉中刺。

我叹口气，耷拉着脑袋，无比哀怨："理论上来说，我应该希望阮郎归能死多透死多透；可理智上来说，他死了，宁国侯一脉必生怨恨。再者，那货刚刚立了大功，封了王，要杀他，怕是会有损皇上的圣名。"

黎昭抬手托起我的下巴，直勾勾地盯着我的眼睛，那满眼的探究丝毫不加掩饰。

我一把拍开他的手，板着脸道："我不管！随你怎么办，反正我六十六叔必须娶付蓉！"

黎昭没接话，仍旧直着眼睛看着我。我被他看得头皮发麻，背后的汗毛都竖起来了，壮着胆气叫道："反正你办不成这事，就别来找我！我全当从没认识过你！"

在黎昭不翻脸的时候，我还是敢摸老虎屁股的，他对我也有一定的包容度，只要不超过这个度，我就是安全的。

黎昭往榻上一歪，双手叠在脑后，不咸不淡地说："圣旨已下，收回是不可能的了，你就死了这份心吧！"

我顿时怒了，揪着他的衣襟将他提起来，恶狠狠道："我死的哪门子心？关键是我六十六叔啊！我可告诉你，谁要是欺负我，我兴许能忍，可要是欺负我六十六叔，我一准跟他翻脸！"

"你要跟我翻脸？"黎昭的声音蓦地冷了下来。

我狠狠瞪了他一眼："一句话，要么促成六十六叔和付蓉的婚事，要么你我绝交！二选一，没商量！"

黎昭双眼倏地眯了起来，冷笑道："绝交？"

我板着脸点头："没错，绝交！你不认识我，我也不认识你的那种！"

黎昭身子蓦地往下一沉，重重地落在榻上，连带着我也被他拽倒，猝不及防地跌在他胸前。黎昭一把摁住我的后背，声音森冷，目光锐利："你试试！"

我撑着他的胸膛，想将身子撑起来。他微微松了手，等我上半身完全撑起来之后，再用力一摁。我敌不过他的力气，重重一头栽在他胸口，额头在碧玉盘扣上一硌，痛得我"嘶嘶"直抽冷气。

"辛甘，你是真傻，还是装傻？"黎昭冷笑，"我就不信，你一点儿感觉也没有！"

"感觉你大爷！"我彻底怒了，反手去掰他的手，"放开！"

黎昭不但没放，反而将手往下一压，我被他牢牢按在胸前。那厮阴森森地看着我，冷笑道："我就不信你一点儿也感觉不到我的心意！辛甘，你在装傻！"

我心口一颤，白术说的果然没错！黎昭对我，真的不是单纯的友谊！

"连兄弟的便宜都占！黎昭，你也太丧心病狂了吧！"我勉强自己平静下来，故作懵然地斥责，"禽兽不如啊！禽兽不如！"

黎昭一把抓住我的头发，不轻不重地一拉，我不由自主地顺着他的手势抬头，与他对视，却见他满眼火气，有怨有怒："辛甘，你与我相识有几年了？"

"六年。"我声音有些颤，不敢直视黎昭的目光。

我从没见过这样的黎昭，强势霸道，却不是往日高高在上却又带着孩子气的胡搅蛮缠，而是那种不可一世、令人心生寒意、不敢抗拒的压迫感。

"六年七个月零十二天。"黎昭眼神锐利，略带讽刺，"你可见我对旁人这般亲近随意？"

我顿时哑口无言。

没有。

"你可见我对旁人这般包容有加，不作姿态，不摆架子？"

没有。

"你可见我对旁人这般百依百顺，毫无防备？"

没有。

"你可见我对旁人这般着急上火，一有风吹草动就坐立不安？"

"别说了。"我冷冷地打断黎昭的话，"辛家祖训，男不入朝，女不入宫，此生不入帝王家。不论你对我是什么心意，你是太子，我是商女，你我终归无缘。"

黎昭微微一笑，声音有些无奈："我知道，也从没想过为难你。"

不想为难我，那跟我说这些是为什么？

黎昭长叹一声，道："今日殿上求亲的若是付恒，我断然不会阻止。只是辛甘，阮郎归心有所属，他配不上你。我知道他手脚不干净，多次占你便宜，兴许你心乱了，心动了，可是辛甘，如果你真跟了他，你一定会后悔的！我不知道阮郎归开口求亲，到底是求付蓉，还是求你，不论是谁，父皇都会答应。万一他真要你，你以后怎么办？我冒不起险，只能把付蓉推出去替你挡灾。"

我彻底蒙了，黎昭的目的不在我？他那样做，只是怕我受伤害？

"我守了六年的人，岂能让旁人糟蹋了去？辛甘，我心知与你无缘，可我还是见不得你受委屈，我不能亲手给你幸福，至少我要看着你幸福。阮郎归绝非良配，我不能眼见着前头是火坑，还任由阮郎归将你拉进去啊！"黎昭情真意切，握着我的手，一字一句犹如杜鹃啼血一般，听得我心里酸溜溜的。

"我知道你一心盼着六十六郎能够迎娶付蓉，我也十分赞同。可是辛甘，彼时彼刻，但凡有一点余地，我也不至于那样做，我是真没法子了啊！"黎昭一脸痛苦，却又无比坚定，"我知道你怨我，你要怨就怨吧！只要能护住你，我什么都不在乎！"

我无比愧疚，黎昭为了救我，不得已拿付蓉当挡箭牌，可我却误解他，以为他有私心。

黎昭见我情绪低落，叹口气，温言劝道："好了，别难受了，也别再怨我了。六十六郎是你叔叔，你担心他，可你是我生平唯一挚友，我自然事事以你为先。你我立场不同，所做的选择自然不同。"

我耷拉着脑袋不吭声。

黎昭又道："假如有一天，我和我的亲人一同遇险，你只能救一个。我想，你会毫不犹豫地选择救我，让我的亲人去死。这与我今日的选择是一样的，没有对错，只是立场不同罢了。"

我仍旧不吭声，心里酸溜溜的，十分苦闷。

黎昭推推我，把我扶起来，戳戳我的额头，皱眉道："你若实在难以释怀，我就去求父皇将阮郎归放出来，然后指派他去做些什么事情，动个手脚，干脆利落地除掉他，可好？"

我正郁闷着，黎昭一句话突然将我惊得魂不附体，我下意识跳了起来，惊声叫道："不要！"

黎昭的眉眼倏地冷了，唇畔挂着一抹森然的笑，目光如刀，直射我的眼睛。

我顿时意识到自己的反应太过激烈了，想了想，堆出一脸愤慨："虽然那货不是个东西，但毕竟罪不至死，要是单单因为我不乐意就杀了他，我会过意不去的。"

黎昭眉眼未松，直直地看着我。

我眼珠子一转，扬起一张笑脸，不怀好意地凑过去："要不这样，你让我进天牢一趟，给我个机会报仇，如何？"

黎昭淡淡一挑眉："报仇？"

我扬眉一笑，傲然道："我辛甘岂是随随便便就能欺负的？好不容易有个痛打落水狗的机会，你一定会成全我的，对吧？"

黎昭不动声色地笑道："好，我带你去。"

"好啊！择日不如撞日，就现在如何？刚好我心里这口气没地儿出！"我抓住黎昭的手臂，没等他答话，就急不可耐地说，"走吧！快点！快点！"

当务之急是先把阮郎归救出来，不论如何，他是为了我才抗旨拒婚的，要是因为这个，黎昭闷不吭声地把他害死了，我这辈子都不能心安。

黎昭凝目打量我很久，才展颜一笑，拉着我的手往天牢去。

天牢阴暗潮湿，空气中弥漫着土腥气、血腥气、霉尘味，呛得紧，我连连打了好几个喷嚏，脑子都晕乎了。

黎昭挑眉戏谑地笑我："你这是报仇呢？还是遭罪呢？要不咱回去吧，你想怎么出气，我帮你就是了。"

"不要！我要亲手讨回来！"我不假思索地拒绝，黎昭是为了我才对付阮郎归的，我必须要让他看到我对阮郎归没有半分情意，这样他兴许还有活路。

隔着木栅栏，我瞧见阮郎归在墙角的干草堆上盘腿坐着，闭目养神，一脸淡定。

我冷然嘲笑："哟！这四平八稳的架势，跟姜太公垂钓似的，这哪儿是蹲天牢啊！"

阮郎归闻声睁眼，见到我的第一眼，眼睛明显亮了一下，可一看到站在我身侧的黎昭，他的眼睛下意识眯起来，怒色乍现，又很快平复了。

"辛甘，你来这里做什么？快回去！天牢不是你来的地方！"阮郎归眉峰微蹙，眼中闪过一丝怜惜。

我咳了两声，抽抽鼻子，笑道："我要是不来，怎么能欣赏到咱们春风得意的乐安王爷这般落魄的一幕呢？"

我示意侍卫打开栅栏门，拎着裙角一脸嫌弃地缓步走进去，走到阮郎归身边，笑如春花，居高临下地看着他，鄙夷道："啧啧，好风光呀！好得意呀！少年封王，在异姓王侯中，你可是头一份呢！"

阮郎归站起身往前逼近一步，几乎要贴到我身上了，沉声质问道："你来就是为了奚落我的？"

"要命的话就配合点！"我压低声音，在他质问我的同时说道，感受到阮郎归身子微微颤了颤，我朗声笑道，"不然呢？你该不会以为我是来给你送饭的吧？"

阮郎归后退一步，歪着脑袋看着我，满目失望，片刻，又盘腿坐下去了。

"呀呵！蹲天牢还敢那么狂？居然敢无视我！"我顿时怒了，转脸向黎昭说道，"太子爷，我要是把他打个半死，你能兜得住吗？"

黎昭摸着下巴，仰脸望天，一副沉思细想的模样，片刻，咂巴咂巴嘴，笑道："留一口气的话，问题应该不大。不过辛甘，你那肩不能担，手不能提的，使了吃奶的劲儿，估计人家也就当挠痒痒吧！"

我跳着脚蹦跶到黎昭面前，咬着牙道："我打正面你打背面，看谁打得狠，赌一万两银子，干不干？"

黎昭龇牙一笑："干可以，赌不行，我很穷的，你又不是不知道！"

"铁公鸡！"我笑骂一句，使了个眼神，立时有人上前将阮郎归架起来，拿铁链子绑在栅栏上，我抄起一根鞭子，使出吃奶的劲儿，唰唰唰地就往他身上抽。

我下手很重，鞭鞭见血，抽了大约十来下，他整个胸腹上到处都是血痕，素白的中衣被血染透，斑驳凌乱，触目惊心。

我胳膊酸得紧，就停了手，将鞭子丢给黎昭，扬声道："累死我了！我先歇会儿，换你打！"

黎昭抄起鞭子，拎高了在眼前转了一圈，打了个哆嗦，龇牙咧嘴道："啧啧！还真狠！我以为你顶多抽他两巴掌呢！"

我白眼一翻，冷冷道："要不是今天我生辰，不能见血光，可就不是几鞭子完事了！"

狗蛋在一边咧了咧嘴："还不能见血光呢，乐安王这血可没少淌啊！"

我一个冷眼扫过去，狗蛋立时闭了嘴，耷拉着脑袋不敢看我。

我伸个懒腰，打个喷嚏，皱眉道："这什么破地方，怎么气味这样难闻？哎呀痒死我了！多半有虱子！我要走了，太子，你要是还没玩够，那就自己玩吧，我不奉陪了。"

出了天牢，黎昭的心情非常好，斜着肩膀撞撞我，笑嘻嘻地问道："感觉怎么样？"

"爽翻了！"我一脸兴奋地答道，"这几个月来被欺压的恶气一出，整个人仿佛轻了不少，给我双翅膀，我立马能上天！"

黎昭见我眉开眼笑，连忙挂出一副讨好的笑意："那你别生我气了成不？我保证竭尽全力想法子改变这桩婚事！"

　　我勉为其难地点点头："你可给我紧赶着点儿，这是你最后的机会，办不成就别来见我！"

　　黎昭舰着一脸狗腿子笑意应下了，亲自送我回府。我担心不过，去六十六叔房里看了一眼。

　　一推开房门，浓重的酒气扑鼻而来，熏人欲醉，地上满是空酒坛子，他靠着桌角歪着，安安静静，一动不动，看起来像是睡着了。

　　我叫来六十六叔的小厮小泥鳅，他看了一眼，为难地说："少爷不让任何人进屋，也不让小人服侍。小姐，到底出了什么事？少爷可从来没这么消沉过啊！"

　　我摆摆手，让小泥鳅将六十六叔扶到床上去。不料，刚一扶起来，六十六叔就吐了小泥鳅一身，自己身上也沾染得全是秽物，手脚乱扑腾，嘴里嘟嘟囔囔着"蓉儿"。

　　我心里一酸，强忍着泪，连忙转身出去了。

第十二章

风乍起，吹皱一湖春水

天还没亮，付蓉的贴身丫鬟芳蕊就煞白着脸闯进来，肿着眼睛，跪在我床前，"砰砰砰"地磕头。

我心里咯噔一下，忙问："出什么事了？"

"我家不见了……辛小姐，我家……小姐是不是……来寻您了？"芳蕊泣不成声，一句话说得断断续续，差点没把我急死。

"你家小姐什么时候不见的？"

接连大雪，天寒地冻，付蓉能去哪儿？

"晚膳的时候还……还在房里睡着……奴婢夜间起来……起来给火盆加炭……发现小姐不见了……床榻都是冰的……"芳蕊哭得直抽搭。

床榻都冰了，必然是上半夜就走了。

"府里找过了吗？"

"找过了，哪儿都找过了，就是没有。后来想着后院有个狗洞，兴许小姐钻狗洞来寻您了，奴婢就来找您了。"

我的心顿时揪起来了，不在府里，也没来找我，这大晚上的，她能去哪儿？

"付小姐走的时候带什么东西了吗？"小螃蟹突然插话。

芳蕊想了想，摇了摇头："没有，衣物银钱都没带……她穿走了那身大红色的百褶凤裙。那是小姐亲手绣的，说是成亲时候要穿的喜服，妆台上少了一套点翠头面并龙凤镯，都是素日里不穿戴的。"

我心里顿时拔凉拔凉的，这是要去寻死的节奏啊！

我趿拉着鞋子就冲出去了，一口气跑到六十六叔屋里，抄起茶壶浇了他一头一脸冷水，可他却跟个死猪似的，哼哼几声就不动弹了。

我越发急了，心里火烧火燎的，却不敢发火。

抗旨拒婚是死罪，阮郎归皇亲国戚，又刚立了大功，都被发落到天牢里了。付蓉寻死，那可是死罪中的死罪。

六十六叔醉死了，黎昭在宫里，阮郎归进了天牢，如今唯一能求助的，除了付恒，就只有白术了。

我吩咐芳蕊立即回府找付恒，我则脚不沾地地去了白术那儿。

我根本没耐心等着白术来开门，象征性地敲了两下，抬脚就踹。人在危急之中，往往能爆发出惊人的潜力，我居然没两下就将白术的房门踹开了。

整扇门"咣当"一声重重地砸在地上，白术黑着脸出现在我面前，无奈地说："我只是掀开被子，套上鞋子的工夫，你就……什么事这般火烧眉毛的？"

"跟我走！快！"我一把抓住白术的胳膊，拖着他就往外跑。

白术拂开我的手，皱了皱眉："外头还飘着雪，你这样出去还不冻死了？"他快步回房拿起衫袄袍子套上，顺手取了一件大氅将我裹住，硬是拉着我回房，把我推了进去："把衣裳穿好，快一点！"

我被冷风一吹，禁不住打了个哆嗦，用生平最快的速度回屋穿好衣衫鞋袜，取过斗篷罩上，把大氅还给白术。白术递给我一个手炉，温声道："要去哪儿？"

白术倒是细心！我心里涌过一阵暖流，越发觉得安定了，拉着他边走边说："蓉姐姐带着凤冠霞帔失踪了。"

白术眉头一皱，大手往我腰里一抄，急声道："快去付府！"

"芳蕊已经找过了，不在付家。付府有付恒在，我们去别处找。"

白术并不理会，一只手揽着我的腰，以一种令我眼花缭乱的速度往付府狂奔。

风声呼啸，雪花飞溅，脚下松软的雪好像成了一块光滑的冰面，整个人都是滑着走的。

付府静悄悄的，只有大门口亮着两盏灯。这么安静，芳蕊必定还没回来。

白术根本没问我，一言不发地直接带着我去了后墙狗洞那儿。

我惊奇地问道："你怎么知道蓉姐姐是从这儿走的？"

白术淡淡一笑："大晚上的，一个千金小姐，从正门出得去吗？先前你是从狗洞爬进付府的，她如果真的出府了，必然是从狗洞出去的。"

我在心里为他的冷静和睿智竖了个大拇指，白术蹲下身子，仔细打量狗洞的出口，细心地用手拨开新落的雪，像是在丈量着什么。

狗洞出口的痕迹已经被破坏得差不多了，脚印杂乱无章，新雪覆盖上去，只有深深浅浅的坑，其他什么都看不出来。

我眼睛眨也不眨地看着，忍住了满腹疑问，过了一会儿，白术站起身，拍了拍手上的雪，胸有成竹地说："跟我走！"

"你知道她去哪儿了？"我忐忑不安，满怀期待，却又怕结果不是我想要的。

"她是往西北方走的，我们顺着她走的方向追，总能找到的。"白术勾起嘴角，满面春风的样子让人在寒冬深夜里平添了三分心安。

我顿时来了劲，兴奋起来："漫天风雪，她走不快，况且大晚上的，城门关着，她根本出不去。夫子，咱们走快点，应该很快就能找到她了！"

白术笑笑，拉着我的手顺着他认定的方向追去。拐了好几个弯，白术突然停下了。

"怎么回事？"

白术眉头深锁："完全没有印记了。"

"嗯？怎么会？"我十分纳闷，"蓉姐姐不会武功，不可能在雪地上走过不留下一丝痕迹。这一条街附近根本没有客栈，她也不可能住店。这大晚上的，人总不能凭空消失吧？"

白术点头，轻声自语："活不见人，死不见尸，倒是奇怪了。"

我心里扑通扑通直打鼓，白术见我发抖，以为我受不了风寒，皱眉说道："咱们先回吧，等天亮再找，多派几个人，兴许就能找着了。"

"不行，找不到蓉姐姐，我说什么也不回去！她穿着嫁衣，盛装打扮，却什么东西都没带，我怕她想不开。"我都快急哭了，抓着白术的衣袖央求，"夫子，拜托你了！六十六叔醉死了，黎昭在宫里，能来找蓉姐姐的人就咱们几个。你如果不肯帮我，我真不知道该怎么办了！"

白术立马放软了腔儿，柔声哄道："好好好，我帮你找，你别哭，我们再在附近找找看。"

我擦擦眼泪，拉起白术的胳膊，努力集中注意力，盯着白茫茫一片的雪地，仔细搜索脚印一类的痕迹。

什么都没有。

我们将整条街找遍，除了先前追过来时的脚印，什么都没有。

"奇怪了，她又不会上天入地，还能凭空消失了不成？"我抓抓脑袋，十分困惑。

白术皱眉沉思了片刻，突然揽着我的腰，带着我跃上房顶，房顶上有一串清晰的脚印，很大，很深。

白术眉头一皱，语气充满担忧："付蓉被人掳走了！"

我越发急了，多半碰上色狼了！这可比要命还惨啊！

白术加快脚步，带着我一路狂奔。

冷风夹着雪花没头没脸地扑过来，我胆战心惊，将脑袋埋进白术肩窝，双手死死地抱住他的腰身，就差把双脚也挂在他身上了。

耳边响起白术的柔笑："辛甘，你该穿一件黑色的大氅。"

"为什么？"我闷闷地问，声音被白术的衣裳挡着，听来十分沉闷。

白术朗声大笑，满满的都是调侃："这样就更像雪地里的熊了！"

…………

城门在望，白术一路都没停下，眼看着就要出城，我越发急了，那小蚕贼看样子身手挺好啊，扛着一个大活人居然还能跑那么远！

我们沿着脚印追到一处守卫寥寥的城墙下，翻墙过去，没走几步，白术突然停下了。这时，我看见雪地上留下了两行深深的马蹄印。

白术皱着眉头，沉吟片刻，突然带着我回城。我吓了一跳，问道："夫子，怎么回去了？"

白术沉沉地叹口气："傻瓜！人哪能跑得过马？我先送你回府，再带人来追。"

"可是蓉姐姐她……"

白术强势地打断了我的话："听话！我们现在追过去，反而浪费时间！"

两条腿的跑不过四条腿的，我只能强压下担忧，听从白术的安排。

一回到家，白术直接去牵了马，对我说："如果天亮我还没回来，你就赶紧去东宫找太子帮助，我先去找付恒！"

我抹着眼泪点头，白术用力抱了抱我，坚定地对我说："辛甘，别怕，我一定会把付蓉给你带回来！"

我这会儿正六神无主，白术这句话给了我很大的安慰。我用力握住他的手，抽搭着说："夫子，全靠你了！"

白术冲我勾起嘴角，拍了拍胸脯，策马消失在漫天风雪中。

我一头扎进六十六叔房里，他还醉着，昏昏沉沉，半死不活的样子。我气不打一处来，干脆让小泥鳅把他提起来，丢进荷塘里。

冷水一激，六十六叔总算是醒了，颤颤巍巍连站都站不稳。我无可奈何，狠狠踹了他一脚，吩咐下人给我死命地灌解酒汤。

折腾了一夜，天亮时，白术还没有回来。派去付府盯着的人回了话，还没找着付蓉。

我火急火燎地冲进东宫，一把将还在做美梦的黎昭拉起来，黎昭揉着眼睛冲我吼："大早上的，扰人清梦！辛甘，你缺不缺德？"

"我缺你个大头鬼！"我火大地抓着他的衣襟用力摇晃，"出大事了！付蓉被人掳走了！"

"嗯？什么情况？"黎昭眨了眨眼睛，"好端端的，她一个千金小姐怎么会被人掳走？"

我没敢照实说，眼珠子一转，扯了个谎："心情郁闷咯！大晚上的不睡觉，跑到花园喝闷酒，碰见了个不开眼的蟊贼，连人带财一起劫了。"

黎昭皱了皱眉："蟊贼？什么蟊贼敢去大学士府上偷东西？不要命啦？"

这理由牵强得很，黎昭不信，也在我意料之中。我脸一板，冲黎昭吼："白术和付恒连夜追过去了，现在还没回来，估计是碰上硬点子了，阿昭，你快派人去救他们！"

付蓉是钦点的乐安王妃，那可是绝对不能出事的，黎昭没犹豫，直接派了一队大内高手去救人。

我出了宫，径直回府等消息。不料，没等来消息，我就觉得头晕眼花，呼吸灼热，不行了。

醒来时，六十六叔和白术在床边守着。

"什么时辰了？"我低声问，话一出口，才发觉嗓音嘶哑，简直比狗蛋的公鸭嗓还难听。

六十六叔倒了一杯水递过来，小心翼翼地喂我喝下，回道："已经丑时了，付蓉救回来了，已经找大夫瞧过了，没事，你别担心。你染了风寒，发起了高烧，别担心这些事情了，先把身体养好。"

白术补充道："付恒往上报的是付蓉在家中被劫匪掳走，皇上不会追究她贪夜私逃、拒婚自尽之罪，你放心。"

说了一会儿话，我累了，睡了一会儿，小螃蟹叫醒我的时候，黎昭已经在床前站着了。

我睁开眼睛，第一句话就是："阿昭，带我去天牢！"

黎昭皱眉，没好气道："都半死不活了，还不知道消停点！"

我倔强地瞪着他："付蓉与六十六叔的婚事一刻不解决，我一刻消停不了。这样的事情要是再来一趟，我这把骨头非折腾散架不可。阿昭，你若是想让我安心养病，就成全我吧！"

黎昭怒目瞪我，片刻，长叹一声："好吧，我带你去。"

进了天牢，我对黎昭说："太子殿下，我有些话要对乐安王说，是关于付蓉的，你能回避一下吗？"

黎昭眉目一沉，沉默片刻，摆了摆手。对于付蓉，我想，黎昭应当也是有愧意的。

我独自穿过长长的甬道，走向阮郎归所在的牢房。

阮郎归照旧是在墙角干草堆上盘腿坐着，身上还是那件染满血迹的中衣，已经好几天过去了，血迹也成了紫黑色。

想到那些血迹是我亲手留下的，我心里就猛地一疼，长那么大从没对什么人下过毒手，第一次就是对阮郎归。

这孽缘，不可谓不深啊！

我使了个眼神，狱卒开了门，等我进去之后，他又将门锁上，毕恭毕敬地退下了。

阮郎归闭着眼睛，如一尊雕像一般纹丝不动。我缓步上前，低低地叫了一声："阮郎归。"

阮郎归霍地直起身来，瞪大了眼睛看着我。我的手笼在大氅下，遮得严严实实的，他根本看不见。

可他出口的第一句话却是："脸色这样红，你病了？"说着，一只手探上了我的额头。

我一偏头，想要躲过去，他却由不得我，固执地将手贴到我额头上，而后眉目一凛，急声道："你在发烧！"

我笑笑，探手拨开他的手："我没事，我来找你，是有话要说。"

我伸手的时候，将大氅撩开了一条缝，阮郎归眼尖，瞧见了透着血迹的纱布，皱着眉头一把将大氅掀开一角，抬起我的手腕，冷声道："你受伤了？怎么回事？"

我将这几天发生的事情大致说了一遍，愁眉苦脸地问："现在怎么办啊？蓉姐姐都寻死了，我真怕她再来一次！还有你，被困在天牢里，这可怎么办啊？阮郎归，你不是挺有能耐的吗？不是有家世背景撑腰，有皇后娘娘罩着，怎么一摊到事上就尿了呢？"

"辛甘别担心，付蓉与我的婚事成不了。"阮郎归笃定一笑，"毕竟是被土匪掳走的，如何能当得了乐安王正妃？即便我同意，皇后娘娘也不会同意，我爹宁国侯也不会同意。"

是了，付蓉被掳进了土匪窝，纵然清白没毁，可谁会相信？在世人眼里，她现在已经是被土匪糟蹋过的残花败柳了，如此不堪，岂能担得起王府正妃的尊位？

我冷笑道："难怪你气定神闲，原来已经有了主张。只是你这主张未免太令人寒心。"

阮郎归闻言，眉头一皱，双手情不自禁地扶住我的双肩，声音温柔而急切："辛甘，不是的！我没有侮辱付姑娘之意，我只是说出了世俗眼光下的情形罢了！"

我躲开阮郎归的手，自嘲一笑："连付蓉那等冰清玉洁的姑娘都被人想得如此不堪，那我这种在男人堆里厮混的，岂不是更没有什么好名声可言了？"

阮郎归越发急了，眨眼间额上已经沁了一层薄汗，慌乱地解释道："不是的，辛甘！我不是这个意思，我……"

他像是越急着解释，反倒越说不出来似的，急得满头大汗，突然一把抱住我，狠狠地吻了过来。

我心里正悲楚着，冷不防他的吻倏忽而至，亲了我一个措手不及。我呆呆地忘了反抗，他又很小心地扣住我受伤的右手手腕，一只手紧紧地搂着我的腰，将我牢牢地扣在他怀里，我根本没法子动弹。

许久，阮郎归呼吸灼热，气息不稳，这才松开我，伸舌舔了舔嘴角，温柔地看着我，急切地说道："辛甘，我不知该如何让你明白我的心意，我只能说，不论发生什么事，我待你初心不负。"

初心？别闹好吗？这货的初心是揍我，坑我，设计我！

我后退一步，淡声道："我只求六十六叔与付蓉之间能够再无波折，其他的，你们随意吧！"反正我也左右不了，无能为力的感觉，真不爽！

我折身要走，阮郎归一把拉住我，微带乞求地看我："第一次来，将我打了个半死，第二次来，没说几句话就要走，辛甘，你可真狠心！"

"太子就在外面，我要是再不出去，他可就要进来了。"我淡淡一笑，微带挑衅地道，"怎么？你还想再挨一顿揍？"

阮郎归脸上的柔情蜜意顿时僵住了，默了默，半是埋怨半是调侃："不解风情！"

我指了指眩晕的脑袋，自嘲道："你今天就是想挨揍，我也没那个力气揍你了。有什么恩怨，等到你出来了再算吧！我头晕得紧，要赶紧回去休息了。"

阮郎归这才松开我的手，一脸心疼："你一定要保重身体，等我出来！"

"等你先出来再说吧！"我心里有些不屑，等他做什么？等他出来，黄花菜都凉了！

阮郎归牵着我的左手，将我送到牢房门口，扬声唤道："来人！"

话音未落，他突然将脑袋凑了过来。

阮郎归快准狠稳地覆上我的唇，辗转摩挲。我吓了一跳，想要避开，他却坏心地张嘴一咬，将我的双唇咬住，自牙缝里挤出一声低笑："将我揍那么狠，总该给点补偿吧！"

脚步声响起，越来越近，我心口扑通扑通直跳，黎昭之所以会走这一步棋，就是怕阮郎请旨求娶我，万一让人看见阮郎归抱着我猛亲，得，他这辈子都别想出去了！

"快放开！"我扯不出嘴唇，只能狠狠踹他一脚，含混不清地自喉间往外挤出几个字。

阮郎归用力地吸吮一下，这才放开了，退后一步，沉声笑道："多谢辛小姐探望之德，你的那些恩惠，等本王出去了，必定连本带利地奉还回去。"

语声带着沉沉寒意，我顿时起了一身鸡皮疙瘩，一转脸，就见狱卒正在开门，手哆嗦了好几下，都没能将钥匙对进锁孔里。

我暗笑一声，阮郎归心思缜密，分毫不输于旁人，只是没将那些复杂的心思用到我身上罢了。

这么一想，我倒对阮郎归生出了那么几分感激之意，毕竟这货没真下手坑我。要不然，我这会儿是在阴间遛弯，还是在阳间蹦跶，都不好说呢！

顺着阴暗的甬道走出去，就见黎昭正在天牢门口坐着，百无聊赖地盯着墙上的刑具，也不知在想些什么。

见我出来，黎昭冷眉冷眼地瞥我一眼，冷声冷气道："哟！舍得出来了？我还以为你要住在里头呢！正想着要不要让狗蛋去你家，把你那个心爱的碎花小枕头给你送过来呢！"

我暗暗翻个白眼，扯着一副讨好的笑意，柔顺地向黎昭行了个万福礼："太子爷的好意，奴家心领了。天牢阴暗潮湿，奴家抱恙在身，实在不宜久留，还望太子殿下怜惜，准许奴家回家养病。"

黎昭愤愤地瞪我一眼，冷哼一声，大袖一甩，走了。

我冲着他的背影狠狠地飞了无数个白眼，才一溜小跑追上去，苦着脸叫道："阿昭，麻烦你体谅一下重病垂危的病人好吗？你走这么快，是想累死我呢？还是想累死我呢？还是想累死我呢？"

"我想掐死你！"黎昭回头，恶声恶气地瞪着我，"知道自己病得快死了还跑那么快，活该！"

我发誓，如果我慢吞吞地走，黎昭一定更恼火。算了，不跟他一般见识，男人嘛！每个月总有那么几天不舒服，我懂。

黎昭派人送我回家，当即就进宫去面圣了。我发着烧，本就精力不济，又跑到天牢来费神，很快就撑不住了，还没到家，我就睡着了。

一觉醒来，天都黑了，六十六叔兴奋地告诉我，皇上已经收回了赐婚的圣命。

我心里一喜，还没来得及向六十六叔道贺，突然想起阮郎归的话，满腔喜悦顿时化作悲哀，完全笑不出来了。

圣命那么快就收回了，原因只有一个——付蓉失贞，不配为土府正妃。

连至高无上的皇帝都这样想，那么不明真相的百姓会怎么想？付蓉失贞，怕是已经传得满城风雨了，她该如何自处？

瞧着六十六叔那一脸天真的喜悦，我心里堵得越发厉害，却又不忍心让他也跟着愁苦，于是强笑道："那敢情好啊！六十六叔，你尽快去求太爷爷吧，请了媒婆上门提亲，我想，付家会答应的。"

六十六叔欢天喜地应下，又道："阮夫子已经被释放出来了，去见了皇后娘娘，今天应该能回来。"

我心里一定，此事到这里，差不多就算解决了。

我吃了药，夜里出了一身汗，硬生生热醒了，一睁眼，就见床头立着一道暗影，吓得我"妈呀"一声就叫了起来。

"啧，鬼叫什么？大晚上的，还让不让人睡觉了？"阮郎归的声音带着淡淡的鄙夷。

四下里一片漆黑，只有窗间明纸透过来的薄弱雪光。我看不清阮郎归的眉目，却可以想象那厮现在一定是斜挑着眉毛，微勾着嘴角，满脸鄙夷。

"你还知道现在是大晚上的啊！那你不滚回房间睡觉，跑我房里来干吗？"我恶狠狠地说，"信不信我喊非礼啊！"

"你喊呀！"阮郎归满口无所谓，"最好是将整个辛家上下都招来，这样一来，明日大街小巷都传遍了乐安王夜入辛家小姐闺房，看你肯不肯嫁给我！"

浑蛋！

我顺手抄起一个青花瓷枕，冲着黑影砸了过去，但见黑影一闪，轻轻巧巧地躲了过去。阮郎归接住瓷枕，上下抛了抛，轻声笑道："丫头，温柔点成吗？整天这么粗鲁，哪有一点王妃的样子？"

"王妃你个大头鬼！"我气哼哼地转身，闷声道，"滚滚滚！给我马不停蹄地滚！"

耳边猛地一热，阮郎归带着清淡檀香的气息喷在我脸颊耳侧："好些了吗？"

"什么好些不好些的？快滚！"我烦躁地推了他一把。

阮郎归敛起不正经的语气，略有些焦急地问："我是说，你的病好些了吗？"

没等我答话，他又万分自责地说道："都怪我太冲动，要不是我想请求皇上赐婚，就不会发生后面的事情了。"

"知道自己作孽了，还算你有那么一丝丝天良！"我冷嘲热讽，"没啥事的话，你可以滚蛋了，慢走不送！"

阮郎归却没走，侧身在床沿坐了，沉默片刻，才黯然问道："辛甘，我以为你大约是有点喜欢我的，是吗？"

语气中含着小心翼翼的期待，显得不安而无助。

我突然产生了一股毫无来由的错觉，眼前的阮郎归，比被绑在天牢栅栏上任我打那会儿还要脆弱。

阮郎归突然伸手，扳过我的身子，温声道："辛甘，回答我，我想要一个明确的答案。"

一片昏暗中，阮郎归墨色的瞳眸比夜色还深浓，薄弱的雪光透过来，落入他眼中，熠熠生辉，夺人眼目。

我心尖颤了颤，张了张嘴，却不知该说些什么。

我终于知道阮郎归扰乱我的心不是为了报复我，他完全可以应下赐婚，然后打着"奉旨纳妾"的名头将我收入王府，可他不但没有，还坚决抗旨，拿身家性命做赌注，只为了不委屈我。

我承认，在金殿上，他坚决抗旨的时候，有那么一刻，我是宁愿他答应下来的，哪怕娶了付蓉为妻，再纳我为妾，也好过犯下抗旨的死罪。

我承认在天牢打他的时候，我心里闷疼闷疼的，不想下手，却又不得不下手。那一刻，我恨不得将黎昭捆起来照死里揍一顿。

我承认他说待我初心不负的时候，我心里起过那么一丝波澜。

可是那又如何？

有黎昭在，我能给阮郎归什么答复？我敢吗？而阮郎归，他承受得起吗？

"没有答案，阮郎归，你应该知道的，咱俩貌似只有深仇大恨，没有郎情妾意。"我苦笑道，"别在我身上白费心思了，没用的。"

阮郎归沉默了，许久，他才缓缓站起身，一本正经地道："我小的时候，我爹曾经教过我十六个字，'屡败屡战，越挫越勇，精诚所至，金石为开'。辛甘，我不怕你拒绝，我有的是时间跟你耗。反正你年岁还小，我也不急着将你娶进门。"

我愕然，谁说要嫁给他了？不过话说回来，听他这么坚定地表明心意，我还是很欢喜的，心里甜丝丝的，跟吃了桂花糖似的。

没办法，谁让咱要人才有人才，要身材有身材，要钱财有钱财呢？阮郎归喜欢我，那是他有眼光！

阮郎归走了之后，我反倒睡不着了，唤了好几声"小螃蟹"，那丫头却跟死猪似的没有动静，心知必然是阮郎归动了手脚，暗骂一声"臭不要脸的"，又躺回了被窝里。

迷瞪到天亮，感觉身上松泛多了，差人去太爷爷那儿传话，请求他答应六十六叔与付蓉的婚事。

不一会儿，六十六叔就来了，一脸兴奋地告诉我太爷爷已经答应了，赶巧今儿个是吉日，已经在准备聘礼，托请媒婆了。

六十六叔还有些担心，怕付家人不肯允准婚事，我却是心知肚明的，付蓉留在付家，已经成了一块污点，付家这会儿巴不得将付蓉扫地出门，但凡有个差不多的人家提亲，付仲道夫妇都会允准。

果然，午后就传来了好消息，付仲道夫妇允准了婚事，并且主动要求尽快完婚。

年前还有三个好日子，冬月二十八了，腊月十八，腊月二十六。今天已经是冬月二十二了，赶不上冬月二十八的日了，最快也要腊月十八才能成婚。

六十六叔对这个吉期很满意，那一脸兴奋，简直要溢出来了。可没想到，傍晚的时候，付夫人亲自来探病了，借着探病的名义，请求将婚期提前到冬月二十八。

掐头去尾，中间只有区区五天工夫，连六礼都行不完，更别说成婚了。付夫人却根本不顾这些，只一个劲儿说："女大当嫁，既然觅得佳婿，自然希望早日成婚，为人父母的，也好了却一桩心事。"

我顿时怒了，这哪里是为了了却心事！分明就是嫌弃付蓉有辱门楣，能早一天将她赶出去，就尽可能早一天赶人！

转念一想，付蓉在付家的日子必然是无比艰难的，也好，早日成亲，起码不用受人白眼了。

这些事我根本不敢让六十六叔知道，他本就是个冲动易怒的，万一知道了付蓉受委屈，还不得立刻翻脸，直接冲到付家去抢人！临近婚期，再生波折，对谁都不好。

由于婚期仓促，辛家开始了紧锣密鼓的布置，除了我窝在屋里养病，每一个人都忙碌起来了，一派欢天喜地的气氛。

这样的喜气感染了我，我心心念念着要闹洞房，病好得格外快，二十五日，我就生龙活虎，又是一条好汉了。

我心里挂着付恒与付蓉，病一好就往付家跑。因着新婚前新郎不能与新娘见面，六十六叔不能与我同去，郁闷了好一阵子，千叮咛万嘱咐，要我好好照顾付蓉。

我暗暗好笑，不过是见一面而已，顶多在付家吃一顿饭就回来，哪里就谈得上照顾了呢？

一面好笑，一面又忍不住替付蓉庆幸。不论如何，六十六叔待她到底是一心一意，至死不渝的。作为女子，能得夫君全心全意的爱慕，死生不弃的陪伴，她的人生可谓了无遗憾了。

想着付蓉，不由得想到了自己，我的终身大事可还没着落呢！

倒是有愿意为我出生入死的，可都是些什么人呢？

白术？

心机深沉，乖僻偏激，一个弄不好，什么疯狂的事情都敢做，还是算了吧！

付恒？

这个不错，对我一片至诚，与他相处起来也很舒服，可总感觉少了些什么。

我想，我与付恒之间，大约培养不出付蓉与六十六叔之间那种刻骨铭心、

164

生死相随的感情了吧！

阮郎归？

嚯！我怎么会想到他？那货就是个浑蛋啊！就会欺负我，占我便宜！妥妥的臭不要脸的死流氓一个！

到付府的时候，我还没想出个所以然来，无比哀怨地叹口气，见过付仲道夫妇，寒暄几句，我就告辞去了内院。付蓉正睡着，屋子里静悄悄的，没有一丝活气儿。

我默默地退了出来，刚下绣楼，就见付恒正往这边走来，我连忙迎了上去。

雪停了好几天，天响晴响晴的，积雪融化得就剩下薄薄的一层，干冷干冷的，冷风吹在脸上，感觉皮肤都要冻裂了。

付恒将我的双手合在他掌心里，用体温给我取暖。我心里暖暖的，越发觉得付恒好，比六十六叔还要好。

想到六十六叔，我突然情绪低落起来，叹道："唉！六十六叔要成亲了，他这还没成亲呢，眼里就只有蓉姐姐没有我了，等他成了亲，我就彻底从他心里被踢出去了！"

付恒摇头笑道："你呀！没见过吃姊姊醋的侄女！"

"六十六叔与我自幼一同长大，他一直是最疼爱我的，这猛然间不疼爱我了，我能不郁闷吗？"我撇撇嘴，越说心里越酸，简直要哭出来了。

付恒刮了刮我的鼻子，打趣道："你这么一说，我倒也觉得你十分可怜，忍不住想为你掬一把同情泪了呢！"

我绷着脸瞪他一眼，心知他取笑我，不甘示弱地反击："侄女怎敢让付大叔为我落泪？那不是太不孝了吗？"

付恒脸一僵，有些着恼，咬牙道："不许叫我付大叔！"

我耸耸肩，笑道："你妹妹是我六十六婶，论理，我是该叫你一声叔叔，毕竟岔着一辈呢！"

付恒越发恼了，狠狠瞪我一眼，脸一扭，上了马车，不搭理我了。

我哈哈大笑，故意去撩拨他，一口一个"付大叔"地叫。付恒先是置若罔闻，后来突然孬毛了，咬牙切齿地说道："我再说一遍，不许叫我付大叔！"

我笑嘻嘻地回道："我就叫！付大叔！付大叔！付大……唔……"

唇上一热，我顿时呆住了，惊愕交加地看着贴上来的俊脸，忘了该做出什么反应。

付恒微微张口，将我的双唇笼在唇间，却没有进一步的动作，见我不吭

165

声了，他极快地撤了，脸红到了耳根，半羞半恼地说："看你还胡说！"

我呆呆的没明白到底是怎么回事，一言不合就动口，付恒什么时候跟阮郎归学会了这一套？

见我半天没动弹，付恒神色间突然愧疚起来，支支吾吾地说："辛甘，我……对不起，我不该冒犯你。"说着，狠狠抽了自己一巴掌。

我见他反手还要继续抽，连忙抓住他的手臂，怔怔地说："我没有生气，你别打了。"

付恒霍然抬头，瞠目结舌地看着我，片刻，眸中突然爆出惊喜的光："辛甘，你……"语声小心翼翼的，后半句话根本没敢说出口。

我默了默，抓了抓脑袋，叹口气，道："恒哥哥，你待我好，我知道。你的心意我也知道，可是……我……"

付恒目不转睛地注视着我，绷着脸，满脸期待，又十分忐忑，瞧他那神情，仿佛我下一句话不是将他抛上天堂，就是将他甩下地狱似的。

我缓了缓，斟酌了片刻，才郑重地说道："你在我心里，跟六十六叔是一样的，都是对我很重要很重要的人。"

付恒脸上的期待突然僵住了，仿佛暴露在强风烈日下的水泥，干硬干硬的。

"与六十六郎……一样……"付恒艰难地吐出几个字，眼里璀璨的流光瞬间暗淡了，"是吗？只是与六十六郎一样吗？"

我心口一闷，心知我伤到他了，可如果不将话挑明，拖泥带水的，只会伤他更深。

"看着六十六叔与蓉姐姐这般历经波折，我突然觉得，其实波折些也挺好·至少两个人都是一心一意的，什么困难都不怕，克服重重困难之后，总能苦尽甘来。"我感慨一番，心生向往，"我想，如果有一个人，能够让我奋不顾身，那我大约也会如蓉姐姐那般，此生无憾了！"

付恒垂眸看着我，目光深沉而真切，许久，才怅然一叹："我明白了，辛甘，你放心，我不会强求你什么，你心里不必有负担。"

一路默默无言，到了家门口，付恒突然扬眉一笑，十分爽朗："我那妹子心心念念着要嫁状元郎，没想到最终却嫁了一个不会考取功名的商人。可见造化弄人，天意早定。"

我跟着笑："六十六叔会待蓉姐姐好的，恒哥哥，你放心，我们辛家断不会委屈了蓉姐姐。"

付恒摸了摸我的后脑勺，笑道："六十六郎是个忠厚老实的，虽则出身大户，却没有那些纨绔气息，蓉儿嫁给他，我很放心。"

我拍开他的手，故作嗔怪："梳了小半个时辰呢！别给我弄乱了！"

付恒哈哈大笑，负着手感慨："好啦！这下真成亲家啦！六十六郎那个傻小子，终于还是娶到了大名鼎鼎的金麟女状元！"

看着付恒爽朗的笑容，听着他故作遗憾的话语，我心里闷疼闷疼的。强装豁达，只为了不让我难受，付恒毕竟是付恒，总是以我为先的。

第十三章
山雨欲来风满楼

三天时间，一晃眼就过去了，很快就到了二十七。天还没黑，我就被六十六叔打发着去陪付蓉了。

付蓉房里冷冷清清，一丝喜气都没有，芳蕊在外间缩着暗暗抹眼泪，付蓉在里间榻上歪着，慵懒而无神。

我叹口气，走过去低低地叫了一声："六十六婶。"

付蓉听见声音吃了一惊，看清是我，舒了一口气，仿佛无形之中得到了莫大的安慰，整个人都振奋起来了，招手唤道："辛甘来啦！快过来！冻坏了吧？"

我吸了吸快要掉出来的鼻水，堆出一副笑脸，屈身行了一礼："侄女给六十六婶请安，六十六婶好。"

付蓉脸一红，羞涩地耷拉下脑袋，娇嗔地横我一眼："这丫头，油嘴滑舌的，惯会取笑人，不理你了！"

"别呀！侄女可还指望着明日六十六婶能赏我一个大大的红包呢！六十六婶要是不理我，那我岂不是亏大发了？"我笑着走上前，拉着付蓉走到床边坐下，娇声道，"六十六叔怕你心里着慌，打发我来陪你一晚上，明日我再跟着迎亲的轿子一起走。"

付蓉脸儿红红的，又羞又喜，眉间却仍旧笼着一层淡淡的哀怨。我心知她是为爹娘的不容所自怜自伤，却也不好开口安慰，以免触动情肠，一发不可收拾。

"芳蕊姑娘，劳烦你去弄些吃的来，我这一路跑过来，肚子都饿了。"我扬声冲外间唤道，"多弄些，我要跟你家小姐小酌。"

晚些时候，芳蕊端上来四碟小菜一壶酒，欢喜地说道："二位小姐慢用，稍候婢子再去为二位小姐煮面，这冰天雪地的，吃一碗热腾腾的人参鸡汤面最好不过了。"

"你先下去吧！等会儿我们要人服侍，自然会叫你。"我温温一笑，递了一个红包，"新姑爷的一点心意，你收着吧！"

芳蕊眼里顿时涌起泪花，扁了扁嘴，欢笑道："谢姑爷！谢辛小姐！"

付蓉见状，颇为动容，轻叹一声，道："你们倒是细致！"

我听她话里有抑制不住的哀怨，心知是怨她父母待她凉薄，也没敢多说什么，倒了一杯酒给她。

还没开喝，付恒来了，人还没进门，笑声就传进来了。

"方才见芳蕊取了美酒佳肴，就猜到府里来了馋猫，果不其然，让我逮了个正着！"付恒的笑声带着明显的刻意，眉间含着淡淡的疲惫，神色也不如素日那般爽朗直率。

他就那么一个妹妹，付蓉这般冷冷清清地出嫁，心里总是不乐意的。可付家毕竟是付仲道做主，他唯一能做的，只是尽自己所能多关怀付蓉一些，出嫁的排场方面，他插不上手。

我心知肚明，自然不会挑破，故作娇嗔地横他一眼，半带怒意地叫嚣："我吃我六十六婶的菜，喝我六十六婶的酒，天经地义！"

付恒捏了捏我的鼻子，斜着眼睛笑了笑："这张小嘴，惯会饶舌！"

笑闹了一阵，付蓉神色间的哀怨总算是轻了些，付恒陪着我们饮酒说话，一直待到深夜才走。

我和付蓉躺在床上，有一搭没一搭地闲话。渐渐地，我倦了，不知何时睡了过去。一觉醒来，付蓉已经装扮好了，凤冠霞帔地端坐在床前，独自面对着满室冷寂，满目悲戚，却又强自隐忍。

旁人家的女儿出阁，一大早就起来装扮，喜娘丫鬟婆子的挤满了屋子，娘亲也会过来与女儿话别，可付蓉屋里只有我。

我心里一苦，情不自禁地抱了抱她，故作轻松地叫道："六十六婶好早啊！唔……我猜六十六叔一定更早，他昨儿个夜里一定没睡，巴巴地盼着天亮呢！"

付蓉强笑了笑："贫嘴的丫头！时辰还早，你再睡会儿吧！"

我虽然贪恋着热被窝，可哪里忍心让付蓉一个人傻坐着？打了个哆嗦，飞快地穿衣起身，叫了芳蕊来服侍我梳洗。

付蓉亲自给我梳头，盘了个飞仙髻，又在妆奁里挑了许久，挑出一支缠枝牡丹的金镶玉钗子来，斜斜插入发髻，温温一笑："你家富可敌国，什么样的宝贝都有。我也没什么拿得出手的，只有这一支钗子，是我祖父当年亲手打造，在我祖母新婚的第二日亲手给我祖母戴上的。我把它送给你，希望你来日能够觅得良缘，终身平安喜乐。"

我摸了摸钗子，笑着起身施了一礼："多谢六十六姊！"

梳洗罢，还没顾得上用早膳，付恒又来了，提了个食盒，亲自布了一桌子菜。

"原本新娘子是不能进食的，但又不好叫辛甘饿着，更不好我们吃着，让蓉儿看着，便一同来用膳吧！"付恒的笑带着三分无奈，分明已经刻意装得云淡风轻，却还是无法盖住满室冷寂。

三人都很有默契，不去说那些扫兴的话，刻意有说有笑地吃了一顿饭。付恒拍着付蓉的肩膀，怅然道："一晃眼，我的蓉儿都要出阁了！昨夜我还梦见你小时候闹着要我背你扑蝴蝶、放风筝呢，感觉就像昨天的事情一般，历历在目，无比清晰。"

付蓉闻言，眼圈一红，依依不舍地唤了一声"哥哥"。我瞧着他俩再这么伤感下去，免不了要抱头痛哭，正要扯开话题，付恒突然一把拉起付蓉，道："来，让哥哥再背你最后一次吧！"

付恒背起付蓉，迈着沉稳而缓慢的步子，一步一步走出闺房，步下楼阁。我在后面默默地跟着，鼻头发酸，眼眶发热，强忍着心头的浓浓的感动与淡淡的哀伤，固执地看着。

我停在阳台边上，看着他们的身影从回廊下走出，先是绕着小院走了一圈，而后走出院子，向外边更广阔的空间走去。

恍惚间，我有一种错觉，付恒好像要将余生所有的背负全在这一刻使尽，因为从今天起，背负着付蓉的男人就不再是他了。

付恒背着付蓉回来的时候，已经近晌午了，没过多久，接亲的花轿就来了。

付家觉得付蓉败坏了家门声誉，亲事办得十分低调，只有一个芳蕊陪嫁，付恒送亲。我们这边自然是不肯太过委屈付蓉，接亲的队伍倒是浩浩荡荡的，十分热闹。

下了轿，新人进门，拜堂行礼，一应礼节应有尽有，面面俱到，辛家能回来的人都回来了，欢声笑语，十分热闹。

一切都很顺利，新人拜过天地，送入洞房，六十六叔则留在庭院里挨桌敬酒。我拉着六十六叔灌了不少酒，觑个空子，悄无声息地溜到了新房门口。

守门的一个是芳蕊，另一个是辛家的丫鬟，叫作小鱼儿。见我过去，小鱼儿顿时一脸戒备，迎上来招呼："小姐不去前院吃酒吗？前院多热闹啊！"

我不耐烦跟她废话，摆摆手让她下去，小丫头绷着一张圆鼓鼓的小脸，梗着脖子说："奴婢不走！少爷说了，要奴婢好生守着门，谨防小姐使坏！"

还挺有先见之明！

我摸了摸鼻子，灰溜溜地撤了，绕过墙角，拐了个弯，到了窗下，轻轻推开窗子，撑着窗台跳了进去。

新娘子是不能说话的，即便付蓉听见声响，也不会作声。我小心翼翼地摸到床后头，从怀里掏出火折子，晃燃了，取出一段檀香点上，又掏出事先藏在腰间的鞭炮，扯直了铺在床底下，抽出鞭炮的引线，绑在檀香的末端，然后悄无声息地从窗台爬出去。

那一段檀香大约够燃一个时辰，六十六叔那个猴急的，断然等不了那么久就要进洞房，算着时间，那鞭炮差不多能在紧要关头引燃。

我捂着嘴直乐，回到席间招呼众人联络感情。黎昭皱眉看着我，好奇地问道："你刚才干什么去了？"

"秘密！"我神秘兮兮地丢给他一个眼神，"你猜。"

黎昭默了默，哼哼着喝了一口酒，没吭声。

付恒眉头一皱，迟疑片刻，问道："你该不会使坏去了吧？"

"怎么会！"我冷不防秘密被戳破，下意识叫了一声，"女孩子的事情，你们男人家问那么多做什么！"

白术淡淡一笑，眸中闪过一丝了然。我诧异地看他一眼，他抿嘴一笑，递给我一个"放心，我不会拆穿你"的眼神。

我默了默，能猜到我使坏容易，猜到我具体干了什么，可就没那么简单了！我就不信白术长了千里眼！

阮郎归抿了一口酒，优哉游哉地说道："干什么去了，等会儿不就知道了吗？"

我心口突地一跳，这几个家伙难道都是我肚子里的蛔虫，都知道我干坏事去了？

心里揣着期待，就觉得时间过得特别慢，好不容易挨过了半个时辰，我越发急了，眼光一直追随着六十六叔，真想过去问问他怎么还不进洞房。

又过了约莫一刻钟，六十六叔才摇摇晃晃地起身，大着舌头告醉，但众人根本不肯放过他。我急了，一个箭步蹿上去，大着嗓门叫道："春宵一刻值千金，可不能让新娘子久等了，要不明日起不来身，误了拜见公婆的时辰可就不好了！"

我发誓我真没什么少儿不宜的龌龊思想，可他们却是一群不纯洁的，听我说完，顿时响起一片嘘声。有个新婚不久的侄儿还觍着一张笑脸，打趣道："姑姑这话说的，怎么侄儿听着，倒像是你等不及了似的？也对，姑姑已经年满十五，是时候等不及啦！"

众人不约而同地将注意力转移到我身上，各种调侃打趣，六十六叔趁机脱身。等到六十六叔走远了，我才笑道："不去闹洞房，倒在这儿拿我开涮，我看你们是不想过安生年了！"

我回到桌上，拉着我那几个好伙计一起去闹洞房，却见黎昭、白术、付恒纷纷红了脸颊，跟商量好了似的。唯独阮郎归老神在在，吃吃喝喝，自得其乐。

闹洞房这种事情一般是不允许女眷参与的，但我想去，没人拦得住。我硬是一只手拖着黎昭，另一只手拖着付恒，杀出一条血路，挤到了前头，贴着窗户往里张望。

窗户上糊着明纸，朦朦胧胧的什么都看不见，只能听见声音。六十六叔与付蓉喝了交杯酒，软语温存了好一会儿。

我从没听见六十六叔说过情话，他原先是见着付蓉就脸红的，可今夜，也不知是不是酒壮尿人胆，那货居然拉拉杂杂地说了一大堆令我直冒鸡皮疙瘩的话。

我心里暗暗算着，时候差不多了，最多再有一盏茶工夫，鞭炮就该炸了。就在这时，六十六叔说出了一句至关重要的话："娘子，时辰不早了，咱们安歇吧！"

振奋人心的时刻就要到啦！

突然，胳膊一紧，有人拉了我一把，我一回头，就见白术不知何时挤到了我身边，沉着脸道："走走走！下面的你不能再听了！"

这种紧要关头赶我走，别闹好吗？

我使劲挣扎，白术却无比坚决地拽着我的胳膊，身边那几个男人仿佛商量好了似的，一起将我往外推。

172

"走吧！闹得差不多了，回吧！"付恒苦口婆心。

"快走！快走！女孩子家家的，矜持点！"黎昭面色沉沉。

唯独阮郎归，袖着手一脸看好戏的表情，似笑非笑地看着我，一言不发。

我哪里敌得过三个大男人的力气？被他们拖着，不由自主地离开了窗台。我死死地抱住廊柱，叫道："我不走！不走！"

好戏还没开始，我怎么可能退场！

撕扯间，突然听见付蓉一声娇啼，满含痛苦之意。紧接着，"噼里啪啦"一阵震耳欲聋的声音响起，明纸上闪出忽明忽灭的火光，六十六叔的怒吼、付蓉的尖叫响成一片，不绝于耳。

想象着六十六叔和付蓉的狼狈样儿，我哈哈大笑，捂着肚子在地上直打滚，眼泪都笑出来了。

付恒黑着脸，既生气又无奈："你呀！果然去使坏了！"

我抹了抹眼泪，笑得不能自抑，大摇大摆，扬长而去。

好戏看完，该回房睡大觉咯！

黎昭快步追上来，拍了拍我的肩膀，眉开眼笑地竖着大拇指称赞："好样的！真有你的！"又装模作样地叹了口气，一脸悲悯，"可怜的六十六郎，怕是要留下心理阴影啦！"

闹完洞房，各自回家的回家，回房的回房。我刚在榻上歪了一会儿，屋子里突然卷起一阵风，风过处，一道人影悄无声息地出现在我面前，吓了我一大跳。

"阮郎归，你怎么来了？"我手拍胸口大喘气，抬脚就踹，"人吓人吓死人，你知不知道！"

烛台就在屏风边上，离我很近，十二支蜡烛将阮郎归的脸照得无比清晰，纤毫毕现。

阮郎归没吭声，只是默默地看着我。跳跃的火光映在他眼中，成为耀眼的两点，仿佛漆黑的深潭中落入了两颗璀璨的星子。

"怎么不说话？"我诧异地问，舒展了一下四肢，今天这一程奔波还真挺折腾人的，我这把骨头都快累散架了。

阮郎归仍旧没吱声，默默地走到桌边坐下了，一只手屈起，托着脑袋，一副思考人生的样子。

我越发诧异了，"咦"了一声，直起身子，好笑地看着他，翻着白眼问道："阮郎归，你脑子坏掉啦？大晚上的不回屋睡觉，跑到我这儿思考人生来啦？"

阮郎归看我一眼，迅速收回目光，我还没来得及从他的眼神中探究出什么，他就又恢复了刚才的单手托腮的样子。

"啧啧，你这是牙疼呢？还是下巴疼？"我好奇地走过去，弯下腰侧着身子盯着他的脸，"要不要我帮你叫大夫？"

阮郎归这才将目光转向我，默默地看了我许久。我被他这一副欲言又止的样子弄得心里直痒痒，期待地看着他，他却不吭声。

"喂喂喂！你这可就不厚道了啊！大晚上的跑来吓我，又什么都不说，阮郎归，你是不是又想挑事儿了？"我直起身子，一只手叉腰，另一只手指着他，十分不满。

阮郎归突然一伸手，环着我的腰肢，将我往他的方向用力一拉。我站不住脚，整个人靠了过去，他的脸贴着我的胸腹部，闷闷地说："辛甘，我想成亲了。"

我顿时无语了，连连翻了好几个白眼，才顺过来一口气，一巴掌扇上他的后脑勺，脱口而出："想娶媳妇就去娶呗！你堂堂乐安王，还能愁没有女人嫁给你？"

阮郎归轻笑一声，笑意十分讽刺："我要娶，自然有人肯嫁。只是我想娶的，却是个油盐不进的浑蛋！"

我顿时炸毛了，揪着他的头发将他的脑袋推开，横眉冷目地骂道："大爷的！你骂谁浑蛋呢？"

"你还知道我说的是你？"阮郎归毫不客气地讽刺，"我还以为你真是什么都不知道的白痴呢！"

我默了默，是，我知道，他想娶的人是我。

可是那又能怎样？

阮郎归站起身，低头俯视我，眼眸幽深如潭，语声满含恳切："辛甘，我的心意你分明是知道的，为什么就是不肯接受呢？"

老实说，我现在一听到"心意"两个字，头皮都炸了，鸡皮疙瘩哗哗地直往外窜，雨后春笋都比不上这个势头。

白术的心意我明白，付恒的心意我明白，黎昭的心意我明白，阮郎归的心意我明白，所有人的心意我都明白。

每一个人都在直接或者间接地逼迫我做选择，可我并不想选，也无法选。

即便我可以不在乎伤了谁，我也不能不在乎自己的心意。到目前为止，我并没有嫁给任何人的想法，兴许以后我会爱上什么人，心心念念嫁给他，但是此时此刻，我只想安安静静地当我的辛家大小姐，吃喝玩乐足矣。

"明白就一定要接受吗？"我嗤笑一声，"还是说，你喜欢我，我就一定要喜欢你？"

阮郎归眉目一凛，薄唇微动，我轻笑着转身，截住了他的话："王爷，夜深了，您请便吧！"

身后响起一连串清脆的"咔啪"声，像是关节爆裂的声音。我没回头，迈着缓慢而优雅的莲步回到美人榻上，慵懒地歪着，闭着眼睛，不再搭理阮郎归了。

屋子里静悄悄的，偶尔有灯花爆开的声音，在静夜里格外清晰。

我放空心里的纷乱思绪，忽然觉得十分平和安乐，多希望就这么安安静静、无忧无虑地过一辈子啊！

可我的平和安乐实在是太短暂，倏忽而至，倏忽而去。

一阵风卷过，天旋地转，我睁开眼时，整个人已经被牢牢地禁锢在一具坚实温热的怀抱中，炙热的呼吸，带着熟悉的淡淡的檀香，丝丝缕缕地萦绕在鼻端。

阮郎归的额头抵在我额头上，鼻尖碰着我的鼻尖。我心口猛地一缩，下意识闭上了眼睛。

可是预想中的轻薄或是狂热的吻并没有来临。

"我不信你一点都不喜欢我。"阮郎归的声音压得很低，五分期待，三分自信，却又带着两分不安，在静夜里，如同一根折了尖的针，努力想要戳进我心里密密实实的防备的遮蔽。

"不信！"仿佛是为了说服他自己，阮郎归又狠狠地重复了一遍。

"呵呵……"我淡淡一笑，避重就轻，"信不信在你，与我无关。"

阮郎归蓦地低头，狠狠擒住我的唇，用尽力气碾压。

我心口一悸，却没反抗，终是习惯了他这般亲密的对待。

也许黎昭终有一天会对付阮郎归，但是不出意外的话，绝对不会那么早。而我，并不想成为那个意外。

我不能再害他了。

阮郎归的吻不知在何时渐渐轻柔起来，点点温存，无限柔情。许久，他放开我，微喘着说："辛甘，你是喜欢我的，我能感觉到。"

我轻笑，拢了拢鬓发，慵懒地说："我喜欢的人太多了，恒哥哥温柔如水，倾情相护；白夫子出生入死，以命相随；太子六载知心，不离不弃。王爷，于我来说，我只是不再讨厌你，不愿连累你而已。你与他们，呵……"我垂眸淡笑，言不由衷，"比不上任何一个。"

阮郎归的身子晃了晃，脸上的血色刹那间退得一干二净。

我心口一疼，心知这话伤到他了，却仍旧强撑着一副淡定自如的笑脸："你知道的，我向来不喜欢你。我从一出生就被所有人捧在手心里，即便是高高在上的太子殿下，都对我千依百顺，可你害我吃了那么大的苦头，我恨你恨得牙痒痒，有那么一段时间，我简直恨不得活剥了你。我要是喜欢你，那才真是脑子坏掉了！"

阮郎归踉跄着退后一步，垂在身侧的双手缩进了袖中，隐隐能看到他两条衣袖有很小幅度的震荡。

我缓步上前，仰着脸看着他，淡淡地看了一会儿，忽地一笑，踮起脚，在他唇上轻贴了一下，倏地离开了，附在他耳边，轻声道："王爷，你感觉到我的喜欢了吗？"

阮郎归的眉心蹙成一团浓重的褶痕，眼睛倏地眯起来了，锋锐冰寒的眸光自窄窄的眼缝中以磅礴之势倾泻而出："辛甘，你真狠！"

我放声大笑，刻意忽略心里那一片绵绵的疼："早在我第一次害你的时候，你就该知道我狠了！哦，对了，我有没有跟你说过，你的脚。"

我垂眸看了看他的脚，眉梢一扬，满不在乎地说："我和太子打赌，谁能在一个月之内将你整得更惨，谁就胜了。可惜我脑子没有太子好使，还没谋划好，他就动手了。"

阮郎归的脸色煞白煞白的，仿佛可以看清脸上细细的经络。他蓦地笑了，凄然地看着我："我不信！你当初那么急切地想要治好我的脚，我下了天牢，你又亲自去天牢演那一场戏，好让太子放下戒心，我不信你当真对我一丝情意也没有！"

"我只是不想你的伤和六十六叔扯上任何关系罢了，你毕竟挂着辛家夫子的名头。你出了事，辛家总得遭殃。"我漫不经心地一笑，"至于天牢，我还真没想那么多，我只不过想借机羞辱你一番罢了！"

阮郎归沉默了，目光阴狠地瞪着我，许久没作声。

我伸了个懒腰，缓步走到床前，侧身坐下，捶了捶酸痛的腿，淡笑道："这里毕竟是我的闺房，留个大男人在屋里总归不好。夜深了，王爷请回吧！"

阮郎归冷笑，决然地瞪着我，片刻，咬牙道："辛甘，你真狠！我阮郎归生平还从没见过哪个女人有你这么狠！"

"王爷过誉了，小女子担待不起。"我冲着他摆了摆手，"六十六叔已经成亲，你也不必再留在府中了，王爷，明日一早，恕不相送！"

阮郎归冷哼一声，狠狠剜我一眼，大袖一甩，走了。

我一下子软倒在床上，抬手一摸额头，湿淋淋的净是汗。我长舒一口气，探手按了按胸口，闷疼闷疼的。

我无意伤害任何人，包括阮郎归。

黎昭容不得我跟阮郎归有什么牵扯，如果我一意孤行，只会将他害得更惨，甚至还会连累了其他无辜的人。

我赌不起，阮郎归更赌不起。

小螃蟹送了夜宵进来，提起酒壶，一口气灌了半壶酒进肚子里。

我捂着胸口咳了几声，眼泪唰的一下就出来了，嘴里又苦又辣，就像黄连混着辣椒一块儿生嚼似的。

小螃蟹连忙给我拍背，急切地安慰道："今日是少爷大喜的日子，小姐怎么哭了？"

我也不知道我哭什么，就是觉得心里特别难受，特别无可奈何，特别无力，特别想哭。

六十六叔成亲之后，我的日子突然就难挨起来了。

不能去打搅六十六叔与付蓉的二人世界，不能去找付恒，不想去找白术，更不敢去找黎昭。

阮郎归在六十六叔成亲的第二天一大早就走了，我不知他去了哪里，也没心思去探究。只是心里有些闷，安慰自己走了也好，走了清净。

在府里闷了好多天，过着跟白开水一般没有滋味的日子。就在我以为这辈子都要这么平淡下去的时候，付府出事了。

付仲道因为贪污受贿，被御史台的人当廷弹劾，皇上一怒之下将付仲道关进了刑部大牢，已经下令详查了，付恒和付夫人被羁押在府中，等候调查结果出来再行发落。

我第一时间冲进东宫，黎昭正在庭院里坐着，腊月的风干冷干冷的，他就在风口里坐着出神，一身素净长袍，仰着脸看着庭院里那棵苍劲的老松。

"你来了。"黎昭淡淡地叹了一声，探手揉了揉眉心。他眉心的褶痕很重，想来，付仲道的事情他也很焦急。

"进去说。"我闷头就往里冲。

黎昭一把拉住我，微微摇头："就在这儿说。"

"这儿？"我四下里瞥了一圈，见庭院里只有黎昭一人，顿时明白了他的意图，微微点头，蹲下身子，问道，"怎么回事？"

黎昭拍了拍他坐着的长椅，苦笑道："还能是什么事？不外乎这个位子太好了，想要的人太多了。"

我一怔，很快反应过来这是储位之争。

付仲道是黎昭的太傅，从一品大员，付恒是黎昭的伴读，因着前次赈灾修河道的事情升了正三品的官，除掉他俩，相当于砍掉黎昭一条胳膊。

我的心颤了颤："没救了吗？"

黎昭闭目一叹，无奈道："明年的恩科，父皇属意付仲道主考，但圣命还没下来，付仲道那边已经开始收礼了。你说，父皇能不震怒吗？"

我心下一寒，黯然道："这样说，是真没救了。"

黎昭咬牙，狠狠地一拳捶在长椅扶手上："这一笔，我记下了！"

我听他话里有些不对劲，皱眉问道："是栽赃？"

黎昭苦笑："栽赃固然有，付仲道本身也是个爱财的，为官多年，总有手脚不干净的时候。既然对手蓄意挑事，自然做足了证据，付仲道这一次是断然翻不过身来的。"

"保不住吗？"我急问，我倒是无所谓付仲道的死活，可他是我六十六婶的父亲，是付恒的父亲。

黎昭眼睛一闭，睁开时满眼无奈："不赦之罪，如何保？别说是我，即便是父皇，那也是包庇不下的，留个全尸已经是极限了。"

"那付恒……"

黎昭的眼神顿时冷了下来，一字一顿道："付仲道保不住，也是他自己不争气，可付恒是干净的，我绝不会让人轻易动了他去！"

我心下一安，还好，付恒不会死。

"只是……流放怕是免不了的，毕竟付仲道的罪过实在是太大了。幸亏付蓉日前嫁入辛家，否则她也要受连累，没入官奴，这一辈子就毁了！"黎昭满目不忍。

我心惊肉跳，突然庆幸起阮郎归的离开。他走了，虽然不见得绝对安全，起码离这些不见刀光剑影，却又比实打实的厮杀更为险恶的灾难远了一些。

回到家天都黑了，付蓉扒着大门口，翘首而望，一看见我，立刻跑了出来，打了好几个趔趄，差点摔倒。

六十六叔在她身后一步的地方紧紧跟着，张开双手随时准备好接住她。

178

我连忙迎上去，付蓉一把抓住我的手，颤声问道："如何了？"

我不敢将黎昭的原话告诉她，躲闪着她哀切的眼神，道："太子说会竭尽全力调查此事。"

付蓉舒了半口气，喃喃道："我相信我爹不会有事的！对不对？辛甘，我爹不会有事的，对不对？"

六十六叔满脸担忧，向我递了个眼色。我强笑了笑，拍拍她的手背以示安慰，好言打发她回去，等我想想办法。

小院门口，一道青影孑然而立。

白术眉头一皱，细心地看出了我的异样："哭过了？"

"付家出事了，六十六婶哭得都快晕过去了，我真怕她会受不住。"我叹口气，朝后看了看，"走吧，别在这儿站着，仔细让人听了去。"

白术凉薄地笑笑："那种势利又恶俗的父母，不要也罢。"

进了屋子，白术反手关上门，我在桌边坐下，他在我对面坐了，身子微侧，显得很随意。

"太子怎么说？"白术好整以暇地看着我，眼神中有看透一切的清明，"保不住？救不了？"

我直勾勾地盯着他的眼睛，心里寒了又寒，为什么这个人总是能保持镇定？为什么他总是能看穿一切？

"付仲道老了，没什么用了。"白术勾起嘴角，笑意满含讽刺，"为了一个付仲道去惹皇上不痛快，这买卖赔大发了。"

我的心一沉，黎昭也是这么想的吗？

救不了是一回事，不肯救是另一回事，我宁愿黎昭是真的救不了。

白术摇摇头，长叹一声："作为储君，我想，他会用储君应有的姿态来处理这件事。"

储君应有的姿态？什么意思？

我疑惑地看向白术，白术冲我笑笑，亮白的牙齿在灯光下显得有些森然，令我心头寒意暴涨。

"怕？"白术淡笑，探了一只手过来握住我的手，"辛甘，你不该见到这些事情的。"

每一个人都说着不该让我见到这些钩心斗角的事情，可每一个人都在跟我钩心斗角。

白术今天这番话，何尝不是挑拨我跟黎昭的关系？如果真的不想让我见到这些，他干吗巴巴地跟过来向我解释其中的弯弯绕绕？

心里闷闷的，是说不上来的难受。

以前我觉得身边的每一个人都很好，白术那么温柔，付恒那么阳光，黎昭那么直率，阮郎归那么讨厌。

可是现在我才发现，温柔的白术实则偏激乖戾，心思深沉；阳光的付恒也有他的睿智精明与深藏不露；而直率的黎昭，不出手则已，一出手非死即伤；讨厌的阮郎归不再讨厌了，可我却不得不继续讨厌他。

"辛甘一介平头百姓，闺阁弱女，的确是不该见到这些事情。夫子既然也是这么想的，便到此为止吧！"我淡淡地打住话头。

白术淡淡一笑，起身告辞。

很快，我就明白了白术口中"储君应有的姿态"是什么意思。

三天后，消息传来了，付仲道判了斩立决，抄没家产，付夫人与付恒贬为庶民，逐出京城，永不录用。

这件案子是黎昭主动求皇上揽下来的，他一手操办，成功地保住了付恒。

对于黎昭的做法，我是很赞同的，毕竟与付仲道的死活比起来，我更在意付恒，只要付恒没事，其他的都不是事儿。

人就是这样，很多事情上，理智是压不过情感的，所谓好坏，端看符不符合自己的利益罢了！

对于我来说，黎昭的做法很好，他保住了我的恒哥哥。

我和付蓉、六十六叔一路送付恒母子到城外。

我看着付恒，眼睛酸涩肿痛，昨夜哭了大半夜，这会儿反倒流不出眼泪了。

"辛甘，这辈子大约再也见不到你了吧！"付恒苦笑，抬手摸了摸我的脸，"我爹……就拜托你了！"

我点头应下，付仲道于今日午时三刻处斩，现在才刚刚巳时，他们来不及给付仲道收尸了。

"恒哥哥，你以后有什么打算？"我强压着满腹酸楚，悲切地问。

付恒摸摸我的后脑勺，凄凉地笑笑："别难受，我还活着，不是吗？"话虽如此，可他语气里的悲伤、眼神中的悲愤却是掩藏不住的。

我从肩膀上解下一个小布包袱，抽泣道："恒哥哥，这个你拿着。"

付恒强笑着摇摇头，拒绝了。我急切而疑惑地望着他，他却低了头，轻轻揽了揽我的肩膀，无奈道："别问，好吗？"

"我不想你过得太辛苦。"我急了，拼了命把包袱往他怀里塞。

付恒坚决不肯收，倒是付夫人，一把抢了过去，紧紧地抱在怀里，谄媚地笑："谢谢辛小姐，那我们就不客气了！"

"娘！"付恒懊恼地叫了一声，脸色越发难看了，可最后还是什么都没说。

很久以后，我才知道，付恒只是想保留一丝尊严，希望在我心里，他即便不再是那个风度翩翩的贵公子，至少不是向人摇尾乞怜的可怜虫。

告了别，付恒与付夫人缓步离去。我瞧着他们的背影，心里堵得特别难受。

付恒渐渐走远了，我心里突然空落落的，想起他说的那一句"这辈子大约再也见不到你了吧"，心口猛地一揪，不管不顾地拔腿追了上去。

"恒哥哥！恒哥哥！等等我！"我大声喊叫。

付恒的身影猛地一顿，脚步却没停，依然迈着缓慢而坚定的步子往前走。

我突然就没了力气，颓然跌坐在地上，怔怔地看着他离去，放声大哭，撕心裂肺。

很久以后，我才知道，有一种爱叫作放手，我给不了你最好的，那就不牵绊，不羁留，天高任你飞，我只在尘埃里仰望着就好。

付恒的离去让我消沉了好一阵了，付蓉受了打击，大病一场，六十六叔忙着照顾她，无暇过多地关注我。

日子平静如水，而平静，往往是暴风雨来临的前兆。

腊月二十七，一场暴风雪毫无预兆地降临，庭院里早绽的梅花苞一夜之间全部冻死，落了满地。

太爷爷的病比暴风雪还要毫无预兆，病来如山倒，精神矍铄、鹤发童颜的老头儿，两天之间便起不来床了。

一整个年都是在呛鼻的汤药味儿中度过的，我没日没夜地守在太爷爷床前，端汤喂药，衣不解带地伺候，可是太爷爷的病势却越来越沉，每天昏睡的时间越来越长。

初五早晨，放过破五的鞭炮，太爷爷将七个儿子都召集到床前，又叫来我爹，郑重地嘱托："我家财万贯，长命百岁，这一世可说是圆满了。唯一的缺憾，就是没能亲眼看着我的辛甘儿觅得良人，终身有托。"

太爷爷气力不济，说几句话就要停下来喘息一会儿。我有一种很不好的预感，太爷爷怕是撑不过去了。

"太爷爷，您别说了，好生歇着，等到病好了再说。"我强忍着眼泪，呜咽着说。

太爷爷苍老冰凉的手抚上我的脸颊，喘着气着："辛甘别哭，太爷爷喜欢看你笑。"

我强扯出一个比哭还难看的笑:"我笑!我笑给太爷爷看,太爷爷喜欢,辛甘就天天笑给太爷爷看!"

太爷爷拉起白术的手,将我的手放在他掌心里,无力而又郑重地说:"孩子,我护不住辛甘了……我把她……交给你了……你要……竭尽全力……保护好她……"话音断断续续,喘气声越发粗重,分明是在交托后事。

白术紧紧地握住我的手,郑重地跪在床前,俯身磕了一个头:"白术以命起誓,此生只要有我一口气在,决不让任何人欺负辛甘!"

太爷爷安慰地笑笑:"那我就……放……心……"

一个"了"字没说完,太爷爷的手就垂了下去。

我怔了怔,心里一下子空了,呆呆地看着脸上还挂着一丝欣慰笑意的太爷爷,惊愕地瞪大了眼睛,张大了嘴巴,不敢相信宠我爱我的太爷爷就这么走了。

直到七位爷爷和我爹的哭声响起,我才醒过神来,抖着手到太爷爷鼻端探了探,什么都没有。

我两眼一黑,没了意识。

醒来时,我怔了很久,直到看到白术头上、腰间的白色粗麻布,才意识到究竟发生了什么事。

"太爷爷……他……"我呆呆地看着白术头上的孝帽,分明是最纯净的白,却比阳光还要刺眼,刺得我眼珠子生疼,像是要滴下血来。

白术抱起我,将我搂进怀里,不松不紧,无声地安慰。

我突然像发了疯似的,挣脱他的怀抱,掀开被子连滚带爬地下了床。正月的天气阴冷无比,我穿着单薄的寝衣,打着赤脚,一头冲了出去。

外面飘起了雪,狂风肆虐,雪花翻飞,比腊月末的那场雪还要大。

赤脚踩在皑皑白雪上,刺骨的寒意仿佛要将血液冻结,我跌倒在雪地里,放声大哭,悲痛欲绝。

白术默默地跟着我,没阻拦,等我哭得整个人都被雪花盖住,他才抱起我,柔声劝道:"以前,有他;以后,有我。"

我搂住白术的脖子,号啕大哭,白术将我的头摁进他怀里,我张口就咬,狠狠地咬在他胸口。

冬衣厚重,我咬不到白术的肌肤,满口的衣物堵住了我的哭声,白术默默地抱着我,一步一步走向灵堂。

我在太爷爷灵前跪了一天一夜，直到再度晕过去。

醒来时，天已放晴，艳阳高照，干冷的风吹在脸上，如刀子一般割得肌肤生疼。

"老太爷已经下葬了，辛甘，你还病着，别去了。"白术苦口婆心地劝着，却又不敢强行拉走我。

"下葬了？我不在，谁敢私自下葬？"我咬着牙，固执地一步一步往灵堂走。

白术劝不住，无奈地咒骂一声，打横抱起我，快步往灵堂走。

灵堂已经撤了，白术抱着我去了祠堂，祠堂里多了一座牌位：先父辛门上显下荣之灵位，不孝子敬立。

白术将我放在蒲团上，我端端正正地跪着，跪了很久。白术点了香递给我，我默默地上了香，呆呆地看着太爷爷的牌位。

太爷爷下葬，竟没有等我，这是我毕生的遗憾。可是很快，我就发现，除了我，根本没有人在乎。

我万万没想到，辛家的灾难才刚刚开始。太爷爷头七刚过，家里就闹起分家来了。

辛家实在太大，共有七房，七房下又分六十六房，六十六房下又分了二百八十五房。这样的大家族，如果没有一个绝对权威的大家长统领，分裂是早晚的事。

除了七爷爷，太爷爷的其余六个儿子早年就被打发到了全国各地，各人有各人的地盘和营生，既相互关联，又相互独立，分家是很简单的事情，各房按照各房的地盘与营生独立门户。

眨眼之间，一个辛家分成了七个辛家。分完家，各房散去，回到各自的地盘，而这时，新的问题又来了。

这个问题就是我。

第十四章
情不知所起，一往而深

爷爷要带我回沧州，七爷爷要将我留在京城，白术要带我走。

爷爷说，我是长房的孙女，自然应该跟着长房走。

七爷爷说，我自幼在京中长大，太爷爷的埋骨之地就在京郊，我应该留在京城，一来是已经熟悉了这里的生活，二来，可以经常去拜祭太爷爷。

白术说太爷爷临终前将我托付给他，他有义务保护我，有权利带我走。

"白少将军，你该不会是以为先父将辛甘许给你了吧？"爷爷嗤笑，声音森冷而不屑。

白术冷着脸，眼中没有分毫善意："难道不是吗？"

七爷爷接口，语声同样不屑："先父的确托付你保护辛甘，可是托付与许配是两码事。"

白术的神色越发冷了，眸光渐渐染上阴狠。

我看着他们争执，不知道事情怎么突然演变成这样了，我以为不论我跟谁走，好像并没有太大差别。

白术一把拉住我的手，寒声道："辛甘，我们走！"

我怔了怔，没动弹，他无可奈何又气急败坏地瞪我一眼，低声咒道："傻丫头！你的脑子呢？"

我愕然，为什么突然骂我？

六十六叔及时上前解围，握住白术的手腕，轻轻一捏，白术就不由自主地松了手，六十六叔拉过我，柔声道："辛甘，你想去哪里就去哪里。"

七爷爷突然骂了一句："蠢货！"

我越发惊愕，不知他这一声"蠢货"是骂六十六叔还是骂我。

争执不下，六十六叔索性先送我回房。路上，我不解地问："六十六叔，为什么他们那么在意我的去处？"

"都是素日宠爱你的人，自然希望能将你留在身边。"六十六叔摸摸我的后脑勺，歉疚地说，"蓉儿自付家出事以来，一直缠绵病榻，我心力交瘁，没能照顾好你，你莫要怨我。"

我摇摇头，握住六十六叔的手，温声宽慰："辛甘怎么会怨六十六叔？在这个家里，除了太爷爷，就属六十六叔待我最好，比爹娘都好！"

其实我常年不在爹娘膝下，与爹娘并不如何亲近，远不如和六十六叔这般朝夕相处，吃一锅饭，走一条路的感情来得深厚。

六十六叔强笑了笑，牢牢握着我的手："爷爷的遗命，你不必往心里去，那是交代白夫子的，不是交代你的。你若喜欢，那便是许配，你若不喜欢，那便只是托付，明白了吗？"

短短一个月来，出了这么多事，付家遭变，付恒远走，太爷爷去世，辛家分崩，我哪里有心思去想那些儿女情长！

六十六叔送我回房之后，宽慰了我好一阵子，等我睡着了才走。醒来之后，我去找六十六叔，想告诉他我想先留在京城住一阵子，让他明日陪我去给太爷爷上坟。

离六十六叔屋门老远，我就听见里面传来了怒斥声，是七爷爷在骂六十六叔。

我快步跑近，想去替六十六叔求情，可刚跑到离门还有一段距离的时候，我下意识停住了脚步。

"蠢货！我怎么生出你这种蠢货！"

"你当老大为什么会那么积极想要带走辛甘？你以为他真多喜欢这个孙女儿？"

"我告诉你！全辛家上下，除了老爷子，也就是你这个蠢货才会喜欢那个刁蛮霸道的丫头！为了她，你耽误了多少年华？老子像你这么大的时候，早就出去自立门户了！你看看你，除了守着一个丫头片子，就是守着婆娘，你可有一点点出息？可有一点点男子气概？"

我顿时从头发梢凉到脚后跟。

我从不知，在七爷爷眼里，我竟然如此不堪！

"哼！老大的心思，你以为我不知道？那丫头虽然咱们家没几个人真心待见她，但有的是待见她的人。太子、乐安王，最不济还有那个白术，哪一个都是有身份有地位的。"

我心里猛地惊了一惊，愣愣地站着，连躲藏身形都忘了。

"这些年来，太子明里暗里帮了我们多少？即便太子不出手，就凭着那丫头跟太子的关系，同行就不得不忌惮，这在无形中给咱们带来了多大的便利？如果能留下那丫头，太子必然是偏向咱们的！"

"可是辛家家规，男不入朝，女不入宫，此生不入帝王家，爹难道要违反家规吗？"

"家规？哼！家规算个屁？你敢保证老大不是想拿那丫头跟太子讨人情？那可是未来的皇帝啊！我也不指望那丫头能当皇后，随便当个娘娘，足够让咱们顺风顺水，高枕无忧了！"

"爹……你！你要将辛甘送给太子？"六十六叔的声音里满是震惊。

"哼！那丫头命好，一无是处，却从一生下来就受到百般宠爱，瞧着太子那样儿，三天两头往咱家跑，被那丫头迷得神魂颠倒，她大约还能过几年好日子。要是能为太子生个一男半女，一世荣华算是有着落了！"七爷爷的声音还是那么熟悉，可话里的算计却令我冷到骨子里。

六十六叔急了："不可以！爹！我们不可以这样做！辛甘不喜欢太子，她喜欢的人是付恒！"

"她喜欢？她喜欢什么就是什么？还以为是老爷子在的时候哇！"七爷爷鄙夷地冷笑，"老爷子不在了，她最听你的话，你去叫她留下来，她一准听，挑个好日子，把她给太子送去，太子会高兴的。"

话到最后，语气里已经满是得意了，仿佛我已经入了黎昭的怀抱，给七爷爷带来了无尽的利益。

"我不去！我也容不得任何人这么做！"六十六叔的声音里充满怒意，"与其让辛甘跟了太子，连个正妻都做不得，我宁愿让白术带走她！至少白术对她一心一意，不会委屈了她！"

"啪"的一声脆响，七爷爷气急败坏地咒骂："逆子！连你老子的话都敢不听了是吧？给我滚！去找那丫头，让她留下！"七爷爷应当是打了六十六叔一巴掌，并威胁道，"这些年你从未涉足商业，名下什么财产都没有，你只要说动她留下，我给你整个金麟城所有的产业！"

六十六叔没吭声。

"六十六郎，你可想清楚了！一面是唾手可得的财富，一面是清贫凄苦，端看你自己的选择了！"七爷爷阴森森地笑了，"你与你那娇弱的婆娘，若是离开家门，怕是日子不大好过吧！"

"爹，你！你要……"六十六叔的语气里满是不可置信。

"留不住那丫头，你就带着你媳妇滚蛋！"七爷爷的语气很决绝。

我捂着胸口，这会儿胸口已经感觉不到疼了。

我大口大口地喘气，扯高了嗓门大声叫道："六十六叔！六十六叔你在吗？"

我照旧是无比嚣张地踹开门，扒着门框大喘气，抬眼看见七爷爷，眯着眼睛笑了笑："七爷爷也在啊！我来找六十六叔，让他明天陪我去看看太爷爷，我还没去过呢！"

从我第一眼看见七爷爷，他脸上就堆满了和善的笑意，走过来摸了摸我的后脑勺，摇头笑叹："这丫头，都是大姑娘了，还这般没个稳重样儿。来日说了婆家，看你婆婆不拿家法处置你！"

我冲七爷爷一龇牙，扮了个鬼脸："才不要说婆家呢！七爷爷给我招个俊俏夫婿，我就留在家里称王称霸，才不要当泼出去的水呢！"

天知道我这一副天真无邪的笑脸有多么艰难，又有多么不容易！

如果不是知道黎昭的阴暗与狠毒，我想我大约学不会虚与委蛇。在太子爷面前都能不动声色，更何况是七爷爷？

七爷爷取笑我几句就走了，六十六叔连忙把我拉到一边，往门外看了看，一副欲言又止的样子。

六十六叔叹口气，问道："还是不喜欢白夫子吗？"

我心里一安，果然，六十六叔是永远不会害我的。

"喜欢，只是并没有嫁给他的打算。"我勾起嘴角，"太爷爷刚走，我不想谈论这些。"

六十六叔目光幽邃地看着我，许久，拉住我的手，说道："走吧！我带你出城打猎去。"

太爷爷刚走，打猎这种事情很明显是不能干的。我以为六十六叔只是想找个没人的地方交代我什么，于是乖乖地跟着他走了。

可我没想到，六十六叔真的带我打猎去了。他一直用悲悯、不舍与愧疚的眼神看着我，几次张了张嘴，想说什么，都咽下去了。

我心里咯噔一下，猛地一沉。

我死也不肯相信六十六叔会出卖我，拿我去换取荣华富贵，死也不信！

可是一直到家，六十六叔什么都没说。

他带着我逛遍了金麟城的珠宝玉器店、胭脂香粉店、珍奇古玩店，买了一大堆东西，都快将我的房间摆满了。

真心爱我的都走了，假意爱我的都算计我，我纵然再坚定不移地信任，到了这步田地，也都该动摇了。

我暗自猜测着，黎昭的轿子什么时候来抬我，真到了那一天，我该怎么办。

正出着神，六十六叔来了，他拉着我的手，在我对面坐下，看着我的眼睛，深深地问："辛甘，你信我吗？"

"信。"我迟疑了片刻，才说出这个字。

六十六叔展颜一笑："你信，就留下。"

我心里蓦地一凉，门窗关得严丝合缝的屋子里好像突然起了一阵风，阴冷阴冷的，吹得我好像随时能冻死似的。

我僵着脖子，点了点头："好，我留下。"

一句话似乎用尽了我所有的力气，我强扯出一个笑容，道："六十六叔，我最近太累了，今天就不出去玩了，想好好睡一觉。"

六十六叔温声笑笑，出去了。

我的眼泪汹涌而下。

也罢，如果真的要被人利用，那我宁愿选择被六十六叔利用，至少还能成全他，也算是报答他宠我十五年的恩情了！

正月十五晚上，六十六叔说带我出门赏花灯，我瞧见四个家丁抬着轿子，顿时心凉如冰。终究，在金麟城的产业和我之间，六十六叔选择了前者。

我强忍下眼泪，乖乖地坐在轿子里。

街上人山人海，轿子根本没法过，我们一出门就转进了小巷子，七拐八绕，正是朝着宫门的方向。

距离越来越近，心口越来越疼，刀剜针刺似的，我发誓，这辈子我都没这么疼过。

轿子停的时候，我看见一辆马车，漆黑的车身，漆黑的骏马，在浅淡如水的月华下显现着微微的轮廓。

"下来吧！"六十六叔挑开帘子，扶我下轿。

我就着六十六叔的手下了轿，六十六叔叹口气，扶着我朝马车走去。

我心里仿佛打翻了五味瓶，酸甜苦辣咸，混合在一起，形成一种疼到骨髓里的滋味。

驾车的是小泥鳅，小螃蟹从车厢里探出头来，焦急地唤了一声"小姐"。

我愕然望着六十六叔："你……"

"什么都别问，快走吧！能走多远就走多远，走了就再也不要回来了！"六十六叔将我推进马车，叮嘱道，"不要去沧州，也不要去投奔任何人，找一个没人知道的地方住下来。"

我的眼泪唰的一下滚滚而落，六十六叔毕竟是六十六叔，不论到了什么地步，他都不会出卖我。

六十六叔咬着牙，一字一顿地道："不要同任何人联系！包！括！我！"

我的心越来越沉，越来越重，仿佛灌了铅，被丢进水里，"咚"的一声就沉进了万丈深渊。

"辛甘，六十六叔无能，守护不了你。往后的日子，只能你自己走了！小泥鳅是孤儿，跟了我十多年，他绝对忠心，以后就让他保护你吧！"六十六叔眼里亮晶晶的，淡淡的月华，淡淡的泪光，他那一脸痛到极致的无奈深深地烙进我心底。

"六十六叔，你……你放我走，七爷爷那边……"我泣不成声。

六十六叔一怔，随即恍然："你都知道了？"

"我听到了。"我凄楚一笑，黯然道，"我以为自己三千宠爱在一身，谁承想到头来，真正一心一意待我好的，除了太爷爷，也就是六十六叔你了。"

"辛甘，你能信我，我很高兴。"六十六叔神情悲戚，摸了摸我的后脑勺。

六十六叔转脸冲小泥鳅说："你是小姐捡回来的，名字都是小姐取的，如今小姐落了难，是你报答小姐的时候了！以后不论发生什么事，你都要第一个站出来保护小姐，记住了吗？"

小泥鳅翻身跪在车辕上，重重地磕了三个响头："小泥鳅必定用自己的性命来保护小姐，只是小泥鳅不能再伺候少爷了，少爷多多保重啊！"

话了别，六十六叔将我塞进马车里，一松手，帘子落下，马车倏地动了，我听见六十六叔压低的嘶吼："辛甘！保重啊！"

我一把抱住小螃蟹，哭得肝肠寸断。

好在今夜是上元节，没有宵禁，城门通夜不关，我们顺利出了城门，没走多远，就见那一行老松树下停着三匹马。

我们下了马车，小泥鳅将三个不大不小的包袱系在其中一匹马的鞍子上，又取出两个包袱，他和小螃蟹一人一个背着。

"那是什么？"我皱眉，逃跑带一大堆行李，那不是加重负担吗？

"这三个是干粮衣物。"小螃蟹指了指马鞍上的三个包袱，又说，"奴婢身上背的，是前日少爷与小姐买回来的那些珠宝首饰，小泥鳅那儿是一些小的珍玩玉器。"

我眼睛一热，险些落泪。

原来六十六叔从一开始就打算偷偷送走我，怕我以后的日子过得太艰难，特意买了一大堆值钱的东西，竭尽全力给我的生活添一份保障。

"走吧！"我低声说道，"趁着天黑，快赶路吧！"

小泥鳅将马车掉了个头，冲着北方，抽出一把刀子，一刀捅进了马屁股，马一吃痛，撒开四蹄狂奔。

他又折了几根大松枝，绑在我们的马后面，三个人，三匹马，趁着夜色亡命奔逃。

天微微亮的时候，我们进了一片山谷。

东黎国多山，山区占了国土的三成，许多地方都是低矮平缓的山丘，一直走了七天才到了平原上。

这么走走停停，走了足足一个月，我们到了一个叫作平川的县城打尖的时候，听说十来天前，有官兵过来挨家挨户地搜查过，像是在找人。

我心一定，平川暂时安全了。

我决定就在平川落脚。

小泥鳅用随身携带的银票买了一幢三进的房子，带一个小小的花园，又雇了几个奴仆。

我给小螃蟹和小泥鳅都改了名字，分别叫作秋水、长天，而我自己也不再叫辛甘了，如今，我叫舒离，疏离一切前尘。

我想，我的人生，大概就是这样了，在平川这个默默无闻的小城，做一个默默无闻的人。

日子平淡如水，短暂而又漫长。

三年的时光倏忽而过，那些光鲜娇宠，仿佛就在昨天，却又遥远得仿佛是上辈子的事情，一张张脸，都恍惚间有些记不真切了。

秋水嫁给了长天，第二年就生了一个白白胖胖的小女娃，我给她起名叫安然，长天是孤儿，没有姓，安然便从了我，姓舒。

我长日无聊，常常抱着安然逗弄，这天午后，我抱着安然看院子里的梅花，她突然冲着我笑，咧着一嘴没长全的牙，软软地叫："娘！娘！"

我潸然泪下。

这才忆起，我似乎已经十八岁了，如果没有那场变故，现在我怀里抱着的，大约是我自己的孩子吧！

寂寞汹涌而来，余生好像突然晦暗无光，活着，似乎没那么重要了，完全看不到希望，只是单纯地为了活着而活着。

秋水挎着针线篮子走进来，远远地笑了："小姐又抱着安然赏花了，这孩子，如今越发喜欢花花草草了呢！连兜肚上都要绣满花草，否则她就不肯穿。"

我失声笑了，才刚满一岁的孩子，都知道挑剔了呢！

安然挥舞着胖乎乎的小手，不停地叫"娘"。秋水接过她，抱着亲了亲，抬起脸时，神色复杂。

"太子登基了，就在昨日，如今年号已经改作庆和元年了。"

我淡淡地垂眸，微微一笑，早知黎昭雄才大略，隐而不发，他会有出息的。

夜里，突然做了一个奇怪的梦，好像又回到了金麟，回到了辛家，回到了要风得风要雨得雨的时候。

醒来时，看着睡在我怀里流着口水的安然，我心里突然就平静了。

这孩子跟我亲得很，自己爹娘不要，就要我。自她断奶以后，都是跟着我睡，起初秋水还担心，夜夜来守着，后来见孩子睡得安稳，也就不守了。

我摸着孩子的小脸，突然就笑了，这孩子虽然不是我生的，可也算是我一手带大的，名字是我取的，从的也是我的姓，跟自己的孩子有什么差别？

安然不知是做了噩梦还是怎的，突然挥舞着小手，"哇"的一声哭了起来，我连忙抱起她，轻拍柔哄。

门外突然传来杂沓的脚步声，一个陌生的声音沉稳地说："围起来！一只苍蝇都不许放走！"

很快，门被从外头踹开，重重地砸在地上，火把的光透进来，一个穿着盔甲的人大步走进房里。

银白的盔甲，在火光下闪着森寒的光。

我心里一阵惊悸，是谁？

安然的哭声越发尖锐，我顾不得来人，连忙低下头吻了吻娃娃粉嫩的小脸，柔声道："安然不哭，娘在，娘在，乖乖不哭。"

我一下一下轻拍着安然，小家伙在我胸前很快就平静下来了，咿咿呀呀地叫了两声，抓着我的小手指又睡了过去。

我轻柔地将安然放回床上，抬头去看那个破门而入的人。来人在床前站定，微微垂着头，他的脸隐在夜色里，整个人散发着沉沉的怒气。

我苦笑了笑："三年了，还是被你们找到了。"

手臂一紧，那人突然将我拽了起来，狠狠地揉进怀中，低头一吻，强势霸道，盈满怒气。

是谁？

黎昭昨天才登基，不可能亲自来找我，难道是白术？

我惊愕地抬头，太近的距离下，我只能感受到盔甲的冷硬，却看不清那人的面目。

狂烈的吻如疾风骤雨，铺天盖地而来，我就如海上的一叶孤舟，浮沉无主。我用力推拒，那人却死命地搂着，仿佛要将我隔着盔甲揉进血肉中。

刚刚入睡的安然仿佛感应到了我的无助，再次啼哭起来。我一急，狠狠一口咬住在我口中肆虐的舌，顿时，血腥气弥漫在整个口腔。

那一吻仍旧没松，那人越发狂烈，仿佛要抽空我所有的空气，等到他终于肯放开我的时候，我脑子都晕了，怔了怔，才能抱起安然。

"你的孩子？"声音冷硬，压抑着暴怒。

我脑子里一蒙，这是……

"怎么？不认得我了吗？"冷笑声逼近，那人一把夺过我怀里的安然，单手抱着，凝目看了许久，才冷声道，"眉眼五官没一处像你的，你是跟了个什么样的丑鬼，才会生出这样丑的崽子？"

"阮郎归，你……"我捂了捂心口，"是你？"

高大的身影似乎猛地一僵，默了默，满含讽刺："我以为，你真的记不得我了。"

"把孩子给我。"我张开双手，"你那样抱，她会不舒服的。"

安然踢蹬着腿脚，哭得嗓子都哑了。我心里撕扯着疼，急切地起身，想要夺回孩子。

阮郎归一把将孩子举高，冷笑道："你不肯嫁给我，却跑到这么一个鸟不拉屎的地方嫁了个丑鬼，还生了个孽种！辛甘，你行啊！"

我皱眉，声音冷了下来："阮郎归，你别乱来！这孩子不是我的，是秋水和长天的！"

阮郎归冷哼一声，没作声。

"小螃蟹和小泥鳅，想必你还记得吧！这是他们的女儿。"我捏了捏眉心，"快把孩子给我，你那么粗鲁，别伤着她。"

"当真不是你的孩子？"阮郎归的声音蓦地急切起来，小心翼翼的，满含期待。

我无奈，没好气道："你自己都说这孩子眉眼五官没一处像我的，我的孩子怎么可能一点都不像我！"

阮郎归仍旧没将安然还给我，摸索着点亮了屏风边上的烛台。屋子里渐渐亮起来，阮郎归的脸越来越清晰。

三年未见，他的容貌并没有太大的变化，线条仍旧是那么硬朗，五官仍旧是那么深邃，只是皮肤黑了些，粗了些，浑身上下，多了一股沉稳冷静的气质。

三年的时光，边地的风沙，将一个年少气盛的大孩子打磨成了一个真正的男人。

阮郎归默默地看着我，看了许久，长叹一声："辛甘，你变了。"

我仍旧张着双手，平静地看着他："把孩子给我。"

阮郎归将安然放回我手里，眼睛里突然闪起了莹莹的光："我以为，我再也见不到你了！"

银光闪闪的盔甲，衬得他越发冷硬，就如戈壁滩上巨大的石头，经历了无数风吹雨打，却仍旧是岿然不动的。

可他这一句话，却含着满满的委屈，好像丢失了心爱的玩具的孩子，在历经千辛万苦终于找回之时，扁着嘴含着泪花，道一声"太好了"。

安然一回到我怀里，我刚刚轻拍了几下，小家伙就不哭不闹了，瞪着溜圆的眼睛，眼珠子四下里乱转。

我看着阮郎归，心里突然空了，不知该做何感想。

起初，我也曾想象过会有人找到我，如果是黎昭，会怎样？如果是白术，会怎样？可我从没想过，如果来的人是阮郎归，又会怎样？

从阮郎归负气离去的那一刻起，我就将他彻底划出了身边人的范畴。我以为，我跟他再也不会相见了，即便大街上偶遇，兴许擦肩而过的时候，连个招呼都不会打。

秋水和长天的声音在门外响起，秋水尖叫着想要闯进来，却被那个陌生的声音喝止了。

"让他们进来。"阮郎归发话，目光却仍旧胶着在我脸上。

秋水长天衣衫不整、发髻凌乱，显然是在毫无防备的情况下被惊醒，担心我和孩子的安全，不顾一切地赶了来。

"把安然带出去。"我将孩子递给秋水，"出去吧！"

"王爷？"长天认出了阮郎归，脸上写满了防备，"王爷黄夜来此，有何贵干？"

"长天，出去吧！"我拦了一把，"我没事，你们放心。"

打发他们出去之后，屋子里只剩下了我和阮郎归。

三年未见，我不知该说些什么，他好像也不知该如何打开话匣子，一时间，两人都沉默了。

许久，我打破了沉寂："你好吗？"

阮郎归摇头，深深地看着我："不好，一点也不好。"

我淡淡一笑，靠坐在床头，十指交握，恍惚间有隔世之感。

阮郎归坐在床沿上，将我往被窝里摁了摁，拉高了被子，一直给我盖到下巴上："夜里冷，你躺着，别冻着。"

"南疆告急，我爹快马传信要我回去。我正与你堵着气，就没去告别。不料，我刚到南疆，辛老太爷就出了事。可南疆战事吃紧，我抽不开身，等到局势稳定下来，我回金麟去找你，却发现你已经走了。"阮郎归轻轻抚摸我的脸颊，粗粝的手掌划过细嫩的肌肤，带来一阵痒疼的触感。

就如他的话一般。

"我找了你三年，整整三年。"阮郎归的目光有些迷离，似乎陷入了遥远的回忆，"我到金麟的时候，是正月二十八，今日，是二月初一。"

"太子也在找你，哦！不对，如今该说是皇上了。他找了你大半年，派出了一拨又一拨人手，京城方圆五百里都搜遍了，后来先皇看他实在不像话，做主给他娶了太子妃。"

我静静地听着，没插话。

"昨日新皇登基，太子妃册封为欣贵妃，后位空缺着。"阮郎归深深地看着我，苦涩地笑了笑，"白术也一直在找你，直到北疆告急，他才不得不回到战场上。"

听着那些曾经很亲近的人的消息，我心里却一丝波澜都没起，太遥远了，仿佛上辈子一般。

"辛甘，你真狠！"阮郎归幽邃的眸中染上一层哀切的凄凉，"你一走了之，却让那么多人为你牵肠挂肚！"

我淡淡一笑，我如果不走，现在必然已经是黎昭后宫中的一员，或许顶不住深宫内院的腥风血雨，早就一命呜呼了。

我没打算解释，只是淡淡地看着他，平静地说："阮……王爷，你找我，

194

有事吗？"

阮郎归浑身一震，眼瞳倏地放大了，不可置信地看着我，颤声道："你……我找你三年，你居然问我找你有事吗？"

"找了三年，想来是有事了。"我不以为意，淡声道，"我如今比不得当初了，不论王爷是有事相托，还是单纯地想要报复那时的仇怨，我都受不起了。"

阮郎归垂在身侧的手狠狠地握成拳，目眦欲裂，咬牙切齿："如今你还装傻吗？"

我看着他，依然很平静，三年清闲寂寞的日子过去，我的性子早已不似当初那般张扬。

"我想，王爷找我的目的，大约与白术和皇上一样吧！"我低低一笑，缓口气，接道，"王爷带着大队人马过来，不但你找到了我，只怕用不了几天，皇上与白术也会找到我。"

阮郎归死死地盯着我，冷声道："那又如何？"

"不如何，只是不想再与从前的人事扯上关系罢了！"我叹口气，十分落寞，"我的平静得来不易，王爷就不能高抬贵手吗？"

阮郎归倾身过来，沉沉问道："为什么要一声不响地离去？"

没等我回答，他又接着说道："起初我以为你去找了付恒，可是我找到付恒，却没找到你，才知道你是想要躲开所有人。为什么？到底发生了什么事？"

"辛家已经不再是以前的辛家了。"我苦笑了笑，"没有太爷爷的庇护，你以为，辛家还有我的立足之地？"

"什么？你是被赶出来的？"阮郎归蓦地拔高了音调，眉眼间怒意凛然，狠狠一拳砸在床栏上。

我摇摇头，笑得既自嘲又凄凉："他们打算将我送给太子，以此来为自家谋福利。轿子快到宫门口的时候，六十六叔悄悄放走了我。"

阮郎归哑口无言。

我抬眼看他，无奈地说："如果不逃，我现在怀里抱着的，应当是当今皇上的孩子，本朝的公主或是皇子。"

阮郎归眉眼间的怒色越发凛冽，无比震惊地问道："可辛家的每一个人，不都当你是掌上明珠一般宠着？他们怎么可能拿你送人？"

"太爷爷宠我，我就是掌上明珠。太爷爷一去，谁还真会捧着我？放眼整个辛家，真正待我好的，也就只剩下六十六叔了。"

如今说起这些话，心里已经不疼了，时间果然是抚平伤口的良药。

"怪不得皇上一直不放弃找你！昨日新皇登基，却出乎意料地没有立太子妃为后，那后位定然是给你留着的！"阮郎归咬牙一笑，森冷道，"他倒是长情！"

我心里猛地一惊，连阮郎归都这样说，那以后的日子算是一天平静都没了。

"你……你带了多少人来？"我颤声问道，"能瞒得住吗？"

阮郎归强笑了笑，安慰道："我是接到先皇驾崩，宣我回朝的诏书才回来的，从南疆战场上回来，带着亲兵本就是合乎律法的。傍晚的时候我就安排人在城里住店，夜间行动，没有惊扰任何人，消息不会传出去的。"

我舒了一口气，不论如何，还有挽回的余地。阮郎归奉旨还朝，他不敢耽搁，只要他一走，我立刻搬家，搬得远远的，让他找不着也就是了。

阮郎归忽地握住我的肩膀，像是猜透了我的内心，冷冷一笑："不论你是为了什么消失三年，辛甘，我既然找到你了，就不会容许你再次消失！"

"你要将我带进旋涡？"我勾起嘴角，嘲讽地说，"我想，你大约不知道吧！太爷爷临终前，将我托付给了白术。"

阮郎归眉目一缩，容色越发沉了。

"黎昭是皇上，万乘之尊，白术有我太爷爷的遗命，而你什么都不是，也什么都没有。如果我真的躲不过被他们发现的命运，那么……"我深吸一口气，看着阮郎归的眼睛，沉沉地说，"王爷，你就是在为他人作嫁衣裳。"

阮郎归握着我肩膀的手猛地一紧，却没捏痛我，他抓了满手的缎被，怒气深深，寒意沉沉，目不转睛地盯着我。

"我如今已经不叫辛甘了，我给自己起了一个新的名字，舒离，舒服的舒，离开的离。"我垂眸，黯然道，"王爷文韬武略，想来是明白的。"

阮郎归默默地收回了手，许久才沉声道："辛甘，我会拼尽全力保护你的！相信我！"

"最好的保护，就是当作今晚什么事都没发生。你没有找到我，以后也不再找我。"我坐起身，拥着被子，下巴搁在膝盖上，盯着阮郎归投在床上的暗影，"王爷，除此之外，你没有任何保护我的方法。"

阮郎归默了默，神色变换了好几次，眼神明了暗，暗了明。最后，他长长地舒了一口气，道："没错，最好的保护，就是当作什么事都没发生过。"

我心里一松，只要他不为难我，什么都好办。

"可是辛甘，"阮郎归突然一把抓住我的手，咬着牙狂躁地说，"我找你三年，日思夜想，好不容易找到，你叫我如何当作什么事都没发生过？"

我垂眸，目光落在他粗粝黝黑的大手上，淡淡地说："强扭的瓜不甜，王爷又何苦强人所难？"

阮郎归定定地看了我好一会儿，才沉沉地说："辛甘，你真的变了。你如今比以往冷静得多、平和得多。"他缓了一口气，接道，"若在以往，你早就大耳巴子往我脸上招呼了。"

"此一时，彼一时。"我不以为意，经过那么惨痛的波折，不冷静、不平和，那我还怎么活下去？

阮郎归紧紧地握着我的手，振臂一拉，我不由自主地往前一跌，正跌进他怀里。他抱着我，松松垮垮的，却没给我留半分挣扎的余地。

"辛甘，这三年里，我无数次地想，如果当初我没有走，是不是一切都会不一样？如果我找到你，又会如何？"他将我的脑袋摁进他怀里，下巴抵着我的头顶，闷闷地说，"我不知道！我只知道，如果能够再见到你，我说什么都要缠着你，不论你喜欢也好，不喜欢也罢，我都要缠着你。

"旁人我管不着，我姓阮的爱上一个人，就一定不会放手！你爱我最好，你要是不爱我，我就把你拴在身边，慢慢跟你耗。余生几十年，我跟你耗到底！这辈子耗不出个所以然来，下辈子接着耗！

"辛甘，我不想再牵挂一个三年，再寻找一个三年了！这一次，我说什么都不会让你在我的世界里消失！"

阮郎归始终抱着我，维持着一个姿势，语气一会儿笃定，一会儿温柔，一会儿又如起誓一般发了狠。

我静静地等到他说完，淡淡地问了一句："如此说来，王爷是打算带我进京了？"

阮郎归身子一紧，覆在我后背上的手缓缓握了起来，许久，又松开了，略微无力的声音传来："那太冒险，在京城，我根本没有护住你的能力。"

我心里稍稍一安，只要他不带我走，我总能找到机会脱身。

"我奉旨回京，耽误不得，带你进京实在是太过冒险。辛甘，我留下人手保护你，你乖乖在这儿待着，等我回来，我就带你去南疆，如何？"

"好。"我点头，"只要不带我进京，不招来皇上或者白术，什么都好。"

阮郎归眉头一皱，神色间流露出一抹怀疑："这么听话？倒不像你了！"

"从前要风得风，要雨得雨的辛家千金已经死了。我是舒离，一个没钱没势，一无所有的平民百姓。"我无奈地笑笑，落寞地垂眸，"王爷，不早了，你走吧！否则惊动了四邻八舍，我的日子又要不好过了。"

阮郎归依依不舍地看着我，全神贯注地看了许久，抬手托起我的下巴，俯身过来，我下意识往后一撤，躲开了。

"辛甘，你叫我如何信你？"阮郎归讽刺地看着我，"怕是我前脚还没出城，你后脚就跑了吧！"

我的小心思被戳穿，脸上顿时有些烧，但我却只能死鸭子嘴硬地说："男女有别，王爷请自重。"

阮郎归默默地看着我，许久，狠狠一咬牙，道："快则一月，慢则两月，我必定回来接你。辛甘，等着我！"

我没吭声，只是淡笑着看着他，轻轻挥了挥手。

阮郎归定定地看了我许久，直到门外传来了轻叩声，他才决然回头，大步离去。

他一走，秋水和长天立即冲了进来。秋水连声问道："小姐，怎么办？这个地方不安全了！"

我用正常的语气说："无妨，王爷答应不暴露我的行踪，我信他。"

"可是小姐，王爷既然找到了这里，绝对不会就这么走的，他一定会回来的！"长天沉声道，"小姐愿意吗？"

我沉默片刻，才低低道："寂寞了三年，够了，我一个弱女子，终归是要将终身托付了的。"

窗户上映着一条长影，是阮郎归留下的人。

次日早膳的时候，长天告诉我，阮郎归留下了十人把守这里，现在他们都换上了奴仆的衣裳，分别把守着我这个院子。

我暗暗好笑，如今的我，身边只有一个会些功夫的长天，如何需要十人把守？阮郎归还真是看得起我！

一连七天，我都没出过院子，素日里只是抱着安然晒晒太阳，拿一卷书，念里头的诗词歌赋给安然听。

说来也怪，从前我是死也不肯好好念书的，这三年来，居然主动看了不少书。

"小姐，你如今越发像个才女了。"秋水捂着嘴直笑，手边的竹篮里放着一顶做了一半的虎头帽子。

"天越发暖起来了，再过几日，倒可以放风筝了。"我笑笑，心里还是有些苦，"真的好怀念大院子里的花圃啊，白夫子种的花草真好看！可惜……"

"小姐想看，秋水就去种，明年春天，咱们院子里也会开满好看的花草。"秋水连忙抱过安然，柔声安慰我。

是夜，月黑风高，四下寂寥。

长天驾着马车，我和秋水抱着孩子坐在车厢里，趁着夜色离去。

"小姐，又要你受奔波劳碌之苦了！"长天叹口气，满满的都是懊恼，"我下的药很猛，他们至少要睡上三天三夜。好在这一次没有追兵，倒也不必如上次那般提心吊胆了。"

我们往东南方向去，在一个叫作锦绣城的大城市落脚，这地方我也不知道是哪位爷爷在打理，街上有很多打着"辛"字旗的店铺。

我们在城里不大起眼的地方盘了一幢半新的二层小楼，两进房屋中间横了个小跨院，种了很多花草，这时节花开正好，日子再次安静下来。

阮郎归的到来，使我回忆起了少年时光，那些无忧无虑、张扬恣肆，此刻想来，实在是太天真、太遥远了。

安然已经开始学走路了，这几日能抓着我的手走上几步，秋水又有喜了，一切都是那么美满。

五月末的一天，石榴花开得如火如荼，傍晚时分，下了一场大暴雨，连日来的燥热被一扫而空。

我坐在廊下，看着雨后格外清新明艳的红花。安然扶着一张小板凳作为支撑，蹒跚地走到树下，咿咿呀呀地叫着捡零落的花瓣。我眯着眼睛看着她，渐渐觉得有些累，便闭了闭眼，揉了揉额角。

猛然觉得空气里起了一丝波动，有一种令人心悸的气息混了进来。我惊惶地睁开眼，就见阮郎归黑着脸站在我面前，他的身影被浅淡的夕阳余晖投在我身上，并不如何暗沉，我却没来由慌了。

"你果然跑了！"阮郎归咬牙切齿，怒意凛然。

我缩了缩身子，怯怯地看他一眼，没敢吭声。

"没想到我会这么快找到你吧？"阮郎归冷笑，满含嘲讽，"辛甘，你逃不出我手掌心的！你就死了这条心吧！"

我默了默，不禁有些疑惑，他怎么那么快就找到我了？

"在你家对面的客栈里，我留了两个人，我多么希望那两个人派不上用场！"阮郎归满眼失望，"辛甘，你又一次不告而别！"

我哑口无言，到底是比不过男人家的心思！他防着我，却让我自以为是计策得逞，沾沾自喜，殊不知我的一举一动，他根本了如指掌！

三年前那种无力感再次漫上心头，我强笑了笑："王爷不愧是王爷，小女子佩服。"

"鬼要你服！"阮郎归突然暴怒起来，一把提起我，狠狠摁进怀里，"我知道你逃跑的时候，恨不得插上翅膀飞回来，将你抓回来，打断你两条腿，看你还怎么逃跑！"

我心口一紧，有些慌神，低着头，飞快地琢磨该如何消解阮郎归的怒气。不料阮郎归并没有给我机会，而是强势地抬起我的下巴，用他的惯用招数对我施以惩罚。

一吻冗长，缠绵却又令人心里生疼生疼的。

"这一次，你别再想逃跑！"阮郎归牢牢地摁着我的后脑勺，容不得我退避，"辛甘，我心里疼，很疼很疼。"

他拉着我的手，覆在他心口上："你大约感受不到吧！自始至终，你从没将我放在心上过。"

"既知如此，你这又是何苦？"我勾唇轻笑，不胜凉薄，"为我，值吗？"

阮郎归凝视我许久，才轻轻吐出两个字："不值。"

我讽刺地笑笑，正要开口，他突然伸出一根食指，抵在我嘴唇上，声音突然无比低沉柔和："可是我忍不住！纵然你不爱我，纵然你对我这么狠，可是辛甘，我忍不住！我做不到不爱你，不想你。"

"南疆有一种花，叫作罂粟，很美。它的果实会让人上瘾，一旦离开，就会生不如死。"阮郎归长叹一声，垂首在我额上轻轻触了触，"你就是我的罂粟。"

我失声轻笑："我不知道什么是罂粟，更不想体会生不如死的感觉，我只想过安安静静的日子。"

我抬起头看着他，他的脸色灰蒙蒙的，眼睛里布满血丝，眼圈下有两团大大的青黑，胡茬儿冒得老长，衣衫脏兮兮的，落拓得像个流浪汉。

"可是王爷，你给不了。"我摇头轻叹，遗憾地说，"若是你能许我安静平淡的生活，我不介意跟你走。只可惜你是王爷，你注定了不平凡。但凡是不平凡的，都不平静。"

阮郎归眉头一皱，好气又好笑地说："如此说来，你嫌弃我居然只是因为我是王爷？你这是歧视皇亲贵族啊！"

我被他半真半假的神情逗笑了，推开他，坐回藤椅上，缓声道："身为王爷，你有太多身不由己，婚事，战事，家国事……而我只想平平淡淡、安安稳稳地过完余生，若是有人陪我细水长流最好，若是没有，我也安于现状。"

阮郎归眼前一亮，问道："那如果我不是王爷，你是不是就肯跟我在一起了？"

我心口猛地一阵悸动，脑中瞬间浮现三年前他对我说待我不负初心的画面。

三年前，金殿上他抗旨拒婚，三年后，他甘愿为我抛弃王爷尊位，舍弃荣华富贵。说不感动那是假的，可即便再如何感动，我也不能忽略现实。

"你如今贵为王爷，尚且未必能护我周全，一旦不再是王爷了，岂不是更无能为力？"我笑笑，残忍地看着他，"更何况，你如何不当这个王爷？"

阮郎归垂眸想了想："那我自请守疆十年，皇上会允许的。你跟我回南疆，我总归能保护得了你。"

"跟你回南疆，以什么身份？"我蓦地笑了，目光锐利地看着他，"正妻是不可能了，侍妾？外室？"

阮郎归突然怒了，眉目一冷，厉声道："不许你这样说自己！"

我嘲讽地笑笑："你是王爷，王妃不是轻易能立的，多半会是皇上赐婚。而我明显是不能让皇上知道的，甚至不能让任何人知道，你要我如何跟你？"

阮郎归皱眉沉思许久，霍然抬头，语气坚定："辛甘，我阮郎归倘若今生有幸娶妻，那定然是娶你。若是娶不了你，我宁可终身不娶！"

好感人啊！

我冷笑，看向他的目光越发冷了："所以，你是要我没名没分地跟着你？我如今纵然落魄了，也万万不会如此作践自己！"

阮郎归急切地握住我的手，脑门子都冒汗了："辛甘，我不是这个意思！你放心，我一天不能给你名分，就一天不会对你做逾矩的事情！若是能光明正大地结为夫妻，固然十全十美；倘若当真命里没这个福分，我安于守着你，护着你。我只想好好爱你，好好护你，许你一世安好无忧！"

我的眼睛顿时热了，他对我竟深情至此！

我垂眸缓了缓，憋回去满腹翻涌的激浪，回握住他的手："好，我跟你走。"

阮郎归一怔，忽而惊喜地问道："当真？"

"我若是说假的，你就会不带我走了吗？"我故作恼怒，横了他一眼。

阮郎归捧着我的脸颊，一本正经地说："不论你肯不肯，我都是要带你走的！"

我失声轻笑，这家伙还是一如既往的霸道。

还没感慨完，身子突然一轻，阮郎归一把将我捞进怀里，抱着我转了好几个圈。我下意识搂住他的脖子，"呀"的惊叫一声，他突然低头，堵住了我的嘴。

许久，他才放我下来，我头脑昏沉，双腿发软，一落地就栽了下去。他大笑着将我收入怀中，打了个呼哨。

院子里突然多了好几条粗衣打扮、仆人模样的身影，齐齐单膝跪地，静待命令。

"收拾收拾，走！"

眨眼间，一辆马车驶进小院。阮郎归将我往肩膀上一甩，扛麻袋似的，撩开车帘将我塞了进去，他自己也跟着爬了进来。

车轮的吱呀声惊回我的思绪，我呆呆地问："这就走吗？"

"不走还留着吃晚饭啊？"阮郎归低笑一声，捏了捏我的鼻子。

"那……秋水他们……"我还有些回不过神来。

"你若喜欢，就带着，若是不喜欢，就随他们去吧！"阮郎归看着我的目光里柔情似水。

黎昭新帝登基，边地必然不稳，南疆短时间内很难平静。秋水怀着身孕，还带着孩子，还是让他们留下吧！

我心里虽然十分不舍，却还是强笑着说："这里很安静，很适合生活，就让他们留在这儿吧！"

"小姐！小姐！你去哪儿，我们就去哪儿！不要丢下我们！"

马车蓦地停住了，一只手撩开帘子，下一刻，安然被塞了进来。小家伙咿咿呀呀地叫着，直往我怀里扑过来。

我抱起安然一看，就见秋水一只手掐腰，另一只手挑着帘子，半个身子都探进来了，长天肩膀上挎着两个包袱。

"一瞧见王爷，我就知道小姐必然要跟王爷走了，我们立即去收拾了行李。"秋水狡黠一笑，十分得意，"王爷待小姐始终如一，小姐跟王爷走，我们也就安心了！"

阮郎归脸一红，尴尬地一挥手："要走就快点，别耽误时间，滚后边去！"他一把揪起安然的后领，拎小鸡似的将她提了起来，塞进了秋水怀中，板着脸道，"自己的崽子自己带，我媳妇儿是给你们带崽子的人吗？"

我的脸唰的一下热了起来，又羞又恼，横他一眼："谁是你媳妇儿！"

阮郎归握住我的手，覆在自己胸口上，郑重地说："辛甘，不论有没有名分，在我心里，你就是我媳妇儿，唯一的媳妇儿！"

我的脸越发热了，低着头不敢看他，却听那厮贱兮兮地说："既然你那么喜欢小崽子，我可得赶紧想法子让你嫁给我，好名正言顺地生个小崽子来玩玩！"

第十五章

陪你浪迹天涯，四海为家

七月的南疆，闷沉沉的，如同一个大蒸笼，空气里弥漫着黏腻得令人发狂的湿气。

边地的王府与京中相比，条件差得太多太远，屋宇虽说宽松，装饰却很简陋，桌椅器物都是最简洁的木料，没有繁复的雕花和缤纷的色彩。

阮郎归牵着我的手，站在庭院里的苍松下，指着一间窗户上糊着大朵大朵鲜艳窗花的屋子，笑道："这间屋子已经精心装饰过了，你看看喜欢吗？"

我没上前查看，淡淡地点了点头："喜欢。"

阮郎归似乎对我的敷衍态度很不满，脸一板，不由分说地拉着我推门进去。我扫了一眼，发现屋子里的装饰虽说算不得华丽，倒也过得去了。

"很好，比我先前住的屋子还好。"我笑着走进里间，往床上一坐，伸手压了压床铺，抬起脸笑看着他，"床很软，今夜可以睡个好觉了！"

阮郎归见我笑，似乎有些出神，歇了片刻，他才缓缓走过来，一只手扶在我肩膀上，叹口气，满眼怜惜："苦了你了！"

我连忙截住话头："不苦，这没什么。"

阮郎归歉然道："连日奔波，你定然累得紧，先好生睡上一觉，晚间我再来陪你。"

我心知他定然是要去见宁国侯，想了想，问道："侯爷知道你带我一起回来了吗？"

阮郎归温温一笑："老头子年岁大了，盼孙子盼得眼睛都绿了！要是让他知道我带回来个大姑娘，非让咱俩今晚就拜堂成亲不可。你既然不肯嫁给我，还是别让他知道的好。"

我脸一热，羞涩地垂下头，暗暗拿白眼翻他。阮郎归突然正经起来，摸了摸我的后脑勺，道："辛甘，军中素来无女子，为了方便，你以后只能穿男装了。"

阮郎归走后，我便歇下了。南方湿热，躺在藤席上，没一会儿就是一身汗，黏腻腻的很不舒服。

我不知道阮郎归将秋水长天夫妇安排到哪儿去了，如今服侍我的是王府里的丫鬟剑竹，长着一双很机灵的大眼睛，看模样也就十五六岁。

"要不奴婢往地上洒些水吧，兴许能凉爽些。"剑竹上前，语气很恭敬。

我摆摆手："不必了，洒了水越发潮湿，我身上有些痒，大约是起疹子了。"

"那奴婢去取些草药来熬了汁水，兑在浴汤里，小姐泡泡身子，就不会起疹子了。"剑竹轻叹了口气，"边地艰难，小姐，您受苦了！"

"下去吧，我想一个人静静。"我懒懒地躺下，实在提不起精神。

剑竹应声，退着走了两步，又道："那奴婢去给小姐熬一碗百合绿豆汤来，兴许能消消暑气。"

一道颇有威仪的声音横插进来："边地艰苦，比不得京中繁华，百合绿豆等常见之物，在军中亦是难得，无功无绩，岂能消受？"

我寻着声音抬头看去，只见一名白衣劲装女子昂首阔步地走来。她五十岁上下的年纪，未施脂粉，不戴钗环，五官周正，眉眼间英气勃发。

这女子一看就不是寻常人，那一身装扮气度，倒有些书里说的女英雄模样，在王府里随意出入，说话又那般不客气，难道是阮郎归的母亲？

"小女子舒离，拜见夫人。"我屈身下拜，温顺地行礼问安。

三年时光，说长不长，说短不短，却足够改变一个人了。我所有的锋芒，所有的棱角，所有的不可一世，都随着太爷爷的去世烟消云散。那些纵横金麟无所顾忌的时光，早就一去不复返了。

"舒离？"女人上下扫了我一眼，颇为不屑地笑了笑，大马金刀地在桌边坐下，环视一圈屋子里的布置，轻轻扯了扯嘴角，既不屑又笃定，"据我所知，天底下可没哪个舒离有本事让将离三年魂牵梦绕，一刻不停寻找。"

将离？阮郎归的字吗？将离，所以盼郎归？

阮夫人唇畔挂着一丝了然而又轻鄙的笑："将离修建王府，精心装饰屋子，却空置三年不许任何人进入。你若当真是舒离，必然是没资格踏进乐安王府的。"

我惊了惊，这屋子是三年前就装饰好了，等着我来住的吗？

"我一直在想，什么样倾国倾城的绝色佳人，能把将离迷得神魂颠倒，连皇上赐婚都敢抗旨，宁可下天牢也舍不得委屈佳人。今日一见……"阮夫人似笑非笑地盯着我，淡声道，"不过尔尔。"

我低低一笑："夫人女中豪杰，小女子卑微如尘，不敢乞求夫人垂怜。"我低低一笑，没反驳。

阮夫人越发不屑了，打鼻孔里冷哼了一声。

阮夫人冷冷地盯着我，目光森寒，满眼不屑："将离糊涂，我这个做娘的可不糊涂，乐安王这根高枝可不是什么鸟都能飞上去的！你若是识相，就自己走，我也不来为难你。若是没有盘缠，我可以给你一百两银子，足够你寻个安静的地方讨生活了。"

是啊，我算个什么鸟？没钱没势没才没德，凭什么攀上乐安王这根高枝？

可是我再如何卑微低贱，也绝不会容许自己送上门被人践踏！有些东西是刻进骨子里的，无论如何都不能磨灭！

我平静地笑笑："谢夫人慈悲，夫人肯成全，小女子感激不尽。唯望夫人告知家仆秋水、长天的去处，小女了自当速速离去。"

我缓缓起身，走到阮夫人面前，屈身行了一礼，维持着谦逊卑微的笑容，温顺地说："小女子不求银钱，只求夫人援手，隐藏我的行踪，莫要让乐安王再寻着，虽则小女子没什么庞大的家业，可老是搬家，终归是很疲累的事情。"

"你！"阮夫人霍然站起身，怒目瞪着我。

我无辜地笑笑："小女子卑微如尘，当不起王爷厚爱，也从未想过高攀任何人，只是势不如人，无可奈何。夫人大慈大悲，成全小女子一番平淡心意，小女子感激不尽。"

阮夫人垂在桌子上的右手猛然一握，指节间爆出一串"咔嚓咔嚓"的脆响。

我心头一颤，顿觉不妙。

我今日虽说礼数周全，可话里却并不如何恭敬唯诺，她这般心胸狭窄，煞气凛然，十有八九要下黑手以绝后患。

我想了想，抬起右手捋了捋鬓角。右手腕上戴着的墨玉镯子是黎昭当年送我的生辰礼物，原本是皇后娘娘戴着的，阮夫人是黎昭的舅母，应当认得。

阮夫人眼睛倏地眯了起来，一把抓过我的手腕，厉声问道："你这镯子是打哪儿来的？"

我温温一笑："旧友所赠，聊作赏玩罢了。还请夫人告知小女子的家仆所在，我等即刻告辞，绝不耽搁。"

"冤孽！冤孽！"阮夫人皱了皱眉，似愤慨又似无奈，"罢了！你留下吧！"

我心生疑惑，略一思索，冷汗顿时出来了，惊愕交加地问道："你要告诉皇上？"

阮夫人眼中倏地闪过一丝赞许之色："皇上看见你，会很高兴的。"她指了指我的手腕，"那枚镯子，是先太后大婚前夜，我婆婆传给她的添妆，既然现在出现在你手上，那么皇上的心意，我这个做舅母的自然要体贴了。"

我捏了捏额角，垂死挣扎："夫人不想看见我，我走就是了，夫人何苦多生波折？"

阮夫人眉目一凝，顿了片刻，才道："我的确不喜欢你，原本你不走，我也是要赶你走的。只是皇上的信物在此，我不得不慎重。你要走可以，等到皇上的圣旨下来，允许你走，我自然不留你。"

我顿时哭笑不得，没防住阮郎归还好说，起码阮郎归不会坑我，可他老娘也太不是个东西！

我强压下愤怒，淡声道："阮夫人未免太不体谅自己儿子了吧！"

阮夫人眉目一寒，眼神再次锋锐起来，那目光就跟冰冷的刀锋似的，能直直地扎进人心里。

我笑笑，强压着心头惧意，故作淡定地说："这屋子既然空置三年都没人住，我若是走了，三五年内，怕是还得继续空置下去！"

阮夫人神色一变，眼眸一缩："放肆！"

我不以为然地笑笑："夫人若是执意要上奏皇上，这句放肆，大约就该轮到我对你说了。"

"你威胁我？"阮夫人上前一步，眉眼间尽是戾气。

"夫人固然可以罔顾我的意愿强人所难，也可不顾日后可能会遭到的报复一意孤行，但想来，夫人还是会在意王爷的死活吧？"我环视一圈屋子，笑如春风，"三年前王爷可以金殿抗旨，三年后，我想，王爷大约还是有那个胆量的。"

失而复得的心上人再次被横刀夺走，阮郎归就算不发疯，也差不离了。本来黎昭就忌惮他，他要是敢闹，正给了黎昭一个名正言顺治他的机会。

阮夫人脸色一阵青一阵白，变了又变，咬了咬牙，冷哼一声，怒道："不愧是搅动风云的人物，果然不简单！"话音未落，她就大步走了出去。

我长舒一口气，抹了一把额头，湿淋淋的全是汗。

剑竹快步走来，抽出帕子给我擦汗，屈身行了一礼，迟疑道："小姐……

刚才……夫人的话,您……"她抓了抓脑袋,皱着眉头思索许久,才毅然说道,"夫人对于三年前王爷抗旨拒婚下天牢一事十分愤怒,对小姐有成见自然是免不了的,小姐您别往心里去,也别跟夫人硬碰硬。"

我好笑地看她一眼,淡淡地问:"依你所言,我只有乖乖被侮辱的份儿?"

"恕奴婢僭越,夫人毕竟是夫人,这里毕竟是南疆,小姐若是不低头,决计讨不了好。纵然王爷待小姐一往情深,可他毕竟不可能时时刻刻陪在小姐身边。"剑竹怯怯地看我一眼,屈身跪下,"王爷吩咐奴婢来伺候小姐,奴婢自然事事以小姐为重。只是奴婢毕竟是奴婢,有些事,奴婢心有余而力不足。唯望小姐保重自身,千万莫要有什么闪失。"

这丫头说的倒是实话,形势比人强,不低头就只能撞得头破血流。阮夫人那么强势,如果没有那个镯子,她真敢杀了我以绝后患。

"你起来吧,我有分寸,知道该如何保护自己。"

"奴婢深知今日之言犯上僭越,只是奴婢实在不忍心看到王爷再受折磨了!"剑竹的声音带了一丝哭腔,"这三年来,王爷是如何过来的,奴婢都看在眼里。奴婢从没见过王爷这般失魂落魄,意志消沉。今日小姐来了,奴婢才在王爷脸上看见一丝笑意。小姐,您一定要保重自身,否则伤的是您,痛的是王爷啊!"

我一阵晃神。

脑子里仿佛闪现出一幅画面,阮郎归借酒浇愁,郁郁寡欢,垂头丧气,不复少年时春风得意的模样。

傍晚时分,阮郎归回来了,脸色晦暗,目光阴郁,一副吃瘪的表情。

我正坐在廊下风口处乘凉,他大步而来,一把将我提起,狠狠地摁进怀里。

我感觉到他浑身上下流溢着怒气,愕然问道:"怎么了?出什么事了?"

"辛甘,你放心,我再也不会让你离开我!"阮郎归死死地抱着我,咬着牙关,一字一顿地说,"再也不会!"

我心头一凉,黯然问道:"她还是不肯放弃吗?"

"你在哪儿,我就在哪儿!要么一起留在南疆,要么我跟你天涯海角流浪去!"阮郎归将脸埋在我颈窝,狠狠地蹭了好几下,"辛甘,我不想再错过你,我没有那么多三年拿来荒废了!"

我心肝一颤,莫名一阵悸动。

"最好的年纪,不得已荒废在等待和寻找里,这是我毕生无法弥补的遗憾。"阮郎归抬手覆上我的后脑勺,轻轻摩挲,"辛甘,最好的你,最好的我,是用来相守的，不是用来煎熬的。"

从十五岁到十八岁，我有几个最美好的三年？从二十岁到二十三岁，阮郎归又有几个三年？

我抬手环住阮郎归的腰，淡淡地笑了："将离，你的字是将离，对不对？"

阮郎归垂头看我一眼，目光中似有黯然，长叹一声："在你身边的这几个人中，你最晚知道我的字，对不对？"

我顿时后悔了，原本想随意扯个话题舒缓一下气氛，不料，阮郎归居然跟我计较起来了。

"我娘发现怀了我的时候，圣旨已经下来了，三日之后，我爹就要启程来南疆。我娘说，这孩儿就叫将离吧！"阮郎归抱着我，口鼻中呼出的热气吹拂在我脸上和颈间，痒痒的，"后来我出生了，我爹还没回来，我娘就给我起名叫阮郎归，字将离。"

我淡淡地笑，静静地听，没有多做评论。

"我三个月大的时候，南疆爆发了一场大战，战事十分吃紧，我军不敌，连连败退。我娘带着我进宫给皇后娘娘请安，她悄悄将我丢在宫里，自己一声不吭地快马赶往南疆。十三天赶了三千九百多里路，硬是撑到了南疆。"阮郎归越说越动容，眼睛里亮闪闪的，溢出了一层淡淡的泪光。

"军中本无女子，可我娘死也不肯走，扮了男装留在军中，为我爹出谋划策，夫妻并辔，终于打了胜仗。自此，我娘就一直留在南疆军中陪伴我爹，已经整整二十三年了。"阮郎归抱着我的手猛然一紧，语音渐转低沉，"这样的女人，让人心甘情愿为她付出一切，甚至为她去死！"

我心口猛地一紧，长长地吐出一口气，感慨道："得妻如此，宁国侯这一世，值了！"

"我娘是慕我爹的威名而嫁，给我爹做了填房，那时我爹有好几房妾室，我娘进门之后，十年未曾生养。我爹每年都纳妾，可是自此之后，我爹将所有的妾全都遣散了，二十三年来，除了我娘，再也不多看任何女人一眼。"阮郎归既欣慰又得意，"我娘她配，天底下再没哪个女人比她更配得上夫君的一心一意了！"

我好笑地横他一眼，凉凉道："好端端的在我面前说阮夫人的好话，阮郎归，你目的不单纯啊！"

阮郎归尴尬地抓了抓脑袋，讪讪道："辛甘，我只是想说，我娘她真的不是坏人。她出身将门，从军多年，身上沾染了武人的习气，看不惯娇娇弱弱弱的女孩儿。我很小的时候,她就将我带入军中,她一直说,以后要找个跨得了战马,提得起长枪的女中豪杰当儿媳妇,还说要是我敢娶个娇滴滴的女娃娃,她就打断我的狗腿。"

我越发觉得好笑,目不转睛地看着他,等着他的后话。

"抗旨拒婚一事,后来我娘知道了,我爱你,她也知道。三年时光,为了一个女人神魂俱消,她自然是怨恨的。所以辛甘,我料到了她会为难你,因此一回来就去侯府解释,没想到她居然钻了空子过来找你的不痛快。"阮郎归的手紧了紧,歉然道,"辛甘,我只想对你说,我娘的态度,你不必放在心上,她不喜欢你,我爱你如命。她不接受你,我求之不得。是我要你,不是我娘,你不必理会她。这座王府,是我特意为你所建,以后再也不会有任何你不喜欢的人进入。"

阮郎归突然将我的脸转向他,恳切地说:"当然,我还是希望你别怨我娘。她毕竟是我娘,以后我们成亲了,她就是你婆婆,我不想你们关系紧张,谁都过不舒坦。"

成亲?

太遥远了,眼下还是先想想我该怎么办吧!指不定密报已经在上京的路上了呢!

"辛甘,你放心,我跟我爹说过了,他深爱我娘,自然也能体谅我的心意,我娘那边我爹会去周全。"阮郎归冲我眨了眨眼,意有所指,"我娘虽然脾气不大好,却是个听夫君话的好媳妇呢!"

我脸一热,狠狠剜他一眼:"呸!谁要听你话!"

阮郎归往长榻上一倒,顺手将我拉过去,大声笑道:"你承认是我媳妇儿了?"

我双手撑着他的胸膛,努力将上半身抬起来,耷拉着脑袋不敢看他。

阮郎归一只手抬起我的下巴,神色蓦地郑重起来:"辛甘,我们成亲吧!"

我猛然一怔。

这是阮郎归第二次正正经经对我说这句话,三年半以前他说这句话的时候,我狠狠打击了他,可如今,我突然说不出伤人的话。

也许,我真的是寂寞太久了。

也许,三年的深情太不容易,我狠不下心。

我垂眸看着阮郎归胸前的海棠绣纹,默了默,低声道:"阮夫人……要将我的消息上报给皇上。"

阮郎归蓦地眯起了眼眸，凝声道："你说什么？"

我抬了抬右手，苦笑道："是我自作聪明，给她看了这个手镯。阮夫人要赶我走，我怕她会对我下杀手，想着用先前皇上给我的手镯震慑一下，想不到她竟误以为这是皇上给我的定情信物，坚持要将我的消息报告给皇上。"

阮郎归的身子猛然抬了起来，皱眉思索片刻，黯然道："辛甘，可能你又要开始过颠沛流离的日子了。"

我一惊，知子莫若母，如此说来，阮夫人是当真铁了心了。

阮郎归紧紧地握住我的手，郑重道："辛甘，不论发生任何事，这一次我再也不会松开你的手！"

我苦笑，心里却很清楚，如果阮夫人当真将我的消息报告给黎昭，那么阮郎归除了放手，就是死。

"走，跟我去见我娘。"阮郎归拉了我一把，努力将语气放温和，"别怕，一切都有我在！"

一路无言，宁国侯府的大门毕竟不是那么好进的。

阮夫人正坐在廊檐下做针线活儿，见我们来，抬头瞥了一眼，淡淡地说："来得挺快，坐吧！"

"娘，您真的要上报皇上？"阮郎归开门见山，握住阮夫人的手，仰着脸看着阮夫人。

阮夫人不冷不淡地"嗯"了一声。

阮郎归手一紧，阮夫人手腕处的皮肤一下子皱了起来。她眉头一皱，一巴掌拍在阮郎归手腕上，骂道："混账！敢跟老娘动手了？"右手随之拧住了阮郎归的耳朵。

阮郎归龇了龇牙，一脸苦相："娘！您别闹，这有人看着呢，您给我留点儿面子成吗？"

阮夫人白眼一翻，轻蔑地瞥我一眼，目光转回到阮郎归脸上，又是一副气急败坏相："臭小子！如今敢跟老娘动手了，你是皮痒痒了？你也不想想，你那点儿三脚猫功夫是谁教的？敢跟老娘动手！老娘今天就好好教教你怎么做儿子！"

阮郎归的耳朵都被拧红了，阮夫人却还不肯撒手，顺手抄起箩筐里的一只纳了一大半的鞋底子，劈头盖脸就往阮郎归脑袋上抽。

我惊愕地看着这娘儿俩，阮夫人看起来阴沉严厉，怎么居然当着我这个外人的面跟阮郎归像个孩子似的打闹？

阮郎归一反手，夺下了鞋底子，阮夫人越发火了，拳脚相加，阮郎归黑着脸还手，娘儿俩不顾我在场，居然当真动起手来了。

阮夫人打出了火，气得大叫一声，顺手抄起兵器架上的一杆长枪，抖出碗口大的枪花，舞得虎虎生风，不要命似的往阮郎归身上戳。

阮郎归惊叫一声："来真的啊！你不要儿子啦！"话音未落，抄起一把短刀迎了上去。

刀光枪影，寒光冷冽。

我看得胆战心惊，吓得呆立当地，连动都不敢动。

许久，阮夫人一枪挑飞阮郎归的刀，再次揪住了阮郎归的耳朵，将长枪精准无比地丢回兵器架上，掐着腰骂道："臭小子！跟老娘动手，你还嫩着呢！老娘舞刀弄枪的时候，你连人都不是呢！"

"娘！娘！你轻点儿！我耳朵都要掉了！"阮郎归歪着脑袋拍着阮夫人的手，瘪着嘴叫道，"你儿媳妇在这儿呢，给我留点面子成不！"

我心口一哆嗦，还没来得及腹诽阮郎归又乱说话，阮夫人已经放开了阮郎归的耳朵，高贵冷艳地看着我，傲然道："将离，老娘记得二十年前就跟你说过，你要是敢娶一个娇滴滴的女娃娃，老娘打断你的狗腿！"

阮郎归摸着耳朵，一脸委屈地看着我，悄悄递了个无奈的眼神，转向阮夫人的时候，又换了一副谄媚的笑脸："娘啊！你看咱们家这几十年了，连个女人都没有，多冷清啊！"

阮夫人眉头一皱："冷清什么？"而后才反应过来阮郎归埋汰她，脸一寒，怒道，"臭小子，敢骂老娘不是女人？老娘要不是女人，那你是谁生的？"

阮郎归嘻嘻一笑，扶着阮夫人坐下，给她捏着肩膀讨好地说道："娘，只要你不为难辛甘，儿子随你怎么处置，你叫我往东，我绝不往西！"

阮夫人斜着眼睛蔑视阮郎归，根本没有搭理他的意思。

"你就是叫我去吃屎，我都不带眨眼的！"阮郎归咬咬牙，一脸豁出去的表情，跟英雄就义似的。

阮夫人白眼一翻，顺口接道："那你去吃呀！"

我绷不住"扑哧"一声笑了，顿时，四个白眼珠子跟商量好了似的，齐刷刷向我丢来。我尴尬地笑笑，道："那个……你们继续，当我不存在就好。"

阮夫人冷哼一声："说得好像谁当你存在过似的！自作多情！"

这女人还真是很不待见我啊！

"娘！你要是再这么冷眉冷眼的，那我可走了啊！"阮郎归拉长了脸，一把拉住我的手,将我推到阮夫人面前,"你瞧瞧,多俊的姑娘啊!你怎么就不喜欢呢?你就是不为着你儿子我,也该考虑考虑你孙子吧?这么俊的姑娘,生出来的娃娃一准儿好看,日后你抱着孙子跟那些贵妇人们看戏赏花也有面子不是?"

我的脸一下子烧起来了,跟腾了一把火似的,狠狠瞪阮郎归一眼,咬牙切齿地低斥:"阮郎归!不许胡说八道!谁要跟你生娃娃!"

阮郎归无视我威胁的眼神,嘴跟抹了蜜糖似的,接着哄道:"娘,我可是在老祖宗灵前发过誓的,我这辈子要是娶妻,那一定是娶辛甘,要不然我宁可终身不娶!你是要我欺骗老祖宗,还是要让咱们阮家断子绝孙?"

我心头一颤,直觉阮夫人又要孬毛。不料,阮夫人只是冷冷地横我一眼,长长地叹了一口气。

"将离啊,娘的确不喜欢这个娇滴滴的女娃娃,更不喜欢你为了一个女人折磨自己。你知道的,英雄气短,儿女情长,娘最看不起这样的男人。"阮夫人拉阮郎归在她面前坐下,抬手拍了拍阮郎归的后脑勺,又冲我招了招手,"辛小姐,你也过来。"

我依言走过去,在台阶上坐下。

阮夫人英气勃发的眉宇间略显无奈:"若是寻常女子,将离执意要娶,我也没奈何。只要那女子对将离真心实意,我再怎么不乐意,也会妥协。可是辛小姐,你不是一般人。"

我默默地垂下头,心凉如水。

"皇上要你,天底下谁又能跟皇上抢?我身为人臣,既然见到了圣意,若是不遵从,那就是抗旨。"阮夫人看看阮郎归,眉目间越发哀伤,黯然道,"将离深陷情网,不知其中厉害,我旁观者清,如何能眼睁睁地看着他自取灭亡?"

我的心瞬间沉到了万丈深渊。

"辛小姐,我只能对不住你了!来日你荣华富贵,坐拥天下之时,我不求你原谅我今日的冒犯,只求你莫要为难将离。若是有余力,还望你能在关键时刻助他一把。"阮夫人的声音越来越低沉,目光落在阮郎归的右脚上,满眼深切的悲哀。

我心里又是一阵惊悸,怪不得她不敢冒一丝风险!原来她知道黎昭的担忧与戒备,这才不得不完全顺服!

"娘,你真要做绝?"阮郎归的脸色顿时寒了下来,霍然起身,顺手将我也拉了起来,"娘,如果你当真容不下辛甘,我带她走就是!"

"混账!为了一个女人,你要置家国安危何在?置南疆百姓何在?"阮夫人猛然站了起来，目光凌锐如刀，咄咄逼人地看着阮郎归，"娘自幼教导你忠君爱国，保卫江山，难道就只教出一个情种来吗？"

阮郎归苦笑，凄然道："忠君爱国，保卫江山，枪林箭雨，浴血拼杀。娘，如果我付出一切，却连心爱的女人都保护不了，那我的付出又算什么？"

阮夫人暴怒，甩手就是一耳光，狠狠地扇在阮郎归左脸上，"啪"的一声脆响，一道血丝缓缓从他左边嘴角溢出。

阮夫人咬牙切齿，戟指怒骂："混账！区区一个女人，如何与家国天下相提并论？将离，你太让我失望了！"

阮郎归惨然一笑，决然道："家国天下不缺一个阮郎归，可是阮郎归却不能没有辛甘！娘，您容不下她，孩儿不敢强求，只是孩儿不想再如行尸走肉一般活下去了！孩儿既然找到了辛甘，断然不会放任她被任何人抢走。娘既然容不下，我们走就是了！"

阮郎归缓缓跪下，朝着阮夫人磕了三个响头，眼里憋满了泪，却强忍着不让泪水滚落。

"娘有爹陪伴，有宁国侯府上下人等服侍照料，有南疆百姓尊敬爱戴，可是辛甘只有我。娘，请恕孩儿不孝！"阮郎归拉了拉我的手，哀声道，"给我娘磕个头吧！纵然她不认你，我也希望你能看在我的面子上，向她告个别。"

我怔怔地看着阮郎归，他满眼泪水，满面痛苦，却兀自强忍着。高大挺拔的身姿跪在地上，仿佛低到了尘埃里。可纵然阮郎归情深似海，难道我真能让他抛下一切，将脑袋别在裤腰带上，跟我着浪迹天涯？

我孑然一身，一旦被抓到，不论是被杀，还是被黎昭纳入宫中，都是我一个人的事情，不会连累任何人。可是阮郎归有父母，有家族，宁国侯府本就树大招风，一旦事发，那简直就是为黎昭除掉阮氏一族提供了一把锋利无比的刀子。

我眼睛里热热的，不敢再看阮郎归，别过头，对阮夫人说："阮夫人还不肯考虑我最初的提议吗？"

"什么最初的提议？"阮郎归站起身，抓着我的双肩，眉头紧锁，双眼眯起，语气十分不善。

"她说，让我放她走，并且瞒住你，阻止你去寻找，让你永远也找不到。"阮夫人眼珠子一转，淡淡地说，"将离，你可以为之放弃一切、抛弃父母的女人，并不想跟你有太深的纠葛。"

阮郎归顿时怒火中烧地握紧了我的双肩，他手上的力气很大，夏日衣衫又单薄，我疼得抽了一口冷气，"好痛！快放手！"

"你也知道痛吗？"阮郎归凄然看着我，蓦地放声狂笑，"辛甘，你可知这三年来我有多痛？可是你居然还想走！是啊！在平川你就逃走了一次，如今你想走，我应该料到的！"

他眼里的痛太深太沉太浓，仿佛刀割一般，令我刺心刺肺地疼。我不忍看他狂乱的模样，别开头，低低地说："阮郎归，我一直都想走，你知道的。"

我不知该不该这样说，可我知道，如果我说怕连累他，连累他的父母，他一定不会轻易放手。这世上如果真的有什么能够让他放开我，大约就是我的狠绝无情了！

"为我，不值得。你知道的，我喜欢的人，从来都不是你。"我咬咬牙，狠下心肠，冲阮夫人挤出一个笑脸，"还望夫人成全，准许我的仆人陪我一道离开。"

阮夫人看看阮郎归，再看看我，眼里闪出泪光，容色渐转悲悯，黯然叹道："不必了！你们谁都不用走，我已经上了折子，这会儿，信差大约已经在百里开外了。"

我踉跄着退了一步，阮郎归上前一步，厉声道："娘！你当真？"

阮夫人双眼一闭，眼缝间滚出两滴热泪，沉重地点了点头。

阮郎归不再多说，拉着我的手闷头就走。

"没用的，将离，你追不上了！"阮夫人绝望地喊，挺拔的身姿是说不出的颓然，眉间英气尽散，满满的都是无力。

"若是追不回信差，我便与辛甘浪迹天涯。娘，您知道怎么做的，对吧？"阮郎归冷冷一笑，目光灼灼地直视阮夫人，"乐安王战死沙场、为国捐躯的战报，想来还能为阮家挣得一份余荫。"

我心头突地一跳，战死沙场，为国捐躯？

阮郎归死死地攥着我的手腕，目光中有疯狂的狠戾之色："辛甘，为了你，我甘愿做一个死人，陪你一生一世见不得光。可是你以后也别想再逃了，否则我先前的承诺，随时可以不作数。"

我浑身一颤，寒意直逼心头。

我从没见过这样的阮郎归，双眼赤红，须发怒张，浑身上下溢满凛冽的怒意，好像随时随地可以做出毁天灭地的疯狂之举。

阮夫人似乎也被吓到了，快步上前，一把拉住阮郎归的手腕，颤声道："将离，你……你别乱来！"

阮郎归没看阮夫人，阴狠冷厉的目光一直胶着在我脸上，冷冷地抽回手，咬牙道："娘多多保重，爹那儿，我就不去辞行了！"

214

话音一落，他拉着我大步离去。我跟不上他的步子，踉踉跄跄地被他拖着走，他索性将我拦腰一抱，往肩膀上一扛，大步流星地往王府走。

回到王府的时候，秋水和长天正在门口翘首以盼，见我俩过来，秋水撑着腰迎上来，笑道："小姐回来啦！"

"收拾收拾，我们走！"阮郎归板着脸丢下一句话，脚下一步不停，扬声道，"剑竹，快去备些清水干粮！"

不过一盏茶的工夫，一切准备就绪。上了马车，长天摆出饭菜，阮郎归闷不吭声地吃了很多，见我闷闷地没动筷子，他皱了皱眉："快吃，多吃些！咱们这一程兴许要赶很长时间的路，你现在不吃，等会儿饿了就只能啃干粮。"

"发生什么事了？"长天疑惑地看着我们，"小姐今日才跟着王爷到了南疆，怎么这就要走了？"

"没有王爷，以后不要再叫我王爷了。"阮郎归又添了一碗饭，闷声道，"以后叫我少爷，哦，不，叫姑爷。"

长天一脸茫然地看着我，我叹了口气："你去另一辆马车吧！照顾好秋水，她的肚子也不小了，咱们要赶路，真是辛苦她了！"

长天满腹疑问，依言下了马车，片刻又回来了，将哇哇大哭的安然递给我，苦笑道："这丫头将小姐当作亲娘了，在我们那儿又哭又闹，根本招架不住。"

我抱过安然，哄了一会儿，小家伙收住哭腔，睁着圆溜溜的大眼睛四处乱看。

阮郎归静静地看了一会儿，突然笑着接过安然，小心翼翼地抱着，问道："是这样抱吗？"

安然被阮郎归抱着，好奇地抓了抓他的手，再抓抓他的脸，又流着口水凑上去咬阮郎归的鼻子。

阮郎归哭笑不得，一只手托着安然的臀部，另一只手掐在她腋下，小心翼翼地抱着。

我心里蓦地一软，淡声笑道："你抱孩子的时候，看起来还真有那么几分慈父的模样。"

阮郎归听我说话，脸一沉，狠狠瞪我一眼，气冲冲地别过脸。我哑然失笑，这家伙，还生气呢！

我懒得理他，盛了一碗汤慢条斯理地喝。阮郎归突然凶巴巴地说："喝那么多汤做什么？汤能挡饿啊？吃饭！"

我缩了缩脖子，得！生气的人最大！

吃完一碗饭，我刚放下碗，抽出帕子擦了擦嘴，阮郎归的白眼又飞过来了，语气仍旧是凶巴巴的："吃那么少，你是猫啊！再吃一碗！"

我叹口气，又添了半碗饭，拿筷子一点一点地戳着往嘴里送，时不时哀怨地瞟阮郎归一眼，以示我多么委屈。

阮郎归却不看我，目不斜视地逗安然。

我再叹口气，认命地往嘴里塞饭菜，却听阮郎归凶狠地说："吃不下就别吃，你是猪啊！自己饱没饱都不知道？"

我愤然将碗筷拍在桌子上，闷闷地往马车角落里一缩。安然是个鬼灵精，见我闷着，挣扎着要过来找我，嘴里咿咿呀呀地叫着"娘"。

阮郎归虎着脸，低斥道："就会叫娘！笨蛋！叫声爹来听听！"

安然不理他，挣扎得更厉害，小嘴一撇，拉开架势就要哭。

"不许哭！"阮郎归拉长了脸，横眉冷目地恐吓安然。

安然瞪大了眼睛可怜巴巴地看着他，想哭却又不敢哭。

我实在是看不下去了，皱眉道："喂！阮郎归，冲一个小娃娃吹胡子瞪眼的，你能耐啊！信不信长天等会儿过来揍你个天昏地暗日月无光？"

阮郎归越发怒了，那脸黑得跟锅底似的，狠狠地剜我一眼，一把将安然塞进我怀里，缩到另一个角落不说话了。

我哭笑不得，抱着安然轻轻拍着哄睡。

阮郎归见我不理他，又爹毛了，一把将安然从我怀里拎出去，往角落里一塞，凶巴巴地恐吓："自己睡！"

安然漆黑的眼珠子滴溜溜一转，一层雾气急速上涌，小嘴一撇，不管不顾地号啕大哭起来。我连忙抱起安然，狠狠瞪阮郎归一眼，抬脚就踹了过去，拉长了脸冲他吼："敢情不是你闺女是吧？再吓唬她，别怪我跟你急眼！"

阮郎归顿时委屈了，绷着脸哀怨地看着我，许久，才低低地说："你要向我道歉！"

"道你个大头鬼歉！"我毫不犹豫地顶了回去。

阮郎归越发怒了，欺身压了过来，将我困在车厢一角的狭小空间里，咬着牙阴森森地说："你说，你从来就不喜欢我！你骗我，就该向我道歉！"

我好笑地挑眉看着他，这货哪儿来的自信？他凭什么认为我说不喜欢他是骗他的？

"辛甘，你骗我的，对不对？"阮郎归突然就没了底气，眼神期待而又不安，"你如今不必有任何顾虑了，收拾东西的时候，我已经上了一道折子，乐安王阮郎归身染重病，猝死军中，半个月之后，折子就会递到皇上手中。"

216

"你！"我顿时急了，"你这是欺君之罪啊！"

阮郎归无所谓地笑笑，淡然道："从我决定将你带回来的那一刻，我就已经犯了欺君之罪。辛甘，我再也没有任何顾虑了！"

我苦笑着摇头："可是阮夫人已经上了折子，皇上收到折子，怕是不会那么轻易善罢甘休。"

阮郎归握住我的手，朗朗一笑："我已经传令下去截杀信差，那封折子到不了皇上手中。"他微微眯眸，眼神中透着一股子阴沉狠戾，"我这个王爷也不是白当的，总归有些手段。"

看着阮郎归这般令人胆战心惊的表情，我心里却突兀地生出一股安全感来。三年磨砺，他成长了许多，如今再也不是当年那个面对黎昭的陷害无力自保的少年了。

"辛甘，如今你不是辛家大小姐，我也不是乐安王，我终于如愿与你相守了！"阮郎归十分煽情地看着我，突然伸臂将我揽进怀里，低头在我额上轻柔一吻，目光落在安然脸上，不耐烦地皱了皱眉头，"这小崽子叫你娘，却总也不肯叫我爹，我真是喜欢不起来啊！你把她丢给秋水、长天去吧！我瞧着难受！"

"跟孩子置气，你也是够了哦！"我横他一眼，刮了刮安然的脸蛋，温柔地笑道，"安然乖，咱们不理浑蛋！不跟浑蛋玩！"

"浑蛋！浑蛋！"安然应和着我的话，奶声奶气地叫了两声"浑蛋"。

阮郎归愤愤然瞪安然一眼，伸手将她抓过来，撩开车帘子，板着脸恐吓："臭丫头！叫爹！不然我就把你丢下马车喂野狼！"

安然顿时尿了，小嘴一撇就要哭。阮郎归作势将她的脑袋凑到窗口，威胁道："叫爹！叫爹就不扔你！"

"爹！爹！"安然很没骨气地妥协了，紧闭着眼睛不敢往外看，死死地抱住阮郎归的手臂。

"没出息！"我笑骂一句，却见阮郎归的脸色奇异地阴转晴，眉开眼笑地将安然放下了，从暗格里拿出一块栗子糕，温声笑道，"乖！爹给你吃糕糕。"

我好笑地摇头，这家伙，幼稚！

阮郎归将我往怀里一拉："累了吧？睡会儿吧！"

"你会后悔吗？"我偏了偏头，枕着阮郎归的肩膀，"为我放弃王位，远离父母，甚至要诈死，一辈子隐姓埋名，从一个风光无限的王爷变成一无所有的钦犯，你会后悔吗？"

"在认识你之前，我根本不敢想象我会有这么疯狂的一天。"阮郎归将我的脑袋挪到胸前，伸臂环住我，温声道，"要说后悔，我想，我大约会后悔认识你。如果不认识你，就不会有后来的一切。"

我心里一凉，他毕竟是后悔的。

"可是辛甘，如果从来没有认识过你，我想，我如今还是那个一心一意娶最美丽、最温柔的女人的无知少年，我根本不会知道，原来心心念念想着一个人是这般滋味。即便全世界堆在我面前，我也只要你一个人。你冲我笑一下，我都能乐上好几天，有时候梦见你怒气冲冲地叫我阮郎归，我都能笑醒。可是醒来之后，却是欲哭无泪。"阮郎归紧了紧怀抱，长叹一声，"辛甘，你生来就是克我的！将我克得死死的，完全没有反抗的余地。我这一生，若是没了你，便没了任何乐趣！"

阮郎归的话很平常，却如一道暖风，吹开坚冰，吹融春水，我心里暖洋洋的，仿佛漆黑的夜里，突然升起一盘又大又圆的月亮，所有的阴暗顿时浅淡了。

"辛甘，别再问我会不会后悔，我的心意很早以前就坚定了。这一生，我只认准你一人，不论发生什么事，不论要承担什么样的后果，我都不会犹豫半分！"

阮郎归转过我的脸，与我对视，他的目光温柔而执着，带着不易察觉的侵略性，一点一点侵占我的意识。

我怔了一怔，心里漫起一阵无边的感动。

有人说，寂寞的女人最脆弱，也有人说，无助的女人最脆弱。那么寂寞又无助的女人，简直就是琉璃做的，轻轻一碰就碎了。

三年平淡如水的日子过下来，我已经对余生不抱任何期待了。可是阮郎归带我走出晦暗，给我深情，许我陪伴，即便是一摊死水，怕也要被他激活了。

我情不自禁地反手抱住阮郎归的腰，脸贴在他胸膛上。他的心跳声沉稳有力，略显急促，我不由自主地狠狠勒了勒，将他抱得死紧。

阮郎归闷闷地笑了，狠狠回抱我一下："傻瓜！"

我眼里一热，泪水情不自禁地涌出，怕让他看见，越发用力地将脸埋在他胸前。等我平复下来时，阮郎归不知何时抱起了安然，温声逗弄："小崽子，爹娘给你生个小弟弟好不好？还是你更喜欢小妹妹？"

我的脸唰的一下热烫起来，狠狠冲他皱了皱鼻子，闷头倒在一边，扯过一条薄薄的毯子往身上一蒙，懒得搭理他。

第十六章
洞房花烛夜

马车一连走了十几天，停下来时，我呆住了——平川舒府！

"这里很好，你住了三年，想来已经习惯了。"阮郎归望着门楣笑了笑，"以后我就是舒家的上门女婿啦！"

我心头一动，或许，在这里度过余生真的挺不错呢！

安顿好一切，用了膳，洗了一个舒舒服服的热水澡，我倒头就睡，睡了一天一夜，才将连日来的疲乏消散了大半。

醒来时，阮郎归正趴在床边笑眯眯地看着我。我吓了一跳，顺手抄起一个枕头砸了过去，骂道："人吓人吓死人你知不知道？男女有别授受不亲你知不知道？你跑我屋里来干吗？"

阮郎归却不恼，依旧笑眯眯地看着我，那嘴巴都快咧到耳根子了。

我狐疑地瞪着他："发生什么喜事了？瞧你乐得！捡元宝了？"

阮郎归不答，笑眯眯地指了指窗棂子。我顺着他的手看过去，只见原本糊着明纸的窗户上贴满了大红色的窗花。

我没好气地瞪他一眼，很不赏脸地说："不就是窗花吗？至于激动成这样？"

阮郎归拉起我，顺手将我往肩膀上一扛，噔噔噔地出了屋门。

院子里张灯结彩，处处都是大红色的灯笼与窗花，就连庭院里的月桂树上都绑着大红的绸花。

"贴个喜字就能娶媳妇了！"我连连咋舌，疑惑地问道，"阮郎归，你这么折腾我的房子干啥？"

阮郎归的脸顿时沉了，冷冷地哼了一声，将我往地上一放，别过头不理我了。

我被他冲了一下，抓了抓乱糟糟的脑袋，脑子里突然闪过一道白光，阮郎归布置好一切，这是想要跟我成亲的节奏啊！

我心里明镜儿似的，阮郎归闹别扭不肯亲口说出来，我也就顺着他，故作懵然，抬手捂住嘴巴打了个哈欠，闷闷地说："困死了，还要睡！"

我转身就要往房里走，阮郎归突然伸手抓住了我的脖领子，狠狠一拉，将我拽了回去，气急败坏地扳着我的脑袋，低声咒道："浑蛋！你才是真正的浑蛋！"

我故作不解，眨巴着眼睛疑惑地看着他，无辜地问道："好端端的，为什么要骂我？不就是说你折腾我的房子吗？"

我一脸委屈，扁了扁嘴，两手一摊："好吧！好吧！你乐意怎么折腾就怎么折腾吧！我不说你了还不成吗？"

阮郎归越发怒了，后槽牙磨得咯吱咯吱响，狠狠一拳擂在阳台上，怒道："辛甘！你是要气死我吗？"

我装得越发无辜，抓了抓乱糟糟的鸡窝头，天真无邪地问道："又怎么了嘛！我哪里又惹你生气了？"

阮郎归额头上青筋突突直跳，恨恨地瞪着我，突然长长地吐出一口气，黯然摆了摆手："罢了！是我自己蠢！没事了，你去睡吧！"

我一脸茫然地"哦"了一声，转身乖乖地往房里走，一边走一边故意用他能听见的声音嘀咕："到底是怎么了嘛！好端端的，发的哪门子无名火！"

阮郎归没吭声，我只听见身后传来一声沉闷的"咚"，想来，可怜的阳台又挨揍了。

迈进门槛，我顺手关上门，捂着嘴乐得直抽抽。刚才阮郎归的表情真是精彩极了，那脸色一阵青一阵白，跟走马灯似的！

想娶我又不肯直说，跟我玩欲语还休！我倒要看看，他能害羞到几时！

我缓步走到桌边坐下，倒了一杯水，捧在手里小口小口地轻啜。

看着满堂艳红，极致的喜庆，我突然觉得，其实成亲也挺好的。能够嫁给一个真心爱自己的人，这是多少女子梦寐以求却求之不得的。阮郎归爱我如痴如狂，他会是一个好夫君。

我心里升起一丝浅浅的喜悦，渐而转浓，忍不住笑了。

下一次阮郎归再说"辛甘，我们成亲吧"，我就答应嫁给他！

想到一天没看见安然了，我连忙梳洗一下，下楼去照顾小家伙。

阮郎归在廊下坐着乘凉，安然在他面前的小板凳上坐着，他一只手在安然背心里护着，另一只手点着安然的脑门子，咬牙切齿地骂道："你娘那个没良心的，真是个彻头彻尾的浑蛋！"

"浑蛋！浑蛋！"安然脆生生地应和，小家伙还听不懂那么复杂的话，只会跟着重复一些简单的字词。

阮郎归绷不住笑了，捏了捏安然肥嘟嘟的脸蛋，柔声道："你就是个小浑蛋！"

"浑蛋！浑蛋！"小家伙圆滚滚的身子直往阮郎归怀里栽，张着一双胖乎乎的小手，"爹抱，抱抱！"

阮郎归身子一僵，我明显看到他的侧脸凝固了。安然一脑袋扎进他怀里，咿咿呀呀地叫着"爹抱"，阮郎归这才回过神来，单臂抱起安然，朗声笑道："好！爹抱！爹抱安然飞高高！"

阮郎归将安然举得高高的，半圈半圈地转，安然小小的身子在他手上稳稳当当，粉色的衣衫在夏日傍晚的余晖里旋转飞扬，像一只粉嫩的蝴蝶。

我的眼睛突然就湿了。

那时抱着安然，我曾经想过，这要是我的孩子就好了！我想，阮郎归此时大约也是这样的心情吧！

"娘！娘！"小家伙不知何时看见我了，挥舞着胖乎乎的小手冲我笑。

阮郎归愣了愣，转脸看了过来。我站在回廊的转角处，倚着木栏淡笑着看着他们。阮郎归放下安然，小家伙立即歪歪倒倒地朝我跑了过来。我蹲下身子，张开双臂，笑着等待安然扑进我怀里。

安然扑进我怀里的那一刻，一个温热厚实的怀抱突然将我笼了进去，阮郎归的气息扑面而来："辛甘！"

我抱着安然，阮郎归抱着我，恍惚间，好像一切都圆满了。

"跟你走，是我这辈子做的最正确的选择。"阮郎归的声音低低的，却很坚定。

"是吗？"我淡笑着反问，心里暗暗补了一句：那么娶我呢？

阮郎归顿时黑了脸，撇着嘴不悦地问道："你什么意思？怀疑我吗？"

"没有，我很开心。"我放松了身子，往阮郎归胸前一靠，任由他担负我的重量，后脑勺在他肩窝里轻轻蹭了蹭，"我有没有叫过你将离？"

阮郎归突然将我转过来，面对着他，神色无比认真地说："不要叫我将离，这名字不好。"

我怔了一怔，低笑道："将离，芍药的别名，太过女儿气，的确不好。"

阮郎归摇头，深深地注视着我的眼睛，声音温柔而又坚定："将离，将要别离，不是个好兆头。辛甘，我再也不要与你分离，这一生一世都不要！"

我心口猛地一阵悸动，三年别离，他真的怕了，怕到连自己的名字都避讳，生怕一语成谶，当真别离。

"那我叫你什么？"我连忙岔开话题，不想再沉浸在这么凝滞的氛围中。

"都好。"阮郎归温温一笑，柔情万种，"虽然阮郎归很难听，可是听你叫，我竟觉得十分欢喜。"

这是不是传说中的犯贱？

我翻了个白眼，刚想埋汰他几句，他却觑出一副灿烂无比的笑脸，贱兮兮地说："当然啦，如果你不介意，也可以叫我阮郎。"

我"切"了一声，嗤笑道："嗯！软趴趴的少年郎！"

阮郎归顿时怒了，后槽牙磨得"咯吱""咯吱"作响，阴森森道："辛甘，总有一天，我要让你知道，什么叫硬汉子！"

我的脸顿时热辣起来，心跳漏了一拍，羞得恨不得将脑袋揪下来扒个坑埋了。这样露骨的话，光天化日之下，他怎么说得出口！这个臭不要脸的贱人！贱人！

阮郎归见我低着头，坏心眼地往我脖子里吹了一口气。我顿时如被雷劈，激灵灵打个寒战，浑身都哆嗦了。

阮郎归放声大笑："真是个敏感的小东西！"

我羞愤欲死，狠狠地踩了阮郎归一脚，趁他松开我捂脚的当儿，抱着安然就闷头冲了出去。

冷静了好大一会儿，我才敢去看秋水。她正躺在床上，长天将她的一条腿架在自己腿上，小心地给她按摩揉捏。

见我来，长天咧嘴笑笑，一脸愁苦地说："秋水这几日腿抽筋抽得厉害，大夫交代多喝些骨头汤，也不知能不能缓解些。"

秋水摸了摸肚子，苦笑道："这娃儿特别能闹腾，这都快四个月了，居然还不安生，闹得我白日里吐得胆汁都快出来了，夜间却整整夜睡不着。等他出来了，我非狠狠揍他一顿不可！"

他们夫妻虽然板着苦瓜脸，可眼角眉梢却有掩藏不住的幸福意味。

脑中不自觉地浮起阮郎归的脸，还有他对我说"辛甘，我们成亲吧"时候的认真与期待，我再次兴起了成亲的念头。

回到平川之后，好像所有的一切都在配合着阮郎归刺激我。看花吧，多半都是并蒂花；看鸟吧，多半都是成双成对的；就连看到的苍蝇都是两只叠在一起飞的。

"小姐的脸怎么那样红？"秋水狐疑地问，"可是天气太热，中了暑气？"

我一阵闪神，等到长天担忧地叫了我两声，我才回过神来，讪讪道："是有些热，那个……我来瞧瞧你，你歇着吧，我先走了。"

我落荒而逃，出了房门，倚着墙壁捧着双颊，感受到脸颊上热辣辣的温度，忍不住狠狠"呸"了自己一口。

阮郎归不知从何处冒了出来，像幽灵似的，声音幽幽暗暗："你干吗去了？那小崽子呢？丢哪儿了？"

我这才发觉，我居然将安然丢在秋水屋里忘了带出来！

"脸这样红，该不会是发烧了吧？"阮郎归探手摸了摸我的额头，自言自语，"挺正常呀！怎么好端端的脸色这样红？"

我愤愤然瞪阮郎归一眼，那厮一脸关切地看着我，漆黑的眼珠子亮晶晶的，在夕阳浅淡的余晖下熠熠生辉。

我恼羞成怒，重重地一脚踹过去，夺路而逃。

"浑蛋！无赖！泼妇！"阮郎归扯着嗓子大声骂，捂着小腿直"哎哟"。

上了楼，我心里仍旧扑通扑通直打鼓。

今天真是邪了门了！居然一门心思想成亲，再这样下去，怕是等不到阮郎归向我求婚，我十有八九会主动向他逼婚。

如今同一屋檐下，一天无数次地见面，阮郎归无处不在，对我的影响力简直大到了骨子里。

每天早晨一睁开眼，就能看见他在我床前，或站或坐，一点儿也不介意我蓬头垢面，睡得满脸褶子。

一天三顿饭都是跟阮郎归在一起吃，他根本不顾我爱吃什么不爱吃什么，只要是他觉得好，就一股脑儿往我碗里塞，用威胁的眼神逼迫我全部吃光光。

抱着安然散个步，阮郎归也要来插上一脚，哄着安然叫他爹。那没良心的小东西跟阮郎归相处了几天，现在特别黏他，一口一个"爹"叫得无比顺溜。

晚上入睡前，阮郎归必然要到我房里报到，什么也不说，就那么柔情似水地盯着我看，好几次我都冲到妆台前照镜子，怀疑我脸上是不是开了一朵金灿灿的菊花。

渐渐地，我越发习惯阮郎归了，跟他相处就像吃饭睡觉一样，无比自然。

我想，如果余生一直这样过下去，那也未尝不是幸事一桩。

时间过得很快，八月一晃就过去了，九月间，天渐渐凉了下来，几场秋雨落下，院子里的红灯笼红绸子的颜色便暗淡了。

阮郎归再没说过要跟我成亲的话，只是那些鲜艳的红但凡暗淡下去，他便及时换上新的，而后用既委屈又别扭的眼神审视我，无声地表达他的哀怨。

我哭笑不得，早就打定了主意，他再对我说成亲的时候就答应嫁给他，可数月时光转瞬即过，眼瞅着近年下了，阮郎归却再也没提过成亲之事。

冬月十七，我十九岁生辰。

早晨醒来，阮郎归没有出现在我床前，我既诧异又失落，怔了好一会儿，才落寞地穿衣起身，闷闷不乐地推开了房门。

一道人影直挺挺地竖在门口，脚下悬空，脖子以上全被门框遮住了。

我吓了一大跳，跳着脚退后一步，定了定神，扯着嗓子开骂："阮郎归你个浑蛋！要上吊去你屋吊去，一大清早的，挂在我门口算什么？"

阮郎归轻轻巧巧地一跃而下，抬手抹了抹额头，皱眉不悦道："咋咋呼呼什么呀？一大清早的就咒我上吊，辛甘，你可真行！"

他抬手擦汗，我才见到他两手鲜红，手指上还粘了好几块像是糨糊的东西。

我皱眉问道："又折腾什么幺蛾子呢？"

阮郎归没好气地横我一眼，两眼朝上，努了努嘴。

我狐疑地跨出门槛，顺着阮郎归的目光往门框上看。

只一眼，我就热泪盈眶，哆嗦着嘴唇说不出话来了。

门框上贴着一张大大的窗花，并蒂花开的图案，中间笼着一个鲜艳夺目的大红喜字。

阮郎归嘴一撇，满脸不乐意，嘟嘟囔囔地说："某个浑蛋总是不肯答应我的求婚，我这也是没法子，只能来硬的了！"

我捂着嘴颤了颤，强压下泣意，声音里却仍旧不可避免地带了哭腔："强扭的瓜不甜，你懂不懂啊！"

阮郎归两手一摊，一脸无奈："可不强扭，连瓜都没得吃！"

我绷不住笑了，眼泪滚滚而落，又哭又笑地看着他。他用手背给我抹了抹眼泪，温柔地笑道："傻瓜！哭什么？你不愿吗？"

我摇头，拼了命想说"不是的，我愿意"，可喉咙口就像是堵了一团破麻布，一个字都挤不出来。

阮郎归见我摇头，眉头一皱，脸色顿时寒了，微微垂头，附在我耳边，咬牙切齿地说："不管你愿不愿，我都娶定你了！辛甘，我受不了了！真的！你就在我身边，我忍不住想给你一个名分！"

顿了顿，他的神色突然暗淡了，眼里升起一层浓浓的委屈，语声低沉失落："或者……我想给我自己一个名分。辛甘，不能与你结为夫妇，我心里始终是遗憾的。今天是你十九岁生辰，我等不了了，荒废不起了！"

语声渐转激狂，阮郎归的眼睛红了，像是忍耐到了极限，由内而外爆发一般，他抓着我的双肩，沉沉地说："辛甘，我们成亲吧！"

我深深地喘了好几口，才找到自己的声音："要是我不肯，就不成亲了吗？"

"想得美！"阮郎归狠狠地磨了磨后槽牙，字字掷地有声，"管你肯不肯，今天我娶定你了！"

我心里激动不已，一千个一万个我愿意，可一瞧见阮郎归那副绷着脸凶神恶煞的表情，我下意识不想让他太称心，反驳的话脱口而出："貌似某人说过可以等，还说如果不能光明正大地与我名正言顺，绝不会做出违背礼法之事。你如今是光明正大地与我名正言顺吗？"

阮郎归气息一滞，深深地抽了一口气，再缓缓呼出，神色间浮起一层愧意，沉重地说："我是说过这话，我曾经以为我可以做到。可是辛甘，我如今才知道，我太天真了！你就在我眼前，在我怀里，可我却不是你最亲密、最重要的那个人。我不能与你合建一个属于我们的家庭，不能有自己的孩儿。眼看着安然越来越活泼可爱，我真的特别羡慕。辛甘，我想要你，想每天夜里抱着你入睡，早晨抱着你醒来，想抱着我们自己的孩儿看花看鸟，想听我们自己的孩儿叫我爹，冲我撒娇。"

我羞红着脸，默默地垂下头，这货想得可真远！连我都还没摆平，就想着孩子的事情了！

阮郎归蓦地抱紧我，再次郑重地说："辛甘，我们成亲吧！"没等我回应，他又恢复了恶狠狠的语气，"不许说不！"

我好笑地瞪他一眼，张了张嘴，不料，没等我说出一个字，阮郎归突然低头，快准稳狠地捕捉到我的唇。

一吻缠绵。

许久，他才放开我，喘息着笑道："你若是敢说不好，我就吻到你说好为止。"

我咂了咂嘴，眼珠子一转，低低地说："不好！"在他还没来得及发怒的当儿，双手环住他的脖颈，将他的脑袋拉低，踮起脚，主动将自己的唇送了上去。

结束的时候，我和阮郎归都气息紊乱，粗粗地喘着。楼梯口蓦地传来一阵轻笑，我闻声望去，只见秋水一只手扶着腰，挺着个大肚子，长天小心翼翼地护着她，两人并肩而立，不知在那儿站了多长时间了。

我低头找地缝，阮郎归却一脸淡然，搂了搂我的腰，笑道："今儿个你家小姐出阁，秋水，还能撑得住给你家小姐装扮装扮吗？"

秋水笑应："必须撑得住啊！这可是比生孩子还要大的事儿啊！"

阮郎归拍拍我的后脑勺，温声道："去吧！打扮好了就拜堂，今天咱们就成亲。"

"成亲都不用挑日子的吗？"我愕然望着阮郎归，"这可是终身大事啊，带这么草率的不？"

"子丑寅卯，今日最好。择日不如撞日，我瞧着今天就挺好，诸事皆宜！"秋水大手一挥，挺着肚子蹒跚而来，"长天，你去娶嫁衣来，我这就给小姐梳妆，给我半个时辰，保准让你们见识见识，什么叫最美的新娘子！"

阮郎归和秋水不由分说地将我推进屋，摁在妆台前坐下，秋水拿起犀角梳，干脆利落地给我绾发。

"姑爷，你也该去换换衣裳，在这儿杵着做什么？成亲之前新郎官和新娘子是不许见面的，你快出去吧！"秋水笑得跟朵开过头的喇叭花似的，一张嘴咧得活像个面甜瓜。

秋水给我梳了妆，换过喜服，盖上红盖头，就扶着我出了门。

我是消失多年的人，阮郎归是为国捐躯的"死人"，我们俩成亲自然是不能惊动任何人的，只在自家府里简单地拜了堂，摆了一桌酒，几个人围坐在一起吃吃喝喝，给府里的下人发了赏钱，就算是将婚事办完了。

闹腾了好半天，一直磨蹭到傍晚，阮郎归才脚步虚浮地扶着我往新房里走。

阮郎归跌跌撞撞地走到床边，往床上一瘫，大着舌头直喘粗气："长天那家伙……太能劝酒了……我……我真招架不住了……"

长天大约是对阮郎归害我连日奔波很不满，借着今天这个机会，狠狠地整了他一把。阮郎归也够爽快，酒到杯干，喝了个烂醉。

阮郎归还在絮絮叨叨地说着什么，我的意识越来越混沌，眼皮子越来越沉，勉强挣扎着蹬掉鞋子，拉过被子蒙在身上，就陷入了昏睡中。

次日醒来，阳光从雕花窗棂照进来，室内一片明亮。我坐起身，揉了揉胀痛的太阳穴，惊愕地发现阮郎归还维持着昨夜瘫倒在床上的姿势，衣衫鞋袜穿得整整齐齐。

我好气又好笑，隔着被子蹬他两脚，他这才醒了，睁着惺忪的睡眼，迷迷糊糊地说："咦？我怎么睡在这儿？"

我顿时哭笑不得，敢情这货忘记我们昨天成亲的事情了！

我脸一寒，没好气地道："你喝多了酒，梦游到我屋里来了，还不快出去！"

阮郎归揉着脑袋坐起身，低头看了看自己身上大红的喜袍，再看看我身上的嫁衣，怔了一怔，蓦地眉开眼笑，一把将我抱了个满怀，"吧唧"一口狠狠地亲在我脸颊上，满足地喟叹："我们成亲了！太好了！我们成亲了！"

没等我开口，那厮又惆怅起来，哀怨地说："都怪那个该死的长天！混账玩意儿！老是灌我酒，害我昨晚一醉不醒，多么美好的洞房花烛夜啊！就这样泡汤了！"

我狠狠瞪他一眼，还有脸说！我的腿被他压了一夜，动都动不了了。

阮郎归一把扑倒我，觍着一脸不怀好意的笑，咬着我的耳朵低低地说："来来来，把昨晚上没办完的事儿给办了！"

我推他一把，没推开，那厮邪邪一笑："我说过总有一天要让你见识见识什么叫硬汉子！"

我又羞又急，虽则做好了要圆房的心理准备，叫青天人白日的做那档子事，心里总归是十分羞怯的。

"不要！"我断然拒绝，努力往床里侧缩，阮郎归随着我一起往床里滚，将我逼得贴上了墙壁。

后无退路，前有追兵，阮郎归的手已经伸向我腰间的嫁衣系带了。

我羞愤欲死，死死地闭着眼睛。这时，肚子里突然传来一阵"叽里咕噜"的轰鸣，阮郎归的手顿时停住了。

我尴尬地睁开眼，就见阮郎归的眉头皱得死死的，恶狠狠地咬牙低低咒骂了一句，板着一张苦瓜脸下了床，闷闷地说："起来梳洗吧，我去给你拿些吃的过来。"

我心里顿时涌起一股暖流，箭在弦上，阮郎归居然还能收回去，他对我当真是包容到了极致。

很快，阮郎归拎着一个食盒过来，见我还恹恹地坐在床上，皱了皱眉，快步上前，问道："头疼得厉害吗？"

我点点头："昨天实在是喝得太多了，有些撑不住了。"

阮郎归咬了咬牙，阴森森道："看我不好好修理修理那条该死的泥鳅！"

我失声一笑，从柜子里取出一套外衫，走到屏风后头换上，又从炉子上倒了热水洗漱，倒腾完，才在桌前坐下。

阮郎归冷眉冷眼地睨着我，哼了一声，翻了好几个白眼。

我愕然看着他，无奈道："又怎么了？阮大爷，你这一天天的，到底在生什么气啊？"

"都成亲了，换衣裳还背着我！还是外衫！"阮郎归不满地撇嘴，"夫妻之间要坦诚相见，你对我坦诚了吗？"

…………

算了，我跟他没办法交流。

阮郎归打开食盒，端出两碗热气腾腾的鸡汤面，推了一碗到我面前，递给我一双筷子，噘着嘴说："喏，吃吧！"

我已经习惯了他的傲娇与别扭，接过筷子就开始往嘴里扒拉面条。他坐在我对面，单手托着脑袋，目不转睛地看着我。

我没好气地瞪他一眼："看什么看？看我能当饱啊？"

他却没跟我吵嘴，温柔地注视着我："总觉得很不真实，想多看几眼确定一下。"

我心口一疼。

他虽然是个昂藏男子，却比我还没有安全感。在我与他之间，他是更惶恐、更害怕失去的那一个。

我握了握他的手，绽出一个真切的笑容："是真的，我保证！你是我夫君，我是你娘子，这是真的！"

阮郎归浑身一颤，反手握住我的手，目光中渐渐流溢出一股满足而又安心的柔和，温声道："吃吧！我陪你。"

最好的爱情，莫过于"我陪你"三个字了吧！

膳罢，阳光正好，阮郎归牵着我的手到院子里晒暖。

阶前的残菊快要零落了，花草皆败，唯独庭院里的月桂树依然青苍。阳光照在身上暖暖的，风里带着不算重的寒气，一切都宁静而美好。

阮郎归环着我的腰，我靠在他胸前，静静地看着蓝天白云。两个人谁都没说话，偶尔对视一眼，交换一个眼神，一切尽在不言中。

太爷爷去后所受的苦难，在这一刻得到了完美的补偿。余生能一直这般宁静美好下去，我便知足了。

第十七章

该来的总是要来的

时光如流水，潺潺而过，一晃眼，已是腊月二十三。午后，我们几人围坐在厨房包饺子。

秋水的肚子已经几个月出头了，眼看着没几天就该生了。她歪在榻上，捧着肚子跟我聊天，很自豪地向我传授生孩子的经验，全然不顾我热辣辣的脸蛋和即将栽进面盆里的脑袋。

"喂，死螃蟹，有爷在，你还担心你家小姐生不出来娃娃？"阮郎归万分鄙视地横一眼秋水，大言不惭地下战书，"爷保证比你们俩生得多！"

我实在是听不下去了，拍了拍手上的面粉，抱着安然就冲出去晒太阳，身后传来一连串无比嚣张的笑声。

"娘，我想要一个小弟弟。"安然笑呵呵地看着我，胖乎乎的小脸蛋上满是甜甜的笑意，一双乌溜溜的大眼珠子骨碌碌乱转，十分机灵。

"那娘要是生小妹妹怎么办？"我单手抱着她，捏了捏她的小鼻子。

"那就杀了！"冷不丁一道阴沉的声音传来，一个身穿黑色劲装的高大男子从房顶跳下来，手上握着一把刀，刀尖还在滴血。

我吓了一跳，脑子里一蒙，回过神来，立即捂住安然的眼睛，厉声叱道："你是谁？闯进我家干什么？"

"奉皇上旨意，捉拿朝廷钦犯！来人，给我围起来！"那人扬声大喝，一摆手，顿时，一大批黑衣人从墙上、房顶、门口……各处潮水一般涌入。

是黎昭的人！他找到我们了！

安然吓得大哭，我抱着她拔腿就跑。没跑几步，那高个子男人冲上来一把抓住安然的手臂，一用力就从我怀里夺过安然，举得高高的就要往地上摔。

"你敢！"我凄厉地断喝一声，撕心裂肺地吼道，"你敢伤她，我要你偿命！"

那人龇牙一笑，目光阴冷如毒蛇："小人奉皇上之命捉拿钦犯，除乐安王阮郎归之外，一律格杀勿论！"

我的心一颤，格杀勿论！黎昭要杀我！

那人像是看出我心中所想，往后退了一步，神情十分恭敬："辛小姐不必担心，您是贵人，小人向天借胆，也不敢损伤您的贵体。"

安然挥舞着手脚，哭得嗓子都哑了，一直在叫娘。我心痛如绞，嘶声道："把孩子给我！"

那人眼里闪过一丝厌恶，沉声道："恕小人难以从命，皇上有旨，除乐安王以外，格杀勿论！"

我强压着急切与恐惧，问道："你叫什么名字？"

"小人禁军副统领高延，待到捉拿钦犯完毕，小人亲自护送辛小姐上京，还请辛小姐莫要为难小人。"

"你敢伤这孩子一根毫发，进京之后，我要你全家陪葬！"我冷着脸，咬牙切齿。

高延皱了皱眉："辛小姐不必吓唬小人，皇上交代过，不论辛小姐说什么，小人都不必理会，皇上会赦小人冒犯之罪的。"

"你敢伤这孩子，我保证你只能送一具残尸进京！我倒要看看，皇上到时候还会不会赦你无罪！"我声色俱厉，上前一步，以气势压迫高延。

高延皱眉思索了片刻，黑着脸把安然递给我了，冷笑道："辛小姐这又是何苦？这孩子是肯定留不住的！"

我抱起安然就往里头冲，里头已经混战成一团。阮郎归见我过来，顿时红了眼，大声叫道："辛甘！快跑！别过来！"

我凄然一笑，跑？往哪儿跑？我的丈夫是他们要抓捕的钦犯，秋水、长天和安然是要格杀勿论的，我能跑？

我自知没那个身份地位喝止黑衣人，而高延已经做了让步，他上头有圣命压着，不可能做太多让步，今日一战，后果之惨烈可以想见。

我抱着安然，目不斜视地直直地朝着秋水走过去。她已经开始哭叫了，也不知是吓的，还是真要生了。

谁都不敢伤我，见我走过，停了停手，我一过去，他们又打起来了。

到了这个地步，我反而不怕了，要么同生，要么共死！

秋水鼻涕眼泪糊了一脸，叫声越来越痛苦，手捧着肚子哀号："要生了……我要生了……"

她生安然的时候我在场，知道要用热水、纱布、剪刀等物。冬日灶上一直预备着热水，我去端了过来，又拿来一把剪刀，沉声说道："去外面打！"

阮郎归和长天本就是有意识往外冲，听我这么说，两人越发急切地往外转移战场。我顾不得还有男人在场，撩起秋水的裙子，解开她的裤子，只见她身下流了很多血，羊水已经破了。

我不知该如何是好，只能憋着眼泪叫秋水用力，安然见状，吓得哇哇大哭，我已经不顾上她了，只能抓着秋水的手大声鼓励她。

很久很久之后，我不记得到底是多久，只知道我的手已经被秋水抓得烂糟糟的，血肉模糊，可我却丝毫没感觉到疼。

秋水握着我的手，气若游丝地说："小姐……叫……叫长天过来……我……我有话……要对他说……"

我心里其实早就有了不好的预感，这一关，秋水怕是很难撑过去了。我擦了一把眼泪，失魂落魄地往外走。

屋子里横了好几具尸体，残肢断臂零落　地，到处都是血。屋外的战斗还在继续，阮郎归已经成功被抓，明晃晃的刀架在他脖子上。长天还在垂死挣扎，他俩身上到处都是鲜血，衣衫上布满凌乱的口子。

"住手！"我茫然看着杂乱的一切，目光在清一色的黑衣人中寻找高延。

高延见我两手血地走过来，脸色唰的一下变了。

"让他过来。"我指着长天，漠然道，"秋水有话要说。"

长天闻言，嘶吼一声，奋力脱围，拔腿就往屋里跑。有人要追，我握了握拳，从地上捡起一把刀，冷声道："谁敢动一下，老娘宰了他！"

高延递了个眼色，黑衣人将整间厨房团团围住。阮郎归看着我，眼睛血红血红的，凄惨地笑笑："辛甘，终究是我连累了你！"

我深深地看他一眼，没接话，转身进了厨房。

长天单膝跪在秋水身侧，将她上半身小心翼翼地抱起来，搂在自己怀里，一只手抚摸着她的脸，另一只手轻轻摩挲着她的肚子。

秋水断断续续地说："小泥鳅……我们的……儿子……对不起……我……"

长天死死地咬着下唇，咬得血肉模糊："傻瓜！儿子好好的，你也好好的，咱们一家四口，要一辈子服侍小姐和姑爷呢！"

我心里撕扯着绞扭着痛，千刀万剐一般，痛不欲生。我握着拳头，将左手死死地塞进嘴里咬着，克制着撕心裂肺的哭喊。

"娘……娘……娘怎么了？"安然瞪大了水汪汪的眼睛，不知何时走到我脚边，抱着我的腿哭叫。

我蹲下身子，将安然搂进怀里，咬着牙说："娘痛痛，安然不哭，安然去亲亲娘。"

我拉着安然的手，安然乖乖地跟着我走到秋水跟前，长天用带血的手摸了摸安然的脸，抬头冲我说道："小姐，秋水……"

"秋水……"我泣不成声，扑到秋水身上，号啕道，"你用力！你生啊！把孩子生出来就没事了！"

秋水摇头，泪水涟涟地叹道："小姐……我……我没用……我没力气了……这孩子……孩子在我肚子里……已经不动了……"

我的心一沉，一屁股跌坐在地上，抱着安然号啕大哭。安然被我吓着了，也跟着哭。

"小姐……我……我不成了……安然……安然就……拜托小姐了……"秋水勉强抬起手抚上长天的脸，"长天……你……你如果能活下去……就……就娶一个脾气好的女人……把咱们的女儿……养大……保护好……小姐……"

秋水越说，喘气的间隙越长，声音也越低，仿佛随便吹一口气，就能把她的气息吹断了。

我悲切地看着她，嘴里喃喃念叨："不会的！可以的！你用力啊！用力生啊！你都能生下安然，一定能生下安好的！"

孩子的名字我都起好了，叫作安好，安好，什么都不能安好了。

秋水强扯出一丝凄凉的笑意，有气无力地说："小姐……小螃蟹……不能再服侍你了……安然……安然……我的女儿……"

我连忙把安然抱起来，秋水抬手来摸安然的脸，手伸到一半，蓦地两眼一闭，手臂一沉，重重地落在长天腿上。

我放声大哭。

长天平静地看着秋水的脸，低声说："小姐，安然就拜托你了。"

我沉浸在巨大的悲痛里，一时没反应过来长天话里的决绝，他又平静地说道："来生，小螃蟹与小泥鳅再服侍小姐吧！"

话音未落，人已经冲了出去，我刚刚感觉到一阵风过，秋水和长天都不见了踪影。

我连忙抱着安然冲出去，却见长天将秋水背在背上，像疯虎一样不要命地扑向高延。黑衣人上前阻拦，长天却不自保，只一味进攻，手起刀落，砍瓜切菜一般杀了过去。

我从门口冲向小院的短短几步路，长天已经杀了两个人，胸口被刺了一刀，一条腿被狠狠地砍了一记，扑通一声跌倒了。

几个黑衣人围上来，几把寒光闪闪的刀重重落下，一切归于平静。

我放下安然，低声交代："安然别动，在这里等着娘。"然后捡起一把刀，狂吼着冲了过去。

我不会武功，自然不是黑衣人的对手，他们不敢伤我，可也绝不会傻乎乎地站在那里让我砍。我疯狂地冲进去，挥舞着刀乱劈乱砍，累到脱力倒地，却一个人也没伤到。我死死地握着刀柄，倒在地上瞪着眼睛呼呼地直喘粗气。

高延低叹一声，缓步上前来扶我，我拼尽全力举起刀，死命地向他砍了过去。他没躲，任由刀砍在他小腿上。我已经没有多大力气了，冬衣厚重，那一刀连他的皮都没伤着。

我认命地看了看阮郎归的方向，他已经晕过去了，一直没有声息。安然听话地在阶前站着，咧着嘴巴大哭，嘶哑的嗓音如刀一般，狠狠地照我心口剜。

我拖着身子向安然爬过去，高延见状，向着安然大步走了过去。

我凄厉地大叫一声："不准动我的孩子！"

高延回头看我一眼，脸上神色变换不停，时阴时晴，难以揣测。

我撕心裂肺地叫道："你敢伤她，我死给你看！"

高延深深地看了我好一阵子，目光渐渐转向阮郎归，看了看他，再回头看我的时候，满眼笃定。

"你敢伤我的夫君或是孩子一根毫发，我诛你们所有人的九族！"我咬牙切齿，奋力撑着身子爬起来，恨意铺天盖地，汹涌澎湃。

高延想了想，说："纵然辛小姐护得这孩子一时安好，也护不了多久。进了京，皇上一定会处死她。"

"黎昭要是处死我的孩子，我认了！你是个什么东西？也配伤我的孩子？"我冷笑，勉强直起身子，手里提着一把刀，冷冷地说，"大不了，我们一家三口死在一处也就是了！"

"放肆！皇上的名讳岂是你能直呼的？"高延板着脸，一脸忠君爱国的表情。

我不屑地轻哼一声："黎昭的名字便是天下人都直呼不得，我辛甘照样叫得！"

他已经害死了秋水和长天，连带着已经足月的胎儿，我还有什么好怕的？了不起，我陪着阮郎归和安然一起死就是了！

高延见我一副凶神恶煞的样子，想了想，妥协了："小人不敢冒犯辛小姐，也不动王爷和这个孩子，还请辛小姐配合些，小人只想将辛小姐平安护送进京。"

阮郎归重伤不醒，安然只不过是个两岁的孩子，有他们在，我什么花招都不敢使。

在我的强烈要求下，高延在舒府的花园里挖了个深坑，将秋水和长天埋在一起。我亲手在一张纸上写下"亡妹舒秋水、妹婿舒长天之墓"，令人拿去找匠人刻成墓碑，给小螃蟹、小泥鳅立起来。等到坟墓落成，我烧了一道纸，才肯跟着高延走。

阮郎归一直没醒，也不知是不是被下了药。我问高延，高延只说奉了圣命捉拿乐安王进京，别的什么也不肯说。

高延很精明，他将阮郎归安排在单独的马车里，我抱着安然乘坐一辆马车，他骑着马跟在我的车边，一路监视保护，昼夜不停地往京城赶。

我心知决不能进京，一旦进京，阮郎归必死无疑，而我已经嫁给阮郎归，做了他的妻子，黎昭盛怒之下，十有八九会杀了我。

我不怕死，可是看着怀里睡得很不安稳的安然，我心里犹如乱箭穿心，痛得喘不过气来。

这孩子才两岁，一日之间没了爹娘，没了弟弟，要是我和阮郎归也死了，她除了死，真的没有第二条路可以走了。

一路上我都在想对策，可是高延寸步不离地跟着我，只在每天天色将黑的时候让我看一眼阮郎归，确定他还活着。

我心知高延是利用阮郎归牵制我，防止我逃跑，或是不配合他的押送。

我只能妥协，万般威逼利诱，他总算做了让步，找了个大夫给阮郎归治伤，高延为了让我放心，特意允许我在边上看着。

包扎伤口的纱布一揭开，伤口就再次流血了。我舒了一口气，幸好是冬天，否则非化脓不可。大夫手脚麻利地清洗伤口，换药，给他喂了好几个药丸，又拿出一大堆伤药吩咐用法和用量。

我一一记下，高延却只是冷眼看着。等到大夫说完，他一把抓过那些瓶瓶罐罐，板着脸说："换药的事情，不敢劳烦辛小姐，这一路舟车劳顿，您还是多多休息吧！"

我狠狠瞪高延一眼，心知他迫于黎昭的君威，不敢太过违令行事。他已经做了很多让步，我再逼他，万一狗急跳墙，反而不好。

安然，抓着我的手，奶声奶气地说："娘！娘！爹爹不动！爹爹懒！要爹爹抱！"

我心里一酸，险些掉下泪来，连忙抱着安然回到马车上，缩在车厢角落里，咬着衣袖呜呜地哭。

傍晚下起了大雨，高延下令住店。我的房间被重兵把守着，高延像尊门神一样，亲自站在门口守卫。

我无可奈何，抱着安然要去看阮郎归，高延不让，我冷冷地看着他，淡声道："高副统领，再有十来天，大约就该进京了吧？"

高延眼瞳一缩，默默地侧了侧身子。

经过治疗，阮郎归的伤有了起色，我进去的时候，他已经醒了，正大睁着两眼，无神地盯着床顶发黄的帐幔。

我哀哀地叫了一声："夫君！"

阮郎归闻声转头，定了定神，涣散的目光才聚焦在我脸上，虚弱地叫道："辛甘！你还好吗？"

我一听见他的声音，眼泪就下来了，放下安然，倒了一杯水喂他喝。

他的脸色苍白如涂墙的白垩，眼圈青黑，嘴唇干裂起皮，胡子拉碴，看起来就像一个无家可归的流浪汉。

我心痛如绞，小心翼翼地托着他的后脑勺，将水杯递到他唇边。阮郎归喝了半杯水，微微摇了摇头。

我拿开杯子，他握住我的手，眼睛红红的，哀声道："辛甘，这一次，咱们大约真的在劫难逃了！"

"你死我死，你活我活！"我低声说，温柔地笑看着他，"阮郎归，我有没有对你说过，我曾经喜欢过你？"

阮郎归艰难地摇头，认真地说："没有，一次都没有。"他缓了口气，无比懊恼，"是我的错，不该强求的！如果不是我一意孤行，你现在应该还在过平静的日子现在秋水和长天也还活得好好的，他们的孩子也不会胎死腹中。"

我眨了眨眼，憋回去汪洋恣肆的眼泪，叹道："这都是命！阮郎归，你是我命里的劫，避不过，逃不掉。"

阮郎归满眼后悔："如果能够重来，我一定不会去找你！我宁可一辈子活在思念中，也不害得你陪着我万劫不复！"

我笑着摇头，看着他的眼睛："如果能够重来，当年我一定不赶你走。在你第一次说'我们成亲吧'的时候，我就答应你，在我最风光的时候嫁给你，名正言顺地做你的乐安王妃。"

阮郎归怔了怔，蓦地瞪大了眼睛，惊疑不定地问道："你……不恨我？"

"不恨。"我笑得眼泪都出来了，"我只恨最好的年华白白荒废了！既然终究避不过这一天，当初我为什么还要因为害怕这一天的到来而拒绝你？"

阮郎归说，最好的我们，是用来相守的，而不是用来荒废的，可惜年少无知的我和他都明白得太晚了。

相爱恨晚，后悔莫及。

这一晚，我躺在阮郎归身边，安然躺在我们俩中间，我们说了很久很久的话，那些不为人知的心动、心喜、心疼，一一扒出来，给对方看最真切的自己。

不记得什么时辰，阮郎归的声音停住了，响起了均匀而绵长的鼻息。我抬手抚上阮郎归的脸，悲哀地想着，能这般同床共枕，互诉衷肠的时光，真的屈指可数了。

我了无睡意，也不舍得睡，就这么安安静静地守着阮郎归和安然，心里突然就平静下来了。

死就死了，没什么大不了的，人生下来，谁还想活着回去？同生共死，总归是不幸中的万幸。黎昭如果真要杀，我陪着阮郎归一起死也就是了！

后半夜的时候，外头突然传来兵器相碰撞发出的刺耳的"锵锵"声。

我无动于衷，平静地躺着，抱着我的夫君和孩子，守着我最后的眷恋。

打斗声越来越近，高延气急败坏的声音不时传来，夹杂着男人粗粝的惨呼声。很快，房门被人踹开了，一道黑影倏忽之间飘了进来。

我冷声喝问："什么人？"

来人一言不发，回身砍翻两个追进来的禁军，大步窜到了床前。

桌子上的油灯一直点着，灯光昏黄幽暗，借着惨淡的灯光，我瞧见黑衣人露在外面的眼睛，有一种似曾相识的感觉。

那人窜到床前之后，伸长了手臂过来抓我，我压低声音，再次问了一声："你是谁？"

"辛甘别怕，我来救你了！"声音温润清朗，与记忆中的那人一模一样。

黑衣人拉下蒙面黑巾，就见一张俊致朗润的脸赫然展现在我眼前，正是白术。

我心里猛地一松，不论如何，安然有救了！

我将安然抱起来，递了过去："带孩子走！"

白术一怔，愕然问道："你的？"

"小泥鳅和小螃蟹的女儿，小螃蟹难产死了，小泥鳅也去了。"我尽量用最简短的话语解释。

白术的目光瞄到床榻里侧的阮郎归，眼神倏地冷了下来："你还是嫁给他了？"

我凄然一笑："终究是嫁了！此去京城，生死难料，你来救我，我很感激。我欠你的，这辈子已经还不了了。老话说债多不压身，我再求你一件事，救救这个孩子，她是我看着长大的，就像自己的孩子一样。我保护不了她了，你带她走，成吗？"

白术往门口看了一眼，也不知他用了什么方法，没有人再闯进来了。

"我若有余力，定然为你做一切你想要做的事情。可是辛甘，我只是一个人，真的救不了那么多人。"白术叹口气，眼里有深深的无奈，也不知是无奈没法子救下所有人，还是无奈我终究嫁给了阮郎归。

"辛甘，在我眼里，你才是最重要的。即便这孩子是你的亲生女儿，我也会放弃她来救你，更何况只不过是别人的孩子？"白术闭目一叹，"辛甘，别怨我，我真的尽力了！"

白术伸手来拉，我拦住他的手，叹口气，黯然道："小螃蟹死了，小泥鳅死了，他们那已经足月的孩子胎死腹中。如果安然再有个什么闪失，我还有什么面目活下去？就是死，九泉之下我都没脸去见他们俩。再说……"

我看一眼身边的阮郎归，他的身体太虚弱，半昏半睡，那么大的动静都没吵醒他。

"他是我的夫君，不论生死，我都是要与他一道的。在这世上，唯一能让我牵挂着的，也就是他和这孩子了！如果他俩死了，我活着还有什么意思？"

白术默了默，无奈地叹道："可是辛甘，我真的救不了了。阮郎归重伤不醒，这孩子又那么小，不论是谁，我都带不走。我下了药，放倒了一大半侍卫，但这也只能拖延很短的时间，一旦他们醒来，我们一个都跑不了。"

"带走这个孩子吧！我求你！"我恳切地看着白术，哀求道，"这孩子是我的心头肉，虽然没有我的骨血，却凝聚了我无数心血。我求你带走她，就当是你的孩子，也算是我唯一能留给你的一点儿念想。"

我泣不成声，悲痛得不能自已。

白术深深地看着安然，抬手摸了摸她的脸，低低地问道："这孩子叫什么名字？"

"安然，我叫她安然，姓舒，舒坦的舒。"我看着白术的手笑了，他肯摸安然的脸，就是答应了。

"这名字不好听。"白术摇头，惨然笑笑，"甘心，叫甘心，如何？"

我泪如泉涌，不可遏止。

甘心，他终究是甘心情愿为我做他所能做的一切。

多年前我曾经那样深切地怨过他，怕过他，可他对我却从没存过一丝恶意，由着我的性子胡闹，豁出命去陪我往死路上狂奔，却从来没有过任何怨言。

"如果我能活着，我一定会去找你。"我咧嘴一笑，眼泪落进嘴里，又苦又涩。

白术伸手给我抹了一把眼泪，红着眼睛说："好！记得你说过的话，一定要来找我！"垂眸看了一眼安然，又道，"还有我们的孩子！"

我将安然放进他怀里，他单手抱住，我冲他摆了摆手，依依不舍地说："快走吧！等到那些人醒来，再想脱身就难了。"

白术沉声道："进了京城之后，别跟皇上硬碰硬，尽可能拖延时间，我会再想办法救你的。"他说完，突然压低了身子，在我额头上亲亲吻了一记，强笑道，"这是你欠我的。"

我欠他的，又岂是这么蜻蜓点水的一吻就能还清的？

我抹了一把眼泪，沉声道："走吧！走吧！别再想着冒险救我，好好照顾……我们的孩子！"

白术又深深地看了安然一眼，咬牙道："我们的孩子！甘心！我们的孩子！"说罢，他就抱着孩子，从窗口跳下去了。

白术的出现了了我一桩心事，安然托付给白术，我不用再担心了。

哦，不，从今以后，世上再没有要被格杀勿论的舒安然，只有白术的女儿——甘心。

高延醒来之后，见到我和阮郎归还在，长舒了一口气，安然的失踪并没有引起他多大的主意，反正安然是被下了格杀令的，带回京反倒更麻烦些。

接下来的一路都很平静，高延不敢再住店，行程越发快了，过了大约七八天，就到京城了。

马车驶进金麟城门的时候，我恍然有一种隔世之感。

四年，整整四年，我又回到金麟了！

当年我走，是因为黎昭，我不得不走。

今日我回，是因为黎昭，我不得不回。

来不及感慨一句造化弄人，马车就被人拦住了，一道蓝影"嗖"的一下窜上马车，一把抱住我，压抑着满满的痛苦，叹道："辛甘！你怎么又回来了？不是叫你再也不要回来的吗？"

我整个人都僵住了，愣了愣，才缓缓将双手环上来人的腰，泣不成声："六十六叔！"

六十六叔撇开身子，捧着我的脸，仔细端详了老半天，抹了一把眼泪，强压着哭腔："辛甘瘦了，眉眼长开了，比那时候更好看了。"

六十六叔也瘦了，眉眼间不复十六岁少年的天真无邪，眼神里透着一股子看破红尘的豁达，豁达中又有着一丝丝无奈，二十岁的少年，竟然有了沧桑之感。

"你好吗？"我哆嗦着手遮住六十六叔的眼睛，看着他的眼睛，我心疼。

六十六叔点头，长舒一声，哽咽道："我很好，蓉儿也很好。你走之后，皇上并没有为难我们。爹虽然很生气，可是皇上为我求情，他最终没将我怎么样。"

"辛家七零八落，各自为战，如今越发颓败了。如今七房之中，唯独京城这一支，有皇上的庇护，日子还能过得去，但也大不如前了！"六十六叔不胜唏嘘，拍了拍我的后脑勺，叹道，"幸好你走了，否则看着老太爷一生的心血毁于一旦，我怕你会受不了。"

我不知该说些什么，辛家的一切对我来说已经很遥远了，仿佛我就是一个外人，从来没跟辛家扯上过关系。

"六十六婶呢？"我岔开话题，不想听一个百年望族的兴衰荣辱。

六十六叔落寞的脸上终于显现出一丝喜意："她刚刚生下一对龙凤胎，还没出月子，不能来看你。等会儿我带你回家，蓉儿看见你，一定很高兴。"

家？

"我早就没有家了。"我落寞地抹了一把眼泪，强笑道，"也就六十六叔还念着我了。"

"我爹他……他已经去了。"六十六叔眼里蓦地涌起一层深重的悲哀,"他一去,兄长们便开始闹分家。那时候皇上已经登基了,寻了个由头,将他们都遣出京城,如今金麟城是我在打理。辛甘,你的小院我还给你留着,一切都跟以前一样。"

我不胜感慨,却又说不清到底在感慨什么,看看马车外层层叠叠的禁卫军,苦笑道:"大约是回不了家了!我想,这马车应该是直接进宫的吧!"

六十六叔蓦地悲戚起来,拍拍我的肩膀,长叹一声:"今日清早,狗蛋突然上门传话,说是你今天要回京城来,我得到消息之后就立刻赶过来等着。"

"还是被找到了!"我苦笑,"六十六叔,我嫁人了。"

六十六叔的脸色顿时僵住了,默了默,才问:"嫁给谁了?白术吗?"

我强撑着笑脸反问:"为什么不猜付恒?"

六十六叔摇头一叹,不胜感慨:"皇上一登基就下令召回付恒,如今他已经是正一品护国公了,在内统领禁军,在外掌理吏部,位同宰相,可以说是东黎第一臣了。"

我一阵恍然,付恒也回京了吗?

马车走得很快,说话间就到了付家原先的府第前。

六十六叔指着付家的朱墙深院,一脸唏嘘:"付家的宅子也还给付恒了,修整扩建,成了护国公府。"

我突然想起当年钻过的狗洞,不由得低声笑了。恒哥哥终究不是零落成泥的凡花,他是合该开在瑶池的仙品。

过了付府,没多久经过辛家。一样的高宅大院,一样的朱漆大门,门楣上的烫金横匾"仁商典范"还挂着,却成了辛辣无比的讽刺。

高延在马车外问道:"辛小姐要回府看看吗?"

我挑眉,有一瞬间的讶异,随即恍然,黎昭倒是挺体谅我的"思乡之情"啊!

"不了。"我冷冷地说,无视六十六叔一脸惊诧,"该去哪儿就去哪儿吧!"

高延怔了怔,一扬手,马车继续往前走。

"辛甘,你……"六十六叔惊问。

我截住他的话,笑道:"六十六婶还在月子里,我不方便去看她,六十六叔替我问候吧!如今的辛家,再不是以前那样了,我去不去,也没什么差别。"

六十六叔神色一黯,叹道:"终归是我们对不起你,你心里有怨气,那

240

也是应该的。"

我不怨六十六叔，反倒是我耽误了他，大好青年陪着我荒废了那么多年时光，是我对不住他。

可是我不能说，再次回到金麟，时过境迁，物是人非，我不敢有一丝一毫的行差踏错。

"六十六叔，你先回吧！先别告诉六十六婶我回来了。"我垂下眼帘，不敢让六十六叔看出我的惊惧。

黎昭通知六十六叔我回来了，很可能是一个震慑，如果我不乖乖听话，倒霉的就是六十六叔。

黎昭不愧是跟我青梅竹马一起长大的，对于我的软肋拿捏得可真准！

六十六叔了然地点头，无奈地叹口气："好吧！如果有机会，你一定要回来。"

"嗯。"我点了点头，偌大的金麟城，唯一关心我在乎我的，也就只有六十六叔了。

六十六叔下了马车，回过头来问道："辛甘，你嫁给谁了？"

我笑笑，正要回答，他突然摇了摇头，无比悲哀地看着我，叹道："冤孽啊！冤孽！"

是啊！不论我嫁给谁，到了这个地步，都没有任何差别了。

"你侄女婿是阮郎归。"我强笑着说，"六十六叔，你一定想不到吧，我嫁了一个最不可能的人！"

六十六叔一脸平静，淡淡地笑笑："阮郎归……也挺好，你中意的总不会错。"

"嗯！很好很好呢！简直比六十六叔还要好！"我嘻嘻一笑，故作轻松，向六十六叔挥手告别。

马车一路驶向皇宫，我默默地想着从前的人，付恒、黎昭，他们都变成了什么样子？还有白术，这些年他又是如何过来的？

马车在内外宫之间的朝阳门口停下来，车帘被一只裹着深蓝色太监服饰的手臂撩开，狗蛋那把熟悉的公鸭嗓响起："辛小姐可算是来啦！奴才从卯时一直等到现在，您要是再不来，奴才可就冻成冰棍啦！"

我就着狗蛋的手臂下车，四年没见，这小太监也长开了，眉眼间的青涩退去，添了一份世故与圆滑。

高延觍着一副讨好的笑意，卑躬屈膝地说："念公公，小人己经将辛小姐请进宫了，劳您带领辛小姐去向皇上复命。"

狗蛋高冷地一摆拂尘："没你事了，退下吧！"

我挑眉看着狗蛋高傲的姿态，不冷不热地笑道："念公公？恭喜公公高升啊！"

狗蛋顿时尿了，咧着嘴笑得十分卑微："我的姑奶奶！您这不是折煞奴才吗？奴才哪儿当得起啊！奴才在您面前永远都是狗蛋！"

狗蛋一招手，等候在边上的软轿落地，他弓着腰打起轿帘，觍着一脸狗腿子的笑意："辛小姐，您请！"

我惴惴不安，可是到了这里，除了逆来顺受，早就没有第二条路可以走了。

我上了软轿，狗蛋放下轿帘，招呼起轿。

"辛小姐，您不知道，如今皇上给奴才赐了名字，叫作念卿，这名儿好听吧？"狗蛋的声音传进来，除了满满的得意，还带着一种隐晦的暗示。

我勾起嘴角："好听，瞧你这衣帽打扮，如今做到大总管了吧？"

狗蛋笑道："托辛小姐的福，奴才如今是后宫的总管太监。"

走了有一阵子，轿子突然停住了，却没落地，一个清脆的女人声音传来："念公公，这是上哪儿去呀？"

"给欣贵妃娘娘请安。"狗蛋应声，"奴才正要去见皇上。"

"巧了，本宫也要去给皇上请安，从颐欣宫走来，腿都酸了，念公公这顶轿子，不介意暂时借本宫一用吧？"女人的声音清脆娇媚，很是动听。

狗蛋呵呵笑道："请娘娘恕罪，轿子里已经有人了。"

"有人就叫她出来！岂有旁人坐轿，咱们娘娘走着的道理？"一把尖细的女音，满满的都是狐假虎威。

我记得秋水那时候说过，黎昭登基之后，封太子妃为欣贵妃，后位虚悬，那么欣贵妃应该是目前后宫中位份最高的女人。

颐欣宫？忆辛？念卿？

但愿是我的错觉。

狗蛋不卑不亢地说："请娘娘明察，奴才是奉了圣旨抬人的。娘娘若是疲累，奴才这就差人传轿，劳烦娘娘稍候片刻。"

"你！"先前那个尖细的女声顿时不乐意了。

欣贵妃笑着截口："既然是奉了圣旨，本宫自然不会耽误公公办差。走吧！"

我撩开帘子瞥了一眼，一个身穿粉色宫装的女子在前头缓步走着，一名青衣宫女伴着她，狗蛋落后一步，再往后是几名宫女，想来是欣贵妃宫里的。

我哭笑不得，八字没一撇就树敌了，还是后宫里位份最高的女人。

走了许久，狗蛋才撩开帘子扶我下轿，压低声音叮嘱了一句："皇上等候多时了，辛小姐，您请吧。"

我还没迈开步子，欣贵妃就走过来了，上下打量我一眼，堆出一脸温柔的笑意，客气地问道："这位是？"

狗蛋弯腰鞠了个躬，貌似恭敬地回道："启禀欣贵妃，这位就是皇上命奴才接的人，辛家小姐。"

"辛小姐？"欣贵妃轻轻地念了一声，脆声问道，"多年前，金麟城曾经有个号称'东黎第一传奇'的辛甘，不知可是眼前这一位？"

狗蛋直起身子，有些不耐烦地催道："皇上还在等着，辛小姐，您快进去吧！"

我向欣贵妃点了点头，抽身往里走。不料，我刚走了两步，欣贵妃突然快步跟了上来。我还没反应过来，她就到了我前面。

"欣贵妃请留步，皇上召见的是辛小姐。欣贵妃若是要见驾，容奴才先行通报。"狗蛋连忙拦住欣贵妃，他的眉头微微蹙起，眼神中带着一种不甚明显的轻慢。

欣贵妃脸色一变，眼中倏地迸出怒气，深深地看我一眼，停住了脚步。

我苦笑一声，这梁子结大发了！

我刚一进门，宫女就把门关起来了。我回头看了一眼，两丈高的朱漆木门关得严严实实的，连条缝都没留。

我呆立在门口，不知该如何进去，如何面对黎昭。

"怎么不进来？"黎昭的声音蓦地响起，不复少时变声期的沙哑，变得低沉幽远，仿佛深山老泉一般，铮铮淙淙，动人心弦。

我缓步走过去，站在珠帘下，静静地看着他。

他在一张宽大的书桌前站着，微微垂着头，右手提着一支很粗的笔，像是刚刚写完一帖字，正在欣赏似的。

我默默地看着，百感交集，却无话可说。

黎昭抬头，隔着珠帘与我对视。

四年未见，他长高了不少，面部轮廓硬朗了很多，五官越发深邃，整个人浑身上下散发着一种王者之气。

黎昭放下笔，绕到书案前，停住脚步，低低地叹息一声："辛甘，你来了。"

我蓦地泪如雨下。

黎昭淡淡地笑着，嘴角上扬，眉目温和地看着我，一声不响。

我撩开帘子，缓步走了过去，走到距离黎昭三步远的地方站住，含着泪笑问："我是不是应该给你磕头请安？"

黎昭绷不住笑了，上前狠狠戳了戳我的脑门子，笑骂："你要是想磕头，还能等到现在？"

他拉着我走到榻边坐下，一指榻上的小方桌，板着脸说："喏，给你准备的！"

满桌子菜肴，还冒着热气，都是我从前爱吃的，红泥小火炉上烫着一壶酒，桂花的香气幽幽飘出。

我会心一笑，黎昭倒是挺细心，于是故作不经意地抱怨："谢主隆恩！我还以为你打定了主意饿死我呢！"

黎昭没好气地瞪我一眼，抓起一双筷子塞进我手里："朕哪敢啊？"

"你那个好奴才让我吃了将近一个月干粮，天天冷馒头冷烧饼，连根咸菜都没有！要是再不让我吃饭，我就真饿死了！"我撇着嘴，不胜委屈。

黎昭眉眼间顿时流露出心疼，夹了好几筷子菜到我碗里，温声道："饿坏了吧？快吃吧！朕让人给你开小灶，以后你想吃什么就给你做什么。"

我夹起一块糖醋鲤鱼放进嘴里，嚼了两下，突然弯腰干呕起来。

黎昭连忙给我拍背，皱眉问道："怎么了？好端端的怎么突然呕吐了？来人！快传太医！"

我摆着手拦下，有气无力地说，"不用传太医了，没用的。那天高延他们突然出现，在我家中大开杀戒，尸横遍野，血流成河……之后一直在赶路，吃些干粮果腹，倒也没什么。刚才想吃块肉解解馋，可是一到嘴里，突然觉得这深褐色的酱汁好像干涸的血迹，一阵反胃，就……"

黎昭急切的神情渐渐平复下来，斟了一杯酒，一口饮尽，没说话。

"高延说，你下了格杀令，是吗？"我哀声问道，没等黎昭回答，叹口气，接道，"我走的这些年，一直都是小泥鳅和小螃蟹在照顾我，可是他们也死了，小螃蟹已经怀了九个月的身孕，没几天就要生产了，那群人冲进来……"

回想起当时悲惨的景象，眼泪再次滚滚而落，我深吸一口气，凄然笑道："你知道亲眼看着身边的人死在自己面前是什么感觉吗？我就在边上替她接生，我哭，我叫，我死命地让她用力……可她还是没能把孩子生出来……"

我趴在桌沿上，失声痛哭："我给那孩子起名叫安好，可是他再也安好不了了！他们都安好不了了！阿昭，为什么？为什么要这么残忍？为什么要杀他们？你恨我，怨我，那你朝我来啊！为什么要拿我最在乎的人来折磨我？"

"辛甘，朕……我知道现在说什么都晚了，可是辛甘，我没有下令杀他们，我的原话是捉拿阮郎归，如遇反抗，可当场格杀。他身为朝廷重臣，诈死欺君，罪不可赦，若是胆敢拒捕，自然应该当场格杀！"黎昭捧起我的脑袋，拿龙袍的袖子给我擦了擦眼泪，温声道，"辛甘，四年前的阿昭可以为了你一句话废阮郎归一只脚，四年后的阿昭，一样不会做任何伤害你的事情。小螃蟹跟了你十余年，小泥鳅也是跟你一起长大的，我怎么可能对他们下手？"

"真的？"我泪眼蒙眬地看着他，难道真的是高延为了尽快交差，自作主张灭了舒府满门？

黎昭盯着我的眼睛，眼神里有些受伤："你不信我？"

我真的很想说我信，理智也告诉我，我应该选择相信。

可是高延哪来那么大的胆子？他应该很清楚，动了我身边的人，只要有机会，我一定会弄死他，如果不是收到明确的旨意，他怎么敢自作主张？

见我犹豫，黎昭皱眉，声音微冷："来人！"

"奴才在，皇上有何吩咐？"狗蛋及时应声而入，跪地听命。

黎昭冷声道："立刻召高延来见朕！朕要让他自己说，当初朕下令让他去捉拿乐安王的时候，有没有对辛甘的家仆下过格杀令！"

狗蛋应声离去，不一会儿，高延就被带了进来。

"微臣给皇上请安，吾皇万岁万岁万万岁！"高延头也不敢抬，战战兢兢，好像一只脚已经踏进鬼门关似的。

黎昭冷着脸问道："高延，你说，当初朕是如何吩咐你办差的？"

高延俯身磕了一个头，这才毕恭毕敬、诚惶诚恐地说："启禀皇上，当日您下令微臣前往平川捉拿钦犯阮郎归，曾有明谕，阮郎归诈死欺君，罪不可赦，令微臣将之捉拿回京，倘若遭到抵抗，可当场格杀。"

"所以你就将辛甘的家仆亲人一并杀了？"黎昭怒喝，重重一掌拍在小案上，震得杯盘碗碟一阵乱响。

高延浑身一颤，一屁股跌坐在地上，颤声道："微臣……微臣以为，阮郎归困兽犹斗，舒府众人沆瀣一气，微臣……"

黎昭深吸一口气，看着我，诚恳地说道："辛甘，朕真的没有要杀小螃蟹和小泥鳅！他们对你有多重要，朕心里很清楚，朕怎么可能让你难受？"

我闭了闭眼，只觉得累得很，不论黎昭到底有没有下过格杀令，小螃蟹和小泥鳅死了就是死了，我再如何伤心难受，他们都活不过来了。

"十七个人，活着的，还有十七个人。"我低低地说，拿筷子拨动着碗里的菜，凄惨地笑了笑，"皇上，我问你要十七条人命，你肯给吗？"

黎昭微微皱眉，冷声道："办事不力，滥杀无辜，本就该死！"

"小螃蟹全家都死了。"我淡淡地说，"我想再做一件坏事，可不可以？"

我指着高延，凄然笑道，"这个人是禁卫军副统领，是那帮杀手的头头，格杀令是从他嘴里说出来的，我要他全家给小螃蟹他们陪葬，可不可以？"

黎昭叹口气，隔着桌子握住我的手，温声安慰道："人死不能复生，辛甘，你要节哀顺变。"

"不可以吗？"我笑看着他，眼泪扑簌簌滚落，黎昭倒是个好皇帝，没有因为我的私仇而迁怒无辜的人。

"求辛小姐高抬贵手！小人家中上有八十岁的老母，下有三岁稚子，辛小姐若要小人偿命，小人决不犹豫，只求辛小姐大发慈悲，饶过小人家小！"高延顿时慌了，砰砰砰砰地直磕响头。

我冷冷一笑，端起酒杯喝了一口，冷声道："当初我曾说过，你敢动我的家人，我要你满门陪葬！你上有老母下有稚子，那小螃蟹怀胎九月，你不是照样毫不留情？他们的女儿才两岁，你又何尝饶过那可怜的孩子？"

黎昭见我痛苦得不能自已，终究是妥协了，淡声道："照辛甘的意思办吧！"

狗蛋应声， 招手，进来两个侍卫，将高延拖出去了。

"启禀皇上，欣贵妃在门外候着呢，已经等了有一会儿了，奴才劝她回去，她不肯，非要见皇上。"狗蛋小心翼翼地说，眼角余光往我身上瞥了一眼，带着些很明显的怯意。

我心里一凉，狗蛋那时候跟在黎昭身边，与我也算是交情匪浅了，如今看我的目光竟然畏惧起来了。

恨意果然能让人疯狂，双手从不曾染上一丝血腥的我，一下子就报销了二十余条人命。

"她来做什么？"黎昭冷声道，"就说朕很忙，没时间见她。"

"别。"我连忙拦住，苦笑道，"我刚进内宫没多久，就在路上遇见了欣贵妃。一路上她走路，我坐轿，到了御书房门口，我进来，她等着。她分明知道皇上没什么要紧事，却不肯见她，这份怒火，自然是要转移到我身上来的。"

我叹口气，十分无奈："辛甘区区草民，哪里当得起当朝贵妃的记恨？皇上还是高抬贵手，别连累得我被天底下最尊贵的女人收拾。"

黎昭闻言，龙眉一蹙，声音有些严厉："胡说！"

我抖了抖，心里暗道一声"不好"，一定是哪句话说岔了，惹得黎昭不开心了。

"她算什么最尊贵的女人？"黎昭冷哼一声，轻蔑地说，"不过是先皇强行塞给朕的一个替代品而已！"

狗蛋转身就要出去，我连忙拦住："尊不尊贵是一回事，人家总归是贵妃，我一个平头百姓，惹不起。"

黎昭不耐烦地皱了皱眉："叫她进来吧！"

狗蛋担忧地看我一眼，倒退着出去，很快欣贵妃就扭着腰肢一路香风地进来，飘飘然下拜，娇滴滴请安，那一副娇花弱柳的样子，我见犹怜。

黎昭眼皮子都没抬，不冷不淡地甩了一句："欣贵妃见朕有何要事？"

欣贵妃极快地瞥我一眼，眼神冷厉，带着满满的厌憎与恼怒。我连忙起身下拜，不料，一条腿还没跪实在地上，黎昭突然拉住了我的胳膊。

"胡闹！"黎昭板着脸低斥一句，"饭可以乱吃，头不能乱磕！辛甘，你这样会害死人的！"

我蒙了蒙，害死人？至于吗？我一个平民百姓给当朝贵妃磕头，那是律法所在，不磕头才会害死人好吗？

欣贵妃的脸顿时僵住了，脸色刹那间白了不少。

黎昭没理会欣贵妃，回头吩咐道："狗蛋，去让御膳房重新整治一桌菜肴送过来，不许放酱油，但凡红色、褐色的一律不许放。"

狗蛋应声退下，黎昭拿起一块嫩黄色的糕点递给我，温声笑道："豌豆黄能吃吧？"

我犹豫着不敢接，黎昭对我的态度这般重视亲昵，欣贵妃还不得气死？

"辛甘？"黎昭见我不接，皱着眉头低唤一声。

我叹口气，闷闷地揉了揉额角，叹道："在马车里憋了一个多月，我现在只想好好睡一觉。皇上，您要是没什么事儿，我可就回家了啊！"

黎昭的眉头皱得很深，好气又好笑地瞪我一眼，笑骂道："你呀！天生就是属猪的！除了吃就是睡，这么多年了，也没个人样儿！"

黎昭的表情好生熟悉，恍惚间，好像一切都回到了从前，什么都没有发生过，他还是不务正业的当朝太子，我还是风光无限的辛家千金。

我下意识脱口反驳："喂！你这话我可就不爱听了啊！什么叫没个人样儿？难不成我是狗样儿啊！"

黎昭闻言，哈哈大笑，重重一巴掌拍在我肩膀上，我毫不犹豫地一巴掌甩过去，狠狠将他的手打落，怒道："轻点儿！想把我拍进土里当土地奶奶啊？"

黎昭笑得越发欢了，用力揽了揽我的肩膀，戳着我的脑门子骂道："牙尖嘴利！敢这样跟朕讲话，信不信朕打你板子？"

"当皇帝了不起啊？你打一个我看看？"我嗤之以鼻，冷哼一声，扬着脸挑衅地瞪着黎昭。

黎昭哭笑不得地摇头，比了个大拇指，叹道："辛甘，你一定是天底下第一个敢当着皇帝的面说'当皇帝了不起啊'的人！"

我心肝一颤，灰溜溜地低下头，讪讪地笑道："呵呵……一时忘了你如今已经是皇帝了。那个啥，能当皇帝的人，那都是天神降世，不会跟我等草民一般见识，你肯定不会跟我计较的。"

黎昭越发宠溺，横我一眼，不轻不重地照着我的后脑勺扇了一巴掌，骂道："再有下次，看朕不打你板子！"

我吐了吐舌头，龇牙咧嘴地道一声"好险"，暗暗告诫自己，万万不可再忘乎所以了。

黎昭斟了一杯酒，又给我斟一杯，笑道："多年没一同喝酒了，来来来！今天咱们不醉不归！"

我往欣贵妃那儿瞟了一眼，示意黎昭他明媒正娶的结发妻子就在一边站着。他这才敛了眉目，板着一张很有威严的脸，淡淡地说："欣贵妃还有事吗？"

欣贵妃煞白着脸色，强扯出一个尴尬的笑容："臣妾无事，只是想来看看皇上，不知皇上今夜可要歇在颐欣宫？"

黎昭眉目微冷，淡声道："今儿不去了。"

"今日……是十五啊！"欣贵妃的声音似乎有些哽咽，大眼睛里迅速浮起一层薄薄的水汽。

宫里的规矩，初一十五皇上是要歇在皇后宫里的。黎昭没有立后，但欣贵妃是他八抬大轿明媒正娶的发妻，论理，黎昭是应该过去的。

黎昭冷然一瞥，不耐烦地说："祖制十五皇帝理应驾临中宫，欣贵妃不记得了吗？"

欣贵妃的脸色越发白了，仅有的一层淡淡的血色倏地退去，眼里的泪光一下子厚重起来，泪水在眼眶里打转，仿佛下一刻就要决堤。

"臣妾失言了，臣妾告退。"欣贵妃低头跪安，我分明瞧见她低头的那一刹那，两颗水珠从她眼里坠落。

黎昭视若无睹，欣贵妃落寞地低着头退下，我呆呆地看着地面上那两团圆圆的水渍，有些出神。

"想什么呢？"黎昭不悦地拿筷子敲了敲我的碗。

我恍然回神，认真地盯着黎昭的脸，仔细端详许久，才无限感慨地说："想白云苍狗，想沧海桑田，想世事无常，想如今的你、我、他们，都变成了什么样子。"

黎昭挑眉，略有些不屑地调侃："哟！四年不见，学会玩深沉了？说起话来，还真有那么几分文人的酸腐气！"

我淡淡一笑，微有些失落，起身走到书桌前，果然看到书桌上黎昭刚写的字——愿我如星君如月，夜夜流光相皎洁。

我心口一紧，抬手将那张纸拿起来，对折，放到边上，提起那支很粗的笔，在纸上飞快地写几个字。

天凉好个秋。

黎昭挑着眉走过来，毫不客气地取笑道："哟！你居然肯主动写字？"

他走近之后，看到我写的字，愣了一愣，脸上的笑容有些勉强："这字写得不错，比你以前的狗爬字好太多了！"

我搁下笔，淡淡一笑："皇上，时候不早了，我要回家了。"

黎昭脸上的笑意渐渐褪去，目光渐沉："辛甘，你愁什么？"

我绷着嘴不吭声，淡淡地看着黎昭。

"少年不识愁滋味，爱上层楼。爱上层楼。为赋新词强说愁。而今识尽愁滋味，欲说还休。欲说还休。却道天凉好个秋。"

黎昭缓步走到我面前，语声沉沉地念完一曲《采桑子》，又道："四年不见，你变了很多，以前的你很爱笑，无忧无虑。"

我凄然一笑，苦叹道："物是人非事事休，还不该愁吗？"

黎昭怅然一叹，伸手将我环入怀中，柔声安慰："都过去了！以后朕再不会让你受一丝一毫苦楚。辛甘，你的余生，不许有愁。"

我将黎昭的手掰开，退后两步，与他拉开距离，强笑道："皇上请自重，男女有别，辛甘受不起。"

黎昭眉头一皱，似有不悦，随即舒展了眉目："如果不是四年前你离开金麟，如今你已经是朕的皇后了。你要名正言顺，好！朕这就传钦天监过来看日子，择吉期迎你入宫。"

我顿时蒙了，怎么话题突然就转到这儿来了？我还没想好怎么开口跟黎昭说我已经嫁给阮郎归的事情呢！

我连忙跪下，低着头说："谢皇上抬爱，只是辛甘已经成亲，辜负皇上一片心意，辛甘该死！"

我和阮郎归同住一府，黎昭怎么可能不知道？他不问，只不过是在回避我可能已经成亲的事实罢了。

果然，黎昭像是早在意料之中一般，冷声问道："阮郎归？"

我点头："嗯，去年冬月十七，十九岁生辰那天，我嫁给阮郎归了。"

黎昭没让我起来，我不敢轻易动弹，耷拉着脑袋，维持着跪姿。许久，黎昭都没出声，只是默默地在书桌后的椅子上坐下。

"阮郎归是钦犯。"黎昭平静地说，"欺君之罪，罪不容诛。"

我心口一紧，下意识就要求情，话到嘴边又咽了下去，默默地垂着头，等着黎昭的后话。

"王爷立妃，必须经过朝廷册立，你与他无媒苟合，属于私通。"黎昭声音里隐隐有着咬牙切齿的怒意。

我笼在袖子里的双手倏地握成拳头，指甲掐入肉里，很疼，却不及我心里的苦闷之万一。我咬着嘴唇没吭声，生死祸福全部拿捏在黎昭手里，我唯一能做的，只有听天由命。

黎昭的声音越发冷了："阮郎归是犯了死罪的重犯，你如果嫁给他，那就是罪臣之妇，要受株连之刑。"

"可是我已经嫁给他了。"我低声说，忐忑不安。

"不算的！"黎昭蓦地激动起来，重重一掌拍在桌子上，猛然站起身，走到我面前，一把将我拉起来，抓我的肩膀，大力摇晃了好几下，厉声道，"不算的！既没有父母之命，媒妁之言，也没有朝廷的批文，你们的婚事根本不作数！你不是乐安王妃！你只是民女辛甘！"

黎昭不承认我和阮郎归的婚事，他是想杀了阮郎归，留住我的命？还是想撇清我和阮郎归的关系？

我默不作声，任由黎昭抓着我一通猛摇。黎昭见我这么半死不活的样子，越发愤怒了，大声叫道："不算的！你们根本不算夫妻！"

怎么可能不算呢？

日日相对，夜夜共枕，我们做了最亲密的事，交了最真挚的心，怎么能不算呢？

我叹口气，悲哀地看着黎昭，哑声道："我真的嫁给阮郎归了，我和他早已经做了夫妻，这是事实。"

"放屁！这算哪门子事实？"黎昭嘶声道，"朕不承认！"

我闭了闭眼，凄然笑道："阿昭，纵然你不承认，我也是阮郎归的结发之妻，这是改变不了的。"

"别叫朕阿昭！"阮郎归狠狠一把甩开我的肩膀，狂躁地踱了两步，又转回来，一把抓住我的手腕，向上一扭，厉声道，"辛甘！你好样的！"

"不论皇上肯不肯原谅我夫妇二人，辛甘都想向皇上求情，求皇上放了阮郎归。"我垂着头低低地说，没想到事情居然会轻易闹崩。

"放了阮郎归？"黎昭仿佛听到了天大的笑话，哈哈大笑，道，"诈死欺君，抢了朕的女人，你居然还求朕放了他？辛甘，你真是太天真了！"

黎昭在震怒之下，手劲特别大，我的手腕被他攥得生疼，我动了动手腕，痛苦地说："皇上如果当真不能原谅，辛甘不敢强求。既然我与他已经结为夫妻，株连也好，处死也罢，我认了。"

黎昭森然一笑，一把扭住我的下巴，恨声道："好一个同生共死，夫妻情深！"

我闭着眼睛，不敢看暴怒的黎昭。我与他相识数年，从来没有见过他这般狂乱的模样。

黎昭狠狠地说："辛甘，你听好了！就算是死，朕也绝不会容许自己的女人跟旁的男人死在一处！"

我惶然睁开眼睛，惊恐地看着他，怔怔地问："你……你要……"

"朕要你！"黎昭一字一顿，话音未落，他蓦地低下头，重重地压了过来。

我顿时吓得魂飞魄散，想也不想，一巴掌甩了过去。

清脆的巴掌声将我和黎昭都震傻了，我惊恐地看着他，惶然退后几步，张了张嘴，却不知该说什么，索性脚底抹油，溜之大吉。

黎昭没拦我，只是一只手捂着脸颊，愣愣地看着我，嗫嚅着低唤了一声"辛甘"，声音听起来十分茫然。

我用力将大门拉开一条可以让我挤出去的缝，低声回道："皇上，对不起，辛甘福薄，受不起龙恩。我是有夫之妇，请皇上自重。"

黎昭懊恼又迷茫的声音幽幽传来："辛甘，朕……对不起，朕一时情不自禁。"

狗蛋见我出来，点头哈腰地迎上来："辛小姐怎么出来了？御膳房那边已经吩咐过了，很快就能重新开宴。外头冷，要不您先进去等着？"

"不必了。"我淡淡地打断，"劳烦念公公指个人给我，我要出宫。"

狗蛋脸上的笑容一僵，讪讪地说：“辛小姐折煞奴才了，奴才这就去请示皇上。”

正月底的天气，冷风如刀，冰寒刺骨。早梅疏疏落落地开了几枝，冷香幽幽，落在我眼里，越发觉得浑身发冷，牙关都要颤了。

很快，狗蛋出来了，满脸堆笑地对我说：“皇上念及辛小姐离家日久，特命奴才亲自护送辛小姐回府。辛小姐稍等片刻，奴才已经吩咐底下传轿了。”

“不必了，走走吧！”我低声一叹，“算是故地重游吧！”

狗蛋的脸色僵了僵，点头哈腰地应“好”，微微弓着身子跟着我。

“听说辛夫人刚刚诞下一对龙凤胎不久，您当姐姐了呢！恭喜，恭喜！”

我心里一暖，“是呢，六十六叔居然当爹了！看他那副样子，自己都像个孩子，这下六十六婶要头大了。”

“辛小姐，您瞧瞧，这可就是您的不是了！”狗蛋嘴一撇，满满的不乐意。

我好笑地瞥了他一眼：“我如何不是了？”

“奴才向您道喜，您怎么着也该打发个喜钱吧？”狗蛋气哼哼地说，“奴才记得，您出手可大方了！”

我低低地笑，摇了摇头：“你如今是大内总管，要什么没有？还会在乎那几个钱？如今我不比从前了，狗蛋，你这话可是拿我打涮了。”

狗蛋绷着脸，瘪着嘴不理我。

我想了想，褪下手腕上的墨玉镯子，递了过去：“喏，现如今我身上也就这么一件值钱的物事了。”

狗蛋一见那墨玉镯子，脸色一白，两腿一弯，扎扎实实地跪了，摆着手拒绝：“辛小姐别吓唬奴才，奴才胆儿小，不经吓！这镯子是皇上送您的生辰礼物，奴才慢说是收下，就是碰一碰，都会折寿啊！”

我拉起狗蛋，将镯子放在他手心里，温声道：“那时皇上年少，不知道这镯子的贵重，轻易送了人，也怪我年纪小不懂事，不知轻重地接了。狗蛋，劳烦你将这镯子还给皇上，就说辛甘福薄，配不上这般深厚的皇恩。”

狗蛋一连往外推，那脸色白得都快赶上早开的梅花了。

“辛小姐这不是害奴才？奴才自问服侍您老人家细心周到，恭敬有加，您何苦难为奴才呢？”狗蛋急得满头大汗，连连求饶，“辛小姐开恩哪！”

我好气又好笑，这镯子倒成了烫手山芋了！

说话间，假山的暗影里突然转出两个人，欣贵妃扶着落霞的手，沉着脸威仪满满地说道：“念公公如今也学起私相授受那一套了吗？亏你还是打小儿跟着皇上的！"

狗蛋皱了皱眉，眼含怒气，语气十分压抑："奴才给欣贵妃请安，娘娘许是看岔了，奴才奉皇上旨意送辛小姐出宫，并无私相授受之举。"

"是吗？"欣贵妃冷着脸走近几步，绕着我转了一圈。

狗蛋连忙跟近一步，小心翼翼地防备着，一副豁出命去的保护姿态。

欣贵妃冷笑着横了狗蛋一眼，骄矜地斥道："放肆！"

我暗暗好笑，狗蛋虽然是奴才，可毕竟是大内总管，跟了黎昭十几年的。欣贵妃给他脸色，无异于树敌。

冷不防一只戴着长长护甲的手伸了过来，劈手夺过我手里的墨玉镯子，护甲的尖刻意在我手背上一刮，刮出一道长长的口子，鲜血倏地涌出来了。

"这是什么？"欣贵妃冷笑，"人赃并获，还敢狡辩？"

我叹口气，郁闷地看着鲜血淋漓的手，我这是招谁惹谁了？

狗蛋见欣贵妃抢走了镯子，脸色蓦地变得十分精彩，幸灾乐祸地说："贵妃娘娘，这玩意儿可轻易动不得，还望娘娘惜福。"

欣贵妃顿时恼了，涨红了脸怒声质问："狗奴才！你是咒本宫折福吗？"

狗蛋一耸肩，给她来了个默认。

欣贵妃恼羞成怒，一把将墨玉镯子重重地砸在假山上，玉石相击，一声脆响，墨玉镯子断成三截，一些零星的碎片溅到山石缝里，消失得无影无踪。

"娘娘会不会折福奴才不知道，奴才只知道，先太后的遗物被娘娘砸了，皇上必然震怒。娘娘，您多多保重吧！"狗蛋冷笑，挺直了身板，皮笑肉不笑，"奴才认为，娘娘若是主动向皇上请罪，兴许皇上念在多年夫妻的分儿上，能从轻发落呢！"

欣贵妃脸色唰地白了，瞪大了眼睛，惊惶地说："这是……这是先太后的……遗物？"

我不耐烦地抬起手，掏出帕子压在手背上，叹口气："狗蛋，你要是再在这儿磨磨蹭蹭的，我怕是要失血过多，一命呜呼了。"

护甲刮出来的伤口不深，但是很长，血流得挺快。狗蛋见我满手鲜血，狠狠瞪欣贵妃一眼，满眼都是"蠢女人，你死定了"的不屑，连声道："来人！快传太医！"

"传什么太医！哪有那么矫情！"我好笑地低斥一句，"给我包一下就好。"

狗蛋一脸认真："那不行！我的姑奶奶，您要是有个三长两短，狗蛋非得给您陪葬不可。您等着，太医一会儿就来。"

狗蛋截然相反的态度令欣贵妃十分窝火，她顾不得先太后遗物被毁之事，怒气冲冲地指着狗蛋喝骂："狗奴才！你眼里还有本宫吗？"

狗蛋似笑非笑地瞥她一眼，语气不耐烦："奴才眼中自然是有主子的。"

我懒得跟他们打口水仗，皱着眉头就走，边走边说："果然大内总管是轻易劳动不得的！走了老半天还没出内宫，照这样下去，明儿早上我都别想到家。狗蛋，你还是别送我了，随便指派个小太监就成。你去向皇上回个话，他送给我的东西，已经还给他的妻子了，只求他手下留情，留我夫君一条命。"

狗蛋怔了怔，颤声问道："夫君？辛小姐，您……您成亲了？"

"嗯，成亲了，嫁给乐安王阮郎归，不料王妃没当上，反倒成了钦犯。"我叹口气，无比哀怨，"出了阁的女子，总归是要与夫君住在一处的。你去向皇上请个旨，就说我住在叔叔家不方便，请皇上成全，让我与夫君同住。"

过了很久，身后才传来脚步声，狗蛋气喘吁吁地追上来，急声道："辛小姐的话，奴才会一字不落地禀报皇上。只是奴才奉了圣旨送您回辛府，还望辛小姐莫要难为奴才。"

一切都是那么熟悉，青砖路，广玉兰，假山流水，水榭小桥，一切都是那么熟悉，与记忆里一模一样。

可是辛家不再是从前那个风光无限的辛家，我也不再是要风得风要雨得雨的辛家大小姐了。

百感交集，终成愀然一叹。

见了六十六叔与付蓉，又是一番唏嘘。那对龙凤胎弟妹长得很好，白白嫩嫩，我想到安然，以及没有来到世上的安好，心里拧着疼，特别恨，却又不敢恨。

晚间，躺在床上，我翻来覆去睡不着，既害怕黎昭会对我怎么样，又怕他会拿阮郎归开刀。斟酌许久，我决定出去打探打探消息。

我不敢走大门，悄悄钻了狗洞，从后墙溜出去，穿街过巷，来到付府。

付府后墙的狗洞还在，洞口长满苔藓，栀子花丛已经没有了。

如今是深冬，天寒地冻，上夜的小厮缩在墙角打盹儿，我顺利地摸进了主院。

屋里亮着灯光，我走过去，抬手在窗框上轻轻敲了几下。

"谁？"付恒的声音传来，沉稳而警觉。

我想说"是我"，可相隔四年，我的声音他还能认出吗？

突然无比颓丧，如今我已经嫁了阮郎归，黎昭又对我虎视眈眈，我何苦再来招惹付恒？

退意萌生，我当机立断，掉头就走。可刚转过身，门扇"吱呀"一声，我下意识回头，只见一道淡色人影立在门口，清冷落寞。

我不由自主地顿住脚步，低低地唤一声"恒哥哥"。

朦胧的夜色，微弱的灯光，我分明瞧不清付恒的身姿，却莫名地感觉到他颤了一下。

"辛甘！"付恒惊喜地大叫一声，清朗温润的声音太过激动，打破了寂静的夜，惊起几只宿鸟，嘎嘎地叫了两声。

我快步走去，付恒在门口站着没动。我走到他面前，他突然双臂一伸，猝不及防地将我拉进怀里。

我突然崩溃，狠狠地抱住他号啕大哭。

付恒倚着门框抱着我，有一下没一下地轻拍着我的后背，直到我哭累了，自己收住哭腔，他才笑着捏了捏我的鼻子："傻丫头，还是那么爱哭鼻子，一点儿长进都没有！"

我捶付恒一记，又羞又恼，他拥着我走进房里，点了好几盏灯，将整间屋子照得一片亮堂。

我在桌边坐下，他坐在我对面，目不转睛地看着我，沉默了很久，才长声叹道："我以为，这辈子再也见不到你了！"

我刚收住的眼泪又有泛滥之势，付恒见了，连忙举起双手，苦笑道："好好好，我不说，你别哭。"

付恒倒了一杯水给我，我喝了两口，平静下来，才抹着眼泪问道："恒哥哥，这些年你过得好吗？"

付恒淡笑着点头："很好，你呢？你好吗？"

我也淡笑着点头："我也很好。"

其实我们心知肚明，谁都不好。

付恒没有提我消失这回事，淡淡地说："回来就好，回来就好。"

我诧异地看着他，问道："你不问问我都发生了什么事吗？"

付恒苦笑着摇头："那些我无能为力的苦难，不要说。"

我心口一疼，黯然垂下眼帘，强笑道："好，不说。"

"什么时候回来的？"付恒岔开话题，故作轻松地问，"蓉儿生了一对龙凤胎，女娃娃的眉眼很像你，你见过了吗？"

"嗯，见过了，长得很好看，只是希望别像我这么淘气才好。"我也堆出一副笑脸，应和着他。

付恒笑问："瞧你这一身乌七八糟的，又是钻狗洞进来的吧？你呀！好好的大门不走，怎么偏生钻狗洞上瘾了？"

我嘻嘻一笑："堂堂护国公府，一切都那么光鲜亮丽，唯独后墙上一个硕大的狗洞，毁尽一切繁华。恒哥哥特意给我留的狗洞，我若是不钻，岂不是拂了你一片美意？"

付恒笑着摇头，满眼宠溺地叹道："你呀！"

我环视一眼付恒的卧房，触目所及，唯有一些桌椅板凳、屏风书架之类的东西，连个妆台都没有，唯一的风雅就是窗下那张琴桌了。

"恒哥哥这些年还是一个人吗？"

付恒这样好的男人，理当配一个好女人，这么孤孤单单的，我看着心疼。

付恒手里捏着一个瓷杯把玩，目光淡淡地垂落在杯子上，笑道："我不是一个人，难道还是一条狗不成？"

我绷不住"扑哧"一声笑了，心里却越发沉重。

我一直都知道我欠了付恒一份情，他曾经对我说过，他不强求什么，可正因为这样，我越发怜惜他。

我叹口气，寥落地说："恒哥哥，你知道我不是这个意思。"

付恒整整容色，落寞地垂下眼帘，叹道"辛甘，你也知道，我心里有人了。"

我噎了噎，不知该如何劝他。感情这种事，只有自己看开，旁人再怎么劝说都无济于事。

沉默许久，我低声道："恒哥哥，我来，是有事情要求你帮忙。"

付恒没吭声，默默地看着我。

"阮郎归……他被皇上关起来了，我不知道他被关在哪里，情况如何，也不知道皇上到底是如何打算的。"我心里一苦，眼睛蓦地热了，语声越来越低落，"我成亲了，跟阮郎归。皇上他……"

付恒仍旧沉默，目光深邃而沉痛地看着我，看了好一会儿，缓缓移开目光，落寞地盯着手里的瓷杯，幽幽地道："在见到你之前，我并不知道你与阮郎归回京之事。"

我猜对了，黎昭果然是瞒着所有人的。

只是他为什么要隐瞒呢？没公布阮郎归的死讯，那他就没诈死，谈不上欺君。黎昭要以欺君之罪处置他，根本不能服众。

"我这就派人去查，一有消息，我立刻通知你。"付恒低低地说，"我怎样将消息传给你？"

"六十六婶的孩子长得很快，我想，他们应该很乐意看到舅舅。"我别开头，不忍心看他沉痛的眼眸。

付恒没接话，身子往后一仰，颓然靠坐着，又在转那个瓷杯了。他太心不在焉了，手一滑，杯子滚了下来，在桌子上滚了几圈，掉在地上，摔得稀巴烂。

"时辰不早了，我该走了。"我鼻子一酸，连忙站起身，强笑道，"恒哥哥如今肩膀上担着半座江山，一定很累，早些休息吧！"

付恒"呵呵"一笑，低声道："是啊！很累，很累，是该休息了！"

我感觉眼泪快要冲破眼眶的阻拦了，连忙低下头夺路而逃。付恒的声音在身后响起："夜深了，我送你。"

"不用了。"我捂着口鼻，努力克制到了嘴边的呜咽。

付恒对于我的拒绝置若罔闻，跟着我出门。我被门槛绊了一下，险些栽倒，他眼明手快地扶住我。等我站稳了，他抽回放我腰间的手，改为拉住我的左手，柔声道："慢点走，不急。"

很温柔的语声，我却仿佛听出了深切的痛苦，好像我今天一走，就是永别。

也许在付恒心里，真正的永别不是四年前的那一场送别，而是我亲口告诉他我成亲了。

我没挣扎，任由付恒拉着我的手。他什么都没问，带着我走到后墙根，当先从狗洞钻了出去。我抽着鼻子跟着钻过去，强笑道："男子汉大丈夫钻狗洞，羞羞脸！"

"仅此一次，下不为例。"付恒回头看了一眼狗洞，笑声听起来很平淡，"明日就让人堵上。"

我心里一酸，又很欣慰。不论如何，付恒能把我这一页翻过去，我总是很高兴的。

付恒走得很慢，饶是我人矮腿短，都要刻意放慢脚步才能跟上他的节奏。他分明是想尽可能走慢一点，再陪我多走一会儿。

这一程走到尽头，以后他就只是护国公付恒，而我也只是阮郎归之妻辛甘。

再长的路，再慢的脚步，总有走到头的时候。很快就到了辛家后墙，我凄然笑笑："我到了。"

"嗯，到了。"付恒喃喃地重复一遍，手握得越发紧了。

我看了一眼狗洞，转过头哀切地看着他，无奈道："恒哥哥，我该走了。"

付恒手一松，蓦地又一紧，紧紧地握了握，才缓缓松开，闭目一叹："走吧！"

我顿时泪如雨下，顾不得再说什么，伏低身子从狗洞钻了过去。靠着墙根，我捂着脸号啕大哭。

墙外迟迟没有响起脚步声，我咬着衣襟哭得浑身直颤。

突然，一阵悠扬的笛声传来。我凝神细听，是一曲《折桂令》。

笛声停止的时候，我已经彻底沉浸在绵密而又难耐的情丝之中不可自拔。付恒的声音低低沉沉，隔着墙壁传过来，令我心如刀绞。

"平生不会相思，才会相思，便害相思。身似浮云，心如飞絮，气若游丝。空一缕余香在此，盼千金游子何之？症候来时，正是何时？灯半昏时，月半明时。"

语罢，长叹一声，脚步声响起，渐行渐远。

我失魂落魄地呆坐了许久，冷风一吹，连连打哆嗦，站起身时，腿脚都麻了，一个趔趄，重重地往后一栽，背靠着墙，又滑落了下去。

冷风吹过脸颊，泪痕一干，刺疼刺疼的。我苦笑了笑，不论如何，今夜这一行总归是有收获的，断了付恒的念想，对他来说，是好事一桩。

我忘记自己是怎么晃荡回小院的，只知道醒来的时候，六十六叔在床前守着，狗蛋在一边站着，太医正在掰我的眼皮子。

"我的小祖宗！您可算是醒了！怎么好端端的就病了呢？奴才这脆弱的小心脏可禁不起您这般惊吓啊！"狗蛋夸张地号啕。

我闷闷地咳了两声，只觉得浑身无力，冷得紧。

太医说我是忧思过重兼之风寒侵体，病来如山倒，竟卧床不起。

狗蛋看着我服药，然后让六十六叔回避了，跪在我床前，说："辛小姐，奴才回禀了墨玉镯子之事，皇上雷霆震怒，已经发落了欣贵妃，降位为嫔，着令闭门思过，无诏不得出。"

狗蛋叹口气，接道："辛小姐，皇上这些年一直念着您，得知您要回来了，皇上又是吩咐奴才打理宫室，又是亲自挑选宫女太监，事无巨细，全都为您打理好了，您跟奴才回宫吧！"

我打断狗蛋的话："我不是说了吗？我已经嫁给阮郎归了，又如何能住进宫里？"

狗蛋噎了噎，沉默片刻，又道："昨夜皇上歇在凤仪宫了。"

凤仪宫？

"凤仪宫是皇上为您留的。"狗蛋愀然说道，"狗蛋跟从皇上十余年，亲眼看着皇上对辛小姐您情根深种，却又不可表露出来。好不容易熬到辛七爷要将您送进东宫，皇上简直要乐疯了，可是谁也没想到，您会突然失踪。皇上大醉半月余，先皇一怒之下，险些废除太子、另立储君。要不是皇后娘娘求情，满朝大臣上书力保，如今登上帝位的，必然是旁人无疑。

"后来先皇做主，立了李太傅的孙女为太子妃。皇上登基之后，大臣们催着皇上立后，皇上却执意封太子妃为欣贵妃，李太傅怒而辞朝，皇上连挽留都没有，担了多少薄情寡义之名！"

我静静地听着，心里惊涛骇浪，卷起千堆雪。

"皇上曾在醉后说过，'后位是留给朕最心爱的女人的，其他人谁都不配坐。辛甘一日不回来，东黎国就一天没有国母。'"狗蛋语声哽咽，"辛小姐，您当真没有一丝感动吗？"

我叹口气，无奈地说："狗蛋，我已经成亲了，你说，我感动了又能如何？"

狗蛋一怔，默默地低下头，许久，才长长地叹了一声。

"好了，你回去吧！"我无比疲惫，微微闭着眼睛，叹道，"我还是那句话，请求皇上开恩，饶阮郎归一命。狗蛋，劳烦你转告一声，辛甘福薄，无缘常伴君侧，皇上的深情厚谊，辛甘受不起。"

狗蛋闻言，抬头深深地看着我，咬着牙说道："辛小姐，你知不知道？你真的很残忍！"

我残忍？

不是每一个人的情意我都必须接受并且予以回应的，感情这种事情，讲的是心动，而不是感动。

"狗蛋犯上顶撞辛小姐，不敢请求辛小姐原谅，只求辛小姐能够稍微体谅皇上一点，少伤害皇上一些，狗蛋就心满意足了。"狗蛋跪下，给我磕了个头，绷着脸说，"狗蛋告退。"

傍晚，付恒来了。他很小心地进了我的房间，走到珠帘下就停住了脚步，背对着我，沉沉地说："我打听到了，阮郎归被关在宗亲府大牢。"

我了然地笑笑，黎昭果然防着我呢！他猜到了我会去求助于付恒，而付恒肯定不会拒绝我。付恒如今贵为护国公，手里掌管着禁军和吏部，一人之下万人之上，阮郎归就是被关在天牢，我也能混进去见他。而没有黎昭的圣旨，付恒自己都进不去宗亲府，更别说把我弄进去了。

"谢谢付……大叔。"我苦笑，咬着牙叫了一声"付大叔"。

他停在珠帘下，背对着我，已经明明白白地表示与我斩断所有的情分，我与他之间，唯一的关系就是他是我六十六婶的亲哥哥。

付恒高大挺拔的身形猛地一颤，迈步就走。我心里一疼，憋不住突然咳了起来，趴在床沿上一颤一颤的，根本起不来身。

突然感到有一道暗淡的影子笼住了我，一双温暖的大手将我扶起来，一只手拍着我的后背顺气，那熟悉的语声温柔而焦急："辛甘，你怎么了？"

我靠着付恒的支撑抬起上半身，咳得上气不接下气，摆着手强忍着说："没事……我没事……"

"咳成这样，怎么可能没事？"付恒急道，"找大夫瞧过了没有？"

我说不出话来，捂着胸口咳得浑身直颤。付恒掏出手帕给我擦飞溅的眼泪口水，等我缓过劲来时，他将手帕移开，只见月白的手帕上赫然丝丝鲜红。

付恒手抖得连轻轻巧巧的帕子都握不住，手帕飘然落地，他颤声问道："辛甘！你到底怎么了？怎么会咯血？"

"没事，染了风寒，咳破嗓子而已。"我强笑着安慰他，"太医说是受了惊吓，情绪激动，加之赶了一个多月的路，身子虚弱，静心调养一段时间就好了。"

付恒双手一僵，不自觉地捏了我一下，黯然道："太医说没事，那就是没事了。你好生歇息吧，我走了。"

我点头，苦涩地笑："付大叔好走，恕侄女不能起身相送了。"

付恒默默地站起身，步履缓慢地走到珠帘下，停了一停，回过头来，深深地看了我一眼，凄切而又落寞地说："别叫我付大叔，我还年轻着呢！"

我僵了僵，强扯出一个痛到极致的笑："是啊！年轻着呢，才二十来岁。"

付恒回头，大步流星地走了。

我看着叮咚作响的珠帘，心里闷疼闷疼的。

我这辈子都不会忘记珠帘下的那道背影，那么高大，却又那么落寞；那么英挺，却又那么颓丧，好像有一座无形的大山，生生将一个顶天立地的男子汉压得直不起腰。

第十九章

誓不移，梦犹相思，生死永相随

　　阮郎归被关在宗亲府大牢，我想见他，就必须拿到圣旨。

　　一大早，我让人用软轿抬着进宫，狗蛋在朝阳门口等着，领我去乾安宫。

　　皇帝白天一般是在御书房处理政务，我满以为他们会将我抬进御书房，没想到一下轿，我就看见了"养心殿"三个大字。

　　我悚然一惊，养心殿是皇帝的寝宫，将我抬来这儿算个什么事儿？

　　我扶着狗蛋的胳膊就要走，狗蛋垮着脸拦着，无奈地说："辛小姐，您这病病歪歪的，哪能去得御书房？皇上今日忙得紧，有一大堆折子要处理，您就先在这儿歇会儿，成吗？"

　　我皱眉，不悦地看着狗蛋："狗蛋，你可是大内总管，整个皇宫的宫女太监都归你管，你说话做事这般轻率随意，如何给底下人做榜样？"

　　狗蛋缩了缩脖子，怯怯地说："小祖宗！您这不是为难奴才吗？您要是病势加重了，皇上非扒了奴才的皮不可！"

　　狗蛋拦着，我去不了御书房，只能去偏殿暖阁里躺着。昏昏沉沉地睡了一觉，醒来时，黎昭就在床沿上坐着，袖着手倚着床栏，默默地看着我。

　　我惊了一惊，喃喃地轻唤一声"皇上"，黎昭咧嘴一笑，神色间满满的都是怜惜："天这样冷，你又病得这样沉，何苦还出门呢？"

　　我晚一天来，阮郎归就要多受一天苦，我晚一个时辰来，阮郎归就要多受一个时辰苦，我如何能不来？

　　我耷拉着眼皮子，不看黎昭，淡淡地说："我自然是要来的。"

262

黎昭叹口气，起身到桌上端了一个碗过来，拿勺子在碗里荡了荡，温声道：
"起来吃点东西吧，朕让人炖了肉糜粥。"

他把碗放在床边的圆凳上，双手托着腋下将我扶起来，往我身后垫了好
几个软枕，端起碗，拿勺子舀了一勺粥，递到嘴边吹了吹才递过来。

我淡淡一笑，努力用平静的语气说："皇上这可是折煞我了，我自己来
吧！"

黎昭固执地伸着勺子，倔强地看着我。我回看着他，竭尽全力维持着平
静淡然的笑容。

黎昭绷着脸看着我，我淡笑着看着他，谁也没退让半步。许久，黎昭将
勺子放回碗里，将碗搁回板凳上，语气沉沉地说："辛甘，你一定要如此拒
绝朕吗？"

"皇上请见谅，辛甘已为人妇，不敢逾越。"我恭谨而坚定地回答。

黎昭深深地看着我，许久，蓦地咧嘴一笑，那笑容压抑着满满的怒气，
看得我心惊肉跳。

"辛甘，朕知道你来这里是为了什么。"黎昭再次端起粥碗，一只手捏
着勺子，舀起来一勺，举起来再倒回去，再舀，再倒，重复着这个动作。

我低眉顺眼地回道："求皇上成全。"

黎昭淡声道："你这么一副病歪歪风一吹就要上天的样子，如何去宗亲
府大牢那种阴暗潮湿的地方？"

我抓住黎昭话里的漏洞，连忙问道："我病好了，皇上就让我去看他吗？"

黎昭脸上的笑容突然僵住了，一直捏在手里的勺子毫无来由地坠落在碗
里，溅起了好几滴粥。

我一惊，瞥眼之间，赫然发现那勺子的柄短了一截，再看黎昭的脸色，
铁青铁青的，一副随时要翻脸砍人的样子。

我低着头，勉强稳住心神，强自镇定地说："我没事，小病而已，太医
也说了，我这是心情太过激动，郁结不发，才会加剧了病势。"

黎昭的脸色越发阴暗，就跟要下雷阵雨之前的天空似的。

我硬着头皮接着说："我心里挂着夫君的安危，吃不下睡不着，病自然
难好。皇上若是能够开恩，允许我见他一面，我的病一定很快就能好。"

黎昭闻言，蓦地笑了，咬着牙从喉咙里挤出两个字："是吗？"

我心头一颤，狠狠在腮帮子上咬了一口，捂着胸口咳起来。黎昭冷眼看着，
我从怀里摸出帕子，往嘴边一堵，等我咳完，移开帕子，看见那团刺眼的鲜

红，连忙尖叫一声，一把将帕子扔了出去，哆哆嗦嗦地叫道："血！血！"

那一口我是下了狠劲的，痛得我肝颤，眼泪刹那间涌起。黎昭弯腰捡帕子，我一眨眼，眼泪滚滚而落，跟开了闸的洪水似的。

黎昭看见那大团刺眼的血迹，整个人都蒙了，愣了一愣，火急火燎地叫太医。

我一把拉住黎昭的手，流着眼泪叹着气说："皇上，辛甘福薄，与皇上无缘。皇上的厚爱，辛甘记在心里，若有来世，辛甘一定报答皇上。只是今生总归是无缘了！"

黎昭反握住我的手，强令底下传了太医，回过头来急切地叫道："别胡说！什么今生来世的！你不会有事的！"又急躁地催道，"太医！快传太医！给朕叫太医立刻过来！"

我身体确实虚弱，呼呼地喘着粗气，有气无力地说："皇上，常言道，忠臣不侍二主，烈女不侍二夫。辛甘已经嫁给了阮郎归，只能从一而终。"

"朕不在乎！"黎昭突然发了狂，一把将我抱在怀里，咬着牙说，"朕不在乎你嫁了人！朕只要你！"

我鼻子一酸，既感动又心痛。

可我还是得拒绝。

"皇上说笑了，哪有二嫁妇人做皇后的？东黎泱泱大国，难道没有女人了吗？皇上若是娶了一个二嫁妇人，岂不是要沦为各国笑柄？"

黎昭满脸不屑，坚定地说："朕只在意朕想要的，旁人爱说什么，就让他说去！"

我还想再说什么，黎昭大手一挥，将我摁回床上，断然道："辛甘，你什么都不用说，朕都知道。"

"既然知道，为什么还要这样？"我仰着脸看着他，心里闷闷地疼。

黎昭叹口气，自嘲地笑笑："朕也不想这样，只是……朕忍不住。"

"辛甘，你老实地养病，等你病好了，朕就允许你去见阮郎归。"黎昭眯着眼睛，额头青筋突突直跳，很显然，让我去见阮郎归已经是他最大的让步了。

我想了想，答应了。只要黎昭让我见阮郎归，什么都好说。我并不急于一时半刻就要见到他，只要知道他还活着，那就够了。

心里有了希望，便觉得日子都好过多了，我咯血本来就是装的，不过是体虚撞上风寒，没什么大事儿，在家养了三五天，身子就松泛多了。

因为黎昭答应过我,这一次进宫无比顺利,黎昭只是淡淡地询问了几句我的病情,就让狗蛋拿着圣旨带我去宗亲府大牢见阮郎归。

一路忐忑不安,站在宗亲府门口,我突然不敢进去了。狗蛋瞥我一眼,叹口气,闷闷地说:"辛小姐对皇上,若是能有一半的关心,也不枉皇上一片痴心了!"

我全当没听见,默默地跟着侍卫往地牢走。

地牢深处阴暗潮湿,昏黄的油灯忽明忽灭,阴森可怖。

阮郎归就在走廊尽头的牢房里,牢房里有一张很窄的木板床,床上堆着破旧的被褥,墙角放着一张低矮的小方桌,一只小板凳,桌子上放着一只破碗,除此之外,什么都没有。

阮郎归在小板凳上坐着,用手指蘸着碗里的水在桌子上写写画画。

我潸然泪下,捂着嘴泣不成声。

狱卒打开牢门,阮郎归没抬头,淡淡地说:"今日这么早就开饭了吗?"

我缓步走过去,一直走到阮郎归身侧,停住脚步,缓缓地蹲下,仰着脸看着他,哀声道:"夫君,我来了。"

阮郎归手一僵,脖子仿佛突然僵了似的,不可置信地缓缓转过头来看我,目光落在我脸上,却还有些不放心似的,伸手摸了摸我的脸颊。

我抬手覆上他的手,又哭又笑地说:"是我,辛甘。"

阮郎归惊喜地大叫一声,一把将我搂进怀里,激动得浑身直打哆嗦。许久,他才放开我,抵着我的额头,声音带着很明显的哭腔:"辛甘,我以为我再也见不到你了!"

我紧紧地抱着他腰身,柔声安慰:"怎么会?你是我的夫君,我是你的娘子,除非你死了,或是我死了,总会见到的!"

阮郎归低低地笑了,狠狠蹭了蹭我的额头。

"不!就是死了,也是要见的!要是你死了,我就给你陪葬!"我双手捧着阮郎归的脸颊,果然摸到一片湿凉。

阮郎归听我说要给他陪葬,顿时急了,一把捂住我的嘴,厉声道:"不许胡说!"

我拉开他的手,不以为然地笑道:"你是钦犯,我是钦犯的媳妇儿,你要是被咔嚓了,我起码也得流放,或者充为官奴。你是希望我去边地修城墙呢?还是希望我给达官贵族当粗使丫鬟?"

阮郎归的眼瞳蓦地一缩,痛苦之色深浓剧烈,像是喘不过气来似的,许久,他才深吸一口气，缓缓吐出："不会的，皇上不会牵连到你的。"

其实我们俩都很清楚，不论阮郎归是生是死，黎昭都不会处置我，他的态度很明朗，从一开始，他就要我。

我将阮郎归一条腿掰直了，侧身坐在他大腿上，靠在他怀里，揽着他的脖子，柔声道："我有没有跟你说过，我现在很有学问了！"

阮郎归像是没料到我会突然来这么一句，讶然问道："什么？"

"梅声初闻，明珠玉露点绛唇。寒霜冬韵，独掏一束春。娉婷傲立，天冷云袖稀。誓不移，梦犹相思，生死永相随。"我低低地念，笑看着阮郎归，抚摸着他消瘦的脸颊，深情款款地说，"这阕词我第一眼看见就很喜欢了。"

"誓不移，梦犹相思，生死永相随……"阮郎归低吟，搂着我，长叹一声，"辛甘，我这一辈子，值了！"

我轻轻拍他一下，嗔道："胡说什么！你才二十四岁，哪里就一辈子了？"

阮郎归低笑着抓住我的手，凑到唇边轻吻一记："二十四岁的时候，已经把一辈子的都值了。"

我横他一眼，噘着嘴不满地问："那以后怎么办？就不值了吗？"

"以后就是净赚了。"阮郎归温柔地笑，笑意如和风，如春水，如春天里的第一枝蔷薇花。

"阮郎归，我有没有说过，你笑起来很好看？"我倚在阮郎归怀里，痴迷地盯着他的脸，心跳得扑通扑通的，跟情窦初开的小女娃看见心上人似的。

阮郎归用力抱了我一下，既遗憾又满足地叹息："没有，一次都没有。"默了默，他又酸溜溜地说，"某人只会在我面前夸白术和付恒长得好看。"

我绷不住"扑哧"一声笑了，都什么时候了，还吃醋呢！

我环上阮郎归的脖子，将他的脑袋拉近，看着他的眼睛，坚定地说："你比他们好看，真的！你在我心里是最美！"

阮郎归面皮抖了抖，皱着眉头说："这话确定是夸我的？"

"嗯！"我万分真诚地点头，"那是！你是我的夫君，我要是说你长得丑，那不就是在说我自己眼光差吗？我这个人很爱面子，你知道的！"

我一脸理所当然，摇头晃脑地感慨："夫君啊！你说，你怎么就长得那么美呢？唔……眉如远山，目似秋波，瑶鼻樱口，肤如凝脂，手如柔荑，腰如杨柳……"

剩下的话被阮郎归吞进口中，他张大了嘴巴含住我的双唇，喉咙里滚出一串低低的笑声："还说不说了？"

我脸一热，狗蛋还在外头监视着，多不好意思啊！

对于不好意思让别人看见的事情，通常情况下，我会选择闭上眼睛，来个眼不见心不烦。

我闭着眼睛，搂着阮郎归的脖子，与他交换唇齿间的思念。

一吻冗长。

狗蛋在栅栏外捂着嘴闷咳了好几声，我与阮郎归长日未见，下一次再相见是什么时候都不知道，甚至连生死都不能保证，谁乐意管他？

亲了个够，阮郎归放开我，不舍地摩挲着我的脸颊，沉沉地说："你瘦了好多。"

"我想你了。"我有些委屈，看着他一脸心疼的表情，委屈越发浓烈，眼睛一热，险些掉泪。

阮郎归紧紧搂着我，长声叹息："是我没用，没能照顾好你。"

我捂住阮郎归的嘴，带着哭腔笑着说："你我夫妻一体，说这种见外的话做什么？要不是被我连累，你如今也不至于被下在大牢里。"

阮郎归摇摇头，认真地看进我眼底深处，"辛甘，我不后悔！如果能够重来一次，我保证直接去求了先太后赐婚，给你一个真正的名正言顺。"

我垂下眼帘，有些失落。

我不怕死，可是我有一个死不瞑目的遗憾。

我最终没能光明正大地进阮家的门，入阮家的族谱，成为阮郎归名正言顺的结发妻。

阮郎归微微伏低身子，贴着我的脸颊，遗憾地说："终究是我负了你！"

我叹口气，安慰道："命里有时终须有，命里无时莫强求。咱们这一段夫妻情分已经是强求来的，该知足了。"

"我不知足，辛甘，我永远都不知足！"阮郎归紧紧地搂着我，语声沉沉，"跟你在一起，八百辈子都不够，更何况只是这短短几个月？太短了，真的太短了！"

我鼻子一酸，眼泪汹涌而下，脸埋在阮郎归怀里，泣不成声。

阮郎归微微仰脸，沉沉一叹："辛甘，我不怕死，可是我不甘心。我好不容易找到你，得到你，好不容易等到你说生死永相随，我怎么舍得轻易去死？我怕死了之后下地狱，喝了孟婆汤，我会忘记你。要是下辈子找不到你，那我该怎么办？"

我心如刀绞，泪如雨下，哽咽着说："别说了！求你了！别说了！"

"好，不说，辛甘说不说，那我就不说。"阮郎归抬手给我擦掉眼泪，强扯出一个比哭还难看的笑，"别哭，能看见你的时候不多了，我想看你笑。"

我哪能笑得出来？硬挤都挤不出来，闷声道："都怪你！"

"好，怪我，你说什么就是什么。"阮郎归好脾气地顺着我的意思哄慰，"乖，让我好好看看你。"

他的眼睛一直没离开过我的脸，仿佛看一眼少一眼，不知什么时候，一眼就成了诀别。

我泪眼蒙眬地看着他，他的脸色白，显得眉眼越发深邃，瘦了不少，下巴都尖了。

相顾无言，唯有泪千行。

那些年春花秋月，夏雨冬雪，长夜漫漫里读过的词句，这一刻突然就明白了其中的意境。

"辛小姐，已经一个时辰了，咱们该回去了。"狗蛋闷闷的声音响起。

我恍若未闻，痴痴地看着阮郎归。今日一别，下一次见面还不知道是什么时候，区区一个时辰，都不够我看他的。

狗蛋催了又催，最后实在忍不住，进来把我拽了出去。我强忍着眼泪跟阮郎归道别，一转过长廊，我就忍不住哭成狗，抱着狗蛋直打哆嗦。

狗蛋慌得手足无措，连声劝我，我根本听不进去，拼了命扯着嗓子号啕，想要将所有的悲愤与怜惜一起宣泄出来。

狗蛋让我进宫去见黎昭，我懒得搭理他，出了宗亲府，借口头疼，直接回了辛府。

地牢阴暗潮湿，寒气逼人，我的病势反复起来，当夜就发起了高烧。

大约是我昨日从宗亲府出来之后，没去找黎昭交流感情，一大早，狗蛋就来了，不由分说地将我扶上马车，一路风驰电掣地进宫。

我头昏脑涨，昏昏沉沉的，狗蛋只当我没睡醒，浑然没当一回事儿。下了马车，他扶着我进御书房，看我脚步虚浮无力，取笑道："辛小姐如今越发有大家闺秀的气质了！这柳腰莲步，简直比当年的付千金还要袅娜多姿。"

黎昭正在批折子，折子堆得老高，他只露出一个戴着金冠的黑脑壳。

狗蛋扶我到榻边坐下，取笑道："辛小姐这睡眼惺忪的，可要奴才给您拿床棉被来？"

黎昭闻言，放下朱砂御笔，瞥了我一眼，突然沉声道："快传太医！"

狗蛋顿时慌了，这才仔细看我两眼，喃喃道："脸色这样红，定然是发烧了！奴才真是该死，居然以为辛小姐没睡醒，奴才这就去传太医！"

很快太医来了，又是诊脉又是翻眼皮子看舌苔的，折腾得我居然睡着了。

醒来时，我正睡在养心殿的偏殿暖阁里，黎昭在桌前坐着看折子，狗蛋在床边守着。

"醒了！辛小姐醒了！"狗蛋兴奋地叫道，"皇上，辛小姐醒了！"

"那么大声做什么？"黎昭冷眉冷眼地瞪过去，狗蛋立时噤了声，缩着脑袋退到床尾。

黎昭丢下折子走到床边，侧身在床沿上坐下，担忧地问："怎么样了？感觉好些了吗？"

"渴。"我哑着嗓子说，高烧烧得我头都昏了，嘴唇干裂起皮，嗓子眼里火烧火燎的。

狗蛋连忙倒了一杯水，递给黎昭。黎昭扶起我，让我靠坐在他怀里，接过水杯递到我唇边。

我病得奄奄一息，根本顾不得什么男女有别授受不亲的，一口气喝干了满满一杯温水，哑声道："还要。"

喝了两杯水，感觉嗓子眼里好受了不少，我摸了摸肚子，一阵叽里咕噜的，烧心烧肺的饥饿感快将我折磨疯了。

"饿。"我委屈地撇着嘴，我招谁惹谁了啊？不是被人追得像丧家野狗一样，就是病得像死狗一样。

黎昭使个眼色，狗蛋快步出去了，不一会儿，宫女送了一碗羹汤过来。黎昭接过碗，舀了一勺银耳莲子粳米羹，凑到唇边吹了吹，递了过来。

我一看是那么清淡的东西，顿时不乐意了，皱眉抱怨道："不要吃这个，要吃肉糜粥，人参鸡汤，燕窝，水晶蒸饺，西湖醋鱼……"

黎昭绷不住笑了，横我一眼，长舒一口气："还有力气挑肥拣瘦，看来是没什么大碍了。"而后脸一板，没好气地呵斥，"有的吃就不错了！还挑三拣四！你现在只能吃这个！"

我翻着白眼"哦"了一声，张嘴吞下一勺银耳莲子羹。

风寒高烧的人嘴里发苦，这种寡淡的东西根本提不起食欲，虽然很饿，可我吃了两口就吃不下了。

黎昭无奈，叹口气，耐心地哄："辛甘听话，你病得厉害，又一天一夜水米未进，脾胃虚弱，受不得油腻。你先忍两天，等到身子好些了，朕保证你想吃什么就给你吃什么。"

我闷闷地别开脸，没吭声。

黎昭不悦地"啧"了一声，我只听见勺子在碗上一碰，发出"叮"的一声脆响，一只手蓦地探了过来，精准无比地扣住我的下巴，将我的脸转过去，一重暗影当头而落，黎昭的唇覆上了我的唇，一口带着淡淡甜味的羹汤渡进我嘴里，他的唇舌随之跟了过来，卷住我的舌头往他嘴里扯。

我一怔，醒过神来，下意识推了黎昭一把。他一只手扣着我的下巴，另一只手端着碗，我一推，他手里的碗"哐当"一声掉在地上，碎成了渣渣。

"皇上，你……"我愕然看着他，瞥见他一脸沉醉的表情，连忙收回目光，慌乱而又局促想要往后退。

黎昭似乎也慌了，短暂的慌乱过后，他的目光突然无比坚定，一只手撑着床栏，倾身向我，郑重地说："辛甘，朕不想隐藏自己的心意了。朕爱你，朕要你！"

亲吻过后说要我，黎昭这是要霸王硬上弓啊！

我心一颤，不知从哪儿来的力气，双手往黎昭胸膛上一推，将他推了个趔趄，靠着一股猛力站起来，拔腿就跑。

黎昭一把拉住我，惊慌失措地叫道："辛甘！你疯了吗？你这是做什么？"

我被他牢牢按在床上，吓得魂飞魄散，摇着头惊恐地叫道："不要！不可以！我是阮郎归的妻子，你不可以碰我！"

黎昭愣了愣，脸色倏然冷了下来，压抑着怒气说："辛甘，你当朕是什么人？在你病得半死不活的时候强占你身子的下作人吗？"

我心里一慌，被他的冷厉震慑住了，挣扎的动作渐渐停住了。

黎昭冷笑道："朕是要你没错，但朕绝不会强迫你。辛甘，你记住，朕是男人！天底下最尊贵的男人！朕有朕的尊严！"

"朕就不明白了，那个阮郎归到底哪儿好？当初你恨他恨得咬牙切齿，恨不得弄死他，怎么如今却对他不离不弃，还说什么生死永相随！"黎昭咬牙切齿地瞪着我，语声冷厉，目光森寒"朕倒要看看，你还能对他痴心几天！"

我悚然一惊，这是要杀了阮郎归的节奏？

我两眼一黑，直接歇菜。

醒来时天已经亮了，狗蛋在我床前守着，见我醒来，拉长了脸说："辛主子可以放心了，皇上已经放了乐安王，不但没有任何惩罚，还在京城赐了王府，允许乐安王长住京中。"

这是什么情况？黎昭到底在打什么算盘？

不过不论怎么说，阮郎归的小命保住了，我的心就能落回肚子里了。

"辛主子，奴才知道您高兴，可也不用表现得这般明显吧？"狗蛋不满地瞪着我，小脸气鼓鼓的像只蛤蟆。

"这么跟主子说话，你胆儿够肥啊！"我好心情地咧着嘴直笑，笑着笑着，突然觉得有些不对劲，狗蛋一直都是叫我"辛小姐"的，怎么好端端的成了"辛主子"？

该不会是趁我昏睡的这一段时间里，黎昭下了什么惊天动地的圣旨吧？

我吓了一大跳，浑身的汗毛刹那间立起来了，哆嗦着嗓子问道："你叫我啥玩意儿？"

"主子咯！"狗蛋撇着嘴，满脸不乐意，"您是主子，狗蛋是奴才，当然是尊称您为主子了。"

我小心翼翼地问："那什么，皇上下什么圣旨了没？"

"下了一道赏赐王府的圣旨，和一道赐婚的圣旨。"狗蛋绷着脸，一副跟我赌气的样子。

我的心跳顿时停了，呆呆地问："赐婚……给谁赐婚？"

黎昭要给阮郎归赐婚？他要仗着皇帝的威势，给我男人讨老婆？

"昨日护国公上书皇上，言道中意礼部侍郎家的二小姐，请求皇上做个大媒，皇上当即就下了旨赐婚。"

给付恒赐婚？还是付恒主动要求的？

我潸然泪下，咧着嘴笑得一抽一抽的，心痛得无以复加，却很欣慰。

不论如何，付恒肯主动请旨赐婚，就代表他已经彻底放下我了。我欠他的，到此为止。

我呆呆地问："我能出宫吗？"

真的好想、好想、好想再看一眼付恒啊！好想对他说一句"对不起"，再说一句"念君安好，望君幸福"。

付恒于我，是年少时一根可以尽情依赖的支柱，我曾对他动过朦胧的心思，只是那份朦胧浅淡些，终究没能成为现实。

狗蛋扁着嘴："可以，主子想去哪儿都成，但是得带上狗蛋。"

我挑眉，好笑地看着他："敢情你一直不给我好脸，是因为我耽误你的前程了？"

"狗蛋不敢！跟着主子，前程更加远大。"狗蛋分明言不由衷。

我懒得跟他多说，我得去乐安王府看看，黎昭到底折腾出了什么幺蛾子！

乐安王府很豪华，到处披红挂绿，简直比娶媳妇还喜庆。

一路从王府大门走到内院，腿都走软了，还是没见到阮郎归，我打定了主意见到他非狠狠修理一顿不可。

可我万万没想到，居然有人替我修理了。

走到池塘边，遥遥望见假山那儿有两道人影，其中一道白衣翩翩，昂然而立，正是阮郎归。

走得近了，才看清另一道身影是一个体态娇小的女子，穿着一件水红色的对襟短襦，一条大红色的百褶凤裙，腰间扎着一条枚红色的绦子，上面挂了好几串金银铃铛。

少女欢声笑道："表哥，你还记得我吗？"

表哥？阮郎归什么时候有这么一个如花似玉的表妹了？

我也不知打哪儿来的力气，一个箭步冲了过去。冲到假山后头，又鬼使神差地站住了，探着脑袋听墙根。

"你是？"阮郎归懵然看着少女，"本王何时有一个这般美貌的表妹了？"

美貌？有我美吗？

我气得握紧了拳头，真想冲出去掐死阮郎归，但脚下却像生了根似的，根本迈不开步子。

狗蛋朝我挤眉弄眼，我瞪他一眼，不让他发出声音，竖直了耳朵偷听。

阮郎归如今的武功大有长进，但他却没发现我。这浑蛋，被小妖精彻底迷住了！

"我是瑞王府的小郡主黎冰凰。"少女嘻嘻一笑，露出两颗尖尖的小虎牙，梨涡又大又深，十分可爱。

黎冰凰？是那个死丫头？

十年前，黎昭第一次带我进宫，正好碰见瑞王妃带着小郡主进宫给先太皇太后请安。那丫头中意我戴着的一串珍珠项链，哭着闹着要，我不肯给，她就来抢，我俩打了一架，谁也没占便宜，她抓花了我的脸，我揪掉了她一撮头发。后来瑞王一家去了封地，我就再也没见过她。

那会儿毁我的容，现在居然上门来抢我男人！是可忍，孰不可忍？

我握着拳头咬着牙就要往外冲，狗蛋一把抓住我的手腕，我突然动不了了，连话都说不出来。

"郡主？郡主怎么会是本王的表妹？"阮郎归的声音越发迷茫，"郡主认错人了吧？本王唯有先太后一位姑姑，先太后膝下无女，本王并没有表妹。"

黎冰凰欢声笑道："你是我皇帝哥哥的表哥，自然也是冰儿的表哥呀！"

冰儿！

呕！臭不要脸的！狐狸精！

我咬牙切齿地骂，却连一丝声音都发不出来，狠狠瞪着狗蛋，狗蛋却耷拉着脑袋根本不看我。

"郡主客气了，不知郡主找本王有何贵干？"阮郎归语气疏离，好像对这个黎冰凰并不如何感兴趣。

黎冰凰娇嗔着说："人家十年未见郎哥哥，昨日回京，听说郎哥哥在京中建府，特意前来道贺。"

郎哥哥！

这臭不要脸的！居然这样叫我男人！我这个正牌夫人可还在这儿呢！

阮郎归客气地笑笑："多谢郡主，本王还有要事，恕不奉陪。"

我心里这才好受了些，不论如何，阮郎归总算没有被小狐狸精迷得神魂颠倒。

"郎哥哥！人家千里迢迢而来，你……你怎么……怎么……"黎冰凰的语声十分委屈。

"本王的爱妻身子不适，本王要去陪伴夫人，失陪了。"阮郎归略显急躁，很没耐心。

我那个得意啊！阮郎归总算是没忘了他已经为人夫君这茬儿。

狗蛋松了手，我狠狠踹他一脚，快步跑过去。阮郎归正好走过来，黎冰凰小步跑着跟上，一脸委屈地看着他，见我冲出来，俩人不约而同愣了一愣。

我一把拉过阮郎归，横着身子插到他和黎冰凰中间，将阮郎归护在身后，瞪着黎冰凰，恶狠狠地说："喂！你要不要脸啊？十年前抢我的项链，十年后抢我的男人，堂堂瑞王府郡主嫁不出去了吗？沦落到抢别人男人的凄惨境地了？"

黎冰凰呆了呆，脸唰的一下红了，恼羞成怒地指着我，质问道："你是谁？敢对本郡主不敬！"

"你都上门抢我男人了，还指望我对你多恭敬？"我斜着眼睛蔑视她。

"你是……"黎冰凰指着我，皱着眉头想了片刻，恍然大悟地叫道，"辛甘！你是辛家那个凶巴巴的臭丫头！"

什么？说我是凶巴巴的臭丫头？

我呸！

我上下扫她一眼，高贵冷艳地说："我警告你！阮郎归，乐安王，喏，就是这个男人！"我反手拍了拍阮郎归的胸膛，得意扬扬地宣誓主权，"他是我夫君，拜过花堂进过洞房的夫君！你敢打他的主意，别怪老娘对你不客气！"

阮郎归悄悄拉了拉我的手臂，凑到我耳边低声问道："你们认识啊？"

"何止是认识！十年前这个凶女人还打了我呢！蛮不讲理的野丫头！"黎冰凰皱了皱鼻子，哀怨地看着阮郎归，"郎哥哥，你真的娶了这个凶女人？"

"叫那么亲热做什么？当老娘是死人吗？"我冷冷地翻个白眼，十分不屑，"你人没我瘦，脸没我白，腰没我细，腿没我长，你有什么资本打我男人的主意？"

阮郎归闻言，"扑哧"一声笑了起来，揽着我的肩膀说，"辛甘，我怎么从来不知道，你的口齿居然犀利至此！"

黎冰凰涨红了脸，狠狠拿眼睛剜我。突然，她的目光落在我胸口，不怀好意地笑道："可我胸比你大！"

⋯⋯⋯⋯⋯⋯

没法活了！

黎冰凰那胸真不是盖的，水红色的对襟短襦根本包不住，加上丝绦束腰，越发显得波涛汹涌，令人挪不开目光。

我低头往自己胸口瞄了一眼，虽然不算贫瘠，可跟黎冰凰真没法比，人家简直甩我十八条朱雀大街！

我一阵气闷，找不到话来反驳，黎冰凰见我吃了瘪，越发得意，将她那本就汹涌的波涛挺了挺，都快戳到我胸口上了。

我下意识往后退了一步，一脚踩在阮郎归脚上，阮郎归顿时笑不出来了，无奈地叹口气："辛甘，郡主，二位故人重逢，这是喜事，切莫动火，和气为贵！"

我"哼"了一声，狠狠瞪黎冰凰一眼，她挑衅地看着我，一脸得意。

我眼珠子一转，捂着脑袋叫道："哎呀！头疼！夫君，我好像病得更重了！"

"呸！装柔弱！不害臊！"黎冰凰咬牙切齿地瞪着我，叫道，"郎哥哥，你不要被这个女人骗了！她很坏的！"

阮郎归闻言，脸色顿时沉了，冷声道："郡主请自重，本王的爱妻是什么人，本王心里一清二楚，不必郡主特意提点。"

"乐安王立王妃是大事，皇上何时下旨册立了？"黎冰凰扬起脸，一脸嘲讽。

我心下了然，这必定是黎昭整出来的幺蛾子！黎昭啊黎昭，真是使得一手软刀子啊！

阮郎归摆出一张严肃脸，对黎冰凰说："此乃本王家事，不劳郡主费心。本王爱妻抱恙在身，请恕本王失陪了。"

话音未落，阮郎归扶着我往主院走，边走边温柔地责备："辛甘，我正要去辛府接你，想不到你自己来了。这么冷的天，你一路走来，累坏了吧？"

我被黎昭吓得三魂掉了两个半，他却在府里跟黎冰凰打情骂俏！

我不胜委屈，鼻子一酸，险些掉泪，慢条斯理地说："我要是不来，岂不是看不到这么精彩的一幕了？"

阮郎归脸一垮，正要分辩，我接着说道："幸好你的表现还算过得去，否则看我不打断你的狗腿！三条腿都打断！"

阮郎归下意识哆嗦了一下，装模作样地抹了一把并不存在的冷汗，劫后余生一般粗喘一口气，叹道："谢娘子开恩！"

我回头一看，黎冰凰还在原地站着，正歪着脑袋瞪着我，见我回头，她冲我狠狠地皱了皱鼻子，飞给我一个挑衅的眼神。

我暗道一声"不好"，黎冰凰绝对不是个善茬，我得想个好法子收了这妖孽！

"主子！主子！"狗蛋小跑着追来，觍着笑脸说，"主子道过贺了，是不是该跟奴才回去了？"

"回去？开玩笑！"我顿时炸毛了，恨恨地瞪一眼还没离开的黎冰凰，压低声音说道，"我走了，这个狐狸精再过来勾我男人怎么办？"

狗蛋将食指竖在唇边"嘘"了一声："主子慎言！那位郡主可不是好惹的，凶悍得很，要是让她听见您背地里说她的坏话，怕是又一场好打！"

我咬牙切齿："打就打，老娘还能怕她不成？"

阮郎归横我一眼，板着脸说："不许说脏话！"

我缩了缩脖子，讪讪地"哦"了一声，随即横眉冷目地警告："你可给我听好了，离那个狐狸精远点！能多远就多远！"

阮郎归举起双手做投降状："我眼里都是你，心里都是你，就连身子都是你的！别说狐狸精，就是天仙下凡，也没得往外分了，你还不放心吗？"

这话我爱听！

我心里乐开了花，表面上却十分淡然，不轻不重地点了点头，不冷不热地"嗯"了一声。

　　阮郎归捏了捏我的鼻子，笑骂道："你呀！"

　　"皇上有旨，今夜承安殿设宴，为乐安王返京接风洗尘。"狗蛋板着脸，一本正经地端着首领太监的架子宣旨。

　　"臣谢皇上恩典。"阮郎归跪地磕头，接旨谢恩。

　　我在一边站着，拉长了脸瞪着狗蛋，狗蛋得意地看我一眼："主子，您若是身子不适，可以回辛府休息，奴才送您回去。"

　　送我回去？开玩笑！我要是回去了，还怎么知道黎昭使了些什么手段？

　　我二话不说拉着狗蛋就走，边走边说："咱们走！"又回过头来冲阮郎归叫道，"夫君，晚上宫宴再见，我等你！"

　　阮郎归依依不舍地看着我，强笑道："放心，我不会背着你乱来的。"

第二十章

也曾真心爱过你

　　我进宫的时候，阮郎归已经到了，正在御书房跟黎昭对弈。黎冰凰居然在一边坐着看，托着下巴，一脸兴致勃勃的样子。

　　我闷不吭声地走过去，往阮郎归身边一站，将半个身子的重量倚在他身上，愤愤地瞪着黎冰凰。

　　黎冰凰是未出阁的女儿家，当然不会像我这么厚脸皮，见我贴着阮郎归，脸一红，羞愤地骂道："不要脸！"

　　"更不要脸的你还没看见呢！"我低笑一声，探手搭上阮郎归的肩膀，轻轻给他捏着，得意地看着黎冰凰。

　　这是我男人，我对我男人做什么都是名正言顺的，我怕什么？

　　突然，"啪"的一声脆响，我闻声望去，只见黎昭拉长了脸，将一颗黑子拍在棋盘上，咬着牙说道："叫吃！"

　　"臣输了。"阮郎归淡淡一笑，神色间丝毫不见郁闷。

　　"辛甘，观棋不语真君子！"黎昭咬牙低喝，愤怒地瞪着我。

　　"她先说话的。"我一指黎冰凰，"郡主带头，民女不敢不从。"

　　黎冰凰狠狠瞪我一眼，撇着嘴骂道："狡辩！"

　　我耸耸肩，一脸无所谓。

　　黎昭闷声道："再来！"

　　阮郎归淡笑着捡起白子，等到棋盘归置好，两人重新开局。

　　那几年我一个人闲得发闷，看了不少书，可是棋艺一道，没人指点根本就学不精，我只能看懂一些浅显的东西，阮郎归和黎昭对弈的时候，很多走法我根本想不明白。

"为什么走这里？"我拿胳膊肘子捅了捅阮郎归，指着棋盘问道，"为什么不能走这里？"

阮郎归耐心地给我讲解，但我基础实在是太差，往往他说一句，我要想一会儿才能明白个七八成，有时甚至要讲解两三遍。

我听得津津有味，突听黎冰凰嗤笑道："这么简单的道理都不懂！喂，凶女人，你这些年都不念书的吗？难不成还是只会打架？"

阮郎归一个冷眼瞪过去，毫不客气地说："郡主，请自重。"

"你！"黎冰凰似乎没想到阮郎归当着皇上的面都敢这么不给她面子，小脸涨得通红，鼻子皱了皱，不胜委屈。

"呀！快看！快看！要哭了！要哭了！"我毫不客气地取笑，"十年前跟我打架都没哭，现在我男人区区五个字就能让你眼圈通红，黎冰凰，你这勾引别人相公的手段还真是挺高明的啊！"

"辛甘！你不要脸！"黎冰凰恼羞成怒，眼里的水汽奇异地散去，凶狠地瞪着我。

我脸一扬，傲然道："怎么着？想打架啊？"

黎昭一拍桌子，不悦道："没出阁的女儿家，一口一个'我男人'，辛甘，你就不能矜持点？"

我一阵郁闷，别过头不吭声，懒得搭理黎昭。

时辰不早了，我肚子里都翻腾起来了，黎昭却还在跟阮郎归下棋，根本没有要开宴的意思。我有些纳闷，难道所谓的晚宴，就是下棋吗？

"启禀皇上，护国公求见。"狗蛋突然进来通禀。

黎昭头也没抬，淡声道："传。"

很快付恒就进来了，看到我和阮郎归都在，他明显愣了一下，目光在我身上一扫，短暂地顿了顿就移开了。

付恒请了安，黎昭笑着说："付卿可算来了，再不来，朕都饿得不行了。"

付恒谦恭地笑笑，谢了罪，一行人前往承安殿赴宴。

黎昭坐在居中正上方的高位上，阮郎归在黎昭的左手边，付恒在阮郎归的下手。黎冰凰在黎昭的右手边，我在黎冰凰的下手。这样一来，就成了黎冰凰和阮郎归面对面，而我则与付恒面对面。

黎冰凰得意地飞给我一个白眼，满眼挑衅，她要是有尾巴，绝对能把承安殿的房梁捅穿了。

我闷闷不乐地趴在桌子上，本就头重脚轻，被黎冰凰一气，越发觉得脑子晕得厉害。

"辛甘，你若是撑不住，就先回府歇着吧。"阮郎归的声音幽幽传来，担忧地看着我。

我摆了摆手："没事，别担心，不要紧的。"

黎冰凰"切"了一声，不屑道："装柔弱给谁看！"

"给爱看的人看咯！"我毫不客气地顶回去，脑袋疼了，气势汹汹地捍卫主权。

"不要脸！"黎冰凰气急败坏地骂。

付恒抿了一口酒，闷声道："皇上在上，郡主请慎言。"

黎冰凰瞥了一眼付恒，付恒垂着眼帘，没看黎冰凰。黎冰凰皱了皱眉头，不作声了。

我心里暗赞一声："不愧是当朝第一臣啊！连嚣张跋扈的瑞王府小郡主都不敢跟他呛声！"

黎昭打了个手势，狗蛋吩咐传菜，一道又一道菜品传上来，我顿时傻眼了。

其余四桌都是些烤羊腿、炙羊腰、烩熊掌等等硬菜，唯独给我的全是汤汤水水的药膳。

我眨了眨眼，揪住传菜的宫女，闷闷地问："你确定没上错菜？"

"辛主子明鉴，菜品都是皇上钦定的，奴婢不敢大意。"

我愤怒地瞪着黎昭，一拍桌子，低喝道："这是什么情况？"

"病人不吃药膳，还想吃什么？"黎昭翻了个白眼，没好气地说，"要不是你死皮赖脸非要跟过来，这几道药膳也免了，能省不少银子呢！"

太欺负人了！我咬了咬牙，没好气道："我能掀桌子吗？"

"你试试。"黎昭轻描淡写。

"把这个送过去。"

突然，两道声音一齐响起，一个字都不错。

我抬眼一看，只见阮郎归指着面前的鲍鱼丸子，付恒指着一盘时鲜水果。见我看过去，付恒笑了笑："用热水烫一下再吃，没关系的。"

我突然僵住了，愣了愣，强笑道："还是算了，我反正也没什么胃口，不必麻烦了。"

"有什么了不起！不就是个凶巴巴的坏女人吗！"黎冰凰白眼一翻，哼了一声，满口不屑。

我这才找到台阶，连忙顺口反击："一口一个'凶女人''坏女人'，给你脸了是不？"

"你别给！"黎冰凰拍着桌子站起来，一只手叉腰，另一只手指着我，"想打架是不是？"

她捋起袖子，摩拳擦掌，像个地痞无赖似的，根本没有金枝玉叶的贵气。

我趴在桌子上，半死不活地说："你还真好意思！十年前仗势欺人，十年后欺负病人，黎冰凰，你可真能给你们瑞王府争脸！"

黎昭把我和黎冰凰凑到一起，就是给我添堵的，我并不担心我和黎冰凰不和会招致什么了不得的后果。

果然，黎昭黑着脸，沉声道："你们两个有完没完？再这么吵吵闹闹的，朕将你们都关进暗房反省去！"

我挑眉，冷笑着瞪她一眼，默默地捏着勺子喝了一口药膳。药膳的味道还不错，我原就饿得慌，也就没管他们，捧着那些盆啊罐的吃得津津有味。

"猪！吃死你！"突然，一道不和谐的声音直勾勾地往耳朵眼里钻，黎冰凰一个接一个地朝我丢白眼。

"皇上，你确定是请我们来赴宴的？"我皱着眉头责问黎昭，"你弄这么个要修养没修养，要贵气没贵气，要品性没品性的郡主过来，确定不是故意害我们消化不良的吗？"

黎冰凰的脸一下子黑了个彻底，拍着桌案叫了起来："辛甘！你！你才没修养没贵气没品性！"

"别叫我辛甘，我嫌肉麻！"我搓了搓手臂，龇牙咧嘴地嫌弃，"恶心！鸡皮疙瘩都快掉一地了！"

黎昭长舒一口气，无奈地扶着额感慨："是朕的不是！朕怎么就将你们俩凑到一块儿了呢？"

付恒放下筷子，淡笑着说："这饭的确是没法吃了，吃了肯定肚子疼的。皇上，臣还有许多政务没处理完毕，请恕臣先行告退。"

付恒起身走到殿中，跪下磕了个头，黎昭点点头："去吧！"

我怔了怔，付恒这是在向谁甩脸子？

黎昭瞪我一眼，低斥道："瞧你！付恒都让你给气走了！"

我顿时了然，付恒根本就不是今天的主角，黎昭让付恒来，是为了试探付恒对我的态度。

我心里一凉，付恒都已经明确向黎昭请旨，要求娶礼部侍郎家的二小姐，黎昭还有什么好不放心的呢？

付恒一走，黎冰凰就老实多了，不再针对我。毕竟是护国公，位高权重，他这么一甩脸子，黎冰凰也有些怵。

气氛越发沉闷，一顿饭吃得无比艰难。

膳罢，黎昭很平静地说："冰儿刚刚回京，暂时也没什么好去处，正好乐安王府刚刚修建好，不如你就先在王府住着吧！"

找狐狸精来勾引我男人也就罢了，居然还明目张胆地将狐狸精塞到我男人的屋檐下！黎昭怎么不直接让我男人腾出半张床给黎冰凰啊！

我当时就不淡定了，冲到黎昭面前，咬牙切齿地说："皇上，你说什么？"

"朕说什么，你没听见吗？"黎昭似笑非笑地看着我，满眼"老子是皇帝，老子说了算"。

我深吸一口气，冷声道："皇上真要如此吗？"

黎昭敛下眉目，深深地看着我，语气冷沉："辛甘，你莫要忘了，朕是皇帝！你逾越了！"

"皇帝就可以罔顾人伦，拆散夫妻，硬把别的女人塞给臣子吗？"我冷笑，毫不退让，"皇上，你如此强拆我夫妻，硬塞郡主给我夫君，你置我于何地？"

黎昭不答，捏紧了拳头，转脸向阮郎归和黎冰凰吩咐道："你们先下去！"

黎冰凰得意地笑看着我，满脸胜利的笑容，拉了拉阮郎归的衣袖，示意阮郎归跟她出去。

阮郎归走到黎昭面前跪下，沉声道："皇上的厚爱，微臣承受不起。郡主金枝玉叶，微臣更是不敢高攀。微臣已经娶了辛甘，就不会再娶别的女人！郡主清清白白的闺阁少女，住在王府着实不妥，请皇上三思。"

黎昭瞪着阮郎归，愤怒地一拍桌案，斥道："反了！阮郎归，你是要抗旨吗？"

"微臣不敢。"阮郎归俯身磕了一个头，昂然道，"臣为国尽忠，为君尽忠，不敢有忤逆之心。只求皇上体察微臣的苦衷，郡主金枝玉叶，闺誉清白，住在臣府上名不正言不顺，传出去对郡主不好。"

我叹口气，走到阮郎归身边，与他并肩跪下，黯然道："皇上明鉴，辛甘已经嫁与阮郎归，皇天后土俱是见证。皇上若是认为辛甘商户人家出身，配不上金尊玉贵的王爷，我夫君愿意削爵为民，求皇上成全。"

"当真？"黎昭眯着眼睛，冷冷地盯着阮郎归。

阮郎归没答话，俯身磕了一个头，握住我的手，温柔地笑道："你倒是舍得，好歹也是个王位，你说辞就给我辞了！"

黎昭眸色深深，意味不明地盯着我们，许久，沉声道："先皇钦赐的王位，不是说辞就辞的。"

我心口一紧，黎昭这是要惩罚阮郎归？

"但凭皇上吩咐。"阮郎归昂然看着黎昭，毫不退让。

"行了，此事朕自有主张，你们先下去吧！"黎昭沉默了很久，才长叹一声，不胜疲惫地捏了捏额角，摆了摆手，让我们退下。

我与阮郎归对望一眼，交换了一个坚定的眼神，一起退下。

我跟黎冰凰苦大仇深，一出宫门，我俩就十分有默契地掐起来了。

十年前的旧恨，这两日的新仇，我红了眼，不要命地又抓又咬又掐又踢。黎冰凰也是个火暴脾气，拳来脚往，跟我扭打成一团。

女人打架，男人不好插手，狗蛋一个奴才，又不敢拦。

等到他俩实在是看不下去，把我们俩分开那会儿，我俩都伤得不轻，手上、脸上、脖子上，但凡能轻易触碰到的皮肤，到处都是指甲掐出来的血痕。

看到我的脸，阮郎归绷不住笑了："辛甘，完了！这下你彻底毁容了！"

我一听毁容了，越发火大，抬脚就往黎冰凰身上踹。黎冰凰得意扬扬，狠狠朝我飞了个白眼。

我一瞧见她那张花猫似的脸，绷不住笑了，恶狠狠地骂道："狐狸精！想抢老娘的男人，除非老娘死了！"

"算了，别闹了，先送你回辛府吧。"阮郎归下了定论，蹲低身子背起我，柔声道，"你放心，我不会让郡主住在王府的。"

伏在阮郎归背上，我心里暖洋洋的。我都这么胡闹了，他居然一点儿没不耐烦，也没嫌我给他丢脸。

这么好的夫君，打着灯笼都难找啊！我可得看牢了！

"笑得难看死了！神经病！"黎冰凰翻着白眼骂我，狠狠跺了跺脚。

我朝她龇了龇牙，冷笑道"胸大又怎么样？我男人不是照样瞧不上你？"

"你！"黎冰凰脸一红，恶狠狠地瞪着我，"还没打服你是吧？"

我嚣张地叫道："切！谁打服谁还不一定呢！"

回辛府的路上居然遇见了付恒，他一个人负着双手迎面走来，在惨淡的月光下显得无比寂寥。

"付大哥，你怎么从这个方向过来？"我诧异地问，人还在阮郎归背上。

付恒目光一闪，淡淡地笑道："路过辛府的时候，突然想起蓉儿，好多天没去看她了，就拐过去了。"

"六十六叔肯定很不乐意，这么晚了你还去打扰他媳妇休息，他肯定要跟你翻脸。"

付恒不以为意地笑笑："我倒是不介意他跟我翻脸，毕竟是我妹夫，他在意我妹妹，总归是好的。"

"那倒也是。"我笑着点头，看了看阮郎归，再看看黎冰凰，皱眉道，"付大哥，你能不能帮我一个忙？"

"你说。"付恒微笑着接过话，云淡风轻的样子，看我的眼神就像在看一个不懂事的小孩子。

"帮我看着这个狐狸精！"我一指黎冰凰，不胜担忧，"我怕我一眼没瞧见，这个女人就去勾引我夫君，付大哥，你帮我看着她好不好？"

付恒惊奇地低笑："我怎么看？把她绑起来？辛甘别闹，人家是郡主！"

夜风吹得我鬓边碎发直往脸上扑，痒痒的，挺不好受的，我抹了一把脸，碰到伤口，痛得我"嘶嘶"地直抽冷气。

我指着已经不成样子的脸，龇牙咧嘴地叫道："付大哥你看！那个女人打我！我的脸都被她抓花了！你以前说过要是有人欺负我，你会保护我的！我不要你打还回来，只求你能够看牢她，别让她跟我抢男人就成！"

付恒绷不住笑了，弯着眼眸说："你……你到底是做了什么？真是不可思议！"

"喂！姓辛的！你说话凭点良心成吗？是你先动手的！"黎冰凰跳着脚尖叫，一个箭步冲到付恒面前，指着自己的脸，不胜委屈地叫道："付大人，你来评评理，你看看，你看我的脸！我的脸都被抓烂了好吗？那个凶女人根本就是个蛮子！"

付恒刚止住的笑声再一次泛滥，目光在黎冰凰脸上一转，又回到我脸上，笑着说："你们俩到底是有什么深仇大恨？"

"夺夫之恨！"我咬牙切齿，一脸怨念，"付大哥，你不会不帮我的，对不对？"

黎冰凰突然怒了，一甩袖子，冷声道："谁跟你有夺夫之恨？切！真当你男人是个宝了？谁稀罕！"

"不稀罕你还一口一个郎哥哥地叫！还表哥表妹的！你算哪门子表妹？"我连连飞白眼，抢男人都抢到家门口了，还好意思否认！

"那是因为——"黎冰凰仰着小脸叫嚣,叫出来几个字,却莫名其妙地住了口,跺了跺脚,不说话了。

"管你因为什么,反正你不准住在王府!"我勒了勒阮郎归的脖子,咬着牙威胁,"你要是敢让她住在王府,我就……我就……"

"你就怎样?"阮郎归还没开口,黎冰凰那个讨厌的女人就翻着白眼跟我呛声。

"我就去找白术!"我眼珠子一转,突然想起白术,恶狠狠地说,"我就不要你了!我找白术养孩子去!"

天地良心,我说的是"找白术养孩子去",而不是"找白术生孩子去",可是阮郎归那会儿昏迷不醒,根本不知道我把安然交给了白术,听我这一说,他顿时火了。

"你找一个试试?老子打断你的狗腿!"阮郎归顿时怒了,横眉冷目地瞪我一眼,背着我就往乐安王府的方向走,一边走一边气冲冲地冲狗蛋吼,"狗蛋,劳烦你回禀皇上一声,就说阮郎归向皇上请罪了!辛甘我必须带走,皇上若是要惩罚,我夫妻二人一起承担!要头两颗,要命两条!"

霸气!不愧是我男人!

我欢呼一声,抱着阮郎归的脖子,在他脸上"吧唧"亲了一口,欢声笑道:"走走走!回家!回家!"

阮郎归黑着脸,不理会我的雀跃,背着我就走。

"喂!他们走了,我没地方去了!"黎冰凰不依不饶的声音响起。

"郡主在何处落脚?我派人送你过去。"付恒淡淡地回答,举步不紧不慢地跟了上来。

黎冰凰可怜巴巴地回答:"我没有地方住。"

"没有地方住?"付恒的声音带着些疑惑,"那你昨日住在何处了?"

黎冰凰越发委屈了:"我今天天快亮的时候进城的,进宫见了皇上,就去王府了,然后再进宫参加晚宴,到现在都没有好好休息过。"

顿了顿,黎冰凰又说:"我从瑞王府赶过来,十七天没睡过一次好觉,没吃过一顿饱饭,我……"她嘴一撇,声音里染上了哭腔。

付恒叹口气,揉了揉额角,无奈地说:"这时宫门已经落锁,进宫是进不去了,客栈又不安全,驿馆需要提前报备……郡主若是不嫌弃,便在护国公府歇一晚吧!"

"真的?"黎冰凰的哭腔越发浓重了,声音里似乎带着一丝莫名的欣喜。

付恒点点头："明日一早，我会向皇上回禀，请皇上为你安排住处，今夜就委屈郡主了。"

黎冰凰破涕为笑，紧跟着付恒，见我目不转睛地看着他们，朝我飞了一个挑衅的眼神。

我懒得理会她，只要不跟我抢男人，她爱住哪儿就住哪儿！

阮郎归一路把我背回王府，径直进了主院卧房，他把我放在床上，吩咐下人打水过来，拿上好的丝绸布巾浸了温水，给我擦拭脸上已经干涸的血迹。

擦完血迹，他又找出伤药往我脸上敷，伤口一敷上药，刺疼刺疼的，我疼得"嗷嗷"直叫，掐着他的胳膊，掐得他"嘶嘶"直抽冷气。

"你掐我做什么？"阮郎归低叫，细心地把药膏抹匀，板着脸呵斥，"你说你没事跟人打什么架？不知道自己还病着吗？"

我一把搂住阮郎归的脖子，身子一歪，倒在床上。他被我一拽，顺势倒下，压在我身上，语声蓦地低沉下来，捧着我的脸，低低地叫了一声"辛甘"。

我没吭声，直接堵住他的嘴，闭着眼睛深深地吻了下去。

阮郎归好像一堆干草一样，被我蓦地丢进去一支火把，一下子就燃起了冲人火焰，反客为主，夺过主动权，将我的呼吸尽数卷走。

"夫君，我们……是不是该有个孩子了？"我闭着眼睛享受他的温柔，喉咙里难耐地窜出一句低语。

阮郎归身子一颤，沉默片刻，苦笑道："辛甘，你是故意折磨我的吗？"

我翻身压住他，低声道："我的身子没事。"顿了顿，将脑袋埋在他肩窝，羞涩地说，"你轻点就好。"

阮郎归低吼一声，将我掀了下去，随即覆了上来。

阮郎归顾念着我病体虚弱，动作很温柔，我眯着眼睛享受，舒服地低低浅浅地哼叫。

然而，我并没有舒服太久，阮郎归很快就完事了，低吼着从我身上爬起来，搂着我，温柔地说："时候不早了，睡吧！"

"睡吧？你叫我睡吧？"我不可思议地瞪着他，目光从他脸上一点一点往下扫，扫到脚的位置，再一点一点往上移，最终定格在他身体中部的某一处。

这货从来都跟个喂不饱的饿狼似的，怎么今天这么快就缴械投降了？难道他受伤过重，那方面不行了？

"你那什么眼神？"阮郎归眯着眼睛，不悦地看着我，"辛甘，你想什么呢？"

我的眼泪唰的一下就出来了，眼前一黑，险些栽倒。

我的幸福……就这么毁了……我们还没生娃呢！老阮家三代单传，我还没给阮家留一条根，阮郎归就不行了，我死了都没面目去地下见阮家的列祖列宗啊！

我背过身子暗暗抹眼泪，不敢让阮郎归知道我内心的百转千回。

一个男人，遭受到这种致命的伤已经够痛苦了，我身为他的娘子，应该安慰他，陪伴他，若是连我都对他有异样的态度，他肯定承受不了。

"辛甘，你哭什么？"阮郎归见我闷不吭声地掉眼泪彻底急了，腾地坐起来，扳过我的身子，急切地问，"发生什么事了？还是哪里不舒服？我弄疼你了吗？"

我咬着嘴唇哭得直打哆嗦，心里跟三伏天下冰雹似的，那叫一个凄惨！可我却不敢说，怕戳了他的痛脚，伤了他的自尊。

"怎么了？辛甘，你倒是说话呀！"阮郎归急得不行，双手小心翼翼地捧起我的脸，看到我满是伤痕的脸，问道，"是担心你的脸好不了吗？没事的，别怕，这些伤痕没什么大碍，顶多十天，我保证一点儿疤都不会留，你不会变成丑八怪的！"

我倒是宁愿变成丑八怪！只要他没事，我这张脸不要了都行！

我扑进他怀里，环着他的脖子哭得上气不接下气的。他连声安慰，我越听心里越难受，越难受越想哭，忍不住大声号啕起来。

阮郎归大约是认定了我在担心自己的脸，见我哭成了狗，索性不再劝了，一下一下地轻轻拍着后背给我顺气，好气又好笑地安慰："你呀！看你以后还敢不敢跟人打架！这下也好，算是长个教训了！"

我哭得浑身打战，嗓子都哑了，心里的悲伤却一点儿都没少。

"辛甘，你放心，就算你真的变成丑八怪了，我也不会嫌弃你的。"阮郎归抱着我，温柔而虔诚，"我说过，我这辈子只要你一个女人，不论你是美是丑，你都是我的唯一！"

他的话就像一股春风，柔柔地吹进我心里，冰天雪地渐渐消解。我突然觉得，一切都没什么大不了的。

他还活着，我也还活着，他爱着我，我也爱着他，够了。

我抹了一把眼泪，用力抱着他，凑到他唇边，轻轻吻了一记，柔声道："夫君，我永远都不会离开你的！你放心！永远！不论发生任何事！"

阮郎归一头雾水："我知道你不会离开我，可是辛甘，你能不能告诉我，到底发生了什么事？"

我摇头，强笑道："没事。"

"不可能！"他皱着眉头，眉目微冷，"你当你男人是那么好骗的？"

"我……"我真的很难开口啊！

那样的问题对于一个男人来说，几乎是毁灭性的打击，让我怎么说？难道我要跟他说，你不行，你满足不了我，你不是男人？

阮郎归见我犹豫，扳过我的肩膀，抬起我的脸，认真地看着我的眼睛："辛甘，你总说夫妻一体，既然夫妻一体，有什么事情是不能让我知道的？我想知道所有事，不论是好的，还是坏的。辛甘，有什么问题，我们一起面对，不好吗？"

我一阵感动，眼睛又不争气地热了。

我抽了抽鼻子，深吸一口气，说："那个……夫君啊，你……你那个……"

"哪个？"

我吞吞吐吐的话语令阮郎归越发着急了，他抓着我的肩膀，急切地摇了两下。我估摸着，要不是我还病着，他非把我摇散架不可。

我眼一闭，牙一咬，心一横，不顾一切地低吼："你太快了！"

"太快了？什么太快了？"阮郎归有一瞬间的愣怔，呆呆地看着我，过了一会儿，才脸色古怪地问，"你是说，我今晚太快了？"

我怯怯地看着他，咬着牙点了点头。

"所以你哭，是因为我太快了？"他的脸色越发古怪，额头青筋突突直跳。

我咬着牙再次点头，强撑着安慰他："没事的，兴许只是一时的，咱们找大夫来瞧，找最好的大夫！"我伏在他怀里，努力温柔地劝慰，"没事的！就算治不好也没事，我终归是要陪着你的。大不了，咱们收养几个孩子，没什么的！真的没什么的！"

他的身子越来越僵，颤声问道："辛甘，你以为，我……不行了？"

我很老实地点头，安慰他说："真的没事的！我不在乎！我可以不在乎的！"

阮郎归深吸一口气，咬着牙低喝："谁告诉你我不行了？"

我缩了缩脖子，心知他必然会羞恼，做好了承接他怒气的准备。他见我不说话，搯着我的肩膀摇了两下，咬牙切齿地问："嗯？谁说我不行的？"

那不是明摆着的吗？以往他哪一次不是弄得我泪水涟涟地求饶才罢休？这一次我刚来点感觉，他就偃旗息鼓了，都那么明显了，还用得着谁来告诉我吗？

"辛甘，我看你是真的太不长记性了！"阮郎归低低地怒吼，"真是几天不修理，你就给我蹬鼻子上脸！"

我连忙乖觉地认错："我错了，你别生气好不好？"

没办法，谁让他不行了呢？我不能再刺激他了！

"错了？一句错了就完事了？"阮郎归气笑了，磨着后槽牙说，"看来，对你就不能心慈手软！辛甘，我保证，再也不会有下一次了！"

我怔了一怔，这话什么意思？什么叫不能对我心慈手软？

我还没反应过来，阮郎归就狠狠将我扑倒在床上，翻身压了上来。

横刀立马，奋勇厮杀。

等我明白那句"心慈手软"是什么意思的时候，一切都晚了。

哀声遍野，落花流水。

阮郎归却铁了心，任我如何求饶如何哀叫，就是不肯饶过我。

"夫君，我错了，我真的知道错了！"我哭。

"夫君别这样！"我叫。

"夫君不要啊！放过我！"我求。

"晚了！"阮郎归从牙缝里挤出两个字，低吼着奋力冲锋陷阵。

我这才知道，原来他真的是对我心慈手软啊！他是顾念我大病未愈，怕伤了我，可怜我傻瓜一个，不识好人心，反倒误以为他那方面不行了，又是哭又是啼的，这下可好，把他给惹毛了！

我不记得自己是怎么失去意识的，再次恢复意识的时候，已经是大晌午了。

阮郎归早就不在床上了，床前站着个丫鬟，见我醒来，连忙上前服侍。

我浑身酸痛，跟让八匹马拉着大车碾过似的，慵懒地赖在被窝里不想动弹。那丫鬟捂着小嘴偷笑，我瞪她一眼，她却笑得越发欢了。

阮郎归进来时，我还赖着不肯起身。

"你先出去。"阮郎归吩咐丫鬟退下，"去备些吃的。"

丫鬟应声退下，阮郎归直接扑了过来，满眼不怀好意。

我慌得不行，用力推他。这浑蛋昨天跟发了疯似的，一个劲儿折腾我，我整个人都快散架了，哪里经得起他再发疯！

阮郎归得意地笑看着我，挑眉问道："如今还哭吗？"

我是欲哭无泪啊！

"不哭了！不哭了！"我胆战心惊地连连摇头，"那个，你能不能离我远一点？"

瘆得慌啊！

阮郎归放声大笑："起身吧，皇上召见，狗蛋已经在外头等了快两个时辰了。"

我慢吞吞地穿衣服，那厮眼睛眨也不眨地盯着我看，我手慢一点儿，他就要蹭上来占些便宜。

到主厅一看，狗蛋正在客座上坐着，脸拉得老长，看见阮郎归扶着我走出来，闷闷地"哼"了一声，也不请安问好，好像我欠了他一大笔钱似的。

我打趣地笑他："这大清早的，板着脸讨账吗？"

狗蛋却不理我，拉着一张驴脸，冷冷地说："皇上有旨，请辛主子进宫。"

我挑眉，有些疑惑，只宣我一个人进宫吗？

"辛主子，请吧！"狗蛋一甩拂尘，给了我一张冷脸。

"去吧，我等你回来用晚膳。"阮郎归笑笑，脸色很平静，与昨晚说要抗旨时候的怒气磅礴相比，简直就是两个人。

我点点头，心知狗蛋能在这儿等我两个时辰，黎昭是不会把我们怎么样了。

进了宫，来到安心殿，就见殿中摆了一桌酒菜，黎昭一个人坐着，正提壶倒酒。

我上前请安，还没低下头，黎昭说："免了，坐吧。"

我依言在黎昭对面坐下，黎昭给我倒了一杯酒，定定地看了我好一会儿，苦笑着问："辛甘，咱们有多久没这样喝过酒了？"

"四年。"我也有些恍然，四年弹指一瞬，却是物是人非。

"四年零五个月又七天。"黎昭的笑容很苦涩，端着酒杯的手轻颤着，他将酒杯凑到唇边，却没喝，只是目光灼灼地看着我。

"皇上好记性！"我心里有一种说不出来的感慨，黎昭对我，毕竟是真心的。

黎昭一口闷了杯子里的酒，没看我，低声说："叫我阿昭。"

"好，阿昭。"我柔顺地依从。

黎昭举杯，跟我碰了碰杯，苦笑道："辛甘，我真的不甘心，你明白吗？"

"我认识你的时候才九岁，今年我二十岁，十一年，整整十一年。除却中间那四年，我们相伴了整整七年，生命的一半啊！"

黎昭扶额长叹，笑意无奈而又苦涩："可是辛甘，你喜欢过白术，喜欢过付恒，喜欢过阮郎归。你把身边所有的人都喜欢了一遍，却唯独没有喜欢过我！"

我顿时万分羞愧，我以前好像有点花心啊！

"辛甘，你叫我怎么甘心？分明我是最早认识你的，也是最早喜欢你的，更是一直以来坚定不移地守护你的。可是你喜欢了所有人，却唯独不喜欢我！"黎昭低低地吼叫，眼睛瞪得大大的，仿佛想用目光杀死我。

"我不是对你没有非分之想，更不是当真什么都不求。辛甘，一个男人对一个女人好，除非是血脉至亲，否则都是有所图谋的。

"我一直都喜欢你，想要娶你。可是我知道辛家有家规，也知道你与白术生了嫌隙，不可能爱上他。阮郎归与你苦大仇深，你更加不可能对他动心。付恒是我的人，我有把握掌握得了他，你与他不会有结果。因此，我放心地等着你长大，等着辛老太爷故去。我知道，只要辛老太爷不在了，你一定会是我的。"黎昭一杯接一杯地喝，喃喃地说。

"商人哪来那么多真心？你当局者迷，我却是旁观者清，辛甘，你大约到现在都不知道吧！就在你认识我的第二年，我就向辛老太爷提过亲了，那时候他以辛家家规拒绝了我。可是你七爷爷却找到了我，他说等到他掌家的那一天，你就是我的人了。"

我顿时心凉如水，原来那些算计，早在十年前就开始了。

黎昭无奈地看着我，苦笑道："我原以为，你一定会是我的，可我万万没想到，你居然会逃跑。你知道那种眼看着朝思暮想的人就在眼前，分明一伸手就能拥入怀中，却在一眨眼的工夫就彻底下消失的不甘与绝望吗？"

我静静地听，心里撕扯着疼。既为自己那看似风光无限，实则淡薄至极的亲情，也为黎昭多年不得报偿的深情。

"我接到舅母的密报，得到你的消息，可是接下来却得到了阮郎归死于南疆的奏折。那时候我就知道，阮郎归的手脚太快了，我终究是慢了一步。"黎昭一扬脖子，再灌下一杯酒，叹道，"这一步，就是一辈子！"

黎昭喝了很多酒，絮絮叨叨地说着那些他从来没有在我面前摊开过的心事。

我默默地坐着，听着他的喜怒哀乐，在他说到某一个触动我的点的时候，默默地喝上一杯。

黎昭越喝越多，越喝越猛，不知何时，我对上他的眼睛的时候，蓦地发现他的眼睛蒙眬了。

"阿昭，别喝了。"我皱眉，伸长了手想去夺他的酒杯。

黎昭一把抓住我的手，用力一拉，我身子往前一栽。桌子上全是杯盘碗盏，他哗啦一下全数扫到地上，将我的手臂按在桌子上，脸往我胳膊上一埋，闷闷地说："辛甘，你知不知道，我真的好不甘心啊！"

我咬着嘴唇，没吱声。

毕竟是十年相交的知己，最终他都没舍得做任何伤害我的事情，看他这般痛苦，我如何能狠得下心？

"辛甘，我一直把你当作是我的女人，我坚信你最终一定会属于我。曾经你离我那么近，那么近，可是一晃眼，你就……"黎昭的声音染上一丝泣音，他的脸埋在我胳膊上，冬衣厚重，将他的声音堵得无比沉闷。

我心里闷疼闷疼的。

"我知道你在平川，当即下令派人去寻找你。其实我很清楚，你和阮郎归在同一屋檐下，很多事情都是顺理成章的，我就是把你找回来，也改变不了什么了。"

黎昭的脸埋得很深，仿佛怕泄露出脆弱的情绪似的。

"可是我不甘心！我总想着，你从前那么讨厌阮郎归，说不定是他死缠着你，你跟他根本没有什么。我甚至幻想着，你正处于水深火热中，急切地期待我去救你。"

"可是辛甘，你最终还是爱上了阮郎归。"黎昭长声叹道，"那个最不可能的人，却成了你的良人！"

"这次你一回来，我就知道，我该死心了。可是我做不到，眼看着你已经离我那么近了，一伸手就能够着，我怎么能死心得了？"

黎昭右手握拳，重重地捶了几下桌子："我是皇帝啊！我要什么没有？天下都是我的，更何况一个女人？可是辛甘，我不舍得。我明明可以下旨召你入宫，可以杀了阮郎归，可以拿六十六郎一家做筹码，我相信你会屈从的。可是辛甘，我不舍得！"

黎昭狂乱地低吼："我明明是九五之尊，天下之主，可我居然会害怕！杀了小泥鳅和小螃蟹，你已经那么伤心了，要是再杀了阮郎归和六十六郎他们，你一定会恨我的！我鬼迷心窍地召回冰凰，我告诉她，她最讨厌的女人回来了，我要她把阮郎归从你手里抢走，我幻想着阮郎归变心之后，你就会死心。可是我没想到，你们俩一个说要生死相随，一个说要放弃王位。"

是我们的决心让黎昭不得不放弃吗？精诚所至，金石为开，古人诚不欺我也！

我长舒一口气，黎昭今天肯对我说这一番话，说明他已经彻底想开了。如果他觉得我在他眼前晃着碍眼，我可以跟阮郎归走得远远的，再也不让他看见我们。

"我不得不承认，阮郎归有一点比我强。他能为你放弃一切，可我不能。"黎昭抬头，眼睛红彤彤的，活像个兔子。

"我做不到为你放弃江山社稷，这是我唯一比不上他的地方。辛甘，我不得不承认，你的眼光很好。你找到了一个真真正正全心全意、用生命来爱你的好男人。"

黎昭的语声很诚恳，虽然还是很不甘，却没了刚才的狂乱。

"阿昭，你该为我高兴的。"我淡笑着拍了拍他的肩膀，"咱俩可是穿一条裤子长大的，有人全心全意，拿命来爱我，你还有什么好不放心的？"

"放心，可是不甘心。"黎昭认真地看着我，叹口气，黯然道，"强扭的瓜不甜，我一直都知道，只是无法说服自己放下。可是如果我再逼你，大约以后咱们都不会再有这般对坐共酌的机会了吧！"

我垂下眼帘，不想说出那一个"是"字。

"我曾经想过不顾一切将你纳入宫中，立为皇后，可是那样，我得到的不过是一具行尸走肉。我要一个不说不笑不闹腾的女人有什么用？我要的是活蹦乱跳、会说会笑的辛甘啊！"

"所以说，咱们的皇帝老爷这是要隆恩浩荡的节奏？"我咧嘴一笑，冲黎昭挤眉弄眼，"你那脑袋总算是被门夹回来了！"

黎昭脸一板，横眉冷目地瞪我一眼，突然破功，"扑哧"一声笑开了："死丫头！也就你敢这么说当朝皇帝了！"

"想开了就好！阿昭，我们是多年好友，如果真的因为你一意孤行，最后可能真的要翻脸成仇，抱憾终身了！"

我庆幸地舒了一口气，黎昭能想开，不论对谁都是一种解脱。

"身为皇帝，心中搁置的应该是江山社稷，成天沉溺于儿女私情中，如何能成大业？"黎昭起身，眼眸微眯，掷地有声道，"辛甘，你是朕的一道坎，迈过这道坎，朕才算是真正的男人，真正的皇帝！"

如果因为儿女私情而迁怒忠臣良将，那是昏君所为，黎昭能想明白，着实是天下之幸。

"择个吉日，朕为你与阮郎归赐婚，如今你欠缺的，就是名正言顺了。"黎昭垂眸看着我，满眼柔情。

"你……你要给我和阮郎归赐婚？"我愕然，根本不敢相信自己听见了什么。

"我二十年来唯一真心爱过的女人，我如何舍得她受一丝半点委屈？"黎昭低叹，满眼无奈，"我给不了的，有人能给，我本来就应该感谢他，不是吗？"

这厮啥时候达到这种高度了？这脑袋哪是让门给夹了啊？这是让驴踢了啊！踢得还不轻！

"谢主隆恩！"我用力一巴掌拍在黎昭肩膀上，笑嘻嘻地说，"就说嘛！我辛甘怎么可能交友不慎？你可是我生平唯一挚友哇！怎么可能干坑我的事儿！"

黎昭一巴掌拍开我的手，横我一眼，不屑道："谁稀罕！"

我耸耸肩，吐吐舌头扮了个鬼脸。

"辛甘，我表现这么好，你是不是该回报我些什么？"黎昭斜着眼睛看着我，眼神微带威胁，好像我要是敢不答应，他就立刻翻脸给我看。

"回报什么？"我两手一摊，苦笑道，"我现在已经是穷光蛋了，没钱让你宰了。"

黎昭一巴掌甩我后脑勺上，笑骂道："朕富有天下，要你一个女孩儿的钱做什么？"

"那你要什么回报？"我撇着嘴看着黎昭，跳着脚退后一步，半开玩笑地说，"你要是想我以身相许的话，那就免开尊口好了！这辈子是不成了，下辈子不接受预定！"

黎昭失声笑了，愤愤地瞪我一眼，骂道："死丫头！一点默契都没有！"

默契？

我皱眉沉思，这会儿黎昭会最想做什么？

自己的心上人被人抢了，还得赐婚，他这个皇帝做到这么憋屈的份上，也是前无古人、后无来者了。

我要是黎昭，我一定恨不得扒了阮郎归的皮，就算不能杀，也要把他打个半死，缺胳膊断腿地躺上一年半载的，怎么着也不会让他就那么痛痛快快地佳人在抱。

"你要整阮郎归？"我舰着笑脸贼兮兮地凑过去，兴致勃勃地问，"对不对？"

黎昭施舍给我一个天恩浩荡的眼神，微不可见地点了点头："嗯，还算没把咱们十余年的情分忘光光！"

整我男人啊？

这样不太好吧？可是为什么听起来好期待啊？

"好！成交！"我爽快地一拍黎昭的肩膀，"只要你不玩死玩残玩废他，也不给他讨小老婆，我什么都听你的！"

我唯一能为黎昭做的，也就是替他出一口恶气，让他心里好过点了。

黎昭顿时乐了，眉开眼笑道："算你还有那么点儿良心！"

必须的！人家毕竟是皇帝大老爷，万一我不答应他整阮郎归，他再反悔怎么办？

"要我做什么？"我兴致勃勃地问，还真别说，四年没搞恶作剧了，再次跟黎昭合作，我还真挺兴奋的。

黎昭贼兮兮地笑道："你什么都不用管，只要听我吩咐就行，只是有一点，一定要记住，千万不准告诉阮郎归我已经答应给你们赐婚了。"

瞒着阮郎归啊？这简单！

"好！"我一口应下。

"来人，笔墨伺候！"黎昭大声吩咐，很快，狗蛋送了文房四宝进来。

黎昭在宣纸上唰唰唰地写了一阵，我凑过脑袋一看，原来是一道封我为郡主的圣旨。

大意就是辛家为国尽忠多年，是为当世仁商典范，百姓楷模，作为嘉奖，册封我为郡主，封号"天心"。

我心口猛一哆嗦，他用"天心"二字给我作封号，明明白白是取"天子之心"之意。

狗蛋当即就去宣旨了，于是我摇身一变，成为东黎国第一个平民出身的郡主。

黎昭已经有些醉了，我也头重脚轻的，告了辞，他没留我，派了狗蛋送我回辛府。

第二十一章
一切终将圆满

刚回到辛府没多大会儿，阮郎归就找来了，劈头就问郡主是怎么回事。

我刚想说，想起和黎昭的约定，眼珠子一转，敷衍道："皇上说我出身商户，身份卑微，为堵天下悠悠之口，特意封我为郡主抬抬身份。"

"抬身份？抬身份做什么？"阮郎归顿时急了，"皇上难道真的要你进宫为后？怕朝臣反对，所以才给你抬身份？"

看着阮郎归急切的模样，我还真挺不忍心骗他，可一想到黎昭有言在先，于是垂下眼帘，低声说："我也不知道，皇上说是祖上积功，荫及子孙。"

"你算什么子孙？祖上积功，也该是荫及儿孙，你一个嫁出去的女儿家，哪有靠着祖上积功册封的道理？"阮郎归双眉紧皱，一拍桌子，急躁地道，"不行，我找皇上说理去！"

"别去！"我赶忙拉住阮郎归，黎昭正憋着一肚子火没地儿发，他这个时候再去触黎昭的霉头，那不是找虐吗？

"为什么不去？我要是再不去，他还不知道要怎么样欺负人呢！"阮郎归怒发冲冠，一把拉住我的胳膊，"走，咱们一起去！"

我顿时尿了，这要是真到了黎昭面前，阮郎归一句话不对付，黎昭要修理他，我该怎么办？

可黎昭心里有怨气，不让他痛痛快快地出了，这事儿总归是个疙瘩，不可能完全揭过。黎昭已经做了最大的让步，唯一的要求就是整整阮郎归，我不可能不配合。

我想了想，将阮郎归摁坐在凳子上，叹口气，说："皇上也没做什么，我们暂时还是不要轻举妄动为好。昨晚我宿在乐安王府，皇上已经知道了，却没说什么。我想，他心里其实已经认可我们了，只是一时接受不了，兴许过几天，他自己就想明白了呢！"

我都已经暗示到这个份儿上了，他要是再不往深处想，那就不能怪我不厚道了。

阮郎归皱着眉头看着我，忐忑地说："辛甘，我心里慌得很，不知道怎么回事，莫名的不安。"

心慌那就对了！那可是被皇帝惦记上啊！

我故作轻松地安慰："没事的，你放心，不论发生什么事，我总归与你一道承担。"

阮郎归眉宇间愁云不散，见我一直看着他，勉强回我一笑："好，听你的。"

"皇上毕竟是皇上，能不跟他起冲突就别跟他起冲突。只要他不把咱们逼上绝路，咱们让着他点儿也就是了。"我柔声安抚，心里却很想笑。

阮郎归闷闷的，没吭声，握紧了我的手。

我暧昧地斜着眼睛看着他："何况，如今他都已经默许咱们俩住在一起，说不定哪天咱们就有了孩子，到时候皇上还能怎么着？"

大约是我的眼神太过猥琐，他的脸一下子黑了，皱着眉头逼近我，咬着牙问道："你在想什么？"

"呃……在想……"我转着眼珠子想搪塞，突然想起孩子，心里猛然疼了起来。

安然，哦，不，是甘心，那孩子也不知道现在怎么样了。她那么黏我，乍然离开我，会不会不适应？白术一个铁骨铮铮的男子汉，让他照顾一个奶娃娃，他能照顾好吗？

"怎么了？"阮郎归看我不说话了，眉头皱得越发紧了，"辛甘，你最近总是出神，到底在想什么？"

"在想安然。"我叹口气，倚靠在阮郎归怀里。

阮郎归身子一僵，许久，长舒一口气，黯然道："她……别想了，她不会乐意看到你难受的。"

我闷闷不乐，不想说话。

"咱们会有孩子的，辛甘，你别难受了。安然若是与我们有缘，她会回来找我们的！"阮郎归语声低沉，听着令人心里越发难受了。

我长叹一口气，落寞地说："也不知道她现在怎么样了，是胖了还是瘦了？白术那样细心的人，应该会把她照顾得很好吧？"

阮郎归一怔，讶然问道："她还活着？"

原来阮郎归之所以一直没有询问安然的下落，是以为她死了啊！

我哭笑不得，叹口气，说："那天我们住在客栈里，白术过来救我，我把安然托付给了白术。"

阮郎归沉默了许久，才神色晦暗地说："是我没用，没能保护好妻儿！"

我在他怀里蹭了蹭，笑道："夫妻之间，说什么有用没用的？你有用也好，没用也罢，都是我的夫君。这天下除了我能嫌弃你，任何人都不行！你自己也不行！阮郎归，你听好了，不论发生什么事，我都不许你这么自怨自艾！"

我从他怀里直起身子，看着他的眼睛，认真地说："你在我心里永远都是最好的！"

我不知该怎么形容阮郎归，他曾为我拼过命，为我忤逆母亲，为我抛下一切，甚至说自己是"嫁入"舒府做倒插门女婿。

但凡一个男人可以为女人做到的，他通通做到了。

阮郎归紧了紧手，将我牢牢抱住，蓦地笑了："辛甘，其实你真的很好。"顿了顿，又道，"比我想象中还要好！"

接触越深，相处越久，我就发现阮郎归越来越好，原来他对我也是这样的！这种感觉，真的很默契啊！

"走吧！咱们回家。"阮郎归拍拍我的肩膀，率先站起身，"你是乐安王的妻子，哪有住在辛府的道理？"

一个"好"字还没出口，我硬生生憋回去了，愁眉苦脸地说："皇上派了狗蛋送我回辛府，就是怕我跑去王府找你。我要是跟你回王府，怕是又要惹恼他了。"

"他不让你跟我回去，你就真不跟我回去？你那么怕他啊？"阮郎归不满地撇着嘴发牢骚。

我戳了戳他的脑门子，笑骂道："人家毕竟是皇帝，不怕他成吗？万一他老人家一个不乐意，再寻个错处把你丢进大牢，我又要看不见你了。"

大约是我后半句话说得挺伤感，阮郎归顿时沉默了，深深地看我一眼，叹道："辛甘，娶你的阻碍还真是够多的！"

"怎么？你怕了？"我有些不乐意了，眼看着柳暗花明，他居然给我泼起冷水来了！

阮郎归摇头："我唯一后悔的，就是根本就不该带你回南疆，我应该直接跟过去陪着你，说不定现在咱们孩子都很大了！"

阮郎归在我房里坐了很久，磨蹭着用了晚膳才肯走，走的时候一步三回头，眼珠子都恨不得贴在我身上不肯下来了。

我倚着闺房的门看着他，向他挥了挥手，突然觉得黎昭的提议真心不错，生活太平淡也不好，偶尔加点料更刺激。

我回房躺了一会儿，等到天黑了悄悄溜出去，摸到乐安王府，溜着墙根找狗洞。

不管怎么说，既然已经跟黎昭达成了约定，面子功夫总归是要做一下的，那些羞羞脸的事情，还是不要让他知道的好。

乐安王府挺大，我沿着后墙转了老大一圈，累得腿肚子都抽筋了，居然没找到狗洞。

王府的墙头挺高，凭我那软胳膊软腿儿的，想要翻墙那是不可能的。

我有些不耐烦了，索性冲到王府大门，门口有黎昭的人守着，不让我进。我顿时怒了，闷着头就往里闯。那些下人不敢碰我，我这一番闹腾，惊动了王府的守门人，守门人进去禀报，不一会儿，出来一个人。

瞧见那道红衣人影，我越发怒了，跟神仙附体似的，一瞬间力大无穷，冲出重围，冲着黎冰凰狂奔过去。

一场鏖战。

等到阮郎归闻讯赶来的时候，我和黎冰凰都严重负伤，本来就惨不忍睹的脸越发不能直视。

阮郎归无奈地架着我进门，好气又好笑地数落："你呀！又跟人打架！明知道自己不是黎冰凰的对手，干吗还要去找虐？"

"你不是说不让那狐狸精进门的吗？她为什么会在这儿？"我顾不得烂糟糟的脸，掐着他的胳膊气势汹汹地质问。

阮郎归叹口气，无奈道："我从辛府一回来，就见黎冰凰在主厅坐着，手里攥着皇上的圣旨。圣旨上清楚明白地写着，要让她住在这儿，让我照顾好她。"

该死的黎昭！这是整阮郎归呢？还是整我呢？

我被阮郎归连拖带抱地弄回卧房，他皱着眉头、翻着白眼、叹着气给我清洗伤口，一边敷药一边说："辛甘，你要是再这样动不动就跟黎冰凰打架，把脸伤得跟猫抓似的，以后留了疤毁了容，你可别找我哭诉。"

我耷拉着脑袋不吭声，阮郎归无奈地摇头叹道："辛甘，你放心，别说黎冰凰住在王府，她就是睡在我床上，我都不会多看她一眼，你真的没必要这样。"

处理好伤，阮郎归拥着我倒在床上，笑道："你这么明目张胆地闯进王府，不怕皇上找碴儿了？"

我愤愤地骂一句："找碴儿？我不去找他的碴儿就不错了！"

浑蛋，说好了整阮郎归的，可我怎么看怎么像是在整我！

今晚阮郎归很老实，我瞧他中规中矩的样子，有些不乐意。一想到安然，我心里更难受，越发想要个自己的孩子了。

阮郎归见我磨磨蹭蹭地扰弄他，皱着眉头抓住我的手，低声斥道："老实点！都病成狗了还敢玩火！"

我环住他的腰，翻了个身，贴着他的身子，脸埋在他胸口，蹭了蹭寻了个舒服的姿势，安心地闭上眼睛。

一夜好梦。

早晨起来梳妆，对着镜子，我整个人都不好了。

我的脸啊！神哪！我还怎么见人？

我还没来得及开骂，门外就传来了黎冰凰的叫骂声："姓辛的！疯女人！你给我滚出来！"

阮郎归皱着眉头去开门，冷声道："郡主一大早不在自己房中，跑到我房门外叫骂不休，却是为何？"

"你滚开！"黎冰凰一把推开阮郎归，鬼吼鬼叫着冲进来，张牙舞爪地向我扑过来，"辛甘！我跟你拼了！"

我一看见她的脸，顿时乐了，那灾情，绝不比我轻。

阮郎归连忙冲上来，挡在中间，把我护在背后，连声道："郡主别冲动！有话好好说！"

"说你个大头鬼！"黎冰凰一脚重重踩在阮郎归脚背上，狠狠踹他一脚，趁着阮郎归下意识弯腰的当儿，绕过他向我扑了过来。

阮郎归顾不得脚痛，连忙横在我俩中间，左手搂住我，右手提起黎冰凰的后领，抓得她动弹不得。

"郡主请自重，这里是王府，不是你撒野的地方。辛甘如今也是郡主了，天心郡主论身份地位，决不低弱于你。你再这么胡搅蛮缠，别怪本王不留情面！"阮郎归拉长了脸，护短护得简直不要太明显。

黎冰凰一愣，眼泪唰的一下掉出来了，指着我叫骂："浑蛋！仗着你有男人，就欺负我是吧？"

"你没男人，怪我咯？"我反唇相讥，眉开眼笑，仿佛脸上的伤都不疼了。

"该死的！你等着！我一定找一个比你那阮郎归更位高权重的男人不可！到时候老娘踩死你！"黎冰凰抹了一把眼泪，掐着腰叫骂。

"呀呵！不跟我抢男人了？"我毫不客气地取笑，"你快着点啊，我等着呢！"

"谁稀罕你那个死男人！"黎冰凰白眼一翻，抹了一把眼泪，大步流星地冲出去了。

就这么死心了？战斗力也太弱了吧？我乐得不行，冲她的背影狠狠挥了挥拳头示威。

我正跟阮郎归甜蜜蜜、蜜蜜甜地用着早膳，狗蛋来了。

那厮一来就冲我翻白眼，冷眉冷眼地说："皇上宣召郡主即刻进宫。皇上说了，郡主这几日活力满满，身子应当没什么大碍了。若是还有什么不好，宫里有的是御医。"

这么甜蜜的时刻，却要我进宫，煞风景！

我放下筷子，郁闷地看一眼阮郎归："好吧！如今我也算是吃皇粮的了，皇上的话必须听。夫君，你就在府上安养吧，我一会儿就回来。"

狗蛋撇着嘴发牢骚："没名没分的，叫什么夫君？羞！"

"死太监！谁给你的狗胆儿？敢这么没大没小地顶撞本郡主？"我一只手掐腰，另一只手揪住狗蛋的耳朵，狠狠地转了好几圈。

狗蛋斜着眼睛瘪着嘴跟我赌气，我索性两只手都上，扭着狗蛋的脸颊转圈，骂道："死太监！回头我就求皇上发落你去御膳房烧火去！"

阮郎归看我跟狗蛋较上劲了，眉头一皱，起身道："辛甘，我与你同去。"

"王爷，皇上的圣旨是召见天心郡主，并没有旨意给您。"狗蛋皮笑肉不笑，"祖宗的规矩，若无急事奏报，外臣不得无诏入宫。"

阮郎归眉目一敛，担忧地看着我。我冲他点了点头，递给他一个安心的眼神，跟狗蛋一同进宫。

黎昭照例在御书房批折子，我过去请了安，他搁下笔抬头看了我一眼，"扑哧"一声笑了："辛甘，你昨天抓猫去了？"

我摸了摸脸，叹口气，无比哀怨："是啊！被你们皇家的猫抓了，那猫可凶了！"

黎昭闻言，朗声大笑，眯着眼睛说："朕就没见过像你这么淘气的姑娘家！才跟冰儿打了一架，一脸的伤还没好，又跑去惹事了！瞧瞧你那脸，还能看吗？"

我耸耸肩，无奈地叹道："你也说是黎冰凰了，碰到她，我有什么办法？总不能站在那儿让她打不还手吧？"

我正诉着委屈，突然有人闯了进来，把沉重的雕花木门推得"吱呀""吱呀"直响。

我顺着声音看过去，顿时炸毛了！

又是黎冰凰！这女人简直阴魂不散，我走到哪儿，她就跟到哪儿，什么仇什么怨啊！

"辛甘！你居然也在？"黎冰凰一看见我，整个人都不好了。

我一瞧见黎冰凰，下意识觉得脸上疼，抬手摸了摸。黎冰凰指着我跳着脚叫骂："你来告状的对不对？好啊！你还要不要脸啊？每次都是你先动手，你居然还有脸告状！"

我简直气笑了，慢条斯理地反问："你哪只眼睛看见我告状了？你以为我像你一样没人品啊？"

我们俩一吵，黎昭就明白了，皱着眉头看看我，再看看黎冰凰，问道："你们俩又打架了？"

这不是明摆着吗？

黎昭哭笑不得，索性不再搭理我俩，埋着头开始批折子。不料，一本折子还没打开，他就炸毛了，一把将笔拍在笔架上，低声怒吼："该死的！辛甘！你昨晚上干吗去了？"

我缩了缩脖子，咧嘴一笑，呵呵地打马虎眼："那个……我……昨晚上……睡觉啊！"

"你去王府了？"黎昭斜着眼睛，目光冷冽。

我心肝一颤，想到他背着我把黎冰凰塞到王府，也火大了，怒冲冲地质问："我要是不去王府，怎么看住狐狸精？你背着我把黎冰凰弄去王府，你怎么没跟我说？"

黎昭皱眉，冷声道："朕做什么，还要你批准？"

我毫不示弱地回击："那我去找我夫君，还要皇上批准？"

"你！"黎昭一怒，"啪"的一巴掌，重重拍在书案上，绷着脸斥道，"放肆！"

黎冰凰见黎昭对我发火，神色瞬间无比得意，趾高气扬地瞪着我，眼睛里的幸灾乐祸都快流出来了。

　　黎昭大声喝道："天心郡主藐视君上，忤逆顶撞，来人，将郡主关入暗房反省！"

　　话音未落，就有御前侍卫上前把我拖走。

　　我有些愣怔，耷拉着脑袋不敢吭声，既忐忑又疑惑，黎昭的怒火好没来由！我顶撞他不是一次两次了，他哪一次都没发火，没道理这一次突然将我关暗房啊！

　　这厮又要搞什么幺蛾子？

　　很快我就被御前侍卫拖进了一间小屋，屋子四面都是墙，开着一扇很小的窗，窗户上竖着铁栅栏，蒙着黑布，一点儿光都透不进，背光的那面墙上开着一道厚重的铁门。

　　侍卫把我推进暗房，关上门，暗房里顿时一片漆黑，伸手不见五指。

　　我心里一慌，有些怯了，黎昭到底是要闹哪样？做戏而已，干吗动真格的？还是说，这一次他的怒火不是做戏？

　　我闷闷地坐在地上，抱着脑袋思索对策，可是想破了脑袋，却还是理不出个头绪来。

　　等了不知道多久，迷迷糊糊地睡了一觉，醒来时眼前一片漆黑。

　　我叹口气，悲催地发现，黎昭这是来真的了。

　　我揉了揉肚子，扁扁的，饥饿的烧灼感传来，烧心烧肺的，很难受。我舔了舔嘴唇，很干，都快起皮了。

　　我越发纳闷了，要说黎昭这是在做戏，那这戏做得也未免太认真了吧？

　　正忐忑不安着，暗房的门开了，狗蛋拉长了一张驴脸走过来，闷闷地说："郡主，请吧！"

　　"去哪儿？"我往他身后瞄了一眼，没人。

　　狗蛋闷声道："还能去哪儿？"

　　我默了默，好吧，去哪儿都比在暗房待着强啊！

　　出了暗房，回到乾安宫，狗蛋带着我拐进一间配殿，说："委屈郡主在这儿住几日，郡主若是有什么需要，尽管吩咐宫女太监。"

　　"住这儿？"我大惊，黎昭这是要软禁我？把我软禁在宫里，阮郎归万一一个冲动，闯宫救人，那可是死罪啊！

　　狗蛋斜了斜眼睛，脸上写满了愤怒，口气挺冲："皇上说了，郡主不听话，未免放郡主出去，郡主又要到处乱跑，索性关起来。郡主，您就好生在这儿待着吧！"

我的心顿时提到了嗓子眼，黎昭到底要干什么啊？

狗蛋说完就走了，我呆呆地在屋里坐了一会儿，烦躁得不行，想出去看看有没有什么空子可钻，可一推开门，就有两个五大三粗的宫女，垂首问道："郡主有什么吩咐？"

我端起郡主的架子，板着脸说："我要出去走走。"

宫女让开身子，恭敬地说："郡主散散心可以，但是不能出这座院子。"

我顿时没出去的兴致了，闷闷地回屋，叫了一大桌子酒菜，大吃大喝。反正现在茫无头绪，那就见招拆招，走一步算一步吧！

我喝得醉醺醺的，双手撑着桌子，摇摇晃晃地站起来，正要去睡会儿，突然有人闯进来了，那嚣张的声音让人恨得牙痒痒。

"姓辛的，皇上已经下旨赐婚了！把郡主赐婚给乐安王，以后郡主可就是王妃啦！"黎冰凰兴冲冲地冲进来，撑着桌子跟我对望，那一脸得意扬扬的笑容，看我心头火起，顺手抄起一盘宫保鸡丁就往她脸上盖了过去。

我喝多了酒，手脚发软，动作迟钝，黎冰凰轻易躲过去，一只手掐腰，另一只手指着我，既得意又轻蔑，"辛甘，你算个什么玩意儿？居然敢跟本郡主横？你可别忘了！皇上是我哥！我们都是黎家的血脉！他怎么可能帮你这个外人，而不帮我这个妹妹？"

我脑子里一团糨糊，乱纷纷的，眼泪"吧嗒"一下就掉出来了。

黎昭真的把黎冰凰赐婚给阮郎归了！那我怎么办？

阮郎归如果抗旨，那就是死罪，如果不抗旨，那就得娶黎冰凰。

到底是我真的惹怒了黎昭，还是黎昭从来就没有放弃过要杀阮郎归？所谓的妥协，其实只不过是为了安抚我而暂时做的退让？

黎冰凰看我哭成狗，眉开眼笑地说："辛甘啊辛甘，你还真是天真啊！你一个平头老百姓，有什么资格跟当朝郡主抢男人？"

"辛甘，实话告诉你，我对你那个阮郎归一点儿兴趣都没有！"黎冰凰娇媚的凤眸眯起，目光冷凝而讽刺，语声冰寒彻骨，"但是只要是你想要的，我都要抢！十年前我能抢你的项链，十年后我就能抢你的男人！"

"为什么？"我呆呆地问，"你不喜欢他，为什么还要嫁给他？"

"为什么？哼！就因为那是你想要的！"黎冰凰咬牙切齿，"辛甘，从来没有人敢打我，你是第一个，也是唯一一个！"

"你知道的，阮郎归并不爱你，你嫁给他，不会没有好日子过的。"我努力寻找理智，试图说服黎冰凰，挽回这个混乱的局面。

黎冰凰嗤笑一声，翻着白眼看着我："他爱不爱我无所谓，只要他爱你，那就够了！"

我脑子一蒙，这是什么逻辑？

"他爱你，却不能娶你，他的痛苦一定不比你少。我身为郡主，嫡亲的皇室血脉，阮郎归就算再痛苦，也不能拿我怎么样。相反，他还得对我客客气气的，否则我找皇上诉个委屈，他就得吃不了兜着走。"

黎冰凰大马金刀地坐在椅子上，跷着二郎腿，乐颠颠地说："至于你嘛！我到时候会考虑允许阮郎归纳你为妾，以后我是正妻，你是妾室，啧啧，这日子啊！可就有趣多了！"

我心凉如水。

"哦，对了，忘了告诉你，辛甘，皇上说了，婚礼从速，这两天就开始着手布置了。"黎冰凰笑得越发得意，那一口白牙亮闪闪的。我瞧在眼里，恨在心上，恨不得拿把榔头给她全敲了。

黎冰凰示威完毕，趾高气扬地走了，临走前还特意吩咐配殿外把守的侍卫，要他们严加看管，如果我有个什么闪失，就把他们统统阉了当太监。

黎冰凰闹这么一出，我的酒都给吓醒了。我想去见黎昭，可那些宫女侍卫被黎冰凰恐吓了，连门都不让我出。

一想到外头正在张罗阮郎归和黎冰凰的婚事，我心里就跟刀割似的，疼得整个人都抽了。

怎么办？

黎昭来的时候，我已经很平静了，倚着墙坐着，拎着酒壶往嘴里有一下没一下地灌。

一双明黄色的靴子出现在我眼前，黎昭的声音飘然而至："辛甘，朕今天下旨了，赐婚郡主与乐安王，婚礼在三日后举行。"

我没吭声。

"辛甘，你怎么一点反应也没有？"黎昭蹲下身子，伸手托起我的下巴，把我的脸抬起来对着他。

我耷拉着眼皮子，目光落在黎昭的手上，心里已经麻木了。

黎昭见我不作声，叹口气，似有黯然："你不想说话，那就不说。还有三天，你好好休息吧！"

黎昭还真是多一刻都等不及啊！三天后，黎冰凰嫁给阮郎归，我嫁给他，呵呵，算双喜临门吗？

"你死心吧，我不会嫁的！"我咬着牙，努力瞪大眼睛，死死地盯着黎昭。

黎昭的脸挺花，我看不清楚，可我仍旧固执地盯着。该死的！我要好好看看，跟我十余年相知的挚友，到底是个什么玩意儿？

"嫁不嫁，是朕说了算，由不得你！"黎昭的声音蓦地阴狠下来，"辛甘，你若是一意孤行，只会连累了旁人。"

事到如今，我还会在乎旁人吗？我自己都不想活了！

黎昭像是看出了我的想法，缓声道："这几日时气反复无常，忽冷忽热，付蓉病得不轻，照顾双生子非常吃力。朕已经下令将孩子送进宫中让你照看，就当是娘家人最后陪你几天。毕竟以后出了阁，你也就不再是辛家人了。"

卑鄙！

我浑身的汗毛都乍了，我竟不知，黎昭居然有这么歹毒的心肠！他居然用那一对刚刚满月的双胞胎要挟我！

我什么都可以不在乎，可我怎么能够不在乎辛家的血脉？那可是六十六叔的骨肉啊！更何况还是刚刚满月的婴儿！

那胎死腹中的安好，是我这辈子都无法平复的遗憾，小婴儿就是我的死穴，黎昭拿捏得可真准！

黎昭留下一句"你好自为之"就走了，没过多久，辛府的两个奶娘就抱着两个孩子来了。

我勉强撑着爬起来，把两个孩子紧紧抱在怀里，仿佛一松手，这两个可爱而柔弱的孩子就会消失不见。

我什么心思都不敢动，老老实实地在配殿待着，到了饭点儿就吃，天色晚了就睡，无时无刻不陪着双胞胎，生怕一眼瞧不见，孩子就会出什么岔子。

三天晃眼而过。

第四天一大早，几个宫女嬷嬷就把我从热被窝里拖起来，摁在梳妆台前各种折腾打扮。奶娘抱着孩子，轻轻走动着哄睡，我所有的挣扎反抗，瞬间没了半点底气。

一直折腾到日正当中，梳妆才算结束。

嬷嬷笑着说："主子今日要当新娘子了，别老板着脸，不吉利！来，笑一个。"

我冷着脸，斥道："出去！"

嬷嬷一愣，喃喃道："主子，奴婢们是陪伴新娘子的，一直到入洞房前，奴婢们都不能出去的。"

"滚。"我平静地说，声音很冷，我自己都忍不住打了个寒战。

嬷嬷小声嘀咕着下去了，我冲奶娘招了招手："把孩子给我。"

两个奶娘走过来，将孩子放在床上，我蹲在床边，看着孩子白白嫩嫩的小脸，心里慢慢平和下来。

命里有时终须有，命里无时莫强求，我跟阮郎归，真的是彼此命里没有的那个人。

黎昭一直没来，没有人打扰我的平静，我默默地看着孩子，叹道："等婚礼结束，你们就把孩子抱回府中吧！这样小的娃娃，还是要待在娘亲身边才好。"

申时初，绣着龙凤祥纹的轿子停在配殿门口，嬷嬷笑吟吟地进来，躬身向我请安："主子大喜！您是从宫中出嫁，要绕城一周以壮声势，咱们该走了，可不能误吉时呀！"

大红盖头蒙上，我被嬷嬷扶着，一步一步走出配殿，上了花轿。我掀开盖头，看着满眼的红，突然觉得说不出的刺眼，好像眼睛都红了。

那时平川舒府，阮郎归布置了满院子的红暗示我嫁给他，如今想来，居然已经很遥远，仿佛是上辈子的事情了。

花轿一路摇摇晃晃，唢呐声呜呜哇哇，吹着《鸾凤和鸣》的曲调，听起来好不热闹。

我盖上盖头，闭着眼睛，突然就明白了"侯门一入深似海，从此萧郎是路人"的绝望。

外头突然响起一片不和谐的声音，钢铁相击的刺耳声穿过唢呐声传来，震人心弦。

"有人抢亲！"

我吓了一跳，抢亲！阮郎归居然在他成亲的大喜日子，丢下了满堂贺客和新婚娇妻，冒着砍头的危险，跑到这里抢亲来了！

外面乒乒乓乓打成一团，我正合计着要不要露个面劝阮郎归回去，突然有人冲了过来，将我拦腰一带，半拖半抱地冲了出去。

来人的战斗力跟送亲的仪仗队明显不是一个档次的，我被那人抱着，很快就上了马，一路狂奔。

马停住的时候，那人将我重重往地上一丢，冷声喝道："你是个什么东西？

也配嫁给乐安王？"

这声音好熟悉！

我那还没出口的痛叫声顿时被憋回了嗓子眼里，一把扯开红盖头，带着哭腔叫道："夫子！你干吗啊！"

白术顿时惊得瞪大了眼睛，目不转睛地看着我，像是怕自己看花眼似的，揉了揉眼睛，定了定神，呆呆地叫了一声"辛甘"。

我捂着摔成八瓣的屁股，痛得直掉眼泪，看一眼正在一边悠闲地甩着蹄子吃草的马，撇着嘴骂道："你想摔死我啊！哎哟我的娘哎！痛死了！"

白术这才回过神来，连忙快步上前扶起我，呆呆地问："辛甘，怎么会是你？"

"不然你以为是谁？"我抽着鼻子，抹着眼泪瞪着白术。

白术叹口气，苦笑道："我还以为你是瑞王府的郡主呢！我前日进京，见乐安王府张灯结彩，以为是阮郎归要娶你，想着去王府见你一面，让你看看孩子，却见阮郎归喝得酩酊大醉。我问了好多遍，他才勉强地跟我说清楚皇上要把瑞王郡主嫁给他，而你要被皇上纳入后宫。"

"所以你过来抢亲？"我顿时哭笑不得。

白术脸一红，不好意思地说："时间太过仓促，我来不及准备闯宫事宜，唯一能做的也就只有抢走新娘子，让阮郎归成个亲。"他眼睛一眯，声音转冷，"他既然娶了你，就不能再娶别人！"

"这是杀头的大罪啊！"我心头一颤，劫走郡主，再图闯宫，白术当真不要命了！

白术淡笑着摇头："我不在乎。"

我心口一紧，不敢直视他坦然而又深情的目光，耷拉着脑袋转移话题"这下好，你抢错人了，阮郎归现在差不多该拜堂了。"

白纸神秘一笑："他拜不了堂。"

"为什么？"我诧异地问。

白术笑道："今日我在城中发现了三顶轿子，拿不准哪一顶轿子中坐的是你，所以一并抢来，那边人手与我一同动手，现在差不多该得手了。"

缓了缓，白术又说："我听说付恒今日成亲，也是皇上赐婚的，我弄不清楚哪座花轿是谁家的，索性全部抢过来。"

说话间，一群黑衣人送了一个新娘子过来。

我上前扯开盖头，那新娘子哭哭啼啼，一副受了大惊吓的模样，我问了一声，是礼部侍郎家的二小姐孟青青。

我指着孟青青对白术说："夫子，你把付恒他媳妇儿也抢来了。"

白术神色间闪过一丝尴尬，呵呵一笑："那什么，晚些时候给他送回去也就是了。"

"抢亲也就罢了，一抢抢三家，城里早就闹翻天了。你要是把她送回去，我保证你还没进城，就有大队御林军来抓你了。"我十分担忧，这事儿该怎么收场？

过了没一会儿，黑衣人押着另一个新娘子来了。那新娘子很不老实，嘴里一直叽里咕噜地叫骂，我一听那声音，顿时乐了——黎冰凰！

我探手就要去拉盖头，手都触到盖头了，又缩了回来。

隔着盖头，我捏住黎冰凰的下巴，将她的脸上下左右摆弄了好几下，黎冰凰狠狠一甩脑袋，把我的手甩开了。

红盖头是上好的丝绸做的，特别柔滑，我手里捏着一角，黎冰凰再用力一甩，盖头就掉了。

黎冰凰看见是我，"嗷"的一嗓子怒吼："该死的！大好的日子，你不去嫁人，跑来给我使绊子干吗？"

"谁让你跟我抢男人来着？老天都看不过眼了！"我眉开眼笑，拍拍她的脸颊，龇牙咧嘴地说，"我有没有警告过你，没事别招惹我，我的后台不是你能想象得到的！"

"我呸！"黎冰凰狠狠朝我"呸"了一口。

"就是这个女人要嫁给阮郎归，是吧？"白术朝我缓步走来，笑意冷冽如空山老泉。

我刚想点头，随即想到白术挖空心思来抢阮郎归要娶的那位郡主，绝对不是为了抢着好玩的，一旦抢到手，十有八九要开刀，那一声"是"就憋在嗓子眼里出不来了。

我固然无比讨厌黎冰凰，恨不得把她的脸揍成猪头，可是我不想要她的命。更何况抢亲一事，闹得满城风雨，绝不会就此罢休，白术如果真的把黎冰凰杀了，他的后半生就别想安稳了。

"谁要嫁给那个阮郎归啊！辛甘，你以为人人都跟你一样瞎啊！"黎冰凰不屑地直翻白眼。

我顿时瞪大了眼睛，惊愕交加："你不是嫁给阮郎归？"

黎冰凰不屑地冷哼一声，小脸一扬，没搭理我。

"那你嫁给谁？"我越发诧异，一头雾水，完全摸不着头脑。

今天娶媳妇的就三家，黎昭、付恒、阮郎归。

黎昭要娶的人是我，付恒的媳妇儿孟青青已经被白术抢来了，就剩一个黎冰凰，她不是嫁给阮郎归，还能嫁给谁？

"谁告诉你本郡主要嫁给阮郎归了？"黎冰凰好气又好笑地瞥我一眼，那眼神简直鄙视到了骨子里。

我呆呆地回答："不是你告诉我的吗？你说皇上有旨，赐婚郡主与乐安王。那你今天出嫁，不就是嫁给乐安王吗？"

"蠢货！"黎冰凰冷眉冷眼地瞪我一记，不屑地一撇嘴，反问道，"难道就只有我一个人是郡主吗？"

我怔了怔，立即醒过神来，我也是郡主啊！

黎冰凰当天趾高气扬地跑来告诉我，皇上赐婚于郡主与乐安王，可她并没有说是哪个郡主，敢情这个郡主不是黎冰凰啊！

"那你……"我哆嗦着手指，指着黎冰凰，心里惊涛拍岸，卷起千堆雪。

如果嫁给阮郎归的那个郡主是我，那黎冰凰呢？她嫁给谁？她跟黎昭是堂兄妹啊！

"你那什么眼神？"黎冰凰皱眉，叹口气，无比哀怨，"本郡主的好日子，就被你这个蠢货破坏了！"

我越发呆了："不是，你的什么好日子？"

"大喜之日啊！"黎冰凰连连翻白眼，唉声叹气。

"跟谁的大喜之日？"

其实我心里是拒绝相信的，除了黎昭，哪里有第四个新郎官让黎冰凰嫁？

黎冰凰突然意味深长地看着我，咧嘴一笑，既阴险又得意："当然是你的付大叔啊！"

她要嫁给付恒？

这是什么情况，怎么好好的换起媳妇来了？

"辛甘，我说过，总有一天，我要找个比你那阮郎归更位高权重的男人，我等着你跟我低头赔罪呢！"黎冰凰无比得意，袖着手斜着眼睛蔑视我。

我不可置信地瞪大了眼睛，好气又好笑地问："你就为了让我向你低头，所以要嫁给付恒？"

黎冰凰点头，得意扬扬地说："以后我就是你的婶娘了，辛甘，你态度好一点，对我恭敬一点，兴许我还会打赏你一个大红包呢！"

"那么那位孟姑娘呢？"我指了指孟青青，"嫁给皇上当皇后吗"这句话，我憋在喉咙里没敢说出来。

黎冰凰看了一眼怯怯弱弱的孟青青，叹口气，无比郁闷："平妻啊！皇上先下旨赐婚孟青青给付恒的，我虽然是郡主，皇室血脉，可也不能越过她去。皇上只好赐我俩为平妻，不分大小。"

"付恒怎么可能答应娶你？"我大惑不解，没道理啊！付恒怎么会那么重的口味？

黎冰凰得意扬扬地看着我："我告诉他，他要是不娶我，那我就嫁给阮郎归，于是他就只能娶我了。"

感谢付恒！为了我的终身幸福，牺牲了他的终身幸福！等会儿我得好好给付恒磕三个响头！

"我知道付恒喜欢的人是你。"黎冰凰冲我咧嘴一笑，"但是我不在乎，我相信他会喜欢上我的。"黎冰凰说着，挺了挺胸，不怀好意地往我胸部扫了一眼，"我胸比你大嘛！"

这女人真的是疯子，不能跟她一般见识！

我终于理清了事情的真相：黎昭嘴上说是要作弄阮郎归，其实还是气我，想要恶整我一把。而黎冰凰是黎昭同仇敌忾的盟友，他们造成了黎冰凰要嫁给阮郎归的假象，顺带着把我也蒙在鼓里坑了一把。

如果不是白术横插一杠子，我和阮郎归今天晚上的洞房花烛就有得折腾了。他肯定以为娶的是黎冰凰，说不定现在已经喝得烂醉如泥了。而我误以为是嫁进宫中，心里难受得不行，我的新婚之夜，就会在提心吊胆抹眼泪中度过。

黎昭可真是送了我一份一辈子都忘不掉的新婚贺礼啊！

我愁眉苦脸地走到一株大树下，靠着树干坐着，抱着脑袋说："夫子，这事该怎么收场？"

白术苦笑一声："我没打算要收场。"

"我本来是想抢到人立刻杀了，然后伺机闯宫抢人来着。"白术两手一摊，走到我边上坐下，"辛甘，我来了，就没打算活着回去。"

我心里猛地一揪，震惊地看着白术。

白术云淡风轻地笑笑，将我头上歪了的簪子理正，笑着说："我没有什么能为你做的了，唯一能帮上你的，也就这一件事了。"

我呆了呆，潸然泪下。

“哭什么？大喜的日子掉眼泪，不吉利。”白术温温一笑，抬手给我抹了抹眼泪，“辛甘，你今天真好看！”

我泣不成声。

“要是当年我信了你，也许今日你这一身凤冠霞帔就是为我而穿了。”白术遗憾地叹口气，黯然道，“我送你回去吧！”

“城里现在能进吗？”我抽抽搭搭地问，“夫子，你快走吧！趁现在他们还没追来，否则一旦追兵来了，你怕是走不掉了！”

白术摇摇头，笑道：“无妨，我来了，就没打算活着回去。”

我默了默，不知该如何劝说他，猛地想起甘心，凄然道：“你若是有个三长两短，咱们的孩子怎么办？”

白术眼瞳蓦地一缩，喃喃道：“孩子……咱们的孩子……”

“什么？你们居然有了孩子？”黎冰凰原本一直在听，听到这儿，突然指着我尖叫起来。

“叫什么叫！”我不耐烦地瞪她一眼，“闭嘴！疯女人！”

“喂！我是你婶娘！”黎冰凰嚣张地大叫，大声质问，“喂！那个人，你是谁呀？居然给堂堂乐安王戴了绿帽子！我佩服你啊！”

白术眉头一皱，弯腰在地上捡了一颗小石子儿，随手一挥，石子儿不轻不重地打在黎冰凰身上，她顿时不能吭声。

回城的时候，我惊讶地发现城里戒严了，街道上一个行人都没有，有很多板着脸的士兵，五步一岗，十步一哨，看见我们，却没什么反应。

白术突然一拍后脑勺，叹道：“我真蠢！”

“怎么回事？”我愕然惊问。

白术苦笑：“看样子，皇上早就料到会有这么一出，因此早就全城戒严了。我起先只当是郡主与王爷的婚事太过隆重，全城戒严以显排场，没想到根本是料到了有人抢亲，为了防止这一出闹剧无法收场，因此事先戒严，以绝后患。”

这么说，白术不会被咔嚓？也不会被追究？

我提着的心总算落回肚子里了，暗暗骂黎昭，那厮真是挖得一手好坑啊！差点没把我玩死！

白术直接让手下人把孟青青和黎冰凰送进付府，亲自护送我回乐安王府。

果然不出我所料，整个乐安王府虽然张灯结彩，披红挂绿，却没有半分喜气。

我径直进了卧房，阮郎归喝得烂醉如泥，倒在桌子底下，手里还握着酒瓶子，怎么拽都拽不出来。

我的洞房花烛正式宣告泡汤！

黎昭的阴谋诡计得逞了！

"反正这边也没啥事了，我想去看看孩子，可以吗？"我是真想那小家伙了，几个月不见，也不知道她长高了没。

白术温温一笑："好，我带你去。"

我换了衣服，白术也把外头的黑衣脱了，里头是一身青衫。

我恍然有一种错觉，春日暖阳，青衫翩翩，一如五年前初见。

"夫子，你长得真好看。"我由衷地赞叹。

白术淡淡一笑："有你好看吗？"

我老实不客气地摇头："差了那么一点点。"

白术看着我，我看着他，两人相视大笑。

五年了，虽然很多人很多事都面目全非，可是那些真心，从来都没有变过。不论是黎昭，还是付恒，抑或是白术，还有阮郎归，他们都没有变。对于我，他们不舍得伤，不舍得痛，自己承担了所有的心酸苦涩，却留给我一片纯净的蓝天。

"夫子，谢谢你。"我抿嘴一笑，心里暖洋洋的。

唯一的遗憾，就是白术了。那样好的男人，合该有个天下无双的好女人与他相伴，只是那个女人什么时候才能出现呢？

白术摇头，清浅一笑："你不用谢我，你给了我一个孩子，够了。"

我冲白术眨眨眼睛，调皮地说："我觉得，咱们的孩子需要一个娘。"

"会有的。"白术淡笑着拉住我的手，"走吧，带你去看咱们的孩子。"

白术带我出了城，直奔城外村子里的一家民居，在那里，我不但看到了白术，居然还看到了一个令我十分意外的人。

青梧。

青梧抱着甘心，正在喂她吃切成条的胡萝卜，小家伙一脸嫌弃，青梧很有耐心地哄："小兔子最爱吃胡萝卜了，甘心是小兔子对不对？"

"甘心是小兔子，但是甘心不吃胡萝卜。"甘心现在说话已经很流利了，奶声奶气地挥舞着小手，摇着小脑袋，特别可爱。

"可是小兔子不吃胡萝卜，就会掉毛，还会变成黄眼睛，一点儿也不可爱了，甘心要是想变成掉毛、黄眼睛的小兔子，那就不吃好了。"青梧作势收起胡萝卜。

我倚着门框看着，潜然泪下。

"青梧，你看谁来了？"白术笑着叫了一声，青梧和甘心一起回头，甘心从青梧怀里爬下来，迈着小短腿跑了过来。

我蹲下身子，冲甘心张开双臂。

小家伙叫着"爹爹"，一头扎进白术怀里。

我手一僵，黯然意识到，小家伙不认识我了。

我苦笑着站起身，悄悄叹了口气，青梧缓缓朝我走来，红着眼睛唤道："小姐。"

"我如今已经不是小姐了。"我笑着拉起青梧的手，看看白术，突然想起白术刚才那一声"会有的"，顿时放心了。

五年前，青梧就喜欢白术，五年后，青梧还陪在白术身边，她与白术的缘分是注定了的。

付恒有孟青青和黎冰凰，白术有青梧，黎昭有他的江山社稷，一切都圆满了。

"我没想到这辈子还能看见小姐。"青梧含着眼泪，笑得无比娇艳，"看到小姐和太子一起回来，我就安心了。"

"你放心，没事的。"我冲青梧眨眨眼，羞涩地说，"如今我是王妃了呢！"

青梧的眼睛倏地亮了："小姐做了王妃？"

"是啊，乐安王妃。"我拍拍青梧的手背，笑着说，"就是那个咱们以前特别讨厌的阮郎归。"

青梧绷不住笑了："绕来绕去，小姐最终还是嫁了个最讨厌的人，叫那些深爱你的人情何以堪？"

"付恒也在今日成亲，娶了礼部侍郎家的二小姐和瑞王府的小郡主。"我笑着冲她眨了眨眼，"就剩夫子还是孤家寡人了，好姑娘，就看你的了！"

青梧脸一红，眼神往白术身上一瞟，蓦地羞涩起来。

白术恍若未闻，一心逗弄甘心，青梧将胡萝卜递给白术，白术送到甘心唇边，小家伙虽然皱着小脸，还是老老实实地吃了。

"爹爹说，你是我娘。"甘心突然仰着小脸，拉了拉我的手，奶声奶气地问。

我心里一甜，又一疼，蹲下身子，柔声道："小家伙，我不是你娘，我是姑姑，她才是你娘。"

我拉着青梧的手，把甘心的小手递到青梧手里，笑着说："青梧，谢谢你！”

“该我谢你的。”青梧眼里的泪水蓦地滴落下来。

“辛甘！辛甘！”突然，阮郎归不甚清晰的呼喊声传来，下一刻，他整个人跌跌撞撞地滚了进来。

“辛甘！”阮郎归一把抱住我，惊喜交加地大叫，“真的是你！真的是你！”

表现不错啊！居然那么快就追过来了！看来我走之后，下人没少给他泼冷水。王府的下人没这个胆量，应该是狗蛋干的。

不得不说，黎昭真的很有一手啊！

我哭笑不得，咬了咬牙，该死的黎昭！等到他大婚立后的那一天，我非扳回这一局不可！

阮郎归一个字都没多说，将我往肩膀上一扛，跌跌撞撞地往外闯，嘴里胡乱叫着："媳妇儿！咱回家洞房去！”

我的脸倏地热了，一扭脸，就见白术倚着门框冲我挥手，青梧抱着孩子，偎在白术身边，笑靥如花。

天很蓝，云很淡，风很轻，花很香。

笑很甜。